Staread
星 文 文 化

冰块儿——著

天生狂徒
kuangtu

长江出版社
CHANGJIANG PRESS

卷一 · 开局
PAGE 001

卷二 · "王后"之城
PAGE 101

CONTENTS 目录

卷三·罪恶"主教"
PAGE 205

番外·等待
PAGE 301

夜无论多长，白昼总会到来。

CHAPTER

开局

ONE

001.

10月深秋，罕见地降下了瓢泼大雨。

巷子口路灯的灯光穿不透密集的雨幕，仅照亮了边缘，忽明忽暗的光线，如同一把把从天而降的利刃，奔赴一场迅猛而冰冷的谋杀。

宽度不过三米的巷子，往里走十来步，便是隔壁酒吧的后门，可以直通后厨。门口立着三个半身高的垃圾桶，店家积极响应近年市政府的号召，做到了干湿垃圾分类，还设置了一个可回收垃圾桶，专门用来放空酒瓶。

一块成色极新的海蓝手表静静地躺在横七竖八的酒瓶堆中，被暴雨不间歇地冲刷着，表盘上的指针指向11点的位置。

酒吧里气氛正热，大街上车辆匆匆，无人造访深夜幽暗的雨巷，更无人注意到，从巷子里流到路边排水口的雨水，染了一层淡淡的血色。

躺在垃圾桶前的男人仍在挣扎，身上的伤口不断渗出血，眼皮被雨珠砸得生疼，他勉强睁开一条缝，缓缓转动眼珠，瞥向身旁同样倒在地上的年轻女孩。

女孩原本皮肤白皙，此刻却一片惨白。她的脸朝着他，脖子上两道割伤正汩汩涌血，脸上震惊的神色尚未褪去，空洞的眼睛睁得很大，嘴巴微张，似乎想对他说什么，或许是一声对不起，可惜他已无从得知。

五分钟前鲜活的生命，转瞬间成了一具冰冷的尸体。

他的力气不知为何流失得一干二净，意识飘出了身体，看着自己奋力搏斗不到五分钟，也狼狈地倒下了，如无意外，自己即将迎来同女孩一样的结局。

男人费劲地转动脖子，朝那个可回收垃圾桶望去。

但愿……那人能听见。

巷子里的一通电话结束，有人踏着雨水而来，脚步声停在他耳畔。他感觉自己上方的雨忽然停了。

一把撑开的漆黑大伞如同一块巨大的幕布，遮蔽了上方，来者让身后的手下撑着伞，然后缓缓蹲下，伸出一只修长的手，横在他的脖子上方——这只手中没握利器，刚才却轻而易举地割开了女孩的颈部动脉，邪门得紧。

某一刹那，男人看见有什么东西在微弱的路灯灯光下一闪，光芒稍纵即逝，像某种纯净的珠宝。

手表的录音应该还剩最后三秒，他欲开口，却被尖锐的利器抵住了喉咙。

戴着口罩的来者声音沉闷，宣判了他的死亡——

"对不住了，穆警官。'神'救不了你……他救不了任何人。"

7个月后，5月27日。

平义市的新金区，地如其名，从夜空中俯视，通明的万家灯火像无数碎金散落在漆黑的大地上。市政府有意将该区打造成全国高新技术区，近十几年新建了四五个科技园区和孵化器，吸引各路大小科创企业前来入驻。为了符合区内高科技、高品质的整体氛围，市政将"老破小"动迁拆除，一幢幢办公大楼拔地而起，鳞次栉比。高端的商务、娱乐场所如雨后春笋般涌现，已然成了老富新贵们新一处投资地与销金窟。

在外区随便抓个路人一问对方对新金区的印象，十有八九都会说："哦，那儿啊，有钱人住的地方。"

康平大道以北、横亘1700平方米的君悦大酒店便是一个最好的例子。

无论淡季或旺季，这家白金五星级酒店门口红毯前的宽阔大道上，永远车来人往，秩序井然。

然而今晚，君悦大酒店门前车辆如梭，略显拥堵，两个身着制服的门童一刻不停歇地接待了近两小时，反复不停地鞠躬。

苦不堪言的不只他们二人，大堂经理也恪尽职守地陪站了一晚上，笑容可掬地将每一位贵宾引导至旋转门后，再由迎宾小姐领路至三楼的宴会大厅。

敞开的古铜大门后面，10根金色罗马柱为宾客撑起了一片开阔的空间。

夜晚10点，曲未尽，人未散，厅内的吧台忙碌地为宾客准备着饮料和酒品。调酒师技艺熟练，服务生态度恭敬，一众宾客享受到了尊贵的招待，君悦大酒店的营业理念尽数显现——高端，奢华，大气。

"嗨！帅哥！来两杯扎啤！"

吧台前身着礼服的男男女女均是一愣，被这格格不入又理直气壮的洪亮的点单声震住了，众人循声望去，只见一个敦实高壮的男人与另一个劲瘦高挑的男人结伴而来。

两个人都一身统一的黑西装、白衬衫、黑领带，在外人眼里，不是当保镖的，就是卖保险的。

瘦高个儿低头捂着脸，躲避四面八方投来的看乡巴佬似的视线，恨不得立刻逃离这个星球，低声怒骂："喝什么扎啤！你再要盘烧烤呗？再来颗大蒜呗？也不嫌丢人！"

胖高个儿已经走到了吧台前，一拍大理石桌子，也低吼："你以为老子不想？谁知道这鬼地方连外卖都不让进，装什么。"

"那你就出去吃，没人拦着你，别在这儿拉我一块儿丢脸。"

"嘿，老子要是一出去，少爷出了事怎么办？你这细胳膊细腿儿的能挡得住？哎，帅哥，我的扎啤呢？"

吧台后的服务生吴伟一脸无语表情，但看这两位人高马大来势汹汹，不敢怠慢。身后的酒柜里都是产自各个酒庄的高档酒水，他实在拿不出接地气的扎啤，只能苦着脸道歉："对不起，二位，我们吧台不提供啤酒。"

"不提供？你们连客人这点小小的要求都不能满足，还敢自称五星级酒店？"胖高个儿出奇地愤怒，原本杏仁大小的眼睛怒睁成了核桃大小，加上他皮肤黢黑，活脱脱一个当代李逵，仿佛一掌就能劈裂吧台。

吴伟吓得瑟瑟发抖，发软的腿不由自主地倒退了一步，后背突然撞上一个人，他又是一哆嗦，抬头看去，正对上两道如锥子般锐利的目光，惊得立马跳开。

被撞到的男人拍了拍自己的服务生制服——明明是统一尺码的制服，在吴伟身上略显宽大，在他身上却格外合身，恰到好处的肌肉将制服的每一处褶皱都撑平了，仿佛是为他量身定做。

"当心。"男人拍平了皱起的衣褶，提醒吴伟，音色低沉。

吴伟小鸡啄米似的连连点头。

男人的视线转向吧台前的两人："请问，有什么需要吗？"

他的目光凛冽而深沉，让人感觉自己会被看得很透，也给人离得很远、很不好接近的感觉。语气虽客气，却让旁人听不出半分恭敬，他仿佛只是随口问问，态度冷淡得令人略感不爽，但显然他并不担心自己会被客人讨厌。

原本在吧台周围看笑话的女宾突然不笑了，一个个都变成了娇羞优雅的淑女，矜持又热烈地望着这个新来的服务生。

男人的身高少说一米八五，年轻的脸庞俊得令人惊讶，侧分刘海不规矩地散落在前额两侧，微微蹙起的剑眉下压着一双沉黑的眼睛，仿佛也压住了浑身的桀骜之气，很具有攻击力的长相，能一下刺入人的心里。

胖高个儿正窝火，猛地瞧见这张点亮整个吧台的俊脸，不由得一愣，"怒气蓄力条"被打断，火气消了些，他还算平和地问："哟，大帅哥，你是这儿管事的？"

男人的腋下夹着托盘，他刚送完一轮香槟，摇了摇头："不是，我只是个服务生。"

瘦高个儿实在看不下去同伴在这种高端场合丢人现眼，掐住胖高个儿的胳膊，开口："有完没完了？咋咋呼呼的，当心惊动少爷，把你拖回去'宰'了喂狗。"

胖高个儿虎背熊腰，看似天不怕地不怕，一听这话，竟然厌了："不至于吧，我不就想喝杯家乡的啤酒吗？在国外陪护了那么多年，我尽忠职守，鞠躬尽瘁，好不容易回国了，少爷能因为一杯扎啤'宰'了我？"

"扎啤是吗？"吧台后新来的服务生接过话茬，放下了托盘，淡淡道，"本酒店不提供扎啤，不过，如果您愿意等20分钟，我可以去两条街外的超市给您买。"

胖高个儿转瞬间笑逐颜开，笑道："愿意！大帅哥，还是你上道，那弟弟一看就是新来的，不懂事！"

刚才还被唤作"帅哥"的吴伟在英俊能干的大帅哥面前相形见绌，只得苦哈哈地点头称是，不过他的自尊心让他必须澄清一点："那个……我不是新来的，我工作三年了，他才是前几天刚来的……"

"你还好意思说，干三年了还不如人家刚来的！"胖高个儿切入点精准。

吴伟无法反驳，委屈地目送着深受欢迎的大帅哥离开。

事情被圆满解决，瘦高个儿也终于敢抬起头了——他消瘦的脸棱角分明，目光坚毅，就三十九岁的年纪来说长得还算年轻，不过右眼尾下有道狰狞的疤痕延伸至下巴，像被人撕下了脸皮又缝了上去的，看着瘆人。周围宾客受到惊吓，纷纷不动声色地离开了吧台周围。

瘦高个儿早就习惯了被人忌惮，没放在心上，继续教育同伴："你可别喝醉了，少爷说今晚可能会有情况。"

胖高个儿不屑地轻嗤，拍拍自己的肚子，绷紧的西装下发出敲西瓜般的声响："你娄爷我，海量，别说一扎，一打啤酒下肚也能单挑整个复仇者联盟，放心。"

"是吗？"一道含笑的苍老声音在俩人背后响起。

吴伟定睛一瞧，又来了个"卖保险"的——这位同样穿着西装三件套的老人头发花白，很讲究地喷了定型喷雾，比公园里乘凉遛弯的老大爷精神多了，腰杆挺得笔直，精神矍铄。

胖高个儿和瘦高个儿一听这声音，立马站直转身，关切地问："洪伯，你怎么下来了？不陪着少爷吗？"

"他跟他二叔刚吵完一架，让我下来取瓶酒去赔罪。"慈眉善目的老人对吧台后的小服务生笑了笑，"拿一瓶玛姆红带香槟，最好陈一些。"

吴伟暗暗松了口气，还好这些人口中的少爷是个有品位的，没提稀奇的要求。他立即转身，精准地从吧台后状如棋盘的酒格中取出了一瓶 1998 年的香槟，用戴着白手套的双手恭敬地呈给对方，殷切地渴望听到一句夸奖，以慰藉刚才被骂"干了三年还不如一个刚来的"的失落之心。

然而当他看见洪伯手上也戴着白手套，并且是比他更高级、更不易留下痕迹的丝质手套时，他就知道想错了，自己依然是个"弟弟"。

20 分钟后，娄保国终于如愿以偿地喝上了心心念念的扎啤，还是冰镇过的，仰头痛饮，他顿觉通体舒畅，细密的白色泡沫沾在鼻子上也浑不在意。

"爽！老周，你也来一杯！反正今天消费都记少爷的账上。"娄保国拽过身旁的周毅，不忘对跑腿的服务生说，"谢了，大帅哥！"

大帅哥轻轻摇头，单手托起摆满了酒瓶与高脚杯的托盘，走出吧台，汇入宴会厅中熙熙攘攘的宾客之中。

娄保国眯起眼，望着他离开的高大背影，喃喃道："挺酷啊。"

周毅喝得节制，杯中剩下三分之二的啤酒便不喝了，他闻言斜睨："怎么的，想认识一下？"

"哎，好主意。"

"去你的吧，这是什么场合你不知道啊。"

娄保国拍腿大笑，笑完把剩下的酒一饮而尽，把杯子"哐"地拍在吧台上，突然抬眼，紧紧盯着吴伟，眼里的笑意瞬间退去。

吴伟吓得两腿打战，这人怎么像唱川剧似的，一会儿一变脸？他万分后悔，今天早上看到星座指南说他的星座水逆，却还是来上班了。他硬着头皮问："先生，您还有什么需要？"

出乎意料地，眼前凶神恶煞的胖高个儿只问了他一个简单问题："你之前说那位大帅哥是最近刚来的？"

吴伟见胖高个儿不是找自己的碴儿，急忙点头："嗯嗯，原本跟我搭档管吧台的同事辞职了，正好他来应聘，经理就让他接了这个岗位。"

娄保国接着问："他叫什么名字？"

"唔……柏朝，松柏的柏，朝朝暮暮的朝。"

娄保国瞥向周毅。周毅蹙眉略一思索，摇头："没听过这名字。"

娄保国："注意着点儿吧，最近刚来的，长得还这么帅，不去当模特来当服务员？可能不简单。"

"嗯，我看紧他。"

吴伟听得云里雾里，他们谈话的内容好像是要对付柏朝，他不禁担忧地望向正穿梭于宾客间送酒的新同事。

"先生，您点的龙舌兰纯饮。"高大的服务生呈上酒杯。

接过酒杯的青年烫了一头时髦的褐色微卷发，正与一位美女攀谈。两个人都身着礼服，一个是雅致清爽的白色西装，剪裁贴身，肩线后移，十分巧妙地修饰了原本不够健壮的身体。另一个则是璀璨金披纱晚礼服，亮丝团绕，轻纱浮动，美不胜收。

青年忙着逗美女欢笑，没工夫理会服务生，食指和拇指捏着细长的杯柱，另外三根手指敷衍地朝他挥了挥，示意他可以走了，接着对美女道："真是太久没见了，还记得我们高中一起上马术课那会儿……"

他说到一半，察觉身旁的服务生没走，回头不满道："还有事吗？"

服务生的视线从美女脖子上的项链处收回——那是一条金质挂坠项链，主石为一颗圆形切割黄钻。

美女的嘴角噙着温婉的笑容，伸手取走了托盘上的一杯"巴黎之花"，说："别怪他，是我忘了拿酒，不好意思啊。"

服务生摇头："没事。"接着他去送其他客人点的酒了。

被服务生一打岔，白西装青年也注意到了美女脖子上的项链，笑道："黄钻很衬你今天的裙子，我也给你准备了一份礼物。前阵子家里在国外的矿场开采出了一批品质不错的红宝石原石，已经送去加工了。我最近一心扑在 A 国的生意上，忙得脚不着地，等制作好了给你送来。"

美女含羞一笑，纤长的手指轻轻拂过颈上的项链："谢谢，你有心了。这是度秋去年从苏富比上拍来的，因为这条项链叫'Homeland of Diamonds'（钻石之乡），他说我们刚刚回国，这个寓意很好。"

青年听见这个名字，笑容微微一滞，脸上的厌恶稍纵即逝，神色又明朗起来："看来度秋对你不错，但他的掌控欲未免太强了，连你戴什么项链都要管。你们这才刚订婚，以后结婚了日子可怎么过呀？要是我，肯定不会这样。"

美女浅饮了一口手中液体金澄的香槟，果味浓郁，花香馥郁，她的脸上却露出淡淡的忧郁："他一向随心所欲，你又不是不知道。你看，今晚的接风宴，这么多冲着他来的客人，他到现在还不露面，留我一个人在这儿应付，唉……"

她叹息着，忍不住抬头向正北方望去。

宴会厅分为两层，正北方有两座环抱的旋转楼梯，最低处的楼梯口两旁矗立着两座天使雕像，最高处离地十多米，上去之后是一个平台，通往空中廊道，直达客房大楼。

这时，美女的眼睛倏地一亮，高兴道："他总算来了！"

青年微微吃惊，循着她的视线望过去：原本空荡荡的最高处平台上多了两个人，应该是从客房大楼走过来的。

离得太远，青年看不清对方的脸，不过依稀能辨认出走在前头拎着公文包的是位中年男子，约莫四十岁，不知是否喝醉了，步履蹒跚，左摇右晃。而插着兜漫不经心地走在中年男子后头四五米的另一位似乎更年长一些……不对，青年蓦地意识到，后头的那个人并不年长，只是漂了一头银发，而且头发长度垂到了肩头。

白瞎了一身潇洒的那不勒斯咖啡格纹西装，完全被离经叛道的发色喧宾夺主。

"度秋他疯了吧……这是什么鬼发型?!"青年目瞪口呆。

在这么重要的场合，这个人以这种不成体统的形象亮相，简直是放浪形骸、胡作非为。

"他外公要是看见他这发型，保准气晕过去。"

美女无奈道："就是因为他外公说他不够成熟，他才赌气漂白了头发，反驳他外公：'我头发都白了还不够成熟？'好在他外公早就习惯他乱来了，不然真得气出毛病。"

青年颇为不屑地一哼，小声嘀咕："他从小就没正常过……他前面那个是谁？"

"哦，是他二叔，虞——"

美女突然像被无形的手掐住了脖子，话音戛然而止，美目瞪得极大，眼神愕然呆滞。紧接着，她陡然爆发出尖锐刺耳的尖叫："啊啊啊！"

她平日里总是温柔的嗓音急剧拔高，妆容精致的脸因惊恐扭曲得骇人，转瞬间从花容月貌的美人化作了仿佛前来索命的厉鬼！

青年吓得魂飞魄散，腿软得差点跌倒，不仅因为这声凄厉的尖叫，更因为看见了平台上中年男子的动作——他竟扔下了公文包，撑着平台的围栏，翻到了外边！

他只要松手往前半步，就会从十几米的高台坠下！

因为这声猝不及防的尖叫，在场的所有宾客、保安、服务生等都注意到了楼梯上的异状，一瞬间尖叫声此起彼伏，不绝于耳。下一秒，会场内声音的分贝暴涨到了顶点！

围栏外的中年男子神色诡异地微微一笑，松开抓住围栏的手，安详地闭上眼，张开双臂，向下方的虚空倒下，仿佛去拥抱一场美梦。

"啊啊啊，快接住他！"

"谁来帮帮忙！"

"救命，啊啊啊！"

"砰！"一声巨大而沉闷的钝响。

大厅陷入死一般的寂静。

所有喊着救人的宾客都已逃到四五米开外，让出了一片空地，他们都以为有人会接住坠落的男子，然而谁也没有。

只有一个人纹丝不动。

柏朝手中托着最后一杯"地狱龙舌兰"，默然低头，静静地注视着离自己脚边不到半米的尸体——因为中年男子的脑袋先着地，撞在坚硬的大理石地砖上，地面宛如盛开了一朵恣意张扬的猩红花朵，舒展诡异的"花瓣"延伸至他的皮鞋底下。

柏朝抬起头，正对着楼梯口，两座巨大的天使雕像正悲悯地俯视着这人间。

旋转楼梯之上，银发的男人收回未能触及的手，身形停顿了数秒后，屈臂撑着围栏，站在比天使更高的位置，如同无情的神祇，面色淡漠地一一扫过楼下惊骇的众人，视线最终落在离尸体最近的人身上。

他与那人目光交会。

那人如利箭般的视线穿过恐慌不安的人群直直射来，仿佛盯住了自己的猎物，表情却平静得近乎麻木。

虞度秋注视对方片刻，慢慢咧开一个诡谲的微笑，对着楼下英俊非凡的男人，狡狯地眨了一下眼。

002.

深夜11点。

即便是君悦大酒店这样夜夜笙歌的地方，也到了明面儿上差不多该曲终人散的时候，至于接下来如何声色犬马、纵情享乐，外人无从窥见。可今夜，地上地下的豪车一辆也没离开，大门口反而多了几辆顶上爆闪着红蓝灯光的警车。

酒店区域已被封锁隔离，一众宾客由民警与保安稳定情绪后，疏散至各自房间，原本不打算住下的也无法离开，只能乖乖听从安排入住酒店空房。

这座巍峨如宫殿的酒店，俨然成了一处巨大的囚笼，无人能进，无人能出。

宴会厅内，巴赫的《哥德堡变奏曲》停了，现场却依旧热闹。

新金区公安分局刑侦支队第三大队队长纪凛，站在警戒线圈起的区域内，抱胸看着地上的尸体——中年男子的头颅在与大理石地砖硬碰硬的较量中略逊一筹，已经面目全非，鲜血凝成了棕红色的胶冻状血块，中年男子左手腕上的劳力士绿迪也被凝在了血块中。

"啧，好好一块表。"纪凛一边惋惜，一边掏出随身笔记本记下线索。

物证科的民警正端着相机拍照取证，闻言回头翻了个白眼。

同大队的女警卢晴跟着围观，她临时从家里赶过来，头发都没梳，随便扎了个乱糟糟的马尾。听见这话，她气不打一处来，说："我的好队长，你什么时候对表有兴趣了？赶紧工作，我还想早点收工回家呢！"

纪凛："你又没对象，回去也没事做。"

"你不也没对象，所以非得找点事做打发这漫漫长夜？你们男人就是矫情。"

"……今晚别回去了，咱们通宵查案。"

"这案子还有啥可查的？几百双眼睛都看见了，是他自己翻过围栏跳下来的，要不是……"卢晴突然停顿，贼头贼脑地扫视四周，确定忌惮的对象不在附近后，挪到纪凛身旁，小声说，"要不是咱彭局正巧来参加这个宴会，人死在他眼皮底下，他觉得脸上无光，推脱不了，才不会紧急调集这么多人手。"

纪凛眉梢微挑："你错了，咱彭局根本不要脸，他要是觉得这事没疑点，早就喊辖区派出所来管这烂摊子了。既然喊的是咱们局里的人，肯定是觉得这件事蹊跷，不一定是自杀。"

卢晴一时不知该吐槽前半句还是该赞同后半句："话说，老彭去哪儿了？这案子他也是目击证人啊。"

"别提了，喝得又犯偏头痛了，这会儿半死不活地在楼上客房休息呢。"

卢晴无语凝噎，小声道："咱局里能有个靠谱的领导不……"

"你说什么？"

"没……没什么！"

纪凛懒得追究，又绕着地上的尸体缓缓踱步了一圈。光从表面看，线索实在寥寥无几。从监控看，死者确实是自己翻围栏跳下来的，没有任何外力因素。更多的线索只能等尸检报告出来，眼下他们能做的无非是查查现场环境，做做笔录。

这时，负责查看现场的民警从客房大楼小跑了过来，凑到纪凛耳边低声说了几句话。

纪凛眼睛一亮："还有这事？我去审审那个'非主流'！"

卢晴只听见了最后几个字，立马知道了他们在谈论谁，说："什么'非主流'，人家长得可比你帅多了……哎哟！"

纪凛狠狠一摁她的脑袋，说："不说话没人把你当哑巴。"

吧台前的一排高脚椅上，四个胖瘦不一、老少不一但全部西装革履的男人并排坐着。

娄保国半小时前目睹天降大活人，惊得浑身的肉狠狠一抖，手中第二杯扎啤泼出去大半，只剩个杯底，现在他抢了周毅的那杯喝，美其名曰"压压惊"。

"真邪门了……你说二叔他是不是中邪了？最后那一笑吓得老子鸡皮疙瘩都起来了。"

周毅顶了他胳膊肘一下，警告道："别乱说话，那是少爷的二叔，不是你的二叔。"

娄保国忙不迭地对左侧隔着两个位子的人道歉："对不起，对不起，少爷，我没有不尊敬您二叔的意思。"

正在接受民警调查的男人背靠着吧台，两条长腿支地，百无聊赖地用穿着牛津皮鞋的脚点着大理石地砖，像在打节奏，意兴阑珊地笑笑："道什么歉，没事儿。"

他说话慢悠悠懒洋洋的，末字的儿化音却颇为俏皮地扬了上去，就跟他这人的形象一样，相当玩世不恭。

纪凛从警戒线下钻出来，看见他这副散漫样子，眉头一皱，拍拍正在做笔录的同事——牛锋的肩，接过纸笔，象征性地敲了敲笔录本，端出刑警架子，严肃道："虞先生，你好，我是负责此案的大队长纪凛，我有几个问题想问你。"

虞度秋盯着纪凛半响，盯得纪凛心里发毛，那眼神，怎么说呢，好像把他从里到外都看透了。

最终虞度秋露出一个意义不明的微笑，开口："纪队，久仰大名，请问吧。"

久仰什么大名，他就一个片儿警，出了局子没几个人认得，这位刚刚归国的大少爷怎么可能听过他的名字，真够虚伪的。但纪凛不得不承认，卢晴说得没错，虞度秋的颜值不费吹灰之力就碾压了每天勤勤恳恳涂防晒的他。

怎么会有人的皮肤这么白？漂个"非主流"的发色还不难看？

"纪队长？"

纪凛抛开杂念，回归正题："虞先生，请问你的二叔虞文承，跳楼前有什么烦心事吗？"

虞度秋不假思索地回答："抱歉，我不清楚，我们已经许多年没见了，这次回国还没来得及跟他细聊近况。"

纪凛边问边翻阅牛锋刚写的笔录，显然，作为虞文承跳楼前离得最近的人，虞度秋并未能提供多少有效信息，而且他似乎故意隐瞒了最重要的一点。

"可我听说，你和他在房间里吵了一架？"

虞度秋的表情似笑非笑，淡色的唇微挑，看上去俊美又温柔，可眼神却寒气森森。

"你怎么知道我们吵架了？"他仿佛一头舔舐爪牙的雄狮，倘若得知告密者的名字，就会立刻将那人撕咬成碎片。

纪凛决定保护好那已经吓得六神无主的吧台小服务生。然而还未等他开口，一旁的管家却主动承认了："对不起，少爷，我下来取酒的时候，顺嘴告诉了小周和阿保，大概被外人听去了。"

虞度秋笑意扩大，但眼神森冷："洪伯，家丑不可外扬，你怎么会犯这种低级错误？"

洪良章刚为虞文承的死哭过一场，两只深陷的眼睛通红，每一道皱纹中都嵌着悲伤，他惭愧道："今天高兴，贪杯了，一时不慎。"

虞度秋："那得罚。"

纪凛脑海中登时浮现出一位花甲老人被残忍殴打的场景。当着他的面威胁？把不把他放在眼里?!今天他势必要让这丧尽天良的纨绔子弟懂得什么叫关爱老人！

"就扣你一个月工资吧。"虞度秋轻描淡写地道，"也就7万，略施惩戒，以做效尤。"

纪凛默默吞回了冲到嘴边的正义之词,他这种月薪7000的小警察才是该被关爱的对象。

虞度秋转回目光,含着歉意:"纪队,不是我刻意隐瞒,只是觉得让外人知道这种家事,未免丢脸,而且这跟我二叔之死也没什么关系。事情是这样的。二叔来我房间下棋聊天,因为生意上的事我们吵了起来,我二叔觉得我的新项目会给家里带来祸端。吵完之后,我的管家——就是我身边这位,提醒我身为小辈,再怎么意见不合也不该跟长辈起冲突,我想想也是,于是让他下楼取了瓶酒,去我二叔房间赔礼道歉。二叔那时也冷静下来了,收了酒但没喝,说身体不太舒服想先回家,我就送我二叔出来了。走在廊道上的时候他还叮嘱了我几句话。我认真听着,思考得出神了,没注意到他步伐加快、行为有异。等我察觉的时候,他已经跳下去了。我没来得及抓住他。"

虞度秋一摊手,表达自己的无可奈何。

纪凛眼神诡异地盯着他。

先不论这话是真是假,这人的语气神情也太轻松平静了吧?一个活生生的人摔死在自己面前,还是自己的亲人,普通人见了恐怕要留下一辈子的阴影,甚至要做心理疏导的,这人怎么丝毫不受惊吓?

纪凛问出了心中疑惑:"据目击者称,你看见虞文承摔死后,还笑了笑?"

宴会厅内仍弥漫着淡淡的血腥味,为了不破坏现场,窗户都被关上了,虞度秋大抵是觉得闷,解开了西装金属扣,然后是衬衫的第一、二颗扣子,露出的修长脖颈上,挂着一条形状酷似刀片的锋利项链。他两手插进西裤,反问纪凛:"不能笑吗?"

"为什么要笑?"

"因为很有意思。"

"有什么意思?"

"我以为今晚死的会是我。"

纪凛手中的水笔停顿,讶异出声:"啊?"

娄保国一口啤酒喷在了周毅的脸上,紧张道:"少爷!话可不能乱说啊!"

周毅:"……"

虞度秋优哉优哉的态度，仿佛事不关己："侥幸逃过一劫，我不该笑吗？"

纪凛："你怎么知道你今晚会出事？"

"因为我遭人恨呀。"虞度秋歪了下头，看着纪凛，"纪队，你知道我是干什么的吗？"

当然知道。回答之前，纪凛先在脑中迅速过了一遍从局长彭德宇那儿获得的关于虞度秋的基本资料——虞度秋，男，27岁，被国内外媒体誉为"G谷新贵""天才神童""杰出青年企业家"，创立并投资了多项看似疯狂却最终大获成功的科技项目，商业版图横跨五大洲。原本长期定居A国，今年5月不知为何突然匆匆归国，似乎有意向在新金区创业融资，故而办了这场宴会，想要打通关系，为新项目铺路。

这些是明面上的。

实际上，纪凛从彭德宇口中听说，这位青年才俊的来头吓人。母亲经商有方，公司资产在福布斯能排到前五百。此次虞家独孙高调归国，纡尊降贵落户平义市，少说能把全市GDP（国内生产总值）拉高5%！

这场宴会，其实是平义市乃至外地的精英们挤破了头前来结交虞度秋的重要场所。

纪凛听见这背后惊人的"内幕"时，若有所思地偷瞄了自家局长一眼。彭德宇干了几十年的刑警，哪能看不出他眼神中的揣测，当即赏了他的脑袋一记重拳："我可不是来巴结这小屁孩儿的，我对他的新项目感兴趣，说不准能给我们的工作带来便利。"

纪凛捂着裂开一般的脑袋，痛苦地刨根问底："什么……项目？"

"叫脑……脑什么来着？那词儿太拗口了，没记住。"彭德宇今晚喝了小半瓶白酒，脑子发昏，舌头有点大，说不清楚。

您纯粹是躲着您家老婆出来喝酒的吧！

纪凛没敢骂出口，后来自己去查了，虞度秋准备在国内开展的新科技项目名叫"Themis"，研发内容是"脑机接口"，近几十年颇为热门的一个领域，许多世界顶级富豪均有涉足。

专业点说，是在人或动物的大脑与外部设备之间创建连接，实现脑与设备的信息交换。目前主流的研究方向是人类如何用意念控制某个设备，通俗点说，就是隔空取物。

听着相当科幻，纪凛查资料的时候不禁感叹，现代科技原来已经突飞猛进到这种地步了。

不过虞度秋主攻的则是逆向的研究——用设备控制人的思维意念。倒是很适合他，这人的外形和气质就像科幻片里试图统治世界的大反派。

"我当然知道。"纪凛回道，"你这次回国是打算开展脑机接口项目，对不对？"

虞度秋赞许地拍了拍手，开口："贵局的调查效率挺高啊，不过还不够具体。我的主攻方向是通过脑机接口，用设备控制人脑……现在当然是天方夜谭，我们目前所能实现的仅仅是对大脑的轻微干预，比如用脑电波改变认知行为，阻隔兴奋区域，实时监控大脑数据等。"

纪凛："……说点我能听懂的行不？"

虞度秋："好吧，举个与你工作息息相关的例子。假如一名吸毒人员使用我司研发的可穿戴设备或是直接在其脑部植入芯片，我能用脑机接口，改变他对毒品的成瘾性，从大脑根源上帮他戒毒。这就是 Themis 项目的主要目的之一。当然，首先得研发成功。懂了吗？"

纪凛震惊地瞪大眼："这都能做到？"

虞度秋耸肩："理论上是可行的，不过现在仍处于筹备试验阶段。之前在 A 国，研究这个触碰了太多人的利益，我得时刻提防被人暗杀，所以我回国了。国内情况好很多，但也不是绝对安全。我有料想到今晚可能会出乱子，却没想到死的是我二叔，这事很离奇，希望你们能尽快逮捕凶手，这样我也能给二叔的家人一个交代。"

纪凛凝重道："这是自然，但在抓到凶手之前，你依然是主要嫌疑人之一，做好随时被传唤调查的准备。"

"行，我一定配合。"虞度秋打了个哈欠，露出疲态，"还有什么要问的吗，纪队？实不相瞒，我的未婚妻已经在客房孤苦伶仃地待了一个小时了，肯定不高兴了，我得去哄哄她。"

单身至今的纪凛把纸和笔拍回牛锋的手中，恨恨道："你们可以先回房，但不能外出，等尸检报告出来，我会再找你们。"

娄保国的扎啤终于见了底，舒爽地打了个长达三秒的饱嗝儿，说："总算能去睡觉了！"

"不，你俩留下。"虞度秋冷不丁道。

周毅疑惑："少爷，还有什么事？"

"留下做笔录。"

牛锋道："我已经给他们做过了。"

虞度秋摇头："不是关于我二叔的，是关于吧台服务生的。"

纪凛不解："你说吴伟？他怎么了？他一晚上都没离开过吧台。"

"我说的是另一个。"虞度秋的视线投向楼梯口——虞文承的尸体正被几个民警装进殓尸袋中，"案发时，我看见我二叔的尸体旁站着一名端酒的服务生。"

纪凛看向牛峰。

牛锋道："是有一个，我们已经调查过他了，他中途去两条街外的永平超市买酒，没去过客房大楼，与监控显示一致。虞文承跳下来的时候正好砸在他脚边。"

纪凛再看向虞度秋，挑了挑眉，问："听起来没问题，你为什么提他？"

虞度秋："我建议二位不妨关注这个人，据我观察，这人冷静得诡异。"

"……"全场最冷静、最诡异的人是你自己好吗？！

"……行，我会让人关注他的。不过他可能只是吓傻了，不敢动而已。"

虞度秋不置可否，站起来，礼节性地欠了欠身，便朝楼梯走去，老管家紧随其后。

牛锋不高兴地道："这人真拽……好像所有人都得听他的。"

纪凛也望了会儿虞度秋的背影，最终得出结论：从背后看，这非主流发型还挺潇洒的。

悬空的百米廊道两面都是玻璃，走在上面像走在一座没有护栏的天桥上，风一吹就会把人卷走，跌下数丈高空。

夜风拂过，虞度秋的发丝翻飞着，眼神逐渐阴沉。

"有意思。"

洪良章年纪大了，有点耳背："少爷您说什么？"

虞度秋放缓脚步，方便他凑近聆听："洪伯，你不觉得奇怪吗？二叔已经许多年没和我往来了，为什么会突然来当说客？谁喊他来的？"

017

"这……我也不清楚啊。"洪良章想起虞文承的惨烈死状,眼眶又红了,"真没想到一回国就发生这种事……少爷,你可能不记得了,在你小时候,你二叔还抱过你……"

"我记得,他会把我举过头顶,让我坐他的肩上,还会用零食逗我。其实我不爱吃,每次都无语地看着他,他还乐此不疲。这些我都记得。"虞度秋的声音飘入风中,宛如叹息,"他因我而死,我也会记得。"

洪良章抹了抹眼睛,劝慰道:"少爷,不是你的错,别自责……"

"自责?不,他只是一枚牺牲的棋子,要赢一局棋,就不可能毫无损失,我会让他的牺牲变得有价值。"虞度秋道,"洪伯,你近期别跟我外出了,万一连你也出事,外公可饶不了我。"

洪良章蹙眉,脸上的皱纹多了几条,像树皮上的沧桑纹路,说:"哎,我都半截入土的人了,我不怕死。可我觉得你虞叔叔说得不无道理,这件事,不光是你一个人承担后果,老爷20年前就吃了教训,从此没再碰过这些。虞家已经名利皆有,你何苦搞这种吃力不讨好的项目,让别人去研究不行吗?"

虞度秋摇头,掉转方向,走到廊道玻璃窗前,眺望整片新金区——康平大道笔直延伸出去数公里,远方的建筑已被夜色抹去了边角,沉寂的苍穹俯视大地,世人皆如蝼蚁。

"我宁愿在充满渴望中死去,也不想在萎靡无聊中生存。况且,你知道我归国的原因,我不能辜负他的信任。"

洪良章想起了什么,惋惜地说:"请节哀。"

"已经悲哀过了,沉湎于过去徒劳无益。"虞度秋注视着玻璃上反射出的身影,眼中闪烁着兴奋的光芒,"平义市……这地方可一点儿都不平静正义。我有种直觉,今晚的不太平,还远未结束。"

003.

午夜时分,万籁俱寂。

新金区公安分局的民警们仍在宴会厅忙于取证调查,而客房大楼内受了惊吓的宾客多数已歇下。

25楼的尊贵城景套房内，丝绸窗帘垂立在窗户的两侧，窗外漆黑的夜景已经没什么看头。房内只留了一盏彩色玻璃灯罩罩着的床头台灯，暖黄的光线照亮了一隅。

男人披着浴袍，靠在床头，左耳上挂着蓝牙耳机，边翻看资料，边哄电话里低泣的女人："苓雅，你只要待在房间不乱跑，不会遇上凶手的。"

杜苓雅胆子小，被虞文承的死吓得不轻。现在警方封锁了酒店，意味着凶手很可能还在酒店里。她想想就害怕，眼泪止不住："度秋，你能不能来房间陪我……"

虞度秋对她说话的语气总是温温柔柔的，但也总是拒绝她："跟我在一起更危险，放心吧，老周和保国都回房了，就在你隔壁，有事找他们就行，我也在同层，你很安全。"

"可我不安心，睡不着……"杜苓雅抽噎着，"我好歹是你的未婚妻，这种时候你都不来陪我吗？你房里是不是有别人？"

虞度秋翻阅资料的手指停住，捻着薄薄的纸页，轻轻地叹了声气："苓雅，我与你订婚，只是因为我们各有所需，你哥希望我能扶持他的事业，我父母希望我找位知根知底的人当我的妻子，仅此而已。这点你本就清楚，不要奢望我真心爱你。"

杜苓雅的脸色瞬间变得煞白，仿佛遭到了莫大的屈辱："你非要说得这么直白伤人吗？"

虞度秋继续翻页，用公事公办的语气道："我们订婚前就已言明，你非要往我这个火坑里跳，就该预料到会是这样的结果。别以这段关系要求我，我随时能取消婚约。"

杜苓雅又开始哭，声音逐渐变得凄厉，充满哀怨："我只希望你多陪陪我，这要求很过分吗？我喜欢你这么久，你怎么能这么薄情？"

虞度秋为数不多的耐心消耗殆尽，他合上资料，放到床头："如果对我不满意，就去找裴卓吧，我看他今天对你很照顾，你被吓到的时候他一直搂着你安慰你。你们也算是青梅竹马，你何必在我身上浪费时间？"

杜苓雅忽然不哭了，带着一丝惊喜问："你在吃醋吗？"

这是什么脑回路……虞度秋无奈地揉了揉太阳穴，说："算了，不说了。我累了，你早点睡。"他没心思再哄，又叮嘱了几句，便不顾杜苓雅的哭诉挂了电话，躺下睡觉。

台灯依旧亮着，衬得夜色更深，阒静无声。

客房楼层的走廊上铺了厚厚的毛绒地毯，吞没了有人经过时的脚步声。

"嘀"的一声密码锁响声，在一片寂静中相当突兀，但对于楼上在套房内沉睡的客人来说，近乎无声。

一个提包的身影迅速闪入房间，来人轻轻带上门。房内漆黑，他没有开灯，直奔阳台而去。

君悦大酒店的客房大楼总共25层，每间客房都配备了密码锁和私人阳台——除了顶层的某位客人。

那位客人嫌密码锁安全系数太低，入住前让酒店把整个顶层的门锁换成了自己公司研发的人脸精准识别技术，寻常盗贼别想闯入。

黑影站在24层的阳台上，撑着高度及胸的欧式铁护栏，俯视下方。

漆黑的大地犹如一张深渊巨口，等待着他坠入。

黑影平静地转身蹲下，从手提包中取出一段折叠尼龙绳，绳子的一端连着一把大号登山飞虎爪，另一端被系于腰间的安全带上，接着他打上一个防滑的八字双套结。

做完这些准备工作后，黑影背靠护栏，稍稍后仰，将飞虎爪往上奋力一甩！

"叮"的一声响之后，四爪中的一爪准确无误地钩住了25层书房外的阳台护栏。

黑影用力拉了拉绳子，确保牢固性与稳定性后，他深吸一口气，撑着护栏一跃而起，然后稳稳地站在了宽度不到20厘米的铁护栏上。

百米高空，夜风肆虐，企图让他万劫不复。

黑影没有片刻的犹豫害怕，他抓紧绳索，开始往上攀爬，双脚离了地，没有着力点，使不上一丝力气。他仅凭着惊人的臂力，在短短一分钟内，便成功抓住了顶层的护栏。

他翻过护栏，悄声落地，解下安全带，顾不得收起道具，立即去拉套房书房的玻璃门。

很幸运，门没锁。

他轻手轻脚地走进去，倒灌而入的夜风吹起了桌上的纸，飘摇着落到地上，有最高机密的商业合同，也有价值百万的支票。黑影反手拉上门，捡起地上散落的纸，放在桌上的西洋棋盘边，一眼都没看。

打开书房的门，他借着微弱的月光环顾四周，朝敞开的主卧走去。

厚重的窗帘垂在窗户两侧，一层朦朦胧胧的乳白色纱帘将夜色衬得格外温柔。

床上，一个年轻男人平躺着沉睡，脸侧向落地窗的方向。他的脸部轮廓弧度优美，表情宁静祥和，暖黄色的灯光将他的银发与皮肤都染成了古典油画般浓郁的金色，令人想起普基廖夫的那幅《不相称的婚姻》——圣洁、美丽，同时充满罪恶。

闯入者没有发出一丁点动静，站在床边静静地注视了会儿床上的男人，不知在想什么，接着拿起床头的资料，翻开第一页。

就在这一瞬间，他的瞳孔骤缩，迅速将资料归于原位，转身便走。

"刚来就走？"

闯入者闻言，停下脚步，缓缓转身，一张面无表情但眉目英俊的脸从黑暗转入光亮中。

"不走，等着你报警抓我吗？"

"报警也没用，我都提醒警察要注意你了，居然还让你溜了出来，挺厉害。"虞度秋起身下床，慵懒随性地系了系浴袍带子，冲他晃了晃手里的资料，"你不好奇我为什么调查你吗，柏朝？"

"不想知道，人不是我杀的。"

"我知道。"虞度秋看着他的脸，勾起笑，越走越近，"但你想见我对吧？我从你的眼神就看出来了，一个大活人摔死在你面前，你却在看我。"

柏朝似乎有点无语，朝后退了一步："你看错了。"

虞度秋对自己很自信："别不承认，你刚才明明有机会暗杀我，却只是在床边看着我，除了你另有所图，我想不出第二条理由了。"

柏朝冷眼相待："我以为你的未婚妻在你房里，我来偷她的项链而已。"

"那你可太没眼光了，那条项链才几十万，而你面前正站着一位身家几百亿的男人。"虞度秋许久没遇到过这么有趣的人了，他有意戏弄，不断逼近柏朝，才发现对方比自己高一两厘米。

虞度秋低头看,觉得可能是鞋子的问题,自己穿着拖鞋。

"你的身家多少和我有什么关系?"

虞度秋神思一动,开口:"我可以考虑雇你当保镖,薪水丰厚,前提是你得听话。"

柏朝忽然浅浅一笑。台灯光线在他的脸上划分出了亮面与暗面,使得冷硬的轮廓更如刀削斧劈一般,剑眉下的一双眼睛没照到光,浓黑如夜。可他这一勾唇,牵扯到面部肌肉,光影发生了微妙的变化,整张脸顿时生动起来,目光炯炯。

柏朝的笑意转瞬即逝,恢复了冷冰冰的神色,开口:"抱歉,我很不听话。"他转身就走。

虞度秋手疾眼快,一把抓住他的后领,往回狠狠一扯!

柏朝同时回身掐向虞度秋的喉咙!

虞度秋侧转躲过,扣住柏朝肌肉强健的手臂,往右横拽,另外一只手并指成手刀状,毫不犹豫地砍向柏朝的后颈!

柏朝弯腰,后背硬生生扛下了这一记凌厉的手刀,闷哼一声,居然没倒下,反而趁机扑过来,双臂牢牢箍住虞度秋,一使劲将他扛到了肩上,迈出两大步,往床上用力一摔,然后自己紧跟着压下,终于掐住了他的喉咙。

"嘘……安分点,大少爷,否则弄死你。"柏朝喘了几口气,后背剧烈抽疼,眉宇间浮现出薄薄的怒意,俯身凝视虞度秋因缺氧而涨红的脸,"不如你听话,怎么样?"

虞度秋张了张嘴,发不出音节,眉毛痛苦地扭曲成结,似乎快窒息了。

柏朝迟疑半秒,稍稍放松了手劲。然而下一秒,胸口猛地传来一阵剧痛,心脏仿佛被拳头砸得四分五裂,他重咳一声,几乎吐血,支撑不住,轰然倒下!

虞度秋翻身反掐住柏朝的脖子。

虞度秋的浴袍在扭打中散开了,半裸的上身肌肉紧实,皮肤光洁细腻,中和了力量感,不会让人觉得这人力气很大,武力值很高。可实际上,柏朝被他掐得几近昏死。

虞度秋低头,咧开嘴角,嗤笑道:"想弄死我的人多了,你连号都排不上。"

004.

虞度秋一边控制力度掐着人，一边气定神闲地按响了床头铃。

短短十秒，套房门口便一阵骚动。人脸识别锁录入了他随行人员的面孔，娄保国的脸最大，他第一个扫脸成功，一马当先冲进卧室，大喊："少爷！你没事……"

两个人应声望过来。

"啊这……"娄保国一时难以言语。

周毅随后而来，看也没看一旁呆若木鸡的娄保国，走上前扯下自己的领带，反绑住柏朝的双手，拖他下床，往地上一扔。

虞度秋呼出一口浊气，挥了挥酸痛的胳膊，说："这家伙真厉害，一般人被我这么掐早就昏过去了。去查一查他怎么进我房间的，以后别再犯同样的错误。"

柏朝顶着脖子上一道鲜红的掐痕，忙着大口吸入氧气，没空作声。

娄保国如梦初醒，赶紧和周毅四处搜查，找到了丢在书房阳台的若干攀爬工具，拿过来丢在柏朝面前。

虞度秋拢了拢浴袍，坐在床沿，架起长腿，用足尖点了点地上的人，开口："这么莽啊，为了一条项链命都不要了？我可不信。老实回答，你来干什么的？"

柏朝气喘匀了，说："我来见你。"

虞度秋一愣，继而大笑："哈哈，这会儿知道讨好我了？可惜你现在说，晚了。"

柏朝不动声色地盯着虞度秋笑完，继续说："我知道虞文承为什么会自杀。"

虞度秋神色一顿。

娄保国不屑："这小子肯定是为了自保胡说八道。"

"先听听他怎么说。"虞度秋微笑，"如果你胡说，就把你丢出去……我指的不是门。"

整间套房通往外部的只有一扇门……和若干窗户。

娄保国浑身一个激灵，想起虞文承摔死的惨状。

柏朝这个被威胁对象却很平静，似乎是认命了，也不挣扎，问了个看似不相

023

干的问题:"我的资料,你查到了哪些?"

虞度秋翻开床头的资料,一一细数:"没多少,收集得匆忙,就知道你是个孤儿,在福利院长大,八岁被人收养,和养父一起生活,今年二十五岁,在一家珠宝公司当押运保镖。哦,这家公司叫裴氏,是我老同学家开的,他今天也来了,挺巧。"

"两个小时收集这么多,不算少了。"柏朝不带感情地夸了句,"但这些都不是重点,重点是,我的养父叫柏志明,三个月前,他死了。"

虞度秋合上资料,似乎来了兴趣:"嗯?展开说说。"

柏朝垂眸,眼神暗了下来:"今年2月1日,他向公司请了长假,离开了家,从此下落不明。我当时在国外出差,没有及时察觉。半个月后,有人在昌和区的滨海沙滩上发现了他的尸体。冬季尸体浮上来慢,发现的时候他已经泡得肿胀腐烂,面目全非,但从衣物和随身携带的身份证来看,是他没错。"

周毅自己有女儿,最听不得这种家破人亡的故事,同情心一下就上来了,问:"跳海自杀吗?"

柏朝摇头:"他那段时期是有些莫名的焦虑,好像心事重重,但不至于到寻死的地步。警察检查之后,在他的上衣口袋里发现了制成邮票状的LSD。"

娄保国迷惑:"哎路哎苏滴?啥玩意儿?"

周毅不忍听:"收起你那老家人的口音。"

柏朝没回答,看向虞度秋。

虞度秋恍然大悟:"原来如此。"

这下周毅也迷惑了:"少爷,'哎路哎丝爹'到底是什么?"

娄保国:"你的口音也没比我强到哪儿去!"

虞度秋用美式发音流利道:"LSD, Lysergic acid diethylamide,麦角酸二乙基酰胺,一种强烈的致幻剂,也被称为'疯子药'。在A国很流行。轻则致人晕眩、呕吐,重则致人精神崩溃,产生恐怖幻觉,最可怕的是幻觉消失后,吸食者极有可能会抑郁,产生轻生的念头,所以这种致幻剂被大多数国家列为新型毒品。"

柏朝倏地抬眼:"你怎么知道这么多?一般人不会了解得这么详细。"

"正好看过罢了,我记性好。"

柏朝莫名地发出一声冷笑。

虞度秋不解："你有什么不满？"

"哪里都不满。"柏朝转过脸，像在闹别扭，"对你的记性尤其不满。"

他最后几个字越说越轻，虞度秋没听清，正想凑过去让他再说一遍。这时，消化许久的周毅终于反应过来："所以，你想说少爷的二叔也是因为这个哎路……这个药自杀的？"

柏朝点头。

娄保国一拍脑袋瓜，惊呼："我懂了！你养父和少爷的二叔吸毒！"

周毅、柏朝："你懂了什么？"

虞度秋笑道："谢谢你告诉我这么重要的讯息，不过，这依然不能解释你为什么夜闯我的房间，如果你觉得你养父的自杀存疑，直接去找昌和区的警察不就行了？跑到新金区来干什么？"

柏朝的眼眸生得极为深沉，像一池子不会流动的死水，深不见底。虽然柏朝被绑着，插翅难飞，可虞度秋却觉得自己才是被盯上的猎物。他不喜欢这种感觉，抬了抬下巴催促。

"我从未见过我养父吸毒，他一定是被人谋害。我听说你的新项目跟戒毒有关，潜伏在平义市的毒贩极有可能来找你麻烦，或许害死我养父的凶手也在其中。"

"再有关系，我也只是个商人。抓毒贩这种事，还是交给警察吧。"

"线索太少，警方目前无能为力，只能定为自杀。跟着你，或许会有新线索出现。"柏朝勾唇，"今晚不就有了吗？虞文承的反常行为很像服用LSD后的症状，平义市就那么大，LSD在国内也不算常见，我猜这两起异常'自杀案'之间必有关联。如果你愿意带我一起追查凶手，作为回报，我可以不计酬劳地当你的保镖。"

虞度秋耸肩："我已经有两个顶尖贴身保镖了，随行和看家的保镖也有几十个，最重要的一点，我不收不听话的人。"

"我可以顺便给他们当翻译，我会英语。"

娄保国："……都怪老周你不好好学英语，又来个抢饭碗的！"

周毅："锅包肉你怎么好意思说我？"

虞度秋仍旧推拒："我也不缺翻译。"

"可我对你有用。"柏朝冷眼盯着他，说出的话却异常热情，"凭我的功夫，应该可以每天陪你练练。"

虞度秋莞尔:"这确实是个很大的诱惑,我喜欢聪明直接的人,行,多一个保镖也没什么坏处。"

周毅低声附到他耳边:"少爷,还没查清他的具体来历……会不会太草率了?"

"就算他来历清白又怎样,以后就不会背叛我吗?等查出不对再赶走他。"

这通逻辑奇怪又莫名合理,是虞度秋一贯的风格。周毅无可奈何,说:"好,那现在怎么处理他?"

虞度秋想了想,往房内的单人沙发一指:"绑那儿吧,他不是要当我的保镖吗?就让他守夜好了。"

周毅不敢质疑虞度秋,和娄保国一起把柏朝的两条腿绑在了沙发腿上。

柏朝倒也没反抗,安静地坐着任他们绑。

"我要睡了,这一晚上够折腾的。"虞度秋躺回床上,对二人挥挥手,"你们也去睡吧,等明天法医出结果了,看看是不是和他说的一样。"

娄保国和周毅听从命令离开了。

人走室静,台灯灯光所能照及的范围,又只剩下二人。

"以后我睡觉都是这种待遇吗?"柏朝问。

虞度秋侧躺着看他,逆光的轮廓镀着一圈浅金的光:"看你表现……如果你求我的话,我也可以现在就给你松绑。"

柏朝扬眉:"这么轻易就答应了我的请求,不怕我是假意投诚吗?"

"就冲你刚才掐我脖子时的心软,我猜你并不想害我,起码暂时不会对我不利,对吗?"回应他的唯有沉默。

过了近五分钟,虞度秋几乎要睡着了,突然听见对面喊了他一声:"虞度秋。"

"……嗯?"

"你为什么叫……度秋?"

"问这个干什么?"

"想了解我的新雇主。"

虞度秋轻笑,这人确实挺有意思。

"我外公起的,'世事一场大梦,人生几度秋凉'。"

柏朝没再说什么。

虞度秋等了会儿，出于礼数反问："你呢？"

柏朝迟迟不答。

虞度秋也只是随口问问，没等到一个回答，便先行入大梦去了。

005.

一早天亮，阳光洒入卧室内，一室光明，仿佛昨晚笼罩在所有人头顶的死亡阴霾从未存在。

虞度秋昨晚忘了拉窗帘，被上了三竿的日光照得心烦，闭着眼伸长手在床头柜上胡乱摸索，寻找自动关窗帘的按钮。

"再往左。"

他猛地睁眼，又连忙低下头，缓解突如其来的光线对眼睛的刺激。过了会儿适应了，他抬头看去——落地窗前的沙发上，绑着一个坐下依旧身形高大的男人。

对方一动不动地盯着他，不知盯了多久，眼睛下方一圈淡淡的青灰。

"差点忘了你。"虞度秋松了口气，坐起身伸了个懒腰，按响酒店服务铃，"居然没走，祝贺你通过第一轮考验。一晚上没睡？"

"你说呢？"柏朝抬了抬麻木的肩膀，背后被捆绑住的双手无法行动，"你被这样绑着能睡着吗？"

"我的错，太不近人情了。"虞度秋掀开被子下床，赤脚踏在长绒地毯上，走到他面前，弯腰解开背后绑手的领带。

柏朝仰头，扬起眉梢："腿也绑着。"

虞度秋打了个哈欠，漠然离开："我可不会给你跪下。自己没手吗？"

这时，套房的门开了，卧室外传来推车的滚轮声。不一会儿，洪良章推着一辆三层餐车出现在卧室门口。看见房里还有个被绑着的人，洪良章只是愣了一下，什么都没问，尽职尽责地将餐车上的早餐一样样放到圆桌上。

虞度秋也不在乎，进浴室冲澡去了。

等他半小时后出来时，洪良章已将桌布与早餐铺陈好。三层的托盘，一层是中式粥面点心，二层是法式可颂、果汁，三层是美式色拉咖啡。

柏朝自行解开了尼龙绳的束缚，被绑了一晚上的长腿尽情舒展，坐在桌边，自顾自地享用着一碟松茸素饺和一碗鲜虾烧骨粥。

洪良章立在一旁，无奈道："少爷，我有阻止过他……"

虞度秋摆摆手，示意无妨，在柏朝对面坐下，手肘撑着桌面，手掌托着下巴，微笑看他："这个松茸和虾都很不错，多吃点。"

柏朝停下了筷子："不吃了，你吃吧。"

虞度秋点头，却没动筷，惬意地往后靠，陷入沙发椅中，淡淡道："洪伯。"

洪良章应声回："我让人再送一份。"

柏朝一脸莫名其妙，说："我只吃了两样，还有很多，你够吃了。"

虞度秋理所当然地笑了笑："抱歉，我对入嘴的东西有洁癖。况且，主人怎么能吃下人吃剩的东西？"

五分钟后，新一份早餐呈上了桌，也是三层托盘，与上一份一模一样。

虞度秋慢条斯理地喝着鲜虾烧骨粥，抬眼对上对面冰冷的目光，笑问："生气了？"

柏朝摇头："你没必要吃这些。"

出乎意料的答案，虞度秋很感兴趣，问："为什么？"

"因为这些东西给你吃太浪费。"柏朝起身，穿着硬实的马丁靴的脚"砰"地踹到桌子上。上百斤的实木桌巨震，瓷碗里的粥泼洒出去大半。柏朝留下一句"你欠揍"就扬长而去。

虞度秋愣了愣。

"少爷，这人……"洪良章脸上的皱纹拧成了麻花。

虞度秋摩挲着下巴，不知想到什么，兀自低笑："随他去吧，晚点收拾他。你去书房把我那块手表拿来。"

上午9点，君悦大酒店四层会议厅。

椭圆形会议桌两侧各坐着四五名民警，投影显示屏上图片文字滚动，正在进行临时紧急会议。

新金区公安分局局长彭德宇今年五十有余，整日操劳，后脑勺一块圆形区域油亮发光，周围稀疏的头发却染得浓黑。再怎么掩饰年纪，眼角和嘴的两边还是伸展出了几条深深的皱纹。

他平日精神矍铄，今日却有些萎靡——昨晚喝高了，只来得及与纪凛交代大致案情便去睡了，今早起来头疼欲裂，眼球通红，若不是尚有一颗为人民服务的赤子之心，这会儿还瘫在床上呢。

纪凛给他取来了两个软垫，一个垫腰后，一个垫屁股底下。

彭德宇欣慰地颔首："孺子可教。"

纪凛给自己腰后也垫了个，说："您别忙着感动，我是怕您有什么三长两短，这烂摊子就落到我头上了。"

彭德宇："……"

整间会议室里的民警无论头衔大小，都面如菜色。昨夜1点，技术科的副主任法医唐忠和两名见习法医对虞文承的尸体进行了一次全面检查，今早7点半，检测结果出来了，却令所有人大跌眼镜。

彭德宇听到报告结果，感觉自己的脑袋瓜裂得比躺在那儿的虞文承还彻底。

自杀不可怕，他杀也不稀奇，谁承想，居然在虞文承的胃里发现了致幻剂残留物，还是第三代新型毒品LSD！这类毒品多数是利用国际邮包从其他国家寄过来的，很难追查上家。彭德宇不禁悲从中来，急切地渴望一个氧气瓶。

纪凛看似聚精会神地翻阅着已经翻了少说五遍的验尸报告，实则也有点恍惚。不是没遇上过吸毒、贩毒的案子，光今年前5个月，平义市就侦破各类毒品案件100余起，抓获犯罪嫌疑人200余人，缴获各类毒品十几千克。像LSD这种成瘾性不强的毒品，在毒贩眼里并不是最赚钱的，新金区近两年也没发生过相关案件。谁能想到一下就来个这么大的阵仗，在全市乃至外地的各界精英面前堂而皇之地上演了一部惊悚片。市局的大领导昨夜就来了电话，名为关心，实则施压。

可这桩案子犹如一地打乱的毛线，纠缠打结，根本找不到线头。

"死者家属那边怎么说？"彭德宇坐暖了，缓过来些，拿过自己桌上的养生杯，喝了一口人参茶补补精气神。

刚外派回来的民警汇报："虞文承的妻子和父母说他没有吸毒史，我们两个人去搜查他家，确实没搜出任何毒品。"

纪凛："我打电话给他家辖区的派出所了，调取出来的档案符合死者家属描述，虞文承没有吸毒史。"

法医唐忠忙碌了一整晚，彻夜未眠，脸色憔悴，强打着精神问："会不会是瞒着家人偷偷服用的，没被抓过？"

纪凛摇头，双手交叉撑在桌上，凝重道："我看了昨晚客房的监控，收音很清晰，虞度秋没说谎。10点23分，虞文承说自己接下来要开车去公司，不喝酒了，留着下次再喝，说完这话五分钟后他就'跳楼自杀'了。如果他服用过LSD，不可能不知道后果，这不是自寻死路吗？所以，只可能是……"

"有人投毒。"彭德宇总结。

纪凛的脸色像吃了只苍蝇又吐不出来，说："局长，你能不能不要抢我最关键的一句台词！"

"都什么时候了还计较这个。"彭德宇怒目而视，"这种新型毒品在人体里顶多存留一两天，有的几个小时就无迹可寻了，幸亏老唐检查得及时，等你想到这点的时候，证据怕是早就没了！"

唐忠摆摆手，谦虚道："术业有专攻嘛，死者跳楼前明显精神状态异常，所以我就往精神药品方向检查了。咱们局里从没遇到过新型毒品相关的命案，小纪联想不到很正常，以后就知道了。"

彭德宇叹气："我看他这大半年精神状态也异常，老是一副神游天外的样子，比我还容易犯糊涂。"

唐忠说："先不说题外话了，破案要紧。这种致幻剂一般30分钟就会起效，2至4小时药效达到高峰，据此推断，死者最有可能在案发前4小时内被投毒。"

彭德宇："听见没？还不赶紧去把虞文承跳楼前4小时的行动轨迹列出来，重点排查他的饮食！"

纪凛喊冤："早就列出来了！案发前4小时他在公司，待到7点离开。路上堵了会儿车，40分钟后才抵达酒店，基本可以排除他在公司被下毒的可能，否则路上就该出事了。之后虞文承径直去了虞度秋的套房，房里有单独送上去的晚餐，不过按刚才唐主任说的起效时间，虞文承7点40分进房间，8点用完晚餐，那他8点半应该就会出现头晕恶心等不适症状了。可据客房监控来看，他9点左右离开虞度秋房间时，神色正常，步伐稳健，没有任何异常。而虞度秋在10点20分去虞文承房间送酒道歉时，前来开门的虞文承有用手捂额头的动作。结合10分钟后他突如其来的自杀行为，基本可以判定，他是自己一个人在房间时被投毒的。"

彭德宇摸着胡子拉碴的下巴，说："他房间里的饮料水果动过吗？"

君悦这种高档酒店通常会给入住的客人准备一些吃食，预先下毒也不是什么难事。

纪凛摇头："没有，卢晴和客房部经理一起去确认过了，所有食物饮料，原封未动。"

唐忠很谨慎："LSD 无色无味，可溶于水，100 微克就能致幻，要投毒轻而易举，被害人或许只喝了一口水。"

卢晴出声："唐主任，房里的酒水都是全新瓶装的，我检查过了，没开瓶。水果是切片摆盘的，一片也没少。哦，还有一种可能——凶手在马桶里投了毒，死者喝了马桶里的水。"

唐忠："……"

"少抖机灵！"纪凛一拳压下她的脑袋。

卢晴无辜地捂头："我只是列出所有可能性嘛！"

其他几位民警忍俊不禁，压抑紧张的气氛顿时缓了一缓。

彭德宇的养生杯快见底了，宿醉的头疼缓解许多，他突然灵光一闪，"啪"地放下茶杯，问："虞文承进自己房间的时候带东西了吗？"问完立马意识到多此一问。

卢晴虽然平时大大咧咧，偶尔犯迷糊，但取证这方面向来细心，房间里的角角落落都检查过了，不可能落下虞文承的随身物品。

果不其然，卢晴回道："他只带了个公文包，里面有文件、钢笔、名片、车钥匙等，没有食品饮料。"

彭德宇长长地叹气，思路又堵塞了，重按眉心，深感无力："没人给他下毒，他自己也没可能服用 LSD，难道他会自己分泌毒素啊？"

纪凛沉吟片刻："卢晴检查的时候公文包里没东西，不代表之前没有。"

卢晴："嗯？"

"他先前去虞度秋房里待了一个半小时，据虞度秋称，他们俩在下棋，那虞文承必然会将公文包放在一边，走的时候再拿上。倘若他包里有瓶水，也可能是其他食品饮料，完全可以趁其不备下毒，等虞文承快要离开房间时想办法让他服用。这样虞文承就不会在虞度秋的房间内出现中毒症状。证物也会留在虞度秋房内，之后找个机会扔掉不是什么难事。"

彭德宇眼睛一亮："臭小子，可以啊，这个可能性很高。立即排查7点40分至9点进入过虞度秋房间的所有对象。"

纪凛点头："昨晚已经粗略排查过一遍了，那位大少爷铺张得离谱，一顿晚饭要十几个人伺候，好在人都确定了，给我点时间再仔细查查。"

"动作要快，这些宾客来头都不小，酒店封锁不了多久，最晚今天下午就得放他们走，否则随便来个人喊律师告我们限制人身自由，我们就不好受了。"彭德宇反手敲了敲自己的后腰，舒展筋骨，"我造了什么孽，难得出来喝个酒，都能遇上一桩杀人案……"

纪凛："您恐怕是'柯南'体质。"

看似诡异无解的案件取得了阶段性的进展，会议室里的其余民警也稍稍松了口气。如果纪凛推测准确，那么凶手必然在进出房间的那十几人当中，这范围可比一般命案小多了，只要留住这些人，一一审问，总能揪出幕后真凶。

唐忠却不太乐观地皱眉："但是，即便有时机下毒，还有一点说不通——服用LSD后产生自杀冲动的概率不是100%，起效时间也难以确定。凶手如何能保证虞文承恰好产生了轻生念头，并且恰好在产生念头时走到楼梯上？"

纪凛捏着下巴沉思，清秀的脸上露出老成的神色："或许凶手的初衷不是让虞文承跳楼自杀，只是正好药效发作，虞文承正好走到楼梯那儿，又正好产生了轻生冲动，数个巧合撞在一起，才上演了那么戏剧性的一幕。"

唐忠："可如果凶手不想杀虞文承，那他的目的又是什么呢？假使没那么多巧合，虞文承顶多神志不清一会儿，过几个小时就恢复了，也不会成瘾，投这种毒有什么用？"

"杀鸡儆猴。"纪凛道。

"你是说虞文承之死是一种示威？鸡是虞文承的话，那猴是……"

"哗啦"一声，会议室的门被从外面推开了。所有人同时一惊，应声望去。

一道挺拔高挑的身影高调步入，纯黑珠饰衬衫的拉链直至胸前呈深V领，白皙的皮肤上贴着一条形似刀片的项链，刀锋银光一闪，极衬那一头漂成了近乎白色的银发。

虞度秋抿唇微笑，张嘴就是一句洋文："Morning。"（早上好。）

整个会议厅的便衣和制服警察被这刺眼的光芒射得难以直视。

纪凛呵呵两声，对唐忠道："看，猴来了。"

006.

每个月去理发店染黑新增白发的彭德宇，看着那一头银发，嘴角抽搐："我昨天就想问了……这是你们年轻人现在的潮流？"

一众年轻警察极力否认："我们年轻人才不这样！您别以偏概全！"

"不好意思，还没改掉在国外的习惯。"虞度秋道。

纪凛生气地说："虞先生，你进来干什么？外面贴着'闲杂人等勿入'，没看见吗？妨碍警察办案的后果你知道吗？"

虞度秋仿佛没听见，招招手，喊来了外边一位高个的年轻男人，说："随便坐。"

男人面色冷淡："我不配和你平起平坐。"

虞度秋笑吟吟地说："还生气呢？早上话说得难听了点儿，好让你长个记性。"

"你是不是看不起我？"

"嗯，不过你不用往心里去，在座的没有一个我看得起的。"

莫名躺枪的新金区众民警："……"

纪凛火气噌地蹿上来，问候对方全家的话已经冲到了嗓子眼。彭德宇及时递给他一个"别冲动"的眼神。纪凛转念一想，也是，犯不着跟一个财大气粗的富二代计较……

"你们把水果摆这儿，葡萄皮没剥？去剥了再拿过来。"虞度秋指挥着几个鱼贯而入的女服务生，"大家忙一晚上了吧？给大家准备了些水果，先休息会儿，别客气。"俨然一副主人姿态。

纪凛看着摆到自个儿面前的一盘火龙果切片，忍无可忍，无须再忍，他拍案而起："我们局里在开会！你捣什么乱！当这儿是你的地盘吗？"

虞度秋微微错愕，开口："没错，这酒店是我妈开的，这会议厅还是我批准借的呢。"

纪凛的磅礴气势转瞬烟消云散,求救似的看向彭德宇。彭德宇低头盯着法医报告,快把纸盯出一个洞来。

纪凛绝望了,满腔愤慨顿时偃旗息鼓,选择了低头,缓缓坐下:"虞先生,您有事吗?"

女服务生们统统退下,会议厅的大门重新合拢。虞度秋往上首的真皮老板椅上一坐:"受我外公之托,向彭局长问个好,当年承蒙您帮忙,虽然我不清楚是什么忙。我顺便来看看各位破案了没。"

脾气躁一些的民警,比如某队长,当场就想还回去。还是彭德宇沉得住气,抬手虚空一按,镇住了这帮年轻气盛的毛头小子,泰然道:"难为虞老还记得我。案子有些眉目了,不过公务机密,不便告知,虞先生可以回房等消息,别耽误了你分分钟几个亿的生意。"

虞度秋仿佛听不出其中暗含的嘲讽,抑或是故意拿腔作势,他跷起腿,散漫地转着老板椅,说:"做生意哪有破案有意思,况且死的是我二叔,血浓于水,不搞清楚他的死因我没法安心工作,或许下一个横尸于众人眼前的就是我。我可不要,那种死法太不体面了。"

唐忠熬了一宿的疲惫脑子跟不上这种诡异的脑回路,扶额道:"重点是不体面吗?"

纪凛自动忽略他那不知是真疯还是假狂的发言,俊秀的脸绷得比彭德宇还严肃:"你倒是有自知之明,我们刚才正在推测,如果这不是一起简单的跳楼自杀案,存在凶手,那么他的目的很可能是杀鸡儆猴,虞文承是鸡,你是猴。"

虞度秋面露惊讶:"纪队居然能和我想到一块儿去,年轻有为啊。"

乍一听是夸奖,可仔细一品完全是在绕着弯子夸自己。纪凛冷哼:"想到一块儿去?虞先生从哪儿得出这个结论的?"

尸检报告早上7点半才出来,之后整个分局的民警一直忙碌到现在,所有消息只在内部流通,投毒这个犯罪方式也是刚推测出来的,连虞文承的妻儿都不知道,虞度秋能知道什么,无非是故作高深卖弄自己。

纪凛等着他装过头出洋相。

虞度秋一手搭上椅子扶手，一手放到黄檀木会议桌上，深 V 衣领因这个动作敞得更开，几乎能瞧见若隐若现的胸肌，刀片项链危险地摇晃着，似乎一不当心就会在这细腻的皮肤上划出一道口子。

"这不难猜，我二叔被人投毒，误服致幻剂导致精神异常。而 LSD 这种致幻剂虽然能让人产生自杀冲动，却无法确定概率和起效时间。凶手如果是想杀人灭口，又有这个机会，为什么不直接下致命的毒药？说明凶手的目的并非杀人，之后发生的都是意外。至于凶手为什么要这么干……我想，应当与我此次回国开展的新项目有关，想借我二叔给我一个下马威，让我知难而退吧。毕竟要是连 LSD 的成瘾性都治好，那些贩毒的获得的利润极有可能大幅下降。"

一席话说完，整间会议室都沉寂了。彭德宇方才还算客气的眼神变得犀利无比，充满了擒奸摘伏的决心，铁青着脸问："你怎么知道是 LSD？"

警察不可能向外人透露如此详细的案件相关信息，除非公安内部有人泄密，或者，虞度秋本人就是……

"还真是 LSD 啊。"虞度秋成功诈出了想要的答案，狡狯地抬手一指，"您别误会，是我的新保镖告诉我的。"

纪凛定睛瞧向一直默默站在虞度秋身旁一副服务生打扮的人——其实虞度秋他们刚进来的时候纪凛就注意到了。这人个子很高，站得笔直，下颌微微收紧，嘴唇紧抿，眉眼不驯。

纪凛仔细回忆，这人的外形特征和吴伟的描述对上了。

"你就是柏朝？"

"嗯。"

"你知道他？"彭德宇很意外。

"昨晚虞先生让我关注他，但他没进过客房部，也没接触过房内的饮食酒水，我认为他嫌疑较轻，所以暂时没找他，反正酒店封锁了，谁也出不去。"纪凛扭头，脸上浮现出嘲讽，"哟，虞先生，你昨晚不还怀疑他吗，怎么今天就把他纳入麾下了？"

昨天负责做笔录的民警牛锋也帮腔："就是啊，因为你怀疑他，我还特意找他重新做了笔录。结果一晚上过去，你俩居然握手言和了。"

虞度秋摸了摸下巴："怀疑归怀疑，业务能力这么强的帅哥主动求职，我哪有拒绝的道理？"

这话腻得纪凛浑身起鸡皮疙瘩，说："你不是已经有两个贴身保镖了吗？"

"纪队长业务范围很广啊，我的事知道得这么详细？"

纪凛没好气地说："我才懒得知道，让你的新保镖说清楚，他是从哪儿得知内幕的，否则我们有理由怀疑你们两个串通一气，贼喊捉贼。"

小年轻到底不懂圆滑，彭德宇轻咳了声，给纪凛强硬的话语润色了一番："虞先生，恕我直言啊，你二叔来酒店后，在你房间里待了许久，又跟你吵了架，临死前离你最近。无论从事实还是从推理角度，你的嫌疑最大。现在你还得知了我们并未透露给外部人员的机密，我们肯定要调查清楚。如果你认为自己无辜，就请配合我们调查，我们肯定也不会随意诬陷你。"

虞度秋笑容亲切："彭局长，我这么注重品位的人，会用投毒这种阴招吗？而且摔得脑袋四分五裂的也太难看了。做人留一线，死后好相见。如果是我做的，我会给他留个体面的全尸。"

彭德宇摸了摸光秃秃的后脑勺，用迷惑的眼神看向纪凛：他刚刚是在本局长面前示威吗？

纪凛凝重地点头：是的，您没听错，这种人就不能给他好脸。

满座警察听着他的狂言妄语，再看看自家局长越来越黑的脸色，统统有些不忿。

"开个玩笑罢了，您别往心里去，我绝对是守法良民，从来不打打杀杀。"虞度秋修长的手指敲着会议桌，长短轻重，听节奏像是一首歌。在此情此景下，相当不合时宜。他头也不回地命令身旁人："柏朝，把你昨晚说过的话，再对警察同志复述一遍。"

话音刚落，有人倾身，按住了他敲桌子的那只手。

虞度秋低头看去。

"少爷，你知道'尊重'两个字怎么写吗？"

所有民警对这名服务生的好感立刻油然而生，好似从方才到现在憋的一肚子火气狠狠发泄了出来，恨不得为这位挺身而出的勇士鼓掌喝彩！

虞度秋眼皮轻轻一抬——他睫毛生得很长，下巴细巧，从上往下的角度看，居然显得很无害。尤其是顶着这头漂成银白的头发，说是天使面容也不为过。

但当他嘴巴一咧，眼睛一弯，神态气质就和电影里那些极具个人魅力的反派如出一辙。

分明知道这人笑得虚伪，满肚子坏水，却难以真的憎恶他。

"第一天当保镖，就对主人指手画脚啊。"虞度秋翻过手掌，往柏朝的手背上拍了一下，"手不想要啦？"

007.

全体围观民警一阵恶寒，只有纪凛适应性强，对虞度秋的神经质言行已经见怪不怪，倒是柏朝的反应让他惊讶。

"你不是我的主人，我也不是你的下人。我要说正事，请你安静点。"

虞度秋颇为好奇地扫过这张近在咫尺的脸——这人一定想从自己这里得到什么。这并非坏事，受利益捆绑的关系，有时候比虚无缥缈的情义更坚固长久。

两人挨得很近，虞度秋低声说："可以，听你一次话，当作早上的赔礼……"

正当纪凛以为虞度秋会勃然大怒的时候，他却抽回了手，搭在自己膝盖上，出乎意料地安静了，只微微颔首，示意柏朝说下去。

柏朝重新站直了，手垂在身侧握成拳，轻轻呼出一口气，接着将自己养父之死，以及两桩案子之间的关联猜测一五一十地说了。

新金区与昌和区在平义市的地图上南北相望，尽管隔了五六十公里，但同处一个地级市，公安体系内消息流通得很快。彭德宇听完稍一思索，便回忆起来了："几个月前是听说昌和出了桩意外溺海事件，不过已经尘埃落定了啊，从死者身上搜出了'邮票'，法医也检测出了残留的麦角酸二乙基酰胺。通过侦查与现场勘查，确认无加害与伤害因素，认定为服毒过多'坠机'，产生幻觉，不慎走入海里，溺水而亡。如果你对结论不服，可以向昌和区公安分局申请复查。他们的胡局和我很熟，我帮你说一声也行。"

柏朝摇头："从当下的线索来看，无论申请多少次复查，只会得出一样的结果，但我不相信这是桩意外。"

彭德宇摸着下巴上一夜之间新长出的胡楂儿思忖："两桩案子都出现LSD确

实很蹊跷，但这些只是你的猜测，并无证据。本市 LSD 相关案件虽然少见，却也不算新鲜，或许是巧合也犹未可知啊。"

纪凛也道："况且，柏志明和虞文承，一个是普通企业员工，一个是年入百万的基金经理，两人之间有什么交集吗？这需要查证，你们不能胡乱推断，可能会干扰我们的调查方向。"

安分守己了半天的虞度秋突然举手，像上课积极回答问题的三好学生："非要说交集的话，柏志明的老板的弟弟是我的高中同学。"

他一开口，无论话题多严肃、气氛多沉重，都会被他那轻松散漫的语气搅和得仿佛儿戏。

满屋子的人除他以外，干的都是最需要谨慎小心的工作，被他这么开玩笑似的一打岔，彭德宇和唐忠这样的老一辈干部立刻面露不悦。

纪凛虽然年纪不大，但为人处世也相当老派——几个年轻民警都用电子设备记录会议概要，他用的却是纸质本和笔，不知和谁学的。此刻他也气不过了，反唇相讥："所以呢？虞先生，你的意思是，你是两桩案子的交集？你有犯罪嫌疑？"

"我可没这么说。"

"那你就闭……"纪凛突然想起还用着他家的会议厅，悻悻然话锋一转，"……闭上眼睛休息一会儿，或许等你醒来，案子已经解决了。"

虞度秋这人仿佛一点儿不会察言观色，或者说根本就是随心所欲，竟然真的闭上了眼，背靠老板椅，全身放松，左右转动着椅子，玩儿似的开口："好啊，昨夜闹腾到那么晚，确实没休息好……那我了解的第三起关联案子，就等我睡醒再告诉你们哦。"

数十道锐利视线倏地射来！倘若视线化为实物，虞度秋这会儿已被射成了筛子。

彭德宇的语气疑惑又不失挖苦："据我所知，本市到目前为止只有两起 LSD 相关案件，哪儿来的第三起？虞先生真是神通广大，身在国外，消息却比我这个局长还灵通啊。"

"您过奖了，这起案子您一定知道，只是不知其中关联罢了。"

纪凛牙痒："既然你有线索，不妨跟我们分享一下？"

"不，我觉得你说得很有道理，我应该先休息。"

纪凛真想扇自己一嘴巴子，转头看向彭德宇。彭德宇无奈地对他摇了摇头。纪凛再看向其他人，只有角落的卢晴在挥舞着拳头为他打气，看口型应该是在喊："凛凛勇敢飞，出事自己背！"

纪凛下不来台，不抱希望地看向柏朝。

不为别的，就从柏朝刚才阻止虞度秋的举动来看，应该是位不畏强权的勇士，而且虞度秋似乎挺吃那一套。

柏朝或许接收到了他的求救信号，又或许单纯看虞度秋这副吊人胃口的样子不爽，竟胆大包天地一脚踹上老板椅，开口："能别闹了吗？你今年二十七岁，不是七岁。"

带滚轮的椅子滑出去半米，虞度秋始料不及，用脚紧急撑地，好歹刹住了，他慢慢地睁开眼："注意言行，你的脸只够我赦免你十次。"

柏朝抓住椅子扶手，将他拉回来，问："只够十次？"

虞度秋顿感压力，改口道："二十次也行。"

纪凛深吸一口气，嘴角抽动着，问："虞先生，能说说第三起案子究竟是什么吗？你多耽误一秒，凶手逃跑的可能性就多一分，难道你要放任谋害你二叔的凶手逃脱制裁？"

老板椅转回正位，虞度秋坐直了，手臂搁上桌面，收起玩世不恭的态度，嗓音一下子沉稳许多："别急，逗逗你罢了，这就说。"

纪凛暂时压住怒火，凝聚全部注意力，且听他能吐出什么象牙来。

"是去年的一起案子，和柏志明一样，也在昌和区。两人死亡，其中包括一位市局刑警。各位应该都听说过吧？"

纪凛脸色骤变，差点从椅子上跳起来："你怎么知道这起案子？你不是刚回国吗？"

虞度秋"不作妖"的时候，着实如一幅养眼的古典油画——低垂的睫毛掩藏了情绪，让人觉得其心里藏了很多故事，想要一探究竟。此刻说完，他不知想起了什么，手指又在桌上敲起了节奏："不巧，那名刑警是我的朋友，也是我的高中同学，名叫穆浩。他毕业后去了公安大学，后来去市局刑侦队当了一名刑警。我们许多年未见，原本约好下次见面不醉不归，谁承想，还未及见面，他就……唉。"

彭德宇点头："确实听说过，刑警遇害这种大案，我们内部不可能不知道。这案子的案发地点不在我们辖区，市局也没让我们协同调查，我们的手也不好伸得太长，不过小纪好像跟那名刑警关系挺好，还专程去了好几趟市局和昌和分局询问办案进展。"

虞度秋抬眼，似乎很意外，问："纪队，你认识穆浩？"

纪凛像一头预感到危险的警惕羚羊，整个人绷得紧紧的，眼神充满不信任，说："穆浩跟我是公安大学同一届的，我们……就是普通同学。后来他因为成绩优异，毕业就进市局了，我们来往也少了。我是听他提过有个疯起来不要命的有钱朋友，原来是你。"

虞度秋手指抵唇，笑的时候挡住了些许声音，听起来嗓音低沉悦耳："他对我的形容倒是贴切。那纪队，你应该很清楚案发经过，不妨和大伙说说吧。"

纪凛死死盯着他："清楚是清楚，可我为什么要对你一个外人透露案情？"

虞度秋反诘："怎么，现在又说我是外人？那我也没什么好说的了，你们自己去查吧。"

两人话赶话说到这儿，气氛有些剑拔弩张。

"好了。"彭德宇宿醉的头疼尚未完全缓过来，眼看着这案子越来越复杂，秃顶面积有扩大一圈的趋势，没心思听闲话，"小纪，把你知道的情况统统汇报一遍，大家一起分析一下，这三起案子之间有什么关联。"

"可是这种事怎么能……"

"你听他的语气像是什么都不知道吗？恐怕比你知道的东西还多。"

纪凛哑然语塞，迟疑片刻，终究不敢违背上级命令，只好心不甘情不愿地道："……案发时间是去年10月27日晚11点，案发地点是昌和区松川路的怡情酒吧，监控显示穆浩和一位名叫吴敏的女服务生走出酒吧，接着拐进了旁边的小巷。几乎同一时间，吴敏的男友刘少杰跟进小巷，杀害了吴敏……可能也杀害了穆浩，并将两人拖上车，运到海边，抛入大海。

"案发后第二天，吴敏的同事发现她没去上班，联系她未果，才报了警。巷子口的监控铁证如山，市局联合昌和分局立即抓捕了刘少杰，他供认不讳，称是因为情感纠纷起了杀意，事先往穆浩喝的酒里加了迷药，所以他才顺利得手。办案民警前往指认的抛尸地点，没能找到尸体。一周后，吴敏的尸体漂上了岸，脖子上有利器割痕,而穆浩……目前仍处于失踪状态。"

虽说是失踪状态,但听到这儿的人都明白,7个月过去,尸体怕是早就被海鱼吃得只剩骨头渣了。而且根据纪凛的叙述,这案子还有点微妙,穆浩似乎是第三者插足,大半夜从酒吧出来,和一个女服务生拐进小巷里……很难让人不往那方面想。难怪市局没让其他分局插手,消息也捂得颇为严实,内部刑警干出这种品行不端败坏道德的事,传出去又是一桩社会热点新闻,绝对会被民众"喷"[1]到体无完肤。

"刘少杰有案底,他的话不能全信。"满座古怪的寂静中,纪凛多此一举地补充,"据吴敏在酒吧的同事称,吴敏那阵子经常和她男朋友吵架,可能他们已经分手了,刘少杰不满吴敏找了个新男友才起杀意的。穆浩的人品我很了解,他不是那种……"

彭德宇肃色道:"你没有证据就别瞎揣测。"

纪凛抿了抿唇:"反正我觉得刘少杰没完全说实话,这案子或许另有隐情。"

彭德宇:"凶手已经供认了,尸体也找到了,这案子基本就结案了,谁没事给自己整个杀人犯的罪名玩?再说这案子你没全程参与,肯定有你不知道的细节,还是别主观臆断了。虞先生,难不成你所谓的有关联,就是指柏志明案和这起案子都是在海边发现的尸体?不瞒你说,昌和分局的胡局最头疼的就是这个问题,每次市里开会老跟我提这事儿,他们区是全市唯一的沿海区,每年跳海自杀的、游泳溺水的、被海浪卷走的、抛尸灭迹的,少说七八个,就在柏志明出事的那个月,还有一桩疑似溺海的案子呢,失踪者连尸体都没找到。这两桩案子的相似之处太少,不足以证明它们之间有关联,更别说和你二叔的案子有什么关系,压根和LSD扯不上边儿。"

虞度秋默默听完,先看了纪凛一眼:"纪队,你为什么觉得穆浩的案子有隐情?找到线索了?"

纪凛真不想搭理他,但又不得不搭理:"没有,我只是相信他的为人。"

虞度秋的眉眼逐渐放松了,忽而勾出一个真实许多的浅笑,开口:"原本不太放心,但既然纪队这么说,我想,应该没问题了。"

---

[1] 网络用语,指带有强烈情绪的无理指责。

纪凛眉头拧出一个困惑的表情，说："什么意思？"

"10月25号，案发前两天，是穆浩的生日，你知道吗？"

"知道，以前在公安大学的时候，我给他过生日。"

"那你知道我送了他什么生日礼物吗？"

"我不知……等等，是不是手表？他朋友圈发过想要一块像样的手表。"

虞度秋点头："对，我给他买了块百达翡丽的鹦鹉螺，100多万吧。"

周围警察倒吸一口凉气，卢晴捂嘴压住惊呼："100多万的手表……"

其他人听见这话，目光或多或少有些不对劲了。虞度秋的名声不言而喻，现在又说给一名刑警送了这么贵的生日礼物……何况这名刑警的道德品质似乎不怎么样。

纪凛和大家一样呆了呆，紧接着突然暴起，大步冲过来，用手指直指虞度秋的鼻子质问："你当着大家的面把话说清楚！别败坏他的名声！"

虞度秋身形不动，纪凛的手指在离他鼻尖不到半米时被截下了，无法再往前半寸。

"冷静点，听他说完。"柏朝四两拨千斤似的将纪凛往外一推。

彭德宇厉声呵斥："纪凛！发什么疯，回来！"

纪凛死死盯着虞度秋的脸，不甘心地缓步后退，回到己方阵营。

彭德宇叹气："不好意思，虞先生，我代他道歉，你接着说，为什么提起这手表？"

"大家多虑了，我跟穆浩是单纯的朋友关系，至于为什么说手表的事，是因为……"虞度秋扫视一圈，确定所有人都在听自己讲话，"我在他的手表里装了追踪器。"

008.

纪凛险些又冲上去，顶着脑门突起的青筋破口大骂："你跟踪狂啊？"

卢晴高喊："纪哥！冷静！有追踪器说明他知道手表现在在哪儿啊！说不定就能找到穆警官的尸体了！"

纪凛似乎听进去了，可拳头仍然攥得很紧，说："不一定是尸体……万一还活着呢。"

没人在意这句话，众人都盯着虞度秋，等待一个下文。

虞度秋不负众望，道："装追踪器是穆浩的要求，他说这表太贵，他五大三粗的，万一弄丢了或者被偷了多可惜，所以我就帮他装了。得知案情后，我第一时间调取了手表的定位记录，派人去搜查，你们猜，那块表现在在哪儿？"

彭德宇快被他急死："虞先生，事态紧急，别卖关子了，你知道就快点告诉我们吧，方便我汇报给市局，接着部署下一步行动。"

虞度秋终于饶过煎熬的众人，手伸进裤兜，掏出一样东西，勾在手指上："就在这儿呢。"

一块银灰色表带、海蓝色三眼表盘的手表吊在半空中，配色清爽，没有浮夸的镶钻，十分低调。

虞度秋将价格堪比一套房的手表放到桌上。彭德宇等人都围过来看，惊异地问："你从哪儿找到的？"

虞度秋耸肩："案发现场巷子里的垃圾桶。"

这么昂贵坚固的手表不可能轻易脱落，极有可能是穆浩故意留下的线索！

"我的定位器显示，进了巷子后，手表就一直在那儿，直到清晨4点才被垃圾车运走，然后就到了垃圾场，我派10名手下翻遍了堆积成山的垃圾，才找出它。"

负责物证的卢晴也在围观队伍里，惊讶道："垃圾居然没被填埋焚烧，虞先生，你动作够快的啊，什么时候知道穆浩出事的？"

"过奖。就在案发隔天，因为穆浩前一晚说要给我打个电话，有事商量。我迟迟没收到，以为他忘了呢，第二天联系不上他，我才发觉不对劲，就去查他的行踪了。"

"砰！"一声巨响，纪凛的拳头砸在实木桌上，关节通红，攒了许久的火气与不满蓦地炸开了："你为什么不早交出来？！上面或许有凶手的指纹和血迹！或许有穆浩想告诉我们的讯息！现在都7个月过去了！全没了！"

虞度秋睨他一眼，开口："纪队，别把我想得那么蠢，我的下属找到它之后已经彻底检查过一遍了，这手表上除了一股臭味，只有穆浩的指纹，应该是他自己

043

扔的。至于为什么当时没交出来，是因为这手表里有一份很重要的线索，我不敢轻易交与旁人调查。"

卢晴嘀咕："我们不是旁人，我们是警察呀，你自己调查的效率能比警察高？"

纪凛："你没听明白他的意思吗？他根本不信任警察！"

"怎么说呢，我不是不信任警察，我是不相信任何人。"虞度秋拿回手表，抚摸着光滑的表盘，手指滑到侧边，"况且我在国外多年，不清楚平义市的形势，也不了解平义市警察的办案能力，万一我把线索交出去，泄露消息了怎么办？打草惊蛇了怎么办？为安全起见，我花了半年时间，安置好名下所有的海外资产，并与平义市政府签订了投资协议，开展科创项目，才终于能长久稳定地落户这里，静下心来，真正着手调查穆浩的案子。当然，这半年内，我也顺着手表里的线索，安排了许多人在国内寻觅穆浩的下落，可惜，一无所获。"

彭德宇认可地点头："你这谨慎的处理方式倒有点像你外公了，以你的资产规模，半年之内处理好不是件容易事，看来你也很为这起案子操心啊。所以你说的线索，究竟指什么？我看这块表除了贵一点，好像也没什么特别之处啊。"

虞度秋气定神闲，八风不动，仿佛一切尽在掌握："彭局长，您知道我为什么喜欢研发一些别人觉得异想天开或者毫无用处的东西吗？"

所有人都吃不准他想表达什么，彭德宇也如堕迷雾，摸不着头脑："不知道，为什么？"

虞度秋答："因为它们往往会带来惊喜。"

在静默气氛中，忽听"咔嗒"一声，极其细微的轻响，像按下了某个开关。紧接着，众人错愕地听见，手表讲话了。

准确地说，是手表中传来了一个男人的声音，伴着雨珠砸到水泥地、玻璃瓶上噼里啪啦的声音，沉闷而遥远。说话者应该戴着口罩，所幸当时环境的回音效果很好，放大了原本不甚清晰的声音，似乎是通电话，三分猜七分辨，勉强能听清内容。

"嗯，死了。"

"我的错，不该让柏志明办这事，他果然老了，被警察跟踪都不知道。"

"好了，别担心，急有什么用。"

"我会处理好的，你不用管。"

电话结束得仓促，缺少一声礼节性的道别，足以见得通话的二人关系熟稔。

人声安静了几秒，其他声音便渐渐浮现出来——一道踏着雨水的脚步声由远及近，隐隐约约的画面感恐怖又模糊。

"对不住了，穆警官。"

录音到此为止。

会议厅内静得落针可闻。

虞度秋放下手表，开口："穆浩那家伙总丢三落四，还不爱用电子产品，整天拿个破笔记本记事情。我看不下去，让公司的研发团队给手表植入了微型录音芯片，最多录音一分钟，方便他偶尔记个事，提醒自己。谁知道这家伙竟然用来录罪犯的通话，还把我100多万的定制表扔在垃圾桶里，真是……"他语速越说越快，最后两个字的音量无意识地提了上去，然后蓦地顿住，垂眸抿唇，迅速将呼之欲出的情绪动荡压下去，照旧没心没肺地一笑，"真是个混账，就算他真被海鱼吃了，我也要找出他的骨头，臭骂一通。"

"会找到的。"身侧的保镖忽然应了句。

虞度秋抬眼："你在安慰我，还是在讨好我？"

柏朝露出一个无语的表情，说："随你怎么想。"

无人在意他们二人的对话，这一小段录音犹如一段导火索，火舌"嗖"地一下蹿出去，在所有民警面前串联起了整条犯罪链。

"穆浩同志在生命的最后一刻，也尽到了一名刑警的职责啊。"彭德宇惋惜地叹道。

"他应该是发现了什么，很可能涉及一条毒品交易线。"唐忠道出了所有人心中的揣测，"柏志明是线上一环，出了岔子，被穆浩发现了，在确定实情之前，两个人都被灭口了。至于虞文承……我认为小纪的猜测有道理，贩毒团伙本想警告虞先生，结果发生了意外。这么一来，三桩案子确实能连到一起。"

彭德宇也不得不承认："看来刘少杰真的说了谎，我得报告给市局，重启调查。可惜了穆浩这个小伙子，他领导冯队可喜欢他了，原本去年年末就跟我说要提拔他了，唉……"

联想到当时漆黑的雨巷、残忍的凶手，以及因公惨烈牺牲的刑警，所有人心头都仿佛压了千斤铁似的，不禁为自己刚才对穆浩私生活作风的揣测而心生愧疚。

这时，纪凛突然发神经似的，一把夺过虞度秋手里的手表，不顾一切地冲向会议厅大门。卢晴拉都来不及拉："干吗去啊纪哥！"

"去局里做声纹鉴定！再调巷子口的监控！揪出凶手！"

"凶手不是已经抓到了吗？"

"没有全抓到！"纪凛猛地回头，双目赤红，"录音里说话的不是刘少杰！他的声音我认得出来！我就说，穆哥就算被下迷药，怎么可能打不过一个混混！"说完，他迅速冲出了众人的视线。

"别管他，随他去。"彭德宇精疲力竭地捂住额头，"这么模糊的音色能查出来什么？一听就戴了口罩。何况那晚雨那么大，要是凶手撑着伞，就更难辨认了。这臭小子就是冲动，等他自己反应过来吧。"

虞度秋跷起的那只皮鞋踩地，站起身来。他个子相当高，足以俯视在座的大多数人。

"彭局长，既然您已经意识到这三桩案子之间潜在的关联性了，那我建议贵局联合昌和分局、市局进行彻查，尽快抓住背后真正的凶手，以防更多人受害。如有需要我帮忙的地方，我一定鼎力相助。"

彭德宇没有料到，一起看似盖棺论定的自杀案居然牵扯出这么复杂的关系链，新金区作为平义市的新兴发展区，以往经济犯罪居多，复杂的命案一年也出不了几桩。刑侦队的警员固然优秀，但班子整体偏年轻，处理这种命案的经验其实不多，难以扛起大梁。而且这次是跨区犯罪，涉及毒品交易和谋杀，绝对属于大案，估计得请求市局增派人手。

他心力交瘁之余也不由得面色凝重，开口："嗯，我立刻联系市局。不过在此之前，我还有个疑问，既然你早知道杀害穆浩的凶手可能会加害柏志明，为什么不早点联系警方？这样或许柏志明不会死。"

虞度秋理了理自己的衬衣，正打算走，听见这话，微微一哂："您这话说得真有意思，仅凭这段没头没尾的录音，根本无法断定对方是谁，我的一切想法都只是猜测，既然如此，还不如以柏志明为饵，钓出更多线索。我得到录音后，立刻派人去监控了柏志明，可惜，直至他失踪前，我也没获得有用的新线索。"

彭德宇一时竟觉得虞度秋说得十分在理。

虞度秋对彭德宇的无语浑然未觉："那我就不打扰各位办案了，先走一步，有事再联系。柏朝,走吧。"

高个的保镖却没应,也没动。

虞度秋困惑回头,对上他森然的眼神,略一思索,恍然大悟:"啊,抱歉,忘了你这个养子还在这儿。"

"你早就知道。"柏朝脸色冰冷,"难怪昨晚那么快拿到我的资料,难怪你那么了解LSD。"

"对,我早就调查过柏志明和你,没想到你本人比照片帅多了。就当给你上一课了,我这人哪,谎话连篇。"虞度秋笑不露齿,眨了眨眼,"丑话先说在前头,我很可能是凶手的下一个目标,你当我的保镖,如果不小心殉职了,我可不会帮你报仇。你不能接受的话,现在走还来得及。"

柏朝目光紧紧盯着他,眼中出乎意料没有怒意,而是不知由何而来的失望。与他擦肩而过,先行开门离去,丢下一句:"你确实谎话连篇,我早该看清。"

虞度秋不以为意地笑笑,也跟着离开会议厅,走到门口,恰好碰上女服务员剥完了葡萄送进来,顺手从水晶果盘中取了一颗碧绿的葡萄肉,扔进嘴里,边吃边走边喊:"现在看清还不晚,要走的话去找洪伯结算一天的工资,我这样的良心企业家可不多见……"

会议室里的人皆松了口气,总算耳根清静。

彭德宇望着两人离去的背影,一言难尽地摇头,无限唏嘘:"小时候明明挺可爱的,怎么长成这样……"

唐忠奇道:"老彭,你怎么会认识他和他外公?"

"因为一桩案子,太多年前的事了,不提也罢。"彭德宇横掌比画到会议桌高度,"那时候这小子才六岁还是七岁,就到这儿,见到我还会喊叔叔,哪儿像现在这么荒唐……算了,不跟小孩计较,但我们也不能放任他胡来,安排下去,24小时轮班监视他,在他到家之前先去他家装上监控,电话和邮件也要跟踪。他要是不答应,我就给他外公打电话,不信治不了他。"

唐忠摸着下巴:"我觉得吧,他倒真不像是会投毒的人,怎么说呢,就那股气质,金融诈骗还差不多。"

彭德宇凉凉道:"你以为我怀疑他是凶手啊?我是怀疑他会私自制裁凶手!"

009.

两个小时后，解除封锁的君悦大酒店堪比大型逃难现场。

酒店经理满脸堆笑地鞠躬，欢送各路名流富豪乘车离去，比起迎接他们来时，笑容中多了几分苦涩与焦虑。死过人的地方总归晦气，一年半载之内，酒店的营业额必然要大跌了。

许多宾客仅仅被迫住了一晚就怨声载道，抱怨酒店耽搁了他们第二天早上的航班，抑或是错过了一场季度董事会议，仿佛这些远比一条人命重要。

旋转门转动，又走出一位客人，排场很大，身后跟着四名下属，还挽着一位美女。

经理眼尖，余光瞥见，立马迎过去："虞总，您也要走了？"

"嗯，我们的车呢？"

"现在车库堵着了，可能要等一会儿。"

娄保国嗤笑："来的时候挤破头都要来，走的时候像避瘟神一样，这群人真有意思。"

周毅："他们消息灵通着呢，一听说可能是投毒案件，吓得巴不得立马翻墙逃走。"

杜苓雅就是被吓到的人之一，挽紧了虞度秋的胳膊，在5月下旬的艳阳天里竟有些颤抖，小声说："度秋，你确定要把这个来路不明的人带回家吗？万一他就是凶手……"她瞟向身后默不作声的新保镖。

柏朝回以一个冰冷的眼神。

"放心，我让人做过背调了，他履历挺干净的。"虞度秋轻拍她的手背，"不过，为安全起见，这阵子你还是回你哥家住吧，想来我家跟洪伯说一声，他会派车去接你。"

杜苓雅立刻摇头："我不要回去，你新买的房子不是我们的婚房吗？我当然要跟你一起住。"

这时，旋转门后走出一位褐色卷发的青年，他脸色难掩愠怒，正在训斥自己的秘书，但在看见杜苓雅的瞬间，眼睛顿时亮了，笑着走过来："苓雅，好巧，你们也打算走了？"

虽然问的是"你们"，但他压根没看虞度秋一眼。

娄保国朝周毅使了个揶揄的眼色，想让他品一品这场狗血三角恋。周毅微微摇头，示意他安分点。娄保国自讨没趣，突然想起多了个新同事，于是转向柏朝，意欲拉他加入八卦行列，结果一扭头，霍地一惊。

这位新来的哥们儿面无表情，眼神肃杀，像把以寒铁敲打而成的利剑。

年纪轻轻，怎么这么苦大仇深？

杜苓雅即便害怕，也保持着大家闺秀应有的气质，对裴卓浅浅一笑："嗯，再待一分钟我都要受不了了，太吓人了，怎么会出这种事……唉，可惜时间仓促，没能跟你好好叙旧。"

虞度秋稍稍侧头，脸颊贴着杜苓雅的头顶秀发，很亲昵的姿态："没关系，你们可以以后再约。"

裴卓仿佛才注意到他的存在，目光不情不愿地转过来，语气却热络："度秋，你害我担心了一晚上，以为你要被抓进去了，还好，我就说嘛，你胆子再大，也不至于谋害自己的二叔啊！"

"那是当然。我提供了一些线索，暂时解除了嫌疑，警察同意放我走，不过不能离开自己家，相当于被软禁了，案情如果有进展，还会传讯我。"

裴卓眼中闪过一丝显而易见的快意，说："这可难办了，你的生意怎么办？总不能全在家办公吧。"

"放心，国外的生意都转交给我妈了，至于国内的……我雇了不少像你一样能干的员工，他们会替我处理好的。"

裴卓没蠢到听不懂他话里的轻视，脸色微微一黑，可又不敢得罪他，只好略过这个话题，讪讪道："下次我们三个聚一聚呗，你俩高中毕业都去A国了，就我去了B国，快十年没见了，这次难得都在国内……哎，可惜穆浩不在了，否则还能捎上他……"

提起这个记忆中熟悉的名字，三个人默契地安静了一秒，似在哀悼。

"算了，不提伤心事了。"裴卓换上微笑，他生得不算俊朗，但会打扮，衣品好，综合下来也颇具几分帅气。可惜站在虞度秋面前，两人的差距就好比天然珍珠与玻璃弹珠，一个是自带光芒，一个是人工制造，不可相提并论。

实际上，多数人站在虞度秋面前，看着这位离经叛道却又惊艳绝伦的科技天才、商界骄子，都会深深地感到自己如此平庸。

没有人乐意承认自己平庸，承认自己不如人，嫉妒由此而生，毕竟连老天都"天妒英才"，区区人类，又如何能做到至善至真呢。

"有空再聊吧，原本今早要赶去 A 国金山市谈笔生意，谁知被困在这儿一晚上，航班都赶不上了，得另外约时间。"裴卓挺直脊背，尽量拔高自己的个子，笑着上前拍了拍虞度秋的胳膊，哥俩好似的，"度秋，你还是和以前一样，到哪儿都有大事发生啊。"

虞度秋侧头看了眼自己的胳膊，转回头，轻轻一笑："是我的错，这样吧，洪伯，你安排一下，用我那架湾流送他们一程，应该赶得上，如果赶不上……你要跟哪家公司谈生意？我给他们老板打个电话，让他等等你。"

裴卓嘴角一抽："没事，我……"

虞度秋语重心长："不用客气，谈生意要紧，这几年珠宝生意竞争激烈，又有人造钻石冲击市场，你们家在国内的市场份额日益缩水，听说现在已经不足5%了？真够呛的。不要错失每一次机会，加油拿下这一单吧，让你哥看到你的能力，他就不会一直把你当儿子似的管教了。"

明晃晃的挤对，还是在杜苓雅面前，下不来台的裴卓满脸窘迫，但这单生意对他的确十分重要，权衡利弊后，最终选择了低头："好吧，那就谢谢你了。其实我哥管我挺正常的，你也知道我爸的情况，他没法管我……"

这时，一辆车头方正的古思特从车库方向缓缓驶来，在门童的引导下停在一众人面前。

酒店经理接过门童的活儿，亲自打开对开门："虞总，请。"

"那就先这样了，改天见。"虞度秋没耐心听他的家长里短，扶着车门，让杜苓雅先上了车，接着却把车门关了，不顾杜苓雅在车窗后愕然瞪视，转身走向后边一辆幻影，吩咐，"保国，送她回去。老周、柏朝，跟我走。"

周毅："是。"

柏朝没回话，沉默地朝幻影走去。

娄保国心不甘情不愿，说："少爷，为啥让我送啊，我也想坐幻影！"

"你就幻想吧你。"周毅指了指自己脸上的疤，"杜小姐已经很害怕了，再看见我这副样子,能高兴吗?少爷让你送是觉得你外形好,亲切。"

娄保国听了,心里美了:"原来如此,那就没办法了,谁让我确实比你帅呢。"

等他反应过来明明还有个外形条件更好的候选人时,那三人已经撇下他扬长而去了。

康平大道横穿新金区以东的区域,将其划成南北两块城区,老城居南,新城处北。北部地势较高,豪宅依坡而建,越往上排布越稀疏,绿植越茂盛,至最高处,已经看不见现代建筑的踪迹。

保罗·福赛尔所谓的"看不见的顶层",便隐于枝叶之中,以俯视姿态睥睨着山脚下密布的大楼、劳碌的众生。

幻影行驶在平坦宽广的马路上,穿梭于纵横交错的路网中,缓缓上坡。

"啵!"香槟瓶塞拔掉,清澈透明的金色酒液释放出杏、黄桃和香草的清香,酒香扑鼻而来,馥郁清甜。

"来一杯吗?"虞度秋举着酒瓶问。

副驾驶的周毅点头:"谢少爷,这是昨晚洪伯从吧台取的那瓶酒吧?"

"嗯,记性不错。拿都拿了,就喝吧,庆祝死里逃生,平安回家。"虞度秋递给周毅一杯,转头问同在后座的另一人,"喝吗?我亲自倒酒的待遇可不是常有的。"

"红绶带象征胜利喜悦,我现在看不到胜利,也没有任何喜悦。"柏朝的坐姿端正,如同他严肃的表情。

"就当了一晚上服务生,懂得还挺多。"虞度秋给自己倒了小半杯,将酒瓶放回中央扶手,"还在生气?"

"如果你的父母手足被害死了,你不生气?"

虞度秋不以为意道:"我的家人很难被迫害,他们有一队特种兵出身的保镖全天 24 小时保卫。"

柏朝侧头,看着一派轻松的他:"那如果,害死我家人的帮凶就坐在我旁边呢?"

前座的周毅慢慢放下了酒杯,戒备的目光紧盯着后视镜。

虞度秋晃了晃杯中的酒液,余味中绵延出淡淡奶香,配上他近乎奶白的肤色与银白发色，给人一种无邪的错觉。

"据我调查，你和柏志明的父子感情似乎没多好吧？为什么要为他的案子努力奔走？"

"是没多好，他身体有问题，没法要孩子，所以才收养我，希望有人给他养老而已。他脾气很差。我小时候经常挨打受骂。"柏朝缓缓诉说着，"但不管怎么说，他收养了我，给了我自由，我帮他平冤昭雪，也算是报答他的恩情了。而你的冷眼旁观，间接导致了他的遇害，等同于帮凶。"

虞度秋低哼："'人生而自由，但无往不在枷锁中。'[1]他无非是将你从一个牢笼带进了另一个更广阔的牢笼，有什么可报答的。况且他涉嫌犯罪，死不足惜。"

"如果他不犯罪，你就会救他？"

"那倒也不是。"虞度秋品了一口酒，惬意地轻叹，冷不防地问，"你听说过电车悖论吗？"

柏朝皱眉："听过。你想说你牺牲柏志明是为了救更多人？"

虞度秋摇了摇食指："不是。我只是希望你在担任保镖期间记住一点：无论如何，你都要首先确保我的安全。"

周毅在前排默默听着，不敢插话，想起刚回国时虞老对他的再三叮嘱："我就这一个外孙，他要是遇到危险，你可一定要保护好他。"

他当时很想回："其实吧，我在您外孙身边当了这么多年保镖，深深觉得，最大的危险分子，恐怕是您外孙本人。"

柏朝更不留情面，直接问："你的世界观里有'道德'两个字吗？"

"这世界上不存在完全的道德，就像这个悖论，无论你选哪一个，都要背负道德的谴责。"虞度秋漫不经心地勾绕着自己的一缕头发。

柏朝："可现实是，你以柏志明为饵，却没钓上任何大鱼。他原本或许可以活下来，给警方带来更多线索，你却放任凶手杀了他，这损失算小吗？"

"啧，你还挺难对付。"虞度秋摁着太阳穴，苦笑道，"我承认，这件事上我的判断稍有失误，但我没'放任凶手'，别把我想得那么坏。我有派人去监督保

---

[1] 引自卢梭《社会契约论》。

护柏志明，可他还是莫名其妙地失踪了。如果凶手能在我的人的眼皮底下劫走柏志明，那谁来都一样无济于事。"

柏朝毫不买账："无论你怎么解释，我更认为你才是个疯子，无论是凶手还是受害者，都只是你眼里有意思的玩具。"

虞度秋一愣，紧接着流露出堪称惊艳的神色："我喜欢你这个比喻。"

周毅扶额，默默端起杯子，继续喝自己的酒。一个敢在百米高空徒手爬楼的家伙骂别人是疯子，一个被别人骂疯子还特别高兴，也不知道究竟谁更疯。

如盖的树荫后，被遮掩的房屋逐渐显露出气派的真面目。"壹号宫"三个刻在大理石上的楷体字陈于入口，雕着繁复花纹的实心铜门有所感应，缓缓开启，迎接幻影车头的欢庆女神展翅而入。

虞度秋饮尽杯中酒，湿润的嘴唇微微一勾，开口："不过，比喻还可以更恰当些——如果说凶手是潜伏在平义市的一条毒蛇，那我就是盘踞在平义市上空的恶龙，蛇在龙眼里不过是条虫，不足为惧。但是，如果不止一条蛇，龙也有可能被围攻而死。"

柏朝听出了话外音："你认为这三桩案子不是同一人所为？"

"只是猜测。"

"有什么依据？"

"作案手法差别太大了。雨巷案中，吴敏是被割喉而死，手法干净利落，而且凶手还制伏了一名身体强壮的刑警，我不认为刘少杰一个混混有这个身手和能力。真正的凶手绝对是个狠角色，他要杀柏志明、我二叔这样的中年男人还不是像踩死蚂蚁一样容易？何必要下毒，伪装成自杀？我觉得他不屑于这么做。"虞度秋刚严肃了会儿，又嬉皮笑脸了，"你看，我有在认真思考如何揪出真凶，你还把我当帮凶，小'柏'眼狼。"

柏朝看他的眼神稍稍缓和："是不合理，但这两个凶手或许是同伙。"

"错，我的猜测是三个。"虞度秋道。

周毅忍不住插嘴："少爷，你的意思是杀害柏志明的和杀害您二叔的，不是一个人？这……有可能吗？"

虞度秋托着下巴，食指轻按脸颊："极有可能，柏志明的案子设计周密，凶手先让他失踪，然后溺水而亡，再让警方从他体内查出致幻剂，证据链完整，怎么看都像他自己吸食过量'坠机'了。在这个过程中，凶手是隐身的，犯罪手法非常低调。若不是我的录音，警方恐怕不会复查这起'自杀'案，想查也没线索。而二叔之死，太突然太高调，稍微一调查就能推断出他被投毒了，犯罪手法很粗糙，凶手像是一时兴起，抑或被逼无奈。"

周毅恍然大悟，一拍自个儿的大腿："有道理啊！"

柏朝不解地问："既然你的猜测是三个人，为什么早上在会议厅里，故意误导那群警察凶手是一个人？"

虞度秋无辜道："我可从没说过凶手是一个人，我只是说这三桩案子有关联。况且这只是猜测，我自己还有地方没想明白呢。"

柏朝与周毅异口同声："什么地方？"

"昨晚你告诉我，柏志明的尸体被发现时，身上带着身份证，这个细节我之前不清楚。"虞度秋继续道，"很奇怪啊，如果我是那个凶手，我会把柏志明身上所有能显示他身份的东西统统拿走，再丢进海里，这样即便柏志明没被海鱼吃掉，漂到了岸上，也已经泡成巨人观了，警方得靠 DNA 检测才能确定死者身份，破案进程会延缓，这段时间足够凶手逃到外地甚至国外了。这处理尸体的马虎方式跟凶手前期的周密安排相矛盾，我总觉得他是故意让警方迅速确定柏志明的身份的。"

周毅的脑子已经有点绕不过来了，困惑地问："凶手这么做图什么呢？"

"这就是我不解的地方了……嗯？怎么这么热情地看着我？"

柏朝收回目光："突然觉得你很聪明。"

虞度秋来了劲儿："具体说说？"

柏朝没被带偏话题，说："或许是凶手不想让警方继续追查这起失踪案，想尽快定成自杀案，好让自己得以脱身。"

"你说的也有可能，我们现在所说的都是猜测，甚至有可能柏志明就是自杀而死，因为我派去监控他的人并没有在他周围看到任何可疑人士，倒是你这个养子很可疑，怎么几个月都没出现一次，太没孝心了吧。"

周毅听得汗颜，端端正正地坐直了，指挥司机："前面那条道左转。"

司机："……谢谢您，我不是开出租的，我专职的，认路。"

周毅："……"

柏朝不为所动："我成年后就搬出去住了，那几个月正好在国外出差，给你老同学的公司押送一批珠宝。你放心，我现在质问归质问，还是要靠你找出凶手，如果柏志明真的参与了毒品交易，那他死有余辜，但凶手也必须被绳之以法。"

"我就欣赏你这样懂事的帅哥。"虞度秋笑道，"不管之后如何，希望你能遵守承诺，保护好我。"

柏朝轻声"嗯"了下。

幻影缓缓停在一栋庄园别墅前，司机下车前来开门。虞度秋正欲踏出，忽听身后问："你从早上起一直在敲的那首歌，叫什么名字？"

虞度秋回头，诧异道："你好像总是对一些细枝末节的地方感兴趣。"

"不说算了。"

"激将法也使用得炉火纯青。"虞度秋回身，"是首军歌，穆浩生前很喜欢，'……当那一天真的来临，放心吧祖国，放心吧亲人，为了胜利我要勇敢前进'。"

他垂眸轻声哼唱着，音色清亮，顶着这样一张玩世不恭的脸，唱这么一首正气凛然的歌，居然并不违和，反而有种不一样的动人感觉。

柏朝没说话，开门下了车。

010.

碧山是平义市数一数二的豪宅区，最顶上的一座豪宅堪比宫殿，占了整片山头，面积约等于五个足球场，据说近期被人买下，取名"壹号宫"，寓意为"站在金字塔顶端的那1%人群"。

高低错落的绿化配置与配备了保安的大门屏蔽了外人窥探的视线，宫内的茵茵草坪上，两条皮毛浓黑发亮的杜宾犬正在追逐打闹，金棕色的四肢奔跑如飞，脖子上的铂金粗链左甩右摆，驯犬师候在不远处，时刻关注着。

一个飞盘如燕隼般划过半空，两条狗立即兴奋地甩着舌头狂奔而去。

虞度秋收回手，懒洋洋地躺回遮阳伞下的躺椅上，正了正墨镜，扣紧蓝牙耳机，回道："知道了，外公，二叔的后事我已经让人去操办了，以后他们家有什么需要帮忙的地方，不管是孩子上学，还是父母的养老送终，都由我来负责。"

那头不知又说了什么，虞度秋罕见地无奈了，端起橙汁狠狠吸了口："Themis项目我肯定要启动，您再劝也没用，我这不也是为了完成您的心愿吗？您就别操心了，我都是快结婚的人了，自有分寸……"

"怎么又扯到婚事上来了，您不同意就去跟我爸妈说啊，去跟杜家说啊，我也不想结这个婚。苓雅她太偏执了，明知我是个不可救药的浑蛋，还想让我浪子回头，正常人谁愿意……"

"什么？您可歇歇吧，不需要您帮我找，传出去人家还以为我没人要呢，让长辈介绍对象……我现在打电话警察可都监控着呢，您别让我丢脸了。"

光听回话就能猜出那头说的内容，娄保国敢乐不敢笑，憋得脸红，捅了捅旁边周毅的胳膊。

周毅皱眉："别像个小学生似的。"

"嘿，你这老东西……"

娄保国还没骂完，听见虞度秋说了声"回头再聊"，立刻恢复一脸严肃。

虞度秋结束了通话，盯着远处草坪上玩乐的两条爱犬，怔怔道："外公他这是怎么了，居然说要给我介绍个不错的对象，还是能治我的？"

周毅轻咳："当家长的，肯定都希望自己的孩子有人照顾，获得幸福，所以才给少爷你介绍对象。"

虞度秋不以为然："那不一定，你看我爸妈，自从我成年，几乎没管过我。"

周毅斟酌了片刻措辞："有时候疏于陪伴并不一定意味着父母不爱孩子，可能只是出于无奈。您看我过去也是常年待在国外工作，只能把我家小果交给她奶奶管，但我在外无时无刻不在思念她，想着她今天在学校有没有被同学欺负，有没有专心学习，再过一年就中考了，要考哪所高中……心里总是挂念的。"

虞度秋轻哼："他们是挂念我，但也挂念着让我早日结婚安定下来，这不就强人所难了吗？先不说我根本不喜欢苓雅，就算我喜欢她，我也不可能一辈子只喜欢她一个吧，那多没意思。"

饶是周毅颇为能说会道，也没法委婉地表达出"少爷您这是什么歪理啊"这层意思，身为下属也不方便与主人探讨更多深入的内容，只能苦笑："嗯……您开心就好。"

两条杜宾哈哧哈哧地撒开爪子狂奔，玩了半个小时仍旧精力充沛，驯犬师追着跑，累得满头大汗。虞度秋吹了声短促的口哨，两条狗立马掉头飞奔而来，争先恐后地蹭他的手心，高兴得满地打滚儿，粘了一身草屑。

"找个人过一辈子还不如找条狗，起码狗忠诚、聪明、服从性高。"虞度秋摸着两条狗眼睛上方的两点黄眉，笑道，"你俩说是不是啊，黑猫、警长？"

娄保国捂脸，小声说："这名儿，听一次怀疑一次，真是少爷起的吗？"

周毅战术性咳嗽，含糊其词："不该问的别多嘴。"

这时，娄保国戴的空气喉麦耳机里传来声音，他立即凝神，拉了拉空气管，专心听完，带着一脸见鬼的表情，斟酌着转达给了虞度秋："那个，少爷，洪伯说斐华来了。"

虞度秋去端橙汁的手顿住，嘴角一抽："跟他说我不在。"

"洪伯说，他已经在会议室坐着了，他说如果您不见，他就去金融界散布谣言，保证您以后再也谈不到恋爱。"

"……"

十分钟后，别墅主楼一层的会议室。

桃花心木会议桌长达五米，北首坐着一位中等身高、体形偏瘦的青年，细长的眉毛下是一双炯炯有神的眼睛，压根看不出这人是800度近视——眼镜配的是超薄镜片，但依旧容易从他那塌鼻梁上滑下来，他得时不时推一推。年纪轻轻的，他就有种老学究的气质了。

可这人话匣子一开，就跟连珠炮似的，突突突地往外开火："真是倒血霉了，我就出差一周！一周！你就能给我整出一桩命案来！虞大少爷，您能让我省点儿心吗？别让我黄连树上挂苦胆——苦上加苦了行吗？我在飞机上看到新闻的时候巴不得当场坠机！上辈子我是杀了人吗这辈子来当你的公关经理？"

虞度秋掏了掏耳朵，说："你可以选择辞职。"

"不行，我现在辞职就是落荒而逃，我不允许我的职业生涯存在这样的污点！等我功成名就了再把辞职信狠狠甩你脸上！"

娄保国和周毅坐在靠边的旁听位上，捂嘴唧唧私语："好不容易清静一个礼拜……"

"确实……"

"锅包肉你说什么呢！别以为我听不见！"赵斐华像班主任似的吼过去，接着拧开自己带来的保温杯,喝了口罗汉果茶润润嗓子,继续炮轰对面斜倚着椅子、态度散漫的某位老板,"现在科创界全在唱衰你的新项目,五家原本有意向的风投公司都明确表示退出了,我建议你谨慎选择直接进入A轮融资,更建议你干脆放弃这个项目,否则万一失败了,你的形象必然大跌,名下所有企业的股价都会受到波及!到头来还不都是我替你收拾烂摊子!"

虞度秋用手指敲着桌子,慢悠悠地打了个哈欠:"失败只属于那些连尝试都不敢的人,探索科学的路上总会遇到阻碍,对我来说,只要有1%成功的可能,就足够赌一把了。"

"我的大少爷,你赌的是钱也就算了,但这次你的命也在筹码里啊!脑机接口这玩意儿在科创界早就不新鲜了,你也知道,国内20年前就有一位科学家研究过,还是你外公的学生,方向也跟你差不多,最后落得什么下场?一家四口的命全搭进去了!现在媒体都在传这东西有魔咒,谁沾谁倒霉,还说你早晚要重蹈20年前的覆辙。"

"说不定吧。"虞度秋展颜一笑。

"你还有心情笑!"赵斐华快气厥过去了,缓了半天,推了推眼镜,尽力心平气和地规劝,"度秋,看在我们大学同学一场的分上,我真心建议你赶快收手,你以前投资的那些异想天开的项目我都没意见,反正你有钱,随便折腾。但这次的项目实在太危险,你触碰到了一些人的根本利益。

"平义市的资本情况我回国之前做过调查,表面平静如水,实际上各家势力盘根错节,形势波谲云诡,老牌没落富商为了与你这样异军突起的新贵抢占地盘,私底下不知道进行了多少见不得人的交易,策划着多少阴谋诡计。要解决这些人,步履维艰,你再光环加身也只是一介商人,我真担心你会……"

"哎!你说你,留在A国当你的天才企业家不好吗?每天美酒美人绕身不爽吗?为什么突然回国蹚这片浑水?以前也没见你对脑机接口感兴趣啊,嫌日子过得太享受了给自己找点苦头吃?"

虞度秋听完这一长串,依然笑得一派泰然:"早就有这个念头,只不过加速了进程而已,顺便为老朋友报仇来了,不行吗?现在又多了我二叔,理由够充分了吧。"

赵斐华一甩手:"得了吧,你什么时候正义感这么强了?追查凶手是警察的事，你这趟回来能平安无事就该烧高香了，还报仇呢。"他翻了个白眼，起身收拾会议桌上零散的文件，"算了，我也知道我说不动你，你这人倔的时候八个模特在面前跳艳舞都无动于衷，我还是赶紧想公关方案去得了，记得给我加奖金！10万打底！"

"你这比喻……"虞度秋失笑，随手比了个数，"30万，辛苦，你是我这趟回国唯一带回来的老员工，加油干，好处少不了。"

赵斐华的怒气值被金钱的力量稍稍压下去了些，撤去了话里的刀子："哦，另外，劝你别总冷落你的未婚妻，杜家现在虽然不景气，但瘦死的骆驼比马大，她哥在传媒界还有点名气，可以让他试着帮你一下。我去约他跟你见个面，在此之前你不要给媒体任何答复，一些媒体最擅长望文生义，哪怕你说'我对此次事件不发表任何意见'，也会被他们扭曲为'虞度秋拒绝对虞文承之死负责'。"

虞度秋见他终于快啰唆完了，暗暗嘘出口气："行，你安排就是了，老周，保国，送废……送斐华出去。"

娄保国不情不愿地站起来，还为刚刚那声'锅包肉'耿耿于怀，嘟哝着："送什么送啊，他又不是不认路……"

赵斐华耳朵一动，张口又骂："死胖子，送一送我怎么啦？谁知道这别墅外现在有没有杀手藏着，我死了谁来给你们力挽狂澜啊？"

娄保国气得涨红了脸，碍于虞度秋在场，不敢跟他吵起来，忍气吞声地送他到门口，悄悄对周毅说："赵斐华废话真多……"

赵斐华倏然转头！

"嚯！"娄保国吓得往后一跳，险些踩着周毅，以为被听见了。

然而赵斐华没看他，疑惑的目光投向了虞度秋："对了，我听说这次接风宴上，你招了个新保镖？人呢？怎么没见着？"

虞度秋插着兜跟在后边，正低着头，一脸若有所思，听他这么问，随口道："哦，在地下室。"

赵斐华刹住脚步，匪夷所思地问："地下室？什么意思？"

"就是关在地下室啊。"虞度秋抬眸，偏浅的眼珠泛着漂亮润泽的光，给人感觉温柔可亲的，"那家伙太嚣张了，不教训不行，关了两天没吃饭，唔……要去看看吗？"

011.

赵斐华像被人当头打了一闷棍，呆傻地静了三秒，紧接着立刻撒开小短腿，狂奔到通往别墅地下一层的楼梯口，边奔边狂吼："你这是非法拘禁！懂不懂法啊你这个法盲！"

虞度秋领着周毅和娄保国不紧不慢地跟在后头："放心，才两天而已，我被关过三天呢，死不了。"

赵斐华冲下楼，脚步飞快，到达地下一层后却驻足不前了——虞度秋斥巨资购置的这栋豪宅中的豪宅，即便是地下室也大得离谱，光地下一层就有健身房、桌球房、家庭影院、迷你吧台、水疗室、桑拿房、按摩室……外人来一不小心就会迷路。赵斐华头一回来，一时间像只无头苍蝇，不知道该往哪儿去找。

说实话，关在这样的奢华地下室，其实不算多么丧心病狂的惩罚，甚至可以说是享受，但两天不给饭吃着实过分了。

"你真是越来越无法无天了，不给饭吃是要他死吗？再怎么得罪你也不能用私刑啊！"赵斐华心急火燎，"他在哪儿？我得赶紧去安抚一下，争取让他别起诉你。"

虞度秋站在最后一级旋转楼梯上，没下来："他不在这儿。"

"啊？你不是说地下室吗？"

"这是明面儿上的地下室。"虞度秋笑得诡异，"我还有个特别的地下室，要参观一下吗？"

赵斐华胳膊上的汗毛瞬间竖起，直觉那个"特别的地下室"应该很了不得。他自然极其不情愿，但一想到还有个生死未卜的可怜保镖等着他去解救，只得硬着头皮回："……行，让我长长见识。"

虞度秋带他上楼，出了大门，穿过草坪和花园，顺路还悠闲地逗了会儿狗，才不紧不慢地往主楼斜后方的辅楼去。

赵斐华记得那儿主要是管家司机用人的房间，地下室是个小型酒窖，难道虞度秋把人关在酒窖里？

正寻思着，一行四人从左翼的侧门进去，下到酒窖，恰好遇到洪良章出来。

"洪伯，他说什么了吗？"虞度秋问。

洪良章叹气："他还是一言不发，也不问我要吃的。"

虞度秋耸肩："你看，不是我不给他吃的，是他自己不要。"

"不要你就不给，不还是逼着他认错吗？"赵斐华狂推眼镜，四下张望，"哪儿下去？我怎么没看见楼梯？"

"这儿呢。"

虞度秋走到一格酒前，抽出酒瓶，手伸进去一按，只听"咔嗒"一声脆响，紧接着，酒窖中央突然裂开了一道缝隙，逐渐扩大。

赵斐华吓了一跳，急忙后退。

裂缝转眼间变成了一个长宽各两米的黑洞，望不见底。下一秒，幽暗的洞中居然缓缓升起了台阶和扶手，通往更隐蔽的地下。

赵斐华惊呆了："我预感你这下面应该很震撼。"

虞度秋放回酒瓶，开口："很多人都这么说过……当然，他们的预感很准。"

赵斐华生气地看着他。

虞度秋哈哈笑着，转身下了楼梯。

赵斐华连忙跟下去，通道两旁的感应灯应声而亮，一路往下，室内却越来越昏暗。

直到踏上平地，他一抬头，就看清了这间隐秘暗室的布局。

成排的木架上放着各种稀奇古怪的东西，多数是动植物标本，装在画框或玻璃器皿中，还有一些从世界各地淘来的藏品。赵斐华叫不上名字，但一看就知道价格不菲。

虞度秋随手从琳琅满目的架子上取下一根马术短鞭，回眸睨他："我只是爱收藏，一般不会用。"

"……那你拿这个做什么？"

"因为他不一般啊。"虞度秋莞尔一笑，握着马鞭，轻拍手心，优哉游哉地往里走。

地下室面积不大，约莫30平方米，中央天花板吊了一盏繁华复古的水晶灯，铺了一室朦胧靡丽的暖光。

靠近墙边竖着个单杠，单杠上垂下两副手铐，铐着一个正闭目养神的年轻男人，即便听见有人进来了，也没有睁眼。

虞度秋握着马鞭手柄，皮革头轻轻一挑，抬起他的下巴："是有多执着啊，弟弟，我对你这么有用？"

周毅和娄保国不敢插嘴，默契地交换了一个眼神：把人吊了两天，人家不恨你就不错了，还在这儿说风凉话。

赵斐华比他俩胆大，也更心直口快："我的祖宗，是你把人家关在这儿的，说得好像别人利用你一样。"

虞度秋："他待在这儿不走，我有什么办法？"

赵斐华不禁鼓掌："牛啊，我怎么没发现你这么无辜呢？他待在这儿怎么可能是因为他的双手被你铐住了，应该是因为他的脑子被你铐住了吧！"

娄保国赶紧把嘴唇牢牢抿住，忍笑到内伤。

虞度秋手上用力，说："你太小看他了，他要是想逃，有的是手段逃，偏偏束手就擒，肯定是想博取我的信任，对不对，弟弟？"

柏朝扬着下巴，缓缓睁开眼。

两天只喝水不吃饭，神色难免颓唐一些，可他眼神依旧清明锐利。

"喊谁弟弟？"

沙哑浑厚的嗓音如同一杯浊酒。虞度秋微醺了半秒，上前一步："我比你大两岁，怎么不能喊弟弟？叫声哥哥来听听。"

背后悄无声息地抬起一只手，精准地掐住他后颈！

"咄……"虞度秋手中的马鞭落地，咧开嘴，气管因堵塞而发音艰难，"小'柏'眼狼……下手能不能轻点儿，总是这么狠……"

变故突生，周毅和娄保国都没看清怎么回事，瞬间如临大敌。周毅下意识地往怀里掏武器，然而掏了个空："忘记了，已经回国了。"

娄保国满心疑问："这小子怎么挣脱的？会变魔术吗？"

全场只有赵斐华刚刚一直盯着手铐看，殚精竭虑地思考如何劝说柏朝不要起诉，故而捕捉到了他挣脱的瞬间，惊呼："手铐是玩具！他一按旁边的按钮就开了！"

娄保国、周毅："啊？"敢情他真是自愿留下的啊！

柏朝解开了另一只手铐，勾起虞度秋的刀片项链，哑声道："你又在考验我的诚心，我知道，所以我没走。但事不过三，如果你再用这种方式教训我，把我当条狗似的拴着，我也会用我的方式让你听话，少爷。"

赵斐华悚然瞪眼，心中暗暗道，这是吃了多少蒜啊，这么大口气，真不怕死。

虞度秋的脾气是出了名的捉摸不定，你俯首称臣唯唯诺诺，他未必买账，但倘若你对他出言不逊，一定别想好过。

"赦免权又少了一次……你省着点用。"虞度秋出乎意料地平静，被掐着后颈也不反抗，反而说，"好像瘦了点？让你吃饭偏不吃，倔给谁看呢。"

柏朝眉梢微挑，手上的刀片轻轻拂过他的喉咙："少废话，说正事。"

虞度秋松手做投降状："你这个态度让我很难聊正事啊……"

柏朝也放了手："游戏玩够了吗？算我通过考验了吗？"

虞度秋揉着自己的后颈，活动着脖子："完美通过，恭喜你正式入职，工资待遇问洪伯。"

"无所谓。"手铐落地，柏朝一脚下去狠狠踩折了地上的马鞭，"这两天有什么新消息？"

虞度秋没计较他的失礼，回："纪凛来过一通电话，说是把三桩案子的情况汇报给市局之后，市局领导很重视，责成彭德宇组织精干警力，与市局、昌和分局一块儿成立专案组进行挂牌攻坚。目前处于侦查的初步阶段，所有警察分成了三个班，轮流监控本市的酒吧、迪厅、宾馆、出租房、高速出口、机场等贩毒分子可能涉足的地方，打算先查出柏志明身上那批LSD的源头，再顺藤摸瓜揪出真凶。"

柏朝点头："思路是对的，但太难了。"

虞度秋赞同："是啊，柏志明的案子发生之后，昌和警方就已经在查这批货的源头了，几个月过去一无所获。这东西本身就很隐蔽，常用剂量是100微克，不到一粒盐的量，就能让人产生轻生念头，没有线人提供线索几乎不可能查到，唯一的审问对象柏志明又死了，不知道他生前接触过谁，只能大海捞针，追查柏志明生前去过的每一个地方、接触过的每一个人，不知道要耗时多久。"

其余旁听者也在思考，周毅提议："少爷，柏志明死无对证，可接风宴那晚，入场的所有人都登记在册，虽然有点多，但也不是查不完，警方只做了笔录和简单的调查，我可以让人去把当晚所有来宾和酒店人员的背景做详尽调查，大概需要一两个月，或许能有收获。"

虞度秋摇头："没那个必要，警方已经根据 LSD 的特性推测出来了，二叔是吃了一些东西中毒的。"

其余人困惑："什么东西？"

提到吃，虞度秋突然想起什么，扭头吩咐："保国，让董师傅热一热午餐送下来，我们小'柏'眼狼两天没吃饭了，好可怜哦。"

"……"为啥没吃饭您心里没点数吗？

赵斐华嘴角抽搐："你确定要在这儿吃饭？他能吃得下？"

虞度秋环顾四周："这儿有什么问题？"

"问题大了！"赵斐华看着周遭昏暗的环境，"哪儿哪儿都是问题！能不能换个正经地方好好聊！在这种地方多待一秒我都感觉自己要自闭了！"

他大呼小叫地一再坚持，地下室内全是聒噪的回音，的确不适合商谈。虞度秋只好领着众人上楼，来到餐厅，洪伯指挥着用人把午餐端上了桌。

柏朝看了眼桌上的清蒸鱼、红烧牛腩、清炒时蔬，说："没想到你吃得这么普通。"

虞度秋笑了："总不能天天山珍海味，那也会腻，不过如果你想吃好点，也不是没有，我们家的主厨董师傅什么都会做。我这儿只有你想不到，没有你吃不到。"

柏朝摇头："不用，我喜欢家常的。"

"因为你没有家是吗？"虞度秋飞快插刀。

柏朝的脸色登时一黑。

赵斐华服了这个嘴毒心也狠的大老板，生怕他俩又打起来，赶紧转移话题："大少爷你快说吧，你二叔到底吃了什么东西？"

柏朝夹了块牛肉，先答了："应该是他自己带的东西。"

赵斐华错愕："啊？你怎么知道？你不是一直被关着吗？"

虞度秋坐在首位，用筷子慢条斯理地拨开鱼肚上的姜丝，开口："警方肯定在法医报告出来后，第一时间排查了二叔当晚可能碰过的食物，那天我们在会议室的时候没听到他们讨论，说明不是酒店里的食物。那剩下的可能性，只要知道 LSD 的特性，不难倒推出来。小'柏'眼狼虽然没读过大学，但脑子还挺好使，做保镖真是屈才了。"

柏朝不接这顶高帽,问:"所以究竟是什么?纪凛告诉你了吗?"

"嗯,补充精力的维生素B罢了,警方根据推测向家属求证了,得知二叔有每天定时服用保健品的习惯,随身包里都会放一瓶,那天检查他的公文包时却没看见。投毒者应该是用浸泡过LSD溶液的维生素片替换掉原来的药片,二叔不知有异,到点就照常吃了,服用时间与发作时间能对得上。"

洪良章恍然大悟,紧接着惭愧万分:"对!他是有这个习惯。唉,我明明知道的,怎么就没想到检查他的药瓶呢……"

娄保国:"洪伯您别内疚,即使你清楚少爷家上上下下每个人的生活习惯,也不可能未卜先知啊。"

洪良章摇头叹气,松弛的眼皮耷拉下来,尾部延伸出数道皱纹,每一道都填满了疲惫与自责:"终究是我检查得不够仔细,少爷都叮嘱了那晚可能会出事,让我警惕点儿。唉,年纪大了,越来越容易疏忽了,可能早点退休比较好。"

周毅忙道:"真要这么说的话,我们也有责任。"

娄保国:"对对对,洪伯你比我俩细心多了,我俩还去喝酒了呢!"

周毅迅速撇清关系:"是他非要拉我去。"

娄保国:"嘿,你怎么过河拆桥……"

"好了。"虞度秋适时拉回跑偏的话题,"二叔出事,唯一该被问责的只有投毒者,跟您没关系。洪伯,我们虞家可离不开您。"

赵斐华不是虞家人,只想快点知道真相,好早日洗白他这到处惹事的老板:"这么说,只要知道你二叔这个习惯的人,都可以提前下毒,甚至不用亲自去现场?"

柏朝抬眸:"他会去现场,否则他不知道自己的计划成功了没,也无法回收药瓶。就算不是自己去,也一定会派同伙去。"

虞度秋赞许道:"纪凛也是这么认为的,可惜,你们缜密的逻辑没能派上用场。那个药瓶已经找到了,就在我套房客厅的垃圾桶里,上面只有二叔的指纹,应该是他吃完后自己随手扔了。"

柏朝:"这么刚好,吃完了最后一片?"

"这种小东西,他办公室、家里、包里都有,同时也在吃其他营养品,哪儿会记得某瓶还剩多少,况且他当时刚跟我吵完一架,正在气头上,应该没心思注意这种细节。"虞度秋耸肩,"所以破案难度大大增加了,就像刚才赵斐华说的,投毒者可能根本没来现场,嫌疑人有可能是二叔的同事,有可能是他的家人朋友,也有可能是那晚出事前进过我房间的任何人。只要知道他这个习惯就能作案,范围太大了。"

赵斐华惊得结巴:"那……那怎么办?不抓到凶手你永远都是嫌疑人,谁愿意投资嫌疑人的项目?"

"警方应该也不觉得我是凶手,只是出于以防万一的心态监控着我。有纪凛在,抓到凶手不过是早晚的事。"虞度秋的筷子拨弄着碗里的鱼肉,始终没有入口的意思。

柏朝望过来,眼神锐利:"你好像很信任纪凛。"

"我并非信任他,我是相信他愿意为揪出真凶而赴汤蹈火。"虞度秋说完,笑眯眯道,"怎么我一提到他你好像格外关注?"

"你想多了。"

虞度秋无所谓道:"最好如此。"

柏朝没有答话,又是一刀切下,半熟牛肉的中心渗出丝丝血水,被他叉起,连肉带血地嚼烂,吞进肚里。

012.

大城市的一个优点是节奏快,路上的行人都步履匆匆,赶着上班上学,没人在意你穿着奇装异服,也没人有闲工夫探究他人的生活,每天都有新鲜事物出现,每天都有新的热点追逐,获取信息的渠道四通八达,永远不会缺少茶余饭后的谈资。

而大城市的缺点也恰恰在此。

6月1日,距离虞文承的案子发生刚过去五天,平义市的热点新闻就已经变成"某车主大闹4S店维权""某幼儿园老师虐待小孩""某知名奶茶店后厨有蟑螂"。

一个陌生人的跳楼案,仿佛一块石头掉入信息大海,砸出了水花,但对大海本身毫无影响。人们依旧正常上学、正常上班，依旧只想管好自己的生活。

唯有一群身穿制服或便衣的人，游走在大街小巷、车站机场，为他人的生活与安全负责，忙得焦头烂额。

专案组由市局局长牵头，新金分局局长彭德宇与市刑侦总队队长冯锦民任副组长，两人都得统筹大局，于是职位说高不高、说低不低的纪凛便成了鞍前马后的苦力，一趟趟前来壹号宫做调查，每次都为某位大少爷的豪奢生活而咋舌。

今天来，于他而言又是一次别开生面的体验。

"我第一次见人在家里建游乐场。"透过客厅的落地玻璃，纪凛望着外边草坪上五花八门的儿童游乐设施，发出了辛酸打工人的感慨，"这就是有钱人过儿童节吗？"

跟着一块儿来的卢晴泫然欲泣："这充气游泳池比我家都大，呜呜。"

巨型充气游泳池内蓄满了清澈的水，几个小孩儿钻在步行球里，嬉笑着撞到一起再弹开，玩得不亦乐乎。洪良章与周毅、娄保国等人护在一旁，时不时地朝水池里扔几个海洋球，逗这些员工家的孩子玩儿。

虞度秋坐在纪凛对面的沙发上，半长不短的银发在脑后扎成了一截小辫儿，看着比第一次相见时规矩多了。他放下骨瓷咖啡杯，叹气："原本打算带他们坐游艇出海玩的，去年老周家女儿过生日，带她去国外坐过一回，她特别爱玩水上滑梯，可惜这段时间要留在国内接受你们的调查，没法出游，只能在我这寒碜的家里玩简陋的游戏了，苦了这些孩子。"

纪凛："……"

卢晴："您家还缺孩子吗？"

纪凛一个"眼刀"砍过去，吓得卢晴闭嘴。

"看来你挺喜欢孩子的。"纪凛试图拉近自己与这位离谱大少爷的距离。

得罪虞度秋并无好处，还耽误调查，这是他前几天被彭德宇痛批一顿后悟出的道理。

于是他努力从虞度秋身上寻找零星优点："我刚进你家门，看见长廊的墙上挂着一幅孩子的涂鸦，虽然画得跟鬼画符似的，但可以看出你很珍惜它，把它跟几幅大师的油画放在一起。"

虞度秋微笑："那幅画是巴斯奇亚的涂鸦，我的艺术顾问替我拍来的，

2000万。"

"噗!"卢晴刚喝下的一口咖啡喷回了杯子里。

纪凛心理素质绝对过硬,面不改色,硬生生将冲到嘴边的一句"有这么多钱怎么不去治病啊"咽了回去。

虞度秋稀松平常地一句带过,接着道:"我不喜欢孩子,但没办法,老周和保国跟了我许多年,洪伯更是从我外公那辈起就当我家的管家了,他们知道我家太多秘密,万一捅出去,遭殃的是我,我必须对他们好点儿。不光对他们,他们的家人我也得照顾,像老周的女儿,能读上全市最好的平中,靠我送了他一套学区房;洪伯的孙子在国外读大学,学费、生活费都是我出的;等以后保国成家立业了,我也得给他打点。我不这样做,怎么能收买人心呢?"

纪凛眼角抽搐:"你们有钱人的生活……还真是常人无法想象啊。"

卢晴忍不住又问:"您家还缺下人吗?我可以帮您检查卫生。"

纪凛忍无可忍:"你读了四年痕检专业就帮人家检查卫生?有没有出息!"

卢晴不服地仰起头:"职业无贵贱,不都是帮人检查东西嘛!"

纪凛一巴掌按下她的脑袋,朝虞度秋鞠躬:"这小丫头片子刚转正,年纪小不懂事,见笑了。"

虞度秋摆摆手:"没事,卢小姐愿意来我家工作,是我的荣幸,可惜我的手下已经超编了,近期还收了个特别不听话的新保镖,忙着治他呢,我实在没精力再招人了。"

他边说着,边把视线转移到了别墅外。纪凛和卢晴随着他望过去——一个高挑的身影端着一盘五颜六色的冰镇果饮,朝孩子们嬉戏的泳池走去。上身一件黑色背心,隆起的臂肌与背肌像起伏的连绵山脉,下身一条军绿色工装裤,脚踩马丁靴。那气势,感觉一脚能把人踹飞八米远。

虞度秋望着那身与周毅等人格格不入的随性穿搭,手指摩挲下巴:"唔……还是得给他定做一套西装。"

别墅外,柏朝踏着修平的草地,走到供休息用的太阳伞下,放下手中托盘。

娄保国陪这群小学生初中生玩了半天,满头大汗,渴得嗓子冒烟,扇着扇子过来,拿起一杯西瓜汁咕咚咕咚两三口就牛饮而尽,还想伸手拿第二杯,被横出的一只手拦住。

"一人一杯。"柏朝道。

娄保国大大咧咧地说："你再去厨房拿嘛。"

"要拿你自己去，我不是你的下人。"

娄保国一叉腰："嘿，你这小子，翻脸可真够快的啊，上回在酒店还特意帮我去外边买酒，现在连走几步路端杯果汁来都不愿意了？"

柏朝端起自己那杯冰水，抵在唇边慢饮："以前是服务生，给你买酒是我的工作。现在是保镖，跟你一个岗位，我为什么要给你端茶送水？"

天热人容易火气旺，何况娄保国性子原本就躁，当即被他言语中透露出的倨傲刺激到了，脸色一黑，说："我比你年纪大，干这行也比你久，你作为一个新来的，是不是该尊重前辈？"

柏朝压根没看他，目光落在不远处正在玩耍的周毅父女二人身上，漫不经心地回："这行难道不是谁强尊重谁吗？"

"嚯，你的意思是你比我强？"

"显而易见。"

娄保国气笑了："行啊，那咱俩比画比画？"

柏朝转身就走。

"你跑什么！怕了啊？"

"要打去其他地方，别吓到小孩儿。"

娄保国愣了愣，摸摸脑袋，给自己找台阶："当然不在这儿打，我又没说在这儿打。走，我带你去后山果园，那儿有一片小树林……"

别墅内，纪凛望着两人离去的背影，颇为担心："他俩好像吵起来了啊，会不会去打架了？你去看看？"

"不用看，肯定去打架。"虞度秋道。

"……知道你还不阻止？"

虞度秋云淡风轻地说："他俩早晚要打一架，保国不像老周做事稳重，有点儿急躁好胜，觉着柏朝没什么本事，却轻而易举当上了我的贴身保镖，跟他平起平坐，心里肯定不服。这股憋着的气得让他发泄出来，否则他俩以后不好共事。"

纪凛："你就不怕他把柏朝打残了或者打死了？"

"纪队，你办案办多了吧，哪那么容易发生刑事案件，保国他有分寸，不会乱来的。"

卢晴插嘴："万一柏朝赢了呢？"

虞度秋扑哧一笑："卢小姐多虑了，保国可是从部队退役的，别的不说，单论身手，在平义市恐怕难逢对手。"

20分钟后，一块印着沙滩海水椰子树的花布轻飘飘地落在茶几上。

虞度秋放下咖啡杯，问："这是什么？"

纪凛和卢晴也摸着下巴凑近，仔细观察："丝巾？"

柏朝立在茶几前，面无表情："娄保国的裤子。"

纪凛和卢晴迅速后仰，与茶几保持一米以上的距离。

周毅这时从外边匆匆进入客厅，大声质问："小柏！你带咱阿保去小树林干啥了？我刚看见他衣衫不整地冲进自己房间，我去敲门，他还让我滚，说他对不起部队父老，这辈子都不想见人了。"

纪凛正欲喝口咖啡压惊，闻言又一口喷回了咖啡杯里。

柏朝不咸不淡地解释："他自己说要跟我比画，不比太暴力的，看谁先把对方裤子扯下来，输的人以后要喊赢的人大哥。我花一分钟就赢了，他憋了20分钟才喊出一声大哥。"

周毅当场惊呆："你……你怎么做到的？"

"胖子最怕痒。"柏朝一句话简练概括。

卢晴天真地说："他也没多胖啊……就是壮了点。"

柏朝："比我胖。"

"……那倒是。"

"你总是能给我带来惊喜。"虞度秋被打脸了也丝毫不尴尬，反而很高兴，"做保镖屈才了，应该派你去解决掉我讨厌的人，比如A国那位首富，他的脑机接口公司总是搞些噱头抢我的风头。"

纪凛用指关节敲了两下茶几，说："虞先生，以防你眼神不好使，我给你描述一下，是这样的，你的面前，正坐着两名刑警，并且你还没有完全洗清犯罪嫌疑。"

虞度秋惊讶："你们还在怀疑我谋害二叔？"

"在抓到凶手之前，所有当晚能接触药瓶的人仍在我们的怀疑范围之内。"

虞度秋："既然这样，为了我的名誉，我们还是继续调查吧。刚刚说到哪儿了？哦对，纪队长你能这么快察觉三桩案子的凶手或许不止一人，真了不起，只比我晚了几天而已……"

纪凛太阳穴突突地跳，竭力压抑自己扭头就走的冲动，硬着头皮听下去，摊开自己的笔记本接着记录可能的线索。

见话题引到了正经事上，周毅便一把拽走了柏朝，不打扰虞度秋等人商讨，拉着柏朝去辅楼找娄保国，边走边劝："阿保就是争强好胜，你别跟他计较，以后还得当同事，大家和气一点……"

柏朝任由他拽着，没说好或不好，目光远远地落在草坪上，一个扎着马尾的清秀女孩儿正用吸管嘬着橙汁，十四五岁，如花似玉的年纪，青春靓丽。

"你女儿很可爱。"

周毅闻言一愣，回头看他，右眼下的长疤狰狞可怖，神色却是开心骄傲的："那可不，我女儿是班里的班花！早就有人跟她表白了。哼，那些个臭小子，癞蛤蟆想吃天鹅肉。对了，昨天她们初中搞儿童节晚会，她一个人一台表演，牛不牛？要不要看视频？"

"不……"

周毅的话匣子一开就收不回去了，自顾自地掏出手机，边播放边解说："这首歌她练了一个月呢，高音难唱，还好她唱上去了。昨天阿保、洪伯他们都去捧场了，考虑你昨天刚被放出来，需要多休息，就没喊你。"

柏朝盛情难却，正要探过头去看，周毅"咻"地一下收起手机，眼神陡然戒备："奇怪，你为什么突然夸我女儿？对她有什么想法？"

"没什么想法。"柏朝道，"只是觉得有家人在身边……很好。她妈妈怎么没来？在上班吗？"

周毅低头摸了摸手机屏保，说："好多年前就生病走了。"屏保是一张一家三口的照片，鹅蛋脸的年轻女子笑得温婉可人，旁边的周毅身着迷彩军服，脸上还没疤，一脸意气风发，连怀中年幼的女儿都笑出了婴儿肥。

"不需要你安慰。"周毅在柏朝开口之前摆了摆手，"我好歹还有女儿、父母，你连个家人都没有，应该是咱们安慰照顾你。"

柏朝收回视线，默不作声地往前走。

周毅的恻隐之心一下就泛滥成灾，还以为这话伤了他的心，连忙补救："都过去了，别再想了，等你结婚之后就有家人了。对了，你还没对象吧？有什么要求？我帮你留意着合适的……"

"不用。"柏朝手臂一扭，也不见他如何动作，就轻松挣脱了束缚，自己插着兜，大步流星地朝娄保国的房间走去。

013.

娄保国经过"扯裤子一役"，遭受沉重打击，把自己关在房里一天一夜才出来，整个人病恹恹的，看见他的新"大哥"就绕道走，根本抬不起头。

周毅和洪伯劝了两三回都不好使，只得虞度秋亲自出马，一句"再垮着个脸影响我心情就扣工资"，成功将娄保国拉回了往日状态，再苦闷也每天咧开嘴笑出一口白牙，好似精神抖擞、活力满满。

"跟谁过不去也不能跟钱过不去，大哥，你说对吧？"两个大男人面对面站着，娄保国滔滔不绝，仿佛说得越多越不尴尬，"我承认，你确实比我强，我在部队混那么多年，没人能在一分钟内制伏我，就算我怕痒，也没人挠得到。你到底什么来头？师承何派？以前当过兵吗？"

柏朝拉开一把反曲弓，三指扣弦，眯眼专心瞄准30米开外的靶子："再说往你脑袋上射。"

娄保国悻悻然住嘴。

儿童节过后，游乐设施全撤走了，这套庄园别墅的主人又整出了新的花样——在自家草坪上架起了箭靶。他们最近不方便出门去射击训练场，但保镖们的防身技艺不能生疏，于是让他们有事没事练练射击准头。

周毅偶尔吃完饭会来射两箭，当作饭后锻炼，并诚邀刚入行的小年轻也来试试手感，随口说起："少爷也挺喜欢射箭的，可能觉得拉弓的姿态比较帅。"

第二天，柏朝早餐后无事可做，溜达着就到了靶场。

娄保国本想指导指导他，给自己找回点身为前辈的面子，结果站在旁边自言自语地唠叨半天，无意间转头一看靶子，柏朝射出的箭居然全中靶心。

"咻！"又一支破空而去！

六组箭全部射完，好为人师的娄保国再次反遭侮辱，目瞪口呆："30米收黄？你真是第一次射箭？"

柏朝取下护指，扔到护具箱里："这不是有手就行？"

"……"

这时，周毅走上了草坪，不关心柏朝逆天的成绩，只道："少爷让你去一趟他的衣帽间。"

"嗯。"柏朝放下弓箭便走了。

娄保国仍不可思议地盯着那插满箭的靶子，张大的嘴巴闭不上："老周老周，这小子绝对天赋异禀，要是摸枪不得了啊，恐怕连我'神枪手'的威名都要抢走啊！"

周毅哼哼一笑："什么'那小子'，他是你大哥！比你强不是应该的？"

娄保国本就所剩无几的自尊心再次遭到重创，举拳怒骂："你们一个两个净欺负我！"

庄园别墅大到离谱，以至于主人不得不在每层的楼梯口贴一张平面地图，以防客人迷路。但像衣帽间这样隐私的地方，地图上没有标注，只能自己找。

柏朝在二层兜了一圈，终于在一间有商场精品服装店那么大的衣帽间里，找到了正坐在单人沙发上品香槟的虞度秋。

"来了？给你介绍一下。"虞度秋起身，旁边一位满面笑容、拿着卷尺的中年男子也跟着站起来，"这位是陈宽，陈叔，他做西服的手艺毋庸置疑，三十多岁就在伦敦梅菲尔开店了。"

陈宽谦虚地摆手："虞少爷过奖，要不是您父母爱穿我做的西服，帮我做了免费的宣传，我也不会有如今的名气。"

柏朝打过招呼，报了名字，接着不解地看向虞度秋："为什么要给我做西装？我看周毅他们也不是天天穿。"

虞度秋看了看他裸露的健硕手臂肌肉，露出一个浅笑："你这么穿，有碍观瞻。"

柏朝看了眼陈宽，对方专业素养极好，又或许是习惯了虞度秋的毒舌，面部表情丝毫没有变化。

"天太热，我不想裹得那么严实。"

"没让你天天穿，过几天斐华安排了一场和杜家的会面，就是我未婚妻家，她哥也会来，你跟着我出席，得穿得正式点儿。"

柏朝脸色阴沉："我对你的家事没兴趣，与案子无关的行动恕不参与。"

"你没的选，别太任性。"虞度秋指了指他的心口，"这儿腾出些位置，别只想着报仇，活得多累啊，也装点儿别的。"

柏朝沉默片刻，冷哼一声当作回答。

虞度秋无所谓地退后："陈叔，那就麻烦你了。"

陈宽被两个小辈晾了半天，也不敢多说什么，忙不迭地拉开卷尺，测量柏朝的腰围和腿长等数据，边测边确认客户的喜好："你喜欢宽松点儿的还是修身点儿的？"

"随便。"

"我带了布料册，一会儿你翻看一下，选一种。我推荐纯羊毛精纺面料，虞少爷身上穿的也是这款面料。"

"不用选，随便。"

"背后需要设计开衩吗？这样坐下不容易皱哦。"

"随便。"

陈宽测量完各项数据，与柏朝确定好了用纯羊毛精纺面料、背部单开衩、暗袋等细节后，称会加急赶工，三天后就能送过来。

"原本应当要试穿两次，完善板型，可你们要得急，只能先将就穿了，之后有什么需要修改的地方再找我。"

"好，辛苦陈叔了。"虞度秋客气道，"柏朝，我还有事跟陈叔商量，你先出去吧。"

柏朝没有二话，出门时顺带关上了衣帽间的门。

五分钟后，陈宽提着皮箱出来，走下楼，在楼梯口撞见了刚才的年轻保镖，见对方倚靠着墙，似乎在等他。

"陈先生，有件事想麻烦你。"

陈宽笑道："如果你想问刚才虞少爷跟我聊了什么，恕我无可奉告。"

柏朝摇头："我不用想都知道他问了你什么。我是想麻烦你，给我的西装加上插花眼和固定襻带。"

陈宽爽快道："没问题啊，小事一桩，我会用传统手工绣制的手法缝制的。不过你特意等我就为了说这个？刚才在衣帽间直接提要求也无妨啊。"

"不想让他知道，请您保密。"柏朝欠身离去。

三天后，定制西装准时送到了壹号宫。陈宽去B国监管店铺的生意了，让自己的学徒送了过来。年轻的学徒名叫方小莫，是个清秀稚嫩的白净小伙子，诚惶诚恐地捧着西装呈给它的主人。柏朝提着防尘袋进了换衣间，出来的时候看见虞度秋的手臂横在方小莫的肩上，十分熟络地聊着天。

"少爷。"

虞度秋闻声望去，眼睛瞬间一亮，松开了方小莫，走向西装挺括、俊美非常的男人，自上而下地打量了他一番。

"还行吗？"

虞度秋点头，视线落到西装左边驳领上的洞，笑了："陈叔还挺浪漫，给你设计了个插花眼，据说如果你捧着花求婚，对方折下一朵花插进这儿，就意味着答应与你携手一生了。可你有送花的对象吗？"

"用不着你操心。"

验收完西装，虞度秋便带着若干下属保镖，出门上了车。

赵斐华白眼狂翻："回国这么久，你可总算要出门干点正事了。说好的项目也不展开，整天待在家里。"

"被软禁了，能有什么办法。况且事事都需要我亲力亲为的话，那帮年薪百万的职业经理人不就白养了？我只需做最重要的工作。"

"比如？"

"比如，最近拉了笔投资，有人愿意投我的Themis项目了，10个亿，不用再争取其他风投公司了。"

赵斐华倏然睁大眼，眼镜差点儿从鼻梁滑进张大的嘴里："真的假的？你怎么不早说啊，我昨天还请红杉资本的合伙人吃饭了，早知道就不花这个冤枉钱了，一顿饭5000呢！"

"给你报销。"

"到底谁这么阔绰啊，一出手就是10个亿？"赵斐华万分好奇。

"一位姓吴的独立投资人，跟我妈有故交。"

"原来是看在你妈的面子上，那我就不意外了。"赵斐华叹气，"真替吴先生感到悲哀，10亿就这么打水漂了。"

虞度秋抬手敲了下他的脑袋："对我有点自信，这个项目是薛定谔的猫，不打开盒子永远不知道结果。"

"我更愿称之为潘多拉的魔盒。"赵斐华道，"20年前的惨案已经告诉我们打开盒子的结果。我听说那位女科学家叫岑婉，还是你外公的学生、你妈的闺蜜，难怪你全家都这么反对你搞这个项目……"

"我不一样。"虞度秋懒散地陷入真皮软椅中。

赵斐华"喊"了声："你是天才，我知道，但是……"

"不，'天才''神童'不过是媒体的吹捧夸大，我只是个稍有头脑的商人罢了。"虞度秋难得谦虚。赵斐华正觉奇怪，又听他道："而且当天才多无趣，必须活得符合崇拜者的期待，永远聪明过人，否则他们就会以为你跌下神坛，对你不屑一顾，甚至狠踩一脚。我才不乐意当世人眼中的天才，我更乐意当一名肆无忌惮的狂徒，任世人崇拜我也好厌恶我也好，我永远随心而活，一意孤行。"

"所以呢，我不怕暗处对我虎视眈眈的敌人，应当是他们怕我。不是因为正义终将战胜邪恶，而是因为，比狂妄、比财富、比手段，这座城里，没有人比得过我。当我出现的时候，罪恶就要对我低头。"虞度秋敲敲扶手，"听懂了吗，小废话？"

饶是赵斐华巧舌如簧，一时间也被这番惊世骇俗的话震住了，连反驳都忘了。周毅早已见怪不怪，持续关注着手机上的消息，实时汇报："少爷，保国和小柏他们已经提前到达马场了。"

虞度秋"嗯"了声："杜书彦到了吗？"

"到了，杜小姐也来了，不过……发生了点小状况。"

"什么？"

周毅犹豫了几秒，迟迟不说，像在犯难。

虞度秋笑了："你可别告诉我又有人被杀了。"

"那倒没这么严重。"周毅回，"只是小柏似乎惹杜小姐不高兴了，杜小姐扇了他一巴掌。然后小柏也不高兴了，现在不知道跑到哪儿去了。"

014.

平义市郊区坐落着一处占地 3 万平方米的私人马场，临近夏日，草场绿意盎然。

马房、鞍具室、洗马区、刷马区、更衣室等地方今日尤为忙碌，驯马师与骑手早早便严阵以待，等待着这些昂贵马匹的主人前来检阅。

客人早已去接待室喝茶，娄保国候在外边，举目遥望了半天，终于等来了车，赶紧一个箭步上去，不等司机下车就拉开后座车门："少爷——"

赵斐华跟他撞了个脸对脸，一掌推开："嚯！大白天撞鬼，晦气！"

娄保国被呼了一脸，怒气冲冲："怎么是你这倒霉玩意儿，少爷呢？"

"你说谁倒霉玩意儿？"

周毅下了车劝阻："你俩别吵，先去安抚客人，少爷刚让马场经理调了监控，去找小柏了。"

娄保国瞪眼："少爷亲自去？我大哥排面够大的啊，我以前跟少爷刚去 A 国的时候人生地不熟，也不会英语，迷路了一整天，少爷也没来找我。"

周毅："好意思说，丢人！"

绕过障碍草坡，设置了一处供来访者近距离观察场上马匹的凉亭。虞度秋拾级而上，给了凉亭内目光不善的男人一个微笑："我马场上最野的马都比你好驯。"

"我说过，我不是你的宠物。"

"抱歉，抱歉。"虞度秋举手投降，"不过，你要是想继续待在我这儿追查线索，就得对我的未婚妻尊重点儿，走吧，跟我回去，道个歉。"

"你不问问前因后果吗？"

"不用问，就是你的错。"虞度秋直截了当，"苓雅虽然偏执，但不至于跟你一个保镖过不去，肯定是你得罪她了。"

"我什么都没做，不知道是谁告诉她，我是走后门被你破格招进来的。她来向我确认，我说你确实破格录用了我，但我不是走后门是翻窗，她就骂了我，还打了我。"

虞度秋哈哈一笑:"她与我青梅竹马,去年才刚跟我订婚,还是我父母撮合的,并非我的意愿。我这段时间对她避而不见,她肯定心里不好受,不敢对我撒气,只能撒到你这个新来的人头上。"

"那又不是我的错。"柏朝穿着新定做的黑西服,宽肩窄腰,长腿笔直,气场比平时拔高了一截,没个保镖样儿,目光咄咄逼人,"是你辜负她的感情,她的偏执是你造成的,应该是你道歉。"

虞度秋抱胸打量柏朝。

"我说得不对吗?"

"对,你说得没错,我是浑蛋。"虞度秋上前两步,歪头一笑,"但那又如何?你不还是主动留下来当我的保镖?"

柏朝转过头:"自恋。"

虞度秋一脸戏谑,笑着道:"别生气了,就当帮我个忙,你去道个歉,我还需要她哥的协助,不能跟他们产生隔阂,否则就正中挑拨离间者的下怀了。我都没这么哄过人,给点面子,嗯?"

柏朝的视线低垂,说:"要我道歉,还需要别的条件。"

虞度秋莞尔:"什么条件?我尽量满足你。"

柏朝看着他:"有关 LSD 的事,所有的消息第一时间和我共享。以及,我要求你,作风检点一点,别再惹出一些情感纠纷。"

虞度秋脸上的笑意慢慢变冷,虚假的和颜悦色一点点退去,转眼间又恢复成了那个没心没肺的模样:"第一个条件我答应,至于第二个,你没资格要求我,搞清楚自己的身份。"

"我是为杜小姐提的要求,希望你起码先学会专一。"

"我只娶她一个,还不够专一吗?"

柏朝:"答应我,否则你今天别想谈成合作。"

虞度秋还真思索了片刻:"如果苓雅跟我离婚了,我也不能再找?"

"……可以。"

"行吧,反正她应该很快就会受不了我。"

目的达成,柏朝挥开他的手,转身走出凉亭:"有自知之明恐怕是你唯一的优点。"

马场接待室内。

透过整面墙尺寸的巨大玻璃，便能看见室外大奖赛级别的沙场，三两匹骏马正由身着蓝白骑士服的骑手驾驭着，培训舞步。骏马倒披的鬃毛顺滑整洁，迎风飘扬，俊逸非凡。

杜书彦却没心情欣赏这些，天生的下垂眼中透出一丝忧伤和无奈，一脸苦相。

俗话说"穷人玩车，富人玩表，巨富玩马"。他小时候也曾热爱马术，几十年前的杜家，也是巨富阶层，供得起他这项烧钱的爱好。

后来他爸杜远震眼光毒辣地投资急速兴起的传媒行业，创办了木土传媒有限公司。本该大有一番作为，然而刚融资完毕准备上市时，杜远震便出了事，身体日渐衰弱，最终一命呜呼。众人为争夺遗产搞得家族四分五裂，股东们为欠债焦头烂额，最后还是由虞度秋的外公虞友海出面，收购了杜家的部分股权，再加上兄妹俩的持股，杜书彦才在董事会重拾话语权。

然而此时的木土传媒已经错过了发展的黄金时期，被一众雨后春笋般冒出的新媒体公司远远甩开，他再不甘心，也只能瞠乎其后了。

分崩离析的家业也令杜家彻底跌出巨富行列，若不是老一辈积累的人脉与名望，以及与虞家的结亲，他们早已被新贵们按在地上摩擦。

杜书彦身为现任当家，想要振兴家业，压力重如泰山，哪儿还有什么闲钱和精力玩赛马。此刻忧心忡忡地喝着茶，也不知是什么滋味。见自个儿妹妹眼圈红红的，他明知她委屈，也只能叹着气拍拍她的手背："阿雅，一会儿度秋来了，你别再像刚才那样任性了。那人再怎么样也是他的保镖，你没资格管，知道吗？"

杜苓雅倔强道："我怎么没资格管？我是他的未婚妻。"

话虽如此，可他们都知道，这场联姻不过是虞家念着旧交才促成的，虞度秋和谁结婚都无所谓，这是圈子里尽人皆知的事。而杜苓雅心甘情愿，杜家也迫切地需要依附一棵大树稳固日渐衰败的地位，虞度秋是绝佳人选，他们万万不能得罪。

杜苓雅说完，也想起自己随时可能被解除婚约的弱势处境，眼眶更红了。

娄保国等人听在耳里，却只能装作铁面无私。这些家事不归他们管，也不敢管。

气氛正僵着，接待室的门"哗啦"一声被拉开，虞度秋领着挨打的保镖出现了。

马场经理像见到救命稻草一般迅速迎上来："虞总，请坐，您好久没来了！"

"能抽空来一趟就不错了，忙着搞项目呢，辛苦你照料我的宝贝们了，马经理。"虞度秋随口打过招呼，展颜对杜家兄妹一笑："嗨！书彦哥！"

杜书彦一口红茶差点喷出来，身后的秘书立即递上纸巾。他捂着嘴擦茶渍，眼珠子瞪得几乎脱眶："度……度秋，你这是受……受了什么刺激？怎么头发全白了？"

虞度秋大大方方地坐下，马经理亲自倒上茶，识相地退到了边上。

"别提了，都怪我外公，总训我玩性大，不成熟，那我就'成熟'给他看呗，白发苍苍总归'成熟'了吧？"

杜书彦没见过这种离谱操作，一句"这也太乱来了"卡在喉咙里半天，最终就着茶咽下了肚。

虞度秋拽过柏朝，朝杜苓雅的方向抬了抬下巴："去给杜小姐道歉，以后懂点规矩，她是你未来要服务的女主人。"

杜苓雅被这声"女主人"哄回了面子，心情转好，总算露出笑容。她不是不知道虞度秋的脾性，但她仍相信以他们青梅竹马的关系，再加上以后的朝夕相处，总能培养出感情的。

柏朝收回视线，面无表情地鞠了个躬："对不起，杜小姐，是我失言。"

杜苓雅"哼"了声："看在度秋的分上，这次我原谅你，如果你再敢对我不恭敬，我立刻辞了你。"女主人的架子拿捏得有模有样。

柏朝没反应，也没再说话，退到了赵斐华身侧。赵斐华轻喊了声他的名字，示意他要回话。可柏朝仍旧漠然以对，仿佛道个歉已经仁至义尽。

杜苓雅的火气又上来了，她正欲开腔，被杜书彦打了岔："度秋，你这些年可真是厉害，我在国内都经常听别人提起你的名字。听说你回国，原本想马上约你喝一杯的，可我们家的状况你也知道，我每天都被董事会那帮人盯着工作，一点娱乐时间都没有，这回还是托小赵的福，说你找我有事，我才有机会忙里偷闲见你一面。"

赵斐华忙道："哪有，感谢杜总肯赏我脸。"

这可真是落毛凤凰不如鸡，堂堂一位名正言顺的董事长，三十二岁正值大好年华，应当雄才伟略，满怀壮志，现实却是过着坐监牢似的生活，处处受限，还对一个小小的公关经理恭恭敬敬，说出来令人不禁唏嘘。

虞度秋客气地回他："今天找你还真有事，不过谈公事之前，先放松一下，我们两家人没必要这么拘谨。马经理，先让他们表演一段。"

马经理立即点头称是，转头吩咐了下属几句。紧接着，只见外边得了指示的骑手们骑着骏马进入沙场，面朝玻璃方向鞠躬，开始一个接一个地表演马术舞步，斜横步、高抬腿、原地踏步……完成得颇具水准。

"那匹白色的，是我去年拍回来的，安达卢西亚马，正在调教，进步很快，已经有模有样了，等驯好了送到家里去，是不是很漂亮？"虞度秋饶有兴致地问。

杜书彦压根没心情看这些表演，附和着笑笑："漂亮，我记得你以前就很擅长马术，高中的时候还拿过U25大奖赛冠军。"

虞度秋讶异："这你都记得？"

"阿雅天天在我耳边夸你多厉害多出色，说你是她的白马王子，想不记得都难啊。"

杜苓雅垂首害羞道："哥，都多少年前的事了，别提了。"她一低头，有什么东西跟着闪烁了一下，像一团炽亮的火光。

虞度秋敏锐地捕捉到闪光的来源，视线聚焦其上："新买的耳坠？"

杜苓雅一愣："啊，是呀。谁让你这阵子都不陪我，我只能跟姐妹逛街去了，怎么样，好看吗？"

"好看，特别衬你。"虞度秋盯着看，目光一动不动。

杜苓雅抿唇开心地笑了，随手摸了摸镶着一圈小钻、红艳似血的耳坠："难得听你夸我的首饰好看，既然你喜欢，以后我就常戴吧。"

室外，骑手们开始进行表演性质的障碍赛，骑手们驾驭着骏马越过水沟、矮墙、多重棚栏等，英姿飒爽。

虞度秋悠闲地呷着茶，赵斐华看得着急，频频朝他使眼色：你到底要不要聊正事了？

杜书彦的焦虑也明显写在脸上——尽管杜苓雅是虞家未来的儿媳，两家关系理应很亲密，但虞度秋小他许多岁，且早早就出国了，其实他没怎么单独打过交道。

这次虞度秋与他会面的目的，他大概能猜到一二。可杜家在传媒界早已失去话语权，这事不好办，万一没办好，虞度秋会不会一怒之下取消婚约？

杜书彦频频喝茶，茶杯空了，秘书替他倒满新的一杯。

虞度秋抬眼瞥向倒茶的男人，冷不防地问："费铮，你跟书彦哥几年了？"

男人放下茶杯，直起身。他个子极高，近一米九，站在一米七五米的杜书彦身后像个巨人。面部轮廓极为硬朗，鹰鼻深目，有点儿西北人的基因特质。

"九年了，虞总。您还记得我的名字，我很荣幸。"费铮恭敬地回道，同时笑了笑，硬汉气场顿时柔和许多，称得上是一位亲切的帅哥。

"九年啊，那可真够久了，从书彦哥最艰难的时候陪到现在，你很忠心啊。"虞度秋不知为何对他大夸特夸，"我就喜欢忠心的人，还有动物，比如这儿的马，还有我家的黑猫和警长，哦，还有老周和保国。"

娄保国嘴角一抽："原来我排在两条狗后面……"

赵斐华："你知足吧，我都没名没分，比狗还不如。"

柏朝脸色微变，眼神复杂地看着虞度秋。

周毅安慰道："别在意，你刚来，少爷没提你很正常。"

柏朝关注的重点却不是这个："那两条杜宾……叫黑猫和警长？"

周毅捂脸："是的，估计是少爷小时候动画片看多了，你可千万别在他面前质疑他的品位，他会生气的。"

柏朝却突然笑了，这可能是入职至今，他展露的最真实最柔和的一个笑容，说："这名字很好。"

虞度秋夸完费铮，又问杜书彦："我说得对不对？"

"嗯嗯对……"杜书彦吃不准他想表达什么，但顺着他的话表忠心总是没错的，"我帮过他的忙，所以他对我死心塌地，就像虞伯伯帮过我大忙，我肯定也会尽我所能地帮你解决问题。度秋，你接风宴上发生的事我听说了，现在外边对你的风评很不利，有需要我帮忙的地方尽管说。"

赵斐华嘘出口气，磨蹭了半天总算开始聊正题了。

虞度秋也没推阻："不瞒你说，书彦哥，我确实需要你帮忙。你是本市人，应该清楚，相关部门以前批准过类似的科创项目，但因为20年前的事故，迫于舆论关停了所有脑机接口项目。如今口子好不容易松了些，又发生这种事，我要是任由舆论发酵下去，恐怕这个项目就得告吹了。希望你能帮帮我，资金不用担心。"

杜书彦早有心理准备，只能硬着头皮答应："嗯，你是我妹夫，我肯定帮你，不过你得跟我说说其中的细节，否则我不好操作。"

"行。"虞度秋转头看向周毅。

周毅心领神会，立即带着不相干人等走出了接待室，只留下杜家兄妹、虞度秋和赵斐华在里边商谈对策。

马术表演已结束，骑手们牵着马回到了马房，马经理热情地邀请他们去参观。费铮往嘴里扔了颗与他气质十分不符的水果糖，笑笑说："这地方的环境有点儿像我老家，我想待在草场这儿赏赏风景，就不去了。"

于是娄保国兴致勃勃地拉着周毅和柏朝一起去马房，进去之后东瞧瞧西看看，不禁叹为观止，咋舌道："这马住的地方比人住的还豪华。"

周毅："那可不嘛，一匹几百万呢。"

"我来得晚，没见过少爷骑马，你见过没？"

"见过，少爷十岁就开始学马术了，好像是因为小时候看《西游记》动画片觉得里面的白龙马很帅。"

娄保国惊讶："少爷小时候怎么这么爱看动画片？我以为以他的智商，应该对这种幼稚的东西不屑一顾啊。"

周毅摊手："毕竟那会儿还是个小孩子嘛。"

"这么一想，少爷小时候或许还挺可爱的。"

"长大一点就不可爱啰。高中的时候他第一次上学校的马术课，老师还在给其他学生讲基础理论，他直接翻身上马，纵马跳出围栏，绕着教学楼奔腾了两圈。你是没瞧见那场面，老师被吓死，女生被帅死，少爷的英姿一举轰动全校，得了一个外号……"

周毅说到这儿突然不说了。

娄保国好奇道："什么外号啊？"

周毅左瞧右看，见马经理离得比较远，柏朝正聚精会神地盯着饮水槽看，于是放心说了:"其实也不是什么秘密,裴少爷、杜小姐他们都知道,但没人敢在咱少爷面前提,那是他最想抹杀的一个外号,叫'虞美人'!"

015.

半小时后,两方会谈结束。

赵斐华率先开门出来,笑得见牙不见眼:"杜少爷、杜小姐,感谢你们的鼎力相助。"

杜书彦客气道:"应该的,我们两家谁跟谁。费铮!过来,我们回去了。"

杜苓雅临走前依依不舍:"度秋,你什么时候能忙完啊,我去你家找你行吗?"

"凶手还没抓到,最近待在我身边太危险。"虞度秋执着她的手,一双迷人的眼睛含着似有若无的情意,不知道的还以为他们是一对恩爱的情侣,"等警方抓获真凶了,我亲自去接你。"

杜苓雅与他相识多年,知道这些话不过是搪塞她的借口,脸上显出些许怨色:"我不怕危险,我怕你出事,想陪着你……唔。"

虞度秋食指轻点了下她的唇:"我该走了,回头见。"

杜苓雅纵使万般不情愿,也从来不敢忤逆他的意思,只好随她哥上了车,走的时候还从车窗探出半个身子,想对未婚夫挥手道别,却见虞度秋早已转过身去。

虞度秋正准备上自己的车,忽然瞧见娄保国的神色有异,纳闷地问:"保国,你为什么憋笑?"

娄保国急忙否认:"没有,我哪有笑?我怎么可能笑,我这人从出生起就没笑过!"

"……"虞度秋懒得追究,轻轻拍拍柏朝的肩:"小'柏'眼狼,过来跟我一辆车,省得你又给我惹出什么麻烦。"

马场位于郊区,沿途风光如诗如画。娄保国和赵斐华坐在一辆车上,驶在前头开道。车窗开着,时不时地随风传来爆笑声。周毅按照惯例坐在后车前座,听得无奈,悔不当初。

"今天大家好像都很高兴啊，你们在外面遇着什么好玩的事了？"

"没……没什么，他们傻乐呢。"总不能说是因为透露了您讨厌的绰号，他可不想丢饭碗。

好在虞度秋没深究，注意力又转移到了身旁一言不发的男人身上，说："你好像心情不错？"

柏朝晒着大太阳，热得松了一颗衬衫扣子，斜睨他："怎么看出来的？"

"我的直觉。"虞度秋的目光打量着柏朝，"需不需要我再告诉你一个更高兴的消息？"

"什么？"

"苓雅很快就不是我的未婚妻了。"虞度秋笑笑，"这下解气了吧？"

周毅以为自己听岔了，茫然地转头："啊？"

柏朝眯眼："你什么意思？"

"先别急着在心里骂我始乱终弃。"虞度秋把玩着自己脖子上锋利的刀片项链，薄唇吐露的话语更是冰冷，"是她先对我撒谎。"

"什么时候？"

"刚刚。"虞度秋碰了碰自己的耳垂，"从颜色、大小、净度来看，那对耳坠是天然无烧鸽血红宝石，左右各三克拉以上。你知道这样的饰品是什么级别吗？投资收藏级别。不拿去拍卖待价而沽，放在店里定价售卖，哪家店这么热心做慈善啊，要是有的话早就被抢购一空了，轮得到她逛街随随便便就能买到？何况她的零花钱也没那么充裕。"

柏朝沉思片刻，开口："我以前只负责押运，不懂珠宝。可就算她骗了你，也未必是恶意，只是个小谎而已，没必要解除婚约吧？"

虞度秋摇头："像我们这样的家庭，本就外敌环伺，更受不了身边人的欺骗。况且，有时候一个看似无伤大雅的小谎，可是会要人命的。"

"你怀疑她会对你不利？"

"苓雅不会存心害我，她也没那个能力，我担心的是她被有心人利用。"虞度秋转而问周毅，"老周，你猜是谁给苓雅送了那副耳坠？"提示已经相当明显。

周毅张了张嘴，心知肚明却无法说出口："没有证据，我不敢乱说。"

"听到没？小'柏'眼狼，你该学学老周的谨慎，时刻注意自己的言行，少给自己和别人惹祸。"虞度秋趁机教育,扬手伸了个懒腰,"不要紧,那人的挑拨离间和大献殷勤都做得太明显了,蠢货不足以为惧,先静观其变,看他还有没有别的目的。"

车内陷入静谧,柏朝和周毅神情肃然,思考着这件事是否与近期的几桩案子有关。

这时,虞度秋似乎突然一拍扶手:"对了!"

柏朝目光一凝,说:"怎么?"

周毅也问:"少爷您想到证据了?"

"不是。"虞度秋看向柏朝,满脸期待,"你刚才为了苓雅跟我提要求,要我不能惹出情感纠纷。现在我准备解除婚约了,我们的约定是不是作废了?"

方小莫在偌大的庄园别墅里待了一个下午,直到日落,终于等到两辆劳斯莱斯一前一后驶回。

他本想去献个殷勤替虞大少开车门,谁知幻影的后座门猛地弹开,下来的是那位凶神恶煞的英俊保镖,瞥也没瞥他,冷着脸往辅楼去了。

虞度秋从另一侧施然下来,颇为热情地对方小莫嘘寒问暖:"久等了,是不是很无聊?"

方小莫一阵心慌,道:"没,不无聊,您这儿有很多吃的玩的,花园也很漂亮,就是两只狗有点吓人……"

虞度秋笑笑:"它们只咬坏人,像你这样可爱的,它们不会忍心伤害你的。"

方小莫满脸通红:"谢……谢谢您夸奖。"

"别客气,晚上带你玩点别的。"虞度秋道,"我还有事要处理,你先去休息吧,我让人把晚餐给你送上去。"

方小莫一个外地来的打工仔,平日被师傅呼来喝去,做着最杂碎低微的活儿,哪享受过这贴心的待遇,忙不迭地点头。

虞度秋吩咐用人将方小莫领上楼,自己也去泡了个澡,接着披上浴袍前往餐厅。

赵斐华半道下车回家了,餐桌边上只剩下三位保镖和一位管家,已经动筷了。

虞家的规矩,在外得体现出长幼尊卑,在家就没那么讲究,亲近的下属都可以上桌。不过虞度秋在饮食方面有些洁癖，厨房通常会单独给他做一份，剩下的人则一同分享食物。

娄保国刚才听了周毅的转述，大为吃惊，见虞度秋甫一露面，他便问："少爷，杜小姐她那么喜欢您，怎么可能撒谎？其中是不是有什么误会？"

虞度秋闲散地坐下，用筷子在餐盘中挑挑拣拣，说："是不是误会，日久见分晓。不提这个了，我刚泡澡的时候，纪凛打电话来，说了个坏消息。"

娄保国瞬间将杜苓雅的事抛之脑后，显然觉得破案比儿女情长更有意思："什么什么？"

虞度秋最终夹了一筷子清蒸鱼肉，细嚼慢咽道："他们专案组日夜蹲点巡查了几天，依旧没查出这批致幻剂的源头，看来毒贩已经有所警觉，暂时蛰伏了。市局领导听说之后，担心凶手还会用同样的方法来警告我，为了避免我和更多无辜的人受牵连，可能会向市长提议暂停我的项目。"

周毅皱眉："这怎么行，得亏损多少啊，而且这不就正中凶手下怀了吗？"

娄保国："对啊，对啊，干吗这么怂，搞得好像我们怕了对方似的，就该硬碰硬！你说是不是，大哥？"

柏朝不知为何异常沉默，闷头吃菜，一言不发。

虞度秋饶有趣味地看着他，说："公私分明一点儿，别总把个人情绪带进工作。"

柏朝神色无异地夹起一块鱼肉，说："我在听，你说。市长可能暂停你的项目，然后呢？"

虞度秋接着说："所以杜书彦可能帮不上什么忙了，他能力有限，他爸去世之后就没了靠山，董事长当得唯唯诺诺，这两年是结交了些大人物，刚有所好转，但论谈判周旋的能力，恐怕还不如裴卓，他没法在短时间内帮我扭转乾坤。我得另想对策……唉，头疼，先放松放松再说。洪伯，小莫的晚饭送上去了吗？"

洪良章点头："送了，董师傅还额外做了份甜点，小孩儿应该爱吃。"

"不错。"

柏朝这时扯下餐巾，扔到桌上："我吃饱了，你们慢用，警方那边有新消息了再喊我。"

洪良章目送柏朝离去，无奈叹气："没规矩。"

虞度秋心情不错，开起了玩笑："洪伯，远航要是这么任性，你怎么罚他？我参考一下。"

洪良章一贯宠爱孙子，无奈苦笑："我老了，管不住他了，只能希望他自己知错就改吧。"

"我大哥不可能知错就改的。"娄保国道，"他连少爷都不放在眼里，这世上恐怕没人能让他乖乖听话吧。"

虞度秋慢条斯理地咽下一口鱼肉，说："他想把自己摆在和我平等的位置上，这不可能，情义什么的都不可靠，我只相信永远的利益关系。"

洪良章劝道："别的也就罢了，但如果有人真的值得相交，少爷，我觉得你可以试试。"

"我怎么知道对方是不是利用我？苓雅这种关系，都会对我撒谎。除非……有人能为我毫不犹豫地去死，那我可以考虑考虑，但要证明这点，需要真死了才行，不过那时候我再回头和人当知己也无济于事啊。"

活着的时候不珍惜，非要到人家死了才相信，这逻辑非凡夫俗子所能理解。洪良章一时半会儿想不出更多劝解的话，唯有唉声叹气。

"好了，我今天没什么胃口，先上去了。"虞度秋起身，扔下餐巾，视线扫过对面一片狼藉的空位，"还有，告诉柏朝，再这样闹脾气，让他睡狗舍，或者站我卧室门口守夜，随他选一个。"

016.

夜幕低垂，壹号宫的大片绿地隐于浓如墨的夜色下，一片黑影幢幢，个别房间的窗户亮着混沌的光。

方小莫在客房内吃完丰盛的晚餐，肚子撑圆了，闲着没事出去溜达消食，参考楼层平面图，在同层找到了一间书房，环墙三面大书柜，称得上是间小型图书室。内里摆放的书各式各样，或文艺或专业，大多数他都看不懂。

书房中央的圆桌上摆着一副西洋棋盘，棋子金银两色，闪得耀眼夺目。

方小莫拿起一颗马头形状的棋子，在手里掂量了下，沉甸甸的，似乎是真金白银，这一套起码值几十万吧？

他不会下棋，也不敢动歪脑筋，随手放了回去。

"不是那格。"一道冷然男声倏地在背后响起。

方小莫吓了一跳，手上哆嗦，碰翻了好几颗棋子。棋子再撞倒其他棋子，"乒乒乓乓"地滚落到地上，转眼间棋盘七零八落。

"对……对不起！"他自知闯了祸，缩着脖子害怕得要死。

虞度秋靠着门框，面无表情地看着散落满地的棋子，过了片刻，轻叹："算了，早晚要打乱的。坐下聊聊。"

虞度秋此刻的心情，远没有他表现出来的那么轻松。这几起案子中存在着他未知的内幕，比如雨巷中的神秘凶手；比如柏志明在他眼皮底下的离奇失踪；又比如凶手连杀两人，却唯独对他心慈手软，难道只是因为忌惮他的家族？

这些疑问他目前答不出，背后的真相他也看不见、抓不住，失控的不爽需要从别的方面来填补。耗脑过度是件伤神的事，也许找一个与这些事无关的人聊聊天，可以纾解一些内心积压的情绪。

"砰！"突然，外边传来清脆的一声响声，似乎有什么东西砸在了玻璃窗上。虞度秋闻声走到窗户边望去，想说出口的话猛地停住。

书房在别墅三楼，窗户正对着后花园。石子路两旁的路灯亮着，一个男人站在落寞的光下，仰头望着窗户。

男人穿着定做的新西装，垂手直立，一动不动，像一尊等了许久即将被风化的人形石雕。

方小莫诧异地"咦"了一声，却没有唤回虞度秋的注意力。虞度秋的目光无法从楼下的男人身上挪开，理智告诉他，即便是最忠心的狗，也不会在短短十多天内就对新主人死心塌地。

如此卖弄，必有图谋。

"……怎么了？"方小莫察觉到虞度秋的分心，扭过头也想往窗外看。

虞度秋笑笑，远离窗户，说："没什么。"

风声呜咽，宛若悲鸣。

柏朝仰头望着人影离去的三楼窗户，黑夜中，室内灯光亮得刺眼。约莫五分钟后，光线被调成了昏暗朦胧的暖黄色。

他的脖子有些酸了，低头看向脚下，两三朵被风摧残的断头月季躺在地上，明早园艺师应该会将它们其扔进垃圾桶。他拾起一朵白花，吹掉灰尘，插入自己西装的花眼里。

"白色襟花太正式了，一般正式场合才戴。"

柏朝倏地抬头。虞度秋双臂交叉抱胸，直直地朝他而来。

"小'柏'眼狼，在这儿干什么呢？"

柏朝定定瞧着他："不睡了？"

"有条可怜的大狗眼巴巴地站在风里盯着你，你睡得着？"

"我以为你不在乎。"

"是不在乎。"虞度秋游刃有余地道，"我就是好奇，你怎么突然不叛逆了，改走忠仆路线了？"

"之前觉得你自私自利，对身边的人只有利用，不值得相交。"

"即使你这么说，我也不认为自己有错，有的人天性凉薄，你无法改变。"

"未必。"柏朝轻轻抚过领口的月季，"我突然发现，你并没有我想象中那么凉薄，所以，我想试试。"

"试试什么？"

"试着去了解真正的你。"他露出淡淡的笑，"可以吗，少爷？"

虞度秋微微一愣。

柏朝的脸生得很好，眼睛尤其好，也不知是遗传了父亲还是母亲，黑漆漆的瞳仁表面泛着光，犹如静水深流，显得目光总是深远而沉静，仿佛久经历练，看透所有，目空一切。

"你说你天性凉薄……看来不是这样。"柏朝道，"你会下来找我，说明你不是完全不近人情，对吗？"

虞度秋一巴掌拍在他的肩膀上，力气不小，开口："你这突如其来的示好我可不敢接，说吧，你接近我，是不是还有'为父报仇'以外的目的？"

"嗯。"柏朝承认得干脆，"来保护你。"

虞度秋像听了个笑话似的，哈哈一笑："说实话，想要什么？钱？权？我见得多了，人之常情，不丢人。没必要装知心朋友自我感动，你不嫌累，我看你表演都看累了。"

柏朝仿佛没听见,将插花眼中的白月季抽出来:"给。"

虞度秋接过花,随手扔到地上,拍了拍手:"无聊。该说的我都说了,走了。劝你也早点休息,别在这儿晃悠了。一晚上……可是很漫长的。"

"无论夜多长,白昼总会到来。"柏朝弯腰捡起花,重新佩戴好,"即使我的世界是永夜,我也有期待日光降临的权利。"

虞度秋迈开了半步的身子,重新转了回来。

柏朝从容不迫,迎着他审视的目光。

虞度秋忽然笑了:"我不得不说,刚才那段话很有水准,居然让我觉得,跟你聊天比较有趣。"

"说明你还有点脑子。"

"夸你一句又狂上了。"虞度秋抽出那朵白月季,"再说一句我感兴趣的,或许我们今晚可以坐下来多聊聊。"

柏朝闭了闭眼,在心中呼出一口放松的气,重新睁眼:"想下棋吗?"

书房静谧,棋盘旁的两杯威士忌酒液澄金,冰块漂浮。

虞度秋将先前散落的棋子一一摆好,说:"你得感谢小莫打乱了我珍贵的残局,兴致已经被他搅没了七成,你才有机会占用我这一晚上的时间。"

"残局是和谁下的?"

"穆浩。"虞度秋回,"几年前他来A国旅游的时候跟我下的。他棋艺特别烂,又不服输。原本我不出三步就能赢他了,他非要让我暂停,保留残局,说是等有朝一日,他棋艺精进,想出反败为胜的战术了,再回来赢我。可惜,他大概这辈子都没机会了。"

柏朝抬眸:"你对他的死,好像从始至终都没有表现出哀恸,可你又显得很珍惜他。"

"我并非不伤心,只是我的愤怒远超哀恸。刚得知他死讯那阵子,我可是很疯的,不然你以为我这头白发怎么来的?"虞度秋开玩笑。

"后来怎么平复愤怒的?"

"没有平复,被我藏起来了而已。愤怒使人冲动,下棋需要冷静才能赢。"

虞度秋放好最后一颗国王，"好了，开始吧，你先。"

柏朝淡淡地看了眼棋盘："我不会。"

虞度秋阴恻恻地咧开嘴："玩儿我呢？"

"你教我。"

"不教，滚。"

"教会我，以后就有人陪你下棋了。"

"我缺人陪吗？"

"你缺。"柏朝眼神通透，"否则那盘残局你不会保留到现在。"

虞度秋的目光在这张过分英俊的脸上剜过，开口："只教一遍。"他端起玻璃酒杯，愤愤饮下，心情稍缓，"既然喝着格兰杰的威士忌，那就用苏格兰开局教你。"

金灿灿的棋子折射出华丽的光线，虞度秋按住一颗往前推进两格，说："摸子走子，离手无悔。这颗叫'士兵'，只能向前直走，每次走一格。第一步时可以走一格或两格。作用嘛……就像杜书彦，没多大能力，但用得好也能派上用场。"

柏朝："……你的比喻真形象。"

虞度秋笑笑，伸手将他的一颗"士兵"也往前推进两格，金银两颗"士兵"针锋相对。接着，虞度秋将自己的另一颗棋子移到左斜前方，说："这个叫'骑士'，走'日'字。是唯一能越过其他棋子而行动的棋子，足踏八方，八面威风。"

金银双方棋子逐步出动，侵占领地。

"这是'主教'，只能斜走，格数不限。在全局照应方面比骑士强，在跨越突击方面不如骑士。

"骑士和主教，你可以理解为我方和警方。老周、保国他们近程攻击迅猛无比，彭局、纪凛他们统筹大局灵活机动。

"这是'战车'，走横走竖，步数不受限制，'王车易位'时可以越子。通常驻守在底线，为其他棋子的行动提供支援和保护。"

柏朝："所以它就像洪伯。"

虞度秋目露赞赏："很会举一反三啊。"

柏朝指了指最后两种没解说的棋子，说："我猜这个国王造型的是你，地位最高，威力最大。"

虞度秋摇摇手指："错。虽然国王地位的确最高，它被将死就意味着棋局结束，因此它行动最受限。我是国王，也是对面所有棋子的眼中钉，整盘棋局因我存在而存在，因我倒下而结束。我必须如履薄冰，不能踏错一步。而你……"

虞度秋拿起国王旁边的棋子："你是'王后'，是最强大的棋子，攻击方向和格数统统不受限制，可以大杀四方，也可以退而防守。你的职责是不惜一切代价，哪怕牺牲自己，也要保护好国王，懂吗？"

柏朝："为什么是我，周毅和娄保国跟你更久，你应该更信任他们吧？"

虞度秋："老周下有女儿，保国上有父母，他们俩都有所牵挂，真到了存亡关头，必然会瞻前顾后。而你，孤儿一个，也没对象，身手不错，非常完美。"

"……你直接说我死了没人在乎就行。"

"我在乎。"虞度秋笑得过度热情，"别轻易死掉啊。"

柏朝不接他的话，拿起己方的银"王后"："可你对面的国王也有一个强大的王后和若干帮手，他们似乎已经抢占先机，吃了你很多棋，你却还在悠闲，不进攻吗？"

"不要光想着进攻，要先布局，占据有利位置，各安其位，物尽其用，才能发挥每类棋子的最大优势，赢得最后的胜利。"虞度秋将所有棋子摆放回原位，"我们身在这棋局中，注定是要有所牺牲的，何不享受过程？想开点，跟着我，起码……"他用纯金的国王敲了敲实木棋盘，声音扎实，"起码快乐是不会少的，能用钱买到的，我都能买。我们可以光明正大地享乐，我的收入来源不犯法。而对面只能躲在阴沟里，小心翼翼地花着毒资黑钱。你说哪边更爽？"

柏朝勾唇："听着不错。"

虞度秋满意地点头，一饮而尽杯中酒，十分畅快："好了，规则讲完了，我们来下一局！"

柏朝的手越过整张棋盘，无视规则，来到敌方底线，拿起虞度秋的金"王后"，碰倒了金"国王"，说："既然'我'这么重要，就多听我的话，否则这就是你的下场。"

虞度秋眼角一抽："……你还是滚吧，教你下棋不如教牛弹琴。"

017.

翌日清晨。

洪良章被自己定的闹钟吵醒,缓了会儿才想起来要做什么事,接着打内线电话,吩咐一名男佣安排虞度秋的起床事宜。男佣领了命便挂了电话,然而五分钟后,却传来虞度秋不在房内的消息。

洪良章微微诧异,披上衣服,戴上老花眼镜,亲自去主楼里找。他年纪大了,许多事其实已经不需要亲自参与,让底下用人干就行,但监管这个从小就不省心的少爷,他总要亲自出马才放心。

主楼十几间卧房客房找了一圈,居然都不见虞度秋的身影,门卫昨晚也没汇报虞度秋出门的消息,洪良章刚要去监控室看看,隐约听见三楼的书房里似乎传来声音。

他循声走过去,推开书房的门——两个男人面对面地坐在一张红木桌子两边,竟然在下棋。

这可是早上7点。

虞度秋听见有人进来也没转头,浴袍外边披了件比他身形稍稍宽大的西装外套,一手执着棋子,一手撑着太阳穴,眼睛困倦地半眯着,发丝垂在棋盘上,杯子里的酒已经空了。

他对面的柏朝与他状态截然相反,坐姿笔挺,神色淡定。

"少爷,撑不住了?"

虞度秋闻言惊醒,立即坐正了,忍住哈欠,哼哼道:"开玩笑……我精神很好,你困了吧?"

"我不困。"

"……行,我们再来一局。"

"我们刚开局,该你下了。"

两句话的工夫,虞度秋的眼睛又半合不合的。

"好……我下……"这么说着,却没任何动作,脑袋如同西沉的太阳,越垂越低,眼见着额头就要被"国王"的皇冠尖角戳到。

柏朝及时伸手,托住他的额头,顺手抽走了他握着的"士兵",起身绕了小半圈，将他的脑袋靠在桌子上。

熬了一宿的虞度秋神经一松，眼睛彻底合上了，无缝衔接地进入梦乡。

午后阳光热烈，虞度秋醒的时候眼前一片金光灿烂，窗外的云霞被夕阳镀了层金，像……金黄脆香的炸鸡块。他摸摸一日未进食的肚子，忍不住吞咽了下。

晚餐时分，厨房做了一盘香酥脆嫩的炸鸡，表面贴了一层24K可食用金箔，主厨董永良亲自呈上来："少爷，您点的'金黄色的炸鸡'。"

虞度秋哭笑不得："董师傅，您做阅读理解呢？金黄就是指颜色，没别的意思，我就想吃大街上随处可见的那种炸鸡，你做得这么金贵，变味了。"

董永良连忙道歉："对不起对不起，那我再重新炸一盘……"

虞度秋摆手："算了，将就着吃吧。"

这道价值大几千的金箔炸鸡最后多数进了娄保国的肚子，虞度秋只吃了一小块。

餐后，用人们撤走餐盘，铺上干净餐布。洪良章让人温杯后泡了壶茉莉大白毫，纯白可爱的小花苞漂在清澈的茶水上，宛如点点浮雪。

娄保国皱眉："洪伯，咱们一桌大男人，怎么泡个花茶？"

洪良章微笑："少爷指名的。"

娄保国："转念一想，天气热确实该喝点清新的，茉莉真香，真不错。"

虞度秋笑笑，转而问："洪伯，小莫走了吗？"

洪良章："还没，他还在客房休息。"

"送他回去吧，准备点礼物，不能让人家白来一趟。"虞度秋懒洋洋道，"顺便跟陈叔说一声，下次别派他来了，毛手毛脚的，棋盘都给我打乱了。"

洪良章汗颜："好。"

"真想再享受会儿这样舒服的日子。"虞度秋放下茶杯，靠在餐椅背上，双臂平放于扶手，目光从左至右扫过，仿佛国王俯视他的臣民，"可惜，又要麻烦大家奔波一趟了。"

娄保国精神一振："终于要出外勤了？说实话，宅了这么多天我早就觉得无聊了。"

虞度秋："不仅要出去，还要出国一趟。"

"去哪儿？"

"老北州，见一位脑机接口方面的先驱，Miguel教授。"

英语蹩脚的娄保国只听清了第一个音节："米什么？"

"……米格尔教授。他曾用脑机接口让一位高位截瘫青年踢足球，可以说是该领域首屈一指的专家，在国内外知名度都很高，若能得到他的认可，我们开展Themis项目的支持率必然大增，媒体也不会揪着'魔咒论'不放，同时给社会各界一颗定心丸。"虞度秋道，"这得感谢柏朝昨晚陪我下棋，虽然他棋艺烂得我想掀桌子，但好歹让我脑子动起来，思路打通了。"

周毅迟疑道："可现在去A国，就脱离了警方的保护监控，会不会太危险了？"

虞度秋："所以要雇你们啊。老样子，先补个暗号，老周，跟我来。你们原地待命。"

"好。"周毅起身，跟着他走了，也不知道去哪儿。

娄保国摩拳擦掌，显得很兴奋："太好了！大哥，你出过国吗？"

柏朝细细品着茉莉的清香，说："嗯，出差去国外押送过珠宝。他刚刚说的暗号是什么？"

娄保国解释："这是少爷的安保措施之一，他和身边每个亲近的下属都有私人暗号，方便遇到紧急情况的时候出其不意地行动。暗号只能用一次，用过了就得补新的。"

"什么样的暗号？"

"嘿，这可不能说，除了少爷知道所有人的暗号，其他人只知道自己的，也不允许互相打听。"

柏朝点了点头，没刨根问底，转而问："他经常遇到危险吗？"

娄保国："那可不，以少爷的身家，对他心怀不轨的人多了去了，据说少爷小时候还被绑架过，洪伯应该比较清楚。"

洪良章坐在对面，闻言叹气："十几年前的事儿了，也不算什么秘密，不过我知道的东西也不多。虞董找杜少爷他爸把这事压下去了，没几个人了解内情。我就记得那时候我还在老爷身边做事，少爷在上小学，家里的司机负责接送，某天在他放学回来的路上，司机把他绑去了荒郊野岭。还好少爷命大，最终安然无恙。"

难得一听的豪门秘闻，娄保国按捺不住追问细节："少爷受伤了吗？"

"皮外伤在所难免，所幸不严重，养一阵子也就好了。严重的是这儿……"洪良章指了指自己的脑子，"被劫持三天，关在暗无天日的小屋子里，几乎没吃没喝，最后还目睹了绑匪被击毙……对一个九岁的孩子来说，太残忍了。少爷获救后有很长一段时间天天做噩梦，精神极度脆弱，甚至有些分裂，没法上学。他父母就把他送到了他外公以前工作的医院，静养治疗了很长一段时间，才慢慢恢复过来的。"

"难怪少爷他……"娄保国想说思维异于常人，想想不太妥当，改口道，"难怪少爷总是别出心裁，原来打通过任督二脉，也算是因祸得福了！"

"这样的福给你你要吗？"柏朝冷不防问道。

娄保国160斤的肉一抖，不明白他为什么突然生气，弱弱地说："我就想夸夸少爷……"

等到虞度秋给每个随行人员补完暗号，已是黄昏时分。

为保万无一失，警方也接到了通知，纪凛得了消息立刻带着小跟班卢晴前来传达彭德宇的指令："要出国可以，但作为重要涉案人员，以及凶手下一步可能的目标，必须由我局派人跟随出境，最多逗留三天，否则我押也要把你押回国。"

虞度秋正在草坪上遛狗，闻言失笑："不必麻烦了吧，纪队您这么忙，专案组需要您，平义市民也需要您。"

纪凛年纪轻轻学习能力强大，已然学会了与他虚与委蛇，屏退了卢晴，跟着他散步："你的人身安全关乎本案进展，以及平义市科技行业的未来，比我重要多了。况且你也是市民之一，保护你我义不容辞。"

虞度秋："过奖，真不用，你们警察出境应该需要上级批准吧？申请手续一定冗长复杂，我大后天就动身了，你可能赶不上。"

纪凛："放心放心，我只是科级，处级和处级以上才需要上交护照，我这种小喽啰随时都能出国。"

"这样啊。"虞度秋似乎妥协了，拿出手机看了几分钟，突然道，"难得有机会跟纪队共事，可惜，我刚看了机票，大后天飞往老北州的机票已经全部售光了。临近暑假，机票还真是紧俏啊。"

纪凛冷笑："哦？不会是刚才有哪个吃饱了没事干的有钱人把所有机票买光了吧？"

"哈哈，怎么可能有那种人呢。"

"我也觉得，不过没关系，我听说虞先生您出行都是坐私人飞机，应该能多载一个人吧？"

"真不巧，前阵子把飞机借给我的老同学了。"

"是吗，可据我所知，你的老同学裴卓已经从A国回来一周了啊。"

"……纪队知道得未免太多了。"虞度秋拽紧了狗绳，刹住脚步。两条杜宾察觉到主人的戾气，龇起了锋利的牙。

虞度秋敛起笑，正色问："为什么你会关注裴卓的近况？觉得他有作案嫌疑吗？"

纪凛也严肃地回他："虞先生，我们警方不是吃空饷的，柏志明生前任职于裴家的公司，虞文承出事的晚宴上裴卓刚好出席。聪明如你，我不信你没怀疑过裴家人。"

虞度秋凝视他半晌，忽然又笑了，这回真诚许多，伸出手道："有纪队这样敏锐过人的青年才俊保驾护航，此次行程一定非常安全。"

纪凛给面子地握了握手："当然。"

"不过，这趟出差可能会遇到种种意外，不知纪队身体素质如何？"

"呵，这你更不用担心，在警校里我的体能成绩仅次于穆哥，去年还在局里办的运动会上拿了三项第一……"纪凛说着说着，突然察觉到，他们正在握手。

虞度秋的右手正握在自己手里，而牵狗的绳子，不见了。

两条杜宾怒目而视，嘴里发出类似引擎发动前的浑厚低鸣。

纪凛脑中警报骤然拉响，转身拔腿就跑！

"汪汪汪！"

虞度秋哈哈大笑，高声呐喊："纪队！我早就想看看我家的'警长'和真正的警长谁跑得更快了！如果你没被追上，欢迎你后天登机！"

伴随着杜宾远去的狂吠，传来纪凛撕心裂肺的"问候"："虞度秋！你绝对有病！"

夕阳下，一人两狗拼了命地狂奔。

今日的落日余晖色彩似乎格外浓重，如血般渗透了天际，浸入了大地，也映入了三楼书房敞开的窗户里。染上了一层红光的金银棋子面对面地静静伫立着，却透出一股杀伐之意。清晨那盘半途而止的棋局刚刚开局，金"王后"尚未出动，忠心且高傲地驻守在国王身旁，昂首睥睨着其余所有棋子，仿佛耐心等待着一个大杀四方的机会降临。

为"国王"战斗是他的荣幸，即便他很清楚，此时此刻，自己也只不过是"国王"眼中微不足道的牺牲品。

CHAPTER

"王后"之城

TWO

018.

6月12日，平义市蓝天机场。

一架湾流G650如展开双翼的鹰隼，静静横立在停机坪上。

拖着行李箱的卢晴狠狠咽了口唾沫，目不转睛："私人飞机呃……纪哥，我这辈子都没坐过……"

"你这辈子还长得很，少见多怪，把哈喇子擦擦，别给局里丢人。"纪凛训完，望向也是头回见到的私人飞机，在心中默念了三遍公安大学的校训：洁己奉公，秉正无私！

任何骄奢淫逸的"恶势力"都不能腐蚀他！

虞度秋绅士地抬起胳膊，让杜苓雅挽住，一同率先登上了飞机，纪凛和卢晴作为受邀客人，紧随其后，接着是随从保镖。

娄保国边登扶梯边嘟哝："不是要解除婚约了吗，怎么还邀请她……"

周毅呵斥："你懂什么，少爷肯定有自己的打算。少说话，多做事，跟你大哥学学。"

娄保国抬头看了眼刚和赵斐华进机舱的柏朝："哎，你说，大哥到底对少爷什么想法啊？好像有点想要结交，又好像挺讨厌少爷的……"

周毅："我怎么知道。"

娄保国每次跟周毅探讨问题都碰壁，郁闷道："也是，问你不如问块石头，没劲。"

周光棍也有自尊心，一听这话就不乐意了，强行揣摩了下这些小年轻的心思，故作懂行道："看小柏平时的态度，他应该是真心讨厌少爷吧。我们得劝劝他，工作的时候不要掺杂私人情绪！"

娄保国叹息着摇头："你竟然也有情商这么高的时候！"

全员上机后，乘务员收起梯子，关上舱门，接着前来问候："各位需要吃点或喝点什么吗？"

卢晴一大早赶过来，没吃早饭，肚子正叫唤，不好意思地问："有小面包和牛奶吗？"

乘务员小姐微笑道："有的，只要这些吗？"

"嗯。"

"好的，那虞总和杜小姐有需要吗？"

杜苓雅许久没陪虞度秋出行了，挽着未婚夫的胳膊不放，仿佛要和他黏在一块儿，哪有心情管别的，随口打发："不用了，谢谢。"

虞度秋坐在机舱中段的沙发上，指了指旁边四人座的某一位："给他做一份早餐，软和点的，他下巴受伤了。"

柏朝侧头："谢谢，我下巴已经好了。"

虞度秋笑笑："那你随便点，我带了董师傅，跟家里一个味道。"

杜苓雅听着他跟一个下属说起"家里"，仿佛自己才是个外人，酸劲儿立马上来了："度秋，你好几天没见我了，也不关心关心我，我可是天天都在想你。"

虞度秋回头，抬手温柔地抚过她红如鸽血的耳坠，开口："我怎么会不关心你呢，我也天天想着你啊。"

娄保国一个激灵，搓了搓自个儿粗壮的手臂，说："我还是自觉点儿捂住耳朵吧……"

柏朝垂眸看着桌子，缄默不语。乘务员端来早餐后，他也只是埋头吃。

虞度秋和杜苓雅你侬我侬地聊了好一会儿，逗得杜苓雅娇笑不断，满面春风地靠着自己的未婚夫撒娇。

娄保国打了20多年光棍，看见别人甜甜蜜蜜心里就郁闷，求助同座的其余三人：“你们快聊点别的，分散我的注意力。”

赵斐华敲着笔记本的键盘，头也不抬地说：“我忙着安排落地后的第一拨媒体公关呢，别烦我，你要实在闲着没事，就把自己关厕所擦马桶去，起码还能派上点用场。”

"你……"娄保国一口气郁结在胸口，发不出来又咽不下去。

周毅心平气和地从随身公文包里拿出一套"初中数学模拟测试卷"，摊开在桌上，说：“来，帮我女儿想想这几道题怎么做，家教老师留的作业，最近天天刷题，等我回去她就要期末考了。”

娄保国二话不说捋起袖子，说：“包在我身上，小果的事就是我的事！初中数学我还是能帮一帮的！”

半小时后，娄保国扔了笔，去厕所狠狠洗了把被反比例函数折磨得憔悴不堪的脸，回来说：“小果都初二了，已经是个成熟的学生了，应该要学会自己查题了，你赶紧给她买一部智能手机吧。”

周毅怒骂：“去你的，她有了手机不好好学习怎么办？跟小男生聊天怎么办？给她一部老人机就可以了。”

娄保国说：“啥年代了还有你这种家长，我要是有了孩子一定给他快乐的童年，大哥你说是不……哦！对不起，对不起，忘了你是孤儿……”

周毅不忍听：“你这张嘴……”

赵斐华眼也不抬地接道：“跟吃了鲱鱼罐头似的，自己嘴臭就算了，还要张嘴臭死别人。”

"谁能有你的嘴臭?!"娄保国转而求饶，"大哥我真不是故意的！"

柏朝安安静静地吃完了早餐，闭上眼往后靠，戴上耳塞，随后开口：“我要休息。”

"哎！好嘞！我保证不打扰您！"

航程约15个小时，杜苓雅难得起这么早，聊了会儿就架不住睡意，去后段的休息舱小憩了。纪凛立刻坐到虞度秋身旁的位子上。

虞度秋托着笔记本往旁边挪了几厘米，说：“纪队，我没兴趣和你这种小古板聊天。”

纪凛咽下"我也没兴趣和你聊天"这句话，套近乎道：“我对你这架飞机挺感兴趣，很贵吧？"

"飞机还行，4个亿左右，附带的开销高，一年500万的托管费，1000万的运营费，2000万的维护修理费，还有停机费、机组人员的工资，等等。"虞度秋叹气，"礼貌建议，你还是放弃这个兴趣为妙，我怕你走上违法犯罪的不归路，毕竟以你现在的工资，大概要从女娲补天开始奋斗才行。"

纪凛额角的青筋一跳，说："真是谢谢你'礼貌'的建议呢。"

"不客气。"

"……我们还是聊点别的吧。"纪凛每次想跟虞度秋套近乎都以自己的怒气值暴涨告终，决心放弃了，探头随意瞟了眼虞度秋的笔记本电脑屏幕，说，"原来你也会亲自工作啊，我还以为你只会发号施令呢……哎，等等，我怎么好像看到岑婉的名字？"

虞度秋的笔记本屏幕似乎是定制的，没贴防窥膜，但从旁边看很难看清上边的字。纪凛本能地靠过去，伸出手想把屏幕转过来，结果手指刚一碰到，屏幕就黑了。

虞度秋无奈道："纪队，我电脑上的每个按键都录入了我的指纹，外人一碰就会自动锁屏，输入密码才能解锁，请你别干扰我工作。"

纪凛有点不好意思，讪讪道："我就想看看……你也太防着别人了。"

"想盗取机密的人比比皆是，你也知道在科创研究领域，技术被偷是毁灭性的打击——好了，我要输密码了，请你转过去。"

纪凛嘟哝着转身："谁稀罕看你的密码……我都能猜到，肯定是生日之类的。"

虞度秋嗤笑："什么蠢货会用生日当密码？"

"蠢货"纪凛努力劝自己别生气："你还没回答我，刚刚是不是在看岑婉相关的内容？"

虞度秋修长的手指快速输着密码，回："是的，我拿到了她20年前的实验数据，虽然年代久远，但放到现在依然有许多可取之处，或许对我的Themis项目有帮助。"

纪凛听不太懂这些商业或技术方面的内容，于是将话题转到了自己擅长的领域来："对了，关于雨巷案，有件事挺蹊跷。"

"什么？"

"去年我去市局申请参与雨巷案的调查，领导没同意。这回成立了专案组，重新调查案子，我总算有机会接触到当时的现场照片了。你还记得那个叫吴敏的女服务生吗？"

"和穆浩一起走出酒吧的被害人？"

"对。"纪凛听他输完密码了，转过身的同时拿出手机，点开相册里的一张照片。

虞度秋低头看去，"咝"的一声往后急退，开口："纪队，以后给人看尸体照片之前，能不能先说一声？"

纪凛莫名其妙："卢晴都不怕，你一个大男人怕什么？"

虞度秋感叹："我猜你应该没谈过恋爱。"

"……别岔开话题，快看。"

照片上是一颗面容模糊的头颅，连着一截惨白的脖子，尸体肌肤早已被海水泡得肿胀腐烂，但依稀能辨认出两道平行割痕。

"根据刘少杰当时的口供，他用一把折叠小刀往吴敏的脖子上割了两刀，后来凶器找到了，上头确实沾了吴敏的血迹，昌和警方就没继续追查。可如今已知当时巷子内另有一人，我就觉得这伤口不对劲。"

虞度秋用两指放大照片，仔细端详了会儿，说："伤口太平整了？"

纪凛难得对虞度秋露出欣赏的目光，说："没错，吴敏被割第一刀之后，如果没死，很大概率会挣扎反抗，即便她失血过多无力挣扎，但这第二刀也过于平整了，与第一刀完全平行，简直像用尺子对照着划出来的一样。"

虞度秋琢磨了会儿，开口："也许是把双刃的凶器。那杀害吴敏的凶器，可能不是刘少杰所说的小刀？杀害吴敏的人，也可能不是刘少杰，而是手表录音中的那个？"

"肯定是他！"纪凛激动道，随即按了按眉心，强迫自己冷静下来，"我那天在会议室太冲动了，请你谅解，查了大半年毫无起色的案子突然有了新线索，实在忍不住……后来想了想才意识到，你既然早就有这份录音，肯定去查过监控了，我去查也是白费工夫。"

虞度秋合上笔记本，抱胸说："是查过，巷子口的监控没拍到其他人，我就去查了怡情酒吧内的监控，但这酒吧不太正经，光线故意设计得眼花缭乱，死角也多，看不见谁从后门进出过巷子。"

纪凛："那我比你知道得多一点儿。我猜凶手杀完人衣服上或许沾了血，可能不会回酒吧这种人多眼杂的地方，于是我又看了巷子口的监控，还好当时昌和警方保存了整晚的录像，否则早就覆盖掉了。果不其然，在刘少杰走后3小时，有一名撑着伞、挡住上半身的男子走出了巷子，参照旁边的路灯高度，此人身高1.8米往上，握着伞柄的右手上好像有一枚很大的戒指，闪光明显，但身上没瞧见凶器。"

虞度秋惊讶："他居然一直待在那个肮脏的巷子里？那我还真是大意了。"

纪凛摇头："不光是你，在嫌疑人和作案时间已经相当明确的情况下，办案的警察也只看了中间的一段监控。凶手让我们看到了我们以为的'凶手'，帮助警方迅速'破案'，自己则完全隐身了！要是早点发觉就好了，可惜这么点儿信息派不上大用场，街道上的监控录像最多保留三个月，现在想查也查不到。"

虞度秋拍拍他的肩，说："别自责，只能怪凶手太狡猾。那你重新审问刘少杰了吗？"

"审了，他要是能道出实情我早就破案了，非一口咬定人是自己杀的，凶器就是小刀，和之前的口供没变化。"

"他这人也是稀奇，一般犯罪分子不会这么讲义气吧，难道说……另一个凶手是他亲人？"

纪凛摇头："他是孤儿。"

虞度秋挑眉："又是孤儿？这案子里孤儿挺多啊。"

"……你说话能再刻薄点儿吗？"纪凛瞄了眼旁边位子上的柏朝，还好柏朝戴着耳塞睡着觉，应该没听见，"他跟柏朝情况不一样，没进福利院，也没被收养，从小在大街小巷流窜，做些偷鸡摸狗的事，身手还不错，在此之前从来没被抓到过，小日子过得挺宽裕，甚至买了车。"

纪凛说到这儿有些咬牙切齿。虞度秋偏要再戳他痛处："你们差不多年纪，他那样的人都买上车了，你却……唉，世道不公啊。"

纪凛原本愤愤，听完这话，反倒平静了："世道本就不公，否则穆哥怎么会出事？他那样的老好人，应该顺风顺水，平步青云，娶个漂亮善良的老婆，再生个可爱懂事的孩子，一辈子平平安安。"

虞度秋歪过脑袋，说："你真这样想？"

"我还能怎么想？"纪凛反问，目光冷下来，"虽然他现在下落不明，但等他回来，肯定会被提拔上去。市局的领导冯队很器重他。他履历干净，为人正派，能力出众，前途一片光明。你不要胡言乱语玷污他的名声，毁了他的大好前程。"

虞度秋哈哈一笑："难怪你上次在会议室那么激动，你到底是怕谁毁了他的前程？算了，不关我的事，我更好奇，你真觉得他还活着？"

纪凛停顿的时间略久了些："我也知道他生还的可能性几乎为零，但只要没看见尸体，我就当他还活着。"

虞度秋慢慢收起笑，静静地看了他一会儿："很久没见过你这么单纯的人了。"

"……啊？"

"没什么，聊点轻松的吧。想不想知道我跟穆浩怎么认识的？"

纪凛收回视线，别别扭扭地说："你要说就说，别卖关子。"

虞度秋笑了笑，舒展身子，斜倚在沙发上，娓娓道来："我们的相识过程其实不太愉快。高一的时候，我很顽劣，顺走了马术课上的马，在校园里纵马狂奔，没人敢拦我，是穆浩把我拦下的。他扯我下马，痛骂了我一顿，我们差点打起来。"

纪凛皱眉："等等，你们上的是贵族学校？我一直以为他上的是普通高中，他家很有钱吗？"

虞度秋："没我家有钱，但也不差。父母是做生意的，有些积蓄。他父母本以为等他毕业了可以送他出国深造，谁知他报考了公安大学。"

纪凛："怎么，你瞧不起公安大学啊？报效祖国多光荣的事！"

"冤枉，我可不在乎他考哪儿，只是觉得他这人脑子有问题。"虞度秋在面前人发飙之前及时补充，"我没见过这么有正义感、有责任心的人。拦我的马也就算了，非要劝我改邪归正、专心学习，碰见我一次就说教一次，跟老和尚念经似的。久而久之，不知道从什么时候起，我们就成朋友了。"

纪凛握紧的拳头慢慢松开，说："他就是这样的人。以前在公安大学，刚入学的时候，我体能测试总是垫底，教官骂人很难听，我气不过顶了嘴，被罚跑圈，跑得快吐了。也是穆哥来安慰我，陪我跑，之后他天天当我的私教，给我加训。我才慢慢跟上大部队的。"

"所以你就赖上他了？"

"对，我就……"纪凛猛地反应过来，"不要侮辱我们之间的友情，他在我心里是榜样！是偶像！"

"好好好，如果我这次出差不幸殒命，就替你去九泉之下找找你的偶像在不在那儿。哦，不过我是唯物主义者，我更倾向于他的尸骨正躺在某条海沟里，改天开我的游艇去捞捞看。"虞度秋散漫得很，随手招来乘务员："董师傅今天有点慢啊，去问问他，半小时后能用午餐吗？别让客人久等。"

乘务员点头："我去催催。"说完便走向机上厨房。

纪凛表情复杂："你有人类的基本情感吗？生死这种东西都能拿来开玩笑。你二叔死的时候，你也一点儿没难过。我估计你听见穆浩出事的时候也无动于衷吧。"

虞度秋笑得没心没肺："你又不是我，怎么知道我不难过？"

"看你这副样子就知道。"纪凛懒得跟他理论，回头一看。吃完早饭的卢晴已经把座椅放平，躺下睡着了，上唇沾着点奶渍，不知梦见了什么好吃的，微张的嘴还咂巴了几下。

半小时后，午餐准时端上。舱内除了机组人员和还没睡醒的杜苓雅，一同坐在拼接而成的方桌周围用餐。

"给苓雅单独准备一份送进去。"

"好的，虞总。"乘务员依言照做。

纪凛看了眼满桌的菜，说："我以为会是红酒牛排，没想到还挺家常。"

虞度秋说："后面几天跟A国人谈生意，少不了红酒牛排，保准你吃腻。来，卢小姐，多吃点，你们队长下手太狠了，你补补身子争取早日打赢他。"

卢晴揉着脑袋上的包："呜呜，谢谢虞先生，他不是人。我就眯一会儿，他突然敲醒我，下手还那么重。我好歹是个女孩子啊！一点都不怜香惜玉……"

纪凛撸起袖子："再发牢骚我还敲你脑瓜，干这行就别把自己当弱势群体，咱们的职责是保护弱势群体，这趟不是出来旅游的。"

卢晴想想也有道理，不过还是要为自己申冤："纪哥，我刚刚那是养精蓄锐，怕到A国适应不了时差。再说了，飞机上能出什么事啊，我看你就是大惊小怪。"

见纪凛又要给他一记铁拳，卢晴吓得慌忙躲开，不小心撞到了身旁的柏朝："啊，对不起！"

柏朝摇头表示无妨，继续埋头吃饭。

虞度秋目光一转，夹了块鱼肚肉，添进柏朝的碗里，开口："董师傅是南方沿海人，做鱼很有一套，你尝尝这道清蒸石斑鱼。"

柏朝手里的筷子停了，默默注视着那块白嫩的鱼肉。

娄保国看热闹不嫌事大："破天荒了，少爷给人夹菜……嗞！"后半句话被大腿传来的疼痛掐断。

虞度秋给自己也夹了块鱼肉，送入嘴里："嗯，挺鲜的，咸度正好……"

柏朝看了他一眼，露出今天第一丝淡笑，抬起筷子去夹碗里那块鱼肉。

"啪！"柏朝手中的瓷碗突然被大力打飞，转瞬间砸在地上被摔成了碎片。米饭、鱼肉撒了一地。其余人惊愕地看向莫名发疯的虞度秋。

"跟我甩脸子，给你脸了是吗？"虞度秋用餐布擦了嘴，面色冷若冰霜，"旁边站着去，没我允许不准上桌。"

柏朝紧紧握着筷子，手指骨节因用力而突出，数秒后，他重重扔了筷子，走出座位站到一旁，脸色铁青，开口："我不认为我做错了。"但还是乖乖听话了。

虞度秋理都不理，对刚从休息舱送餐出来的乘务员说："这道鱼做得真不错，让董师傅过来一趟。"

乘务员立马去喊了。舱内气氛尴尬，满座寂然无声，谁也不敢再动筷，在心中默默同情可怜的小保镖。

别人都是扇一巴掌再给颗枣，虞度秋反其道而行之，给颗蜜枣再狠扇一巴掌，堪称不走寻常路的典范。

没一会儿，穿着一身雪白厨师服的董永良急忙赶来，问："少爷，怎么了？菜不合胃口？"

虞度秋微笑："这道清蒸鱼做得跟家里一模一样，能在飞机上利用有限的条件做出同样的味道，真是难为你了。"

董永良一听是夸奖，笑容满面道："谢谢少爷。"

"您做的时候试吃过吗？"

董永良摇头："没有没有，少爷您不喜欢别人试吃，这点我绝不敢忘，我只是记住了每道菜的调味配比而已，凭记忆做出来的。"

虞度秋满意地点头："不愧在我家干了这么多年。"

董永良嘿嘿一笑，憨厚老实。

"柏朝！"虞度秋突然高喊，紧接着语气陡然一变，阴恻恻道，"我想揍你。"

董永良眼睛瞪得像铜铃。餐桌周围一圈人的表情都犹如看见了精神病。

赵斐华扶起跌落的眼镜，最快回神："你又发什么神经？"

话音刚落，只听"砰"的一声巨响！

董永良转瞬间被人牢牢按在了餐桌上，手臂被反扣，任凭他如何挣扎也无法逃脱，只能龇牙咧嘴地大叫："干吗啊你！唔——唔！"

柏朝扯下一块餐布塞进他嘴里："安静点。"

变故发生在瞬息之间，纪凛都没反应过来。

"怎么了？你要揍保镖干吗抓厨子？"

娄保国猛地一拍自个儿脑袋瓜，说："这暗号谁能想到啊！"

"反应真快。"虞度秋对柏朝眨了眨眼，"刚才对不起，别生气。"

"……没有下次。"

虞度秋付之一笑，掀开先前用来擦嘴的餐巾，里面赫然夹着那块刚才看似吃下去的鱼肉。他端起杯子喝了口水，漱口后又吐了出来。

"董师傅，你以前没跟过机，大概不知道，在飞机上，人对咸味的味觉会下降30%。如果你真是靠记忆做的菜，那这道鱼的味道应该会偏淡。"虞度秋托着下巴，看着脸红脖子粗的董永良，神色逐渐冰冷，"你是往我的菜里加了什么东西，才做贼心虚调成同样的味道？"

019.

董永良像只被掐住脖子的鸭子，发出"嘎嘎嘎"的叫唤。

柏朝取走了他嘴里的餐巾，他又开始大喊大叫："不是的！少爷！对不起！我撒谎了！我刚刚试吃过，觉得淡了，所以才调成一样的！"

虞度秋："哦？那你亲自尝一口？"

董永良支支吾吾地说："我……可以……"

"董师傅，就你这心理素质，还想害人？收买你的人也太不会挑卧底了。"虞度秋起身，捏住他的下巴，强迫他抬头，一用力，就见董永良疼得哇哇乱叫。

虞度秋徒手抓起那条鱼，汤汁滴滴答答地落在干净的餐桌布上，他作势往董永良嘴里塞，像个茹毛饮血的野人："要么整条带刺吞下去，要么坦白从宽，自己选。"

这哪儿是给选择，分明就是威胁。

纪凛看不下去这疯子的行为，走到董永良旁边，用了更温和的逼供手段——亮出自己的警察证。

"董师傅，请配合调查。"

董永良两腿直打哆嗦，跟在虞度秋身边那么多年，他自然知道虞度秋什么脾气，背叛会带来什么样的后果。那条石斑鱼翻着死白的眼睛，仿佛在告诉他一切已经无可挽回，只能认命。

"有……有人给了我一笔钱……"董永良追悔莫及，流下两行老泪，"让我往菜里加一种菌菇，但那种菌菇不会让人有生命危险的！真的！我没想害死你，少爷……"

虞度秋扔了鱼，拿起餐布，细细地擦干每一根手指："什么菌菇？"

卢晴的专业终于有了用武之地，她用筷子尖挑拨了会儿盘子里的鱼，仔细观察后得出了猜测："是这个青黑色的颗粒吗？"

众人看去。果然，盘中的蒸鱼豉油里撒着细小的青黑色颗粒，和豆豉、香菇碎、花椒等混杂在一块儿，不凑近看根本看不出。吃鱼肉的时候人往往会蘸一下调料，这些颗粒便附上鱼肉，神不知鬼不觉地进了肚子。即便没吃到颗粒，毒素估计也早已渗透在蒸鱼豉油中了。

"我去厨房看看！"卢晴自告奋勇，去了半分钟便回来了，她拿来一颗红黄相间的菌菇，放到餐桌上后，手指捏过的地方变成了青色。

纪凛大惊："怎么不戴手套?! 这东西会变色，有毒吧！"

卢晴翻了个白眼，终于有机会回他："纪哥你真是少见多怪，别给局里丢人。这种菌菇叫见手青，牛肝菌的一种，手碰了会变色，名字就是这么来的。我去旅游的时候吃过，在当地很常见的，就是贵，上百块一斤。"

纪凛平时买几十块一斤的牛肉都得犹豫半天，哪会吃这种昂贵的玩意儿，当即掏出手机查资料："我又没去过当地，去了也不会吃，菌菇一斤超过十块钱就离谱。"

周毅仔细对比了盘子里的颗粒和桌上的菌菇，肯定道："确实是见手青。这种菌只要高温翻炒均匀，食用起来挺安全的。但炒熟的见手青不是这种颜色，这肯定是生的，后来加进去的。"

娄保国紧张了："生吃会怎样？"

周毅："我见过有人炒制不当中毒的，一般会头晕、呕吐、腹泻或者出现幻觉，倒没听说过会致死。"

柏朝敏锐地捕捉到了一个熟悉的词："出现幻觉？"

纪凛这时恰好查到："天哪，'见手青中所含的毒素类似于麦角酸二乙基酰胺，也就是LSD致幻剂'，这绝对不是巧合！"

卢晴惊呼："凶手果然找上你了，虞先生！"

虞度秋无奈地摊手："什么叫'找上我了'？凶手从来就没离开过，一直盯着我呢。不过我真没想到，董师傅，连你也会被收买，你为我工作已经有18个年头了吧，怎么还能干出这种事呢？我猜你一定是觉得，只需要往我的菜里加点料，让我头晕呕吐，就能快速赚到一笔钱，性价比太高了，对吧？"

董永良确实是这么想的，作为专业厨师，见手青这种食材的特性他了然于心，知道误食也没什么大碍。对方只要求让虞度秋挂两三天生理盐水，无法按原计划拜访教授就行。他原本很有把握能在不被发现的情况下，轻轻松松地赚到那50万，谁知最后吃了见识少的亏——虞度秋三天两头坐私人飞机，又见多识广，对机上餐饮的了解程度比他高。

虞度秋拿起那颗见手青，放在鼻下轻轻一嗅，惋惜道："6月雨季后的头水见手青，这么新鲜，刚空运过来的吧，应当很鲜美，真是暴殄天物。"

纪凛无奈地说："你还想着吃呢！不赶紧问问是谁指使他的？"

"还用问吗。"虞度秋目光不咸不淡地落到脸贴着桌布的董永良身上，"董师傅虽然一时财迷心窍，但在我家这些年也算兢兢业业，随便来个陌生人的单子他可不敢接，肯定是他认识的人，比如……他的家人、亲戚？"

董永良被拧得胳膊酸疼，年纪大了体力本就不好，被压半天已经显出疲态，但闻言立刻又奋力挣扎："没有！少爷！不关我家里人的事！你放过他们吧！我犯的错我来承担！"

纪凛表情复杂："他为什么这么怕你追责他的家人？你是不是曾经……"

"再多说一个字我就能告你诽谤了,纪队。"虞度秋扔下菌菇,拍拍手,"我可没干过伤天害理的事,但大家就是怕我,我能有什么办法?"

董永良仍在苦苦哀求,哭得老泪纵横:"对不起少爷……我不该一念之差……求您原谅我这一次,我立马辞职,别把我送进去……"

赵斐华啧啧道:"活了这么一大把年纪,晚节不保,怪可怜的。"

董永良哭得更凶了。

周毅和娄保国跟他同事多年,平时饿了都"老董老董"地喊。董永良只要有空,准会乐呵呵地给他们开小灶,如今一朝反叛,让他们既想求情,又不能不顾虞度秋的安危。

周毅重重叹气:"老董,你怎么这么糊涂!谁让你干这事也不能干啊,再说了,少爷给你开七八十万的年薪,他一年没几个月在家,你多安逸多轻松,躺着赚钱还不知足啊?"

虞度秋笑道:"话不能这么说,钱嘛,没人会嫌多。"

纪凛:"他不肯说,我来审他吧。"

虞度秋抬臂拦住,说:"算了,我又没什么事儿。"

纪凛惊讶:"你不打算追究?"

"嗯,董师傅,你走吧。"

董永良还没意识到这句话的含义,只觉不可思议,登时感激涕零:"谢谢少爷!谢谢……"

卢晴奇怪地问:"他能走去哪儿呀,这儿是飞机上啊……"

董永良喜不自胜的表情一僵,脸色"唰"一下变得惨白。

虞度秋的眉梢轻挑,他似笑非笑地说:"就从这儿跳下去啊。"

卢晴先吓了一跳:"这怎么行!这不是杀人吗!"

周毅和娄保国也急忙求情:"少爷,不至于吧!"

赵斐华抓住柏朝的胳膊:"你别按着老董了,按住那个疯了的!"

柏朝胳膊一抬,推开赵斐华:"他开玩笑的。"

"看你们一个个,玩笑都听不懂,我多正经一人,怎么会胡来呢?"虞度秋把胳膊搭到柏朝的肩上,"还是柏朝懂我。"

"带他去哪儿?"

"绑起来,丢到我看不见的地方去。我接下来有更重要的事,暂时没工夫处置他。老周,要麻烦你带他回去一趟了,找警察把这事查清楚。"

周毅白白飞机两日游,不过能回去照顾女儿,也挺乐意:"好,我立刻安排回程。"

纪凛说:"我跟局里打声招呼,你直接把人带过去就行。"

虞度秋:"谢谢了。"

"不客气,你这么遵纪守法,找警察帮忙,我肯定得帮你。"

"原本想自己查,更快一些。"虞度秋微笑,"可你和卢小姐在这儿,我没法说出口。"

"……那你就干脆别说!"

柏朝臂力奇大,单手拖着80公斤的董永良去了前舱。

卢晴把厨房剩下的见手青装进证物袋中保存,还想把鱼也装起来,折回餐桌却发现鱼不见了,问:"那盘清蒸鱼呢?"

"倒了。"虞度秋云淡风轻道。

卢晴瞬间抓狂:"怎么能倒了!那是重要物证啊!垃圾桶在哪儿?我去掏出来。"

纪凛将她拽到一边,低声说:"你打包几个菌菇得了,还没看出来吗?这小子存心破坏物证。"

卢晴一愣:"哈?"

纪凛仔细跟她解释:"他有洁癖刚才为什么徒手抓鱼?因为他一开始以为是鱼有问题,想处理掉鱼,现在发现是酱料问题,就整盘倒掉了……董永良加的不是毒药,也没造成实际伤害,只是见钱眼开,应该没参与前三桩刑事案。这事儿可大可小,全凭他谅解不谅解,显然,他从一开始就没打算追究。"

卢晴顿悟了,也被深深感动了,为自己之前怀疑过虞度秋精神不正常而惭愧:"虞先生,你家厨师要是知道你为他脱罪,肯定后悔害你。"

虞度秋低头看着地面,长长的睫毛掩住了眸子里的情绪,似乎在思索回忆着什么,闻言抬头一笑:"那可不一定,我以前对他也不错啊,他家人生病我给他放一年的带薪长假。他当时多么感激我,现在还不是背叛我了?只是谋财,没有害命就不错了,看在他服侍我多年的分儿上,给他一个改过自新的机会也不为过吧。"

纪凛此刻总算明白了，为什么这家伙一点儿不怕毒贩找他的麻烦，这么头铁[1]地开展别人都避如蛇蝎的脑机接口项目。

这世界上还有比金钱更让人上瘾的"毒品"吗？年纪轻轻就身家百亿的虞度秋根本就是活在一群潜在预备罪犯的觊觎之中。最瘆人的是，这些罪犯有可能一边给他做着可口的饭菜、贴心地照顾他，一边谋划着如何利用他为自己牟利。

人心防不胜防，贪婪永无止境。在虞度秋眼中，正大光明的杀手罪犯，或许远不如身边亲近之人的暗算来得可怕。

纪凛目光复杂地看虞度秋半晌，道："反正他要害的是你，你不想追究就算了，我还少一事呢。可你既不想追究，又要我们调查，把我们警察当免费苦力啊？"

虞度秋："我不想追究的是董师傅，可没说不追究收买他的人，就算我放过他，你们肯定也会调查。别借机教训我，纪队。"

纪凛啧啧两声："要挑你小子的漏洞还真难。"

卢晴犯愁："可最重要的物证没了……万一他去了局里，矢口否认这件事怎么办？"

虞度秋："他又不知道物证被破坏了，心里虚着呢，你们照样审。假如他真不承认，机上监控都录下来了，到时候问我要就行，不缺证据。"

卢晴"哦哦"两声点头。纪凛则绕着桌上物证袋里的见手青转了半圈，越看心里越觉得古怪。

一样是加料，指使者为什么不加点"猛料"？他们又不是没有真正的致幻剂。就用这种毒性轻微的菌菇让虞度秋难受几天，不能达成此行目的……这手段也太温和了，过家家似的。难道是因为上回虞文承意外坠楼身亡，对方不敢再用毒性强烈的致幻剂了？

纪凛摸摸自己的下巴，兀自摇了摇头，否定了这种猜测。

不对，这么胆小怕事的指使者不可能是上回给虞文承下毒的人，两件事的严重程度根本不在一个级别。已经背负一条人命的罪犯，怎会害怕给人下毒呢？还是不致命的毒品，这不符合犯罪心理。

---

[1] 网络流行语，意思是头像铁一样坚硬，指人固执、倔强。

那么另一个问题就来了。按照虞度秋的说法，指使者既然是董永良熟悉之人，随时可以联系，为什么不直接让董永良在国内对餐食做手脚，阻挠虞度秋出行，非要等到他上飞机了才动手？

除非……这件事必须在飞机上做，才能给对方带来好处！

脑中灵光乍现，纪凛倏地抬眼盯住后方休息舱！

这时，柏朝也从前舱回来了，冲休息舱的方向一抬下巴："里面睡觉的那位，要绑起来吗？"

其余人错愕的眼神唰唰射向他，怀疑他被虞度秋同化成了疯子。

"疯子本尊"笑得更为欢乐："你也猜到了？"

"到底要不要？"

"不用。"

"舍不得？"

"舍得，先别打草惊蛇。"

"好。"

他们俩一唱一和，全然不顾周围人仿佛身在云里雾里的迷惑表情。

娄保国压低声音，小心翼翼，生怕猜错："他们说的是杜小姐吗？跟她有什么关系？"

赵斐华小眼珠一转，很快意识到问题所在，也降低音量："刚才乘务员去送午餐，她应该醒了，可董师傅大喊大叫了半天，她居然没出来。"

卢晴被气氛感染，也紧张道："难道指使董师傅的人是……"

周毅皱眉："不会吧，杜小姐最爱少爷了，怎么可能给他下毒？"

虞度秋随手拿了个卢晴没吃完的早餐小面包，撕开包装咬了一口，鼓着腮帮子一边咀嚼一边说："唔，谈不上，苓雅爱的是她自己的幻想和执念。我早就说过我不是她的白马王子。老周，一会儿把苓雅也带回去，让她待在我家，让洪伯照顾好，哪儿也别去，等我回来再处理。"

纪凛出声反对："我不同意，她嫌疑很大，或许和之前几起案子的凶手有来往，也得带回局里审一审。"

虞度秋两口吃完小面包，拍拍手："我的未婚妻要是被扭送警局，万一被媒体知晓，众口铄金，我这趟就白来了，洗不清嫌疑了。你们要审她，先等我解除婚约吧，这不是件小事，给我三天时间准备，反正她跑不掉的。苓雅其实很单纯，没那么多心眼，正好趁这几天看看她会不会坐不住，主动联系那些人，让你们的人盯紧点儿在我家装的监控，或许会有新线索。"

"你们商人还真是算盘打得精……行吧，我得向上头打个报告，彭局同意了再说。"

周毅却犯了难："那个，少爷……杜小姐恐怕不愿意跟我走啊。"

"我去跟她说，她的意愿不重要，我的意愿才重要。"

赵斐华："这是什么独裁者发言……"

虞度秋听见了，手指一划，指到他鼻子前："飞机落地之前完成你的工作，少废话，多做事。"接着他的视线转向柏朝，立马变了副表情，柔声道："我一向奖罚分明，第一次配合就能这么默契，你的表现我很满意。饿了吧？想吃什么？我让乘务员做，算是赔礼道歉。刚才不知道其他菜有没有问题，又不想打草惊蛇，就借你吓住大家。"

柏朝不动声色道："所以在你察觉鱼不对劲之前，给我夹菜……是好心的？"

虞度秋微微一愣："给你高薪福利一声不吭，给你夹个菜倒上心了？"

"不一样。"柏朝没说哪儿不一样，"赔礼道歉免了，你给我做一顿，什么都行，我就原谅你。"

020.

经历了15个小时漫长的飞行后，湾流650在A国夏城国际机场降落停稳。

乘务员放下扶梯："祝各位此次旅途愉快。"

杜苓雅一点也不愉快，拉长着脸下了飞机："度秋，我不想回去。"

"听话。"虞度秋亲了下她的脸颊，"刚才发生那么危险的事，我不能再让你陪我一起冒险。我已经和你哥联系过了。你先住我家，老周和洪伯都会照顾你，纪队也会派局里的警察来保护你，我三天后就回来，很快的。"

杜苓雅头回被他亲，脸颊顿时红了，心底隐隐产生一丝希望。她思索片刻，决定以退为进："好吧，既然你都这么说了，我就乖乖回去等你，做你的贤内助。"

说实话，你刚才跟我说董师傅下毒的时候，我也吓到了，他怎么会那么做……"

虞度秋的目光扫过她那副饱和度高到亮荧光的红艳耳坠，淡淡一笑："人都有一念之差的时候。"

来接应的三辆车停在机场外，其中一辆迈巴赫S600黑得锃亮，格外吸睛。一行人前后坐上去，当地接应的四名保镖也随同上车。周毅陪杜苓雅在机场贵宾休息室稍作安顿，等飞机加完油再返航，此行无法陪同了。

赵斐华和娄保国争执着谁坐虞度秋的前座。虞度秋伸手一点："纪队，上车吧。"

纪凛多少有点受宠若惊，抛下卢晴钻进了宽敞的前座："嚯，跟着你出差还真是享受啊，一会儿私人飞机一会儿豪车的，这么招摇过市也不怕被人打劫。"

虞度秋按下中央扶手上的按钮，真皮座椅慢慢展开，进入按摩模式："那也要有那个本事才行，对不对，老刘？"

被唤作老刘的司机点头："这车是定制的防弹款，装载了堪比银行等级的安保系统，普通9毫米口径的手枪不在话下，7.62毫米的步枪穿甲弹也能防住。车上还有符合少爷血型的血库、灭火装置、远程联络设备。怎么说呢，除非遇上蝙蝠侠开战车来打劫，不然在城市的街道上应该是相当安全的。"

"还是老刘幽默，真想把你挖回国。"虞度秋惬意地享受着座椅的舒适震动，"我的商业版图集中在A国西部，离东部太远，一时半会儿调不过来人手。这车和老刘都是我妈借给我的，她在夏城投资了赛车、房产、餐饮，一会儿我们下榻的酒店也是她名下产业。"

纪凛恍然大悟："我说呢，你明明是去见那个专家，怎么住夏城？"

虞度秋："反正离得不远，开车两小时就到了。今天先好好休息，晚上我带你去兜风，正好酒店停车场停了辆许多年没开的跑车，我妈以前送我的生日礼物。"

没有男人会对这种邀请无动于衷，即便是满心公务的纪凛，听到"跑车"二字也眼睛一亮，回头答应："好啊好……"

虞度秋的手拍拍板着脸的柏朝，道："夏城是赛车之都，如果你想去过把瘾，我也可以安排。对了，夏城别名'王后之城'，是你的主场，别不高兴了，笑一个。"

"……"纪凛狠狠地唾弃了一把自己的自作多情，满腔不甘化作嘲讽，"他可能不是不高兴，是肚子疼得没力气说话，你做的那盘什么沙拉，吃完能活着下飞机就算奇迹了。"

虞度秋不解地皱了下眉，说："不至于吧，我虽然没见过猪跑，但吃过猪肉啊。做出来的东西就算卖相差了点，味道应该还不赖吧，不然柏朝怎么会吃光？"

"因为他有病。"纪凛回忆起一小时前在飞机上看到的那盘黏腻浑浊、气味诡异的不明物体，又忍不住胃里翻滚，总结道，"你的病更重，你俩作为主仆真是绝配。"

虞度秋假模假样地关心："真不舒服啊？要不给你揉揉肚子，我小时候生病，我妈就这么安抚我的。"

柏朝不为所动。

虞度秋真诚发问："难道是晕机了？为什么脸色这么难看？"

柏朝深吸一口气，看向窗外："我不懂你的行为逻辑。"

司机老刘耳朵一竖，进入状态。

纪凛则翻了个白眼。

虞度秋略感意外："又怎么了啊？"

柏朝没回答，自顾自地说下去："你不爱她，却和她订了婚；说要与她解除婚约，却仍旧带她出来；你怀疑她要害你，却放她回去。你对她的容忍度未免太高，作为你的保镖，我琢磨不透你究竟想做什么。"

"嗯……"虞度秋发出一声长长的鼻音，"说出来你可能不信，我这人喜欢得饶人处且饶人。"

纪凛："呵呵，我还真不信。"

虞度秋无奈地说："这是实话。不过也不是谁都饶，真心对待过我的人，我总会给他们留点情面。像我这样的家庭、这样的身份，不夸张地说，99%的人都是有所图谋才接近我的。苓雅就是那剩下的1%。她虽偏执，对我的感情却是半点不掺假，也不介意我品格上的缺陷。我相信她本意并非要害我，应当只是一念之差走了岔路。但无论如何，事已至此，婚约我肯定会解除，这事牵扯两家关系，我要查清楚后再决定如何开口。这次轻易放过她……算是道别和补偿吧，她喜欢了我那么多年，我终究还是只能辜负她。"

"那你一开始就不应该招惹她。"柏朝的下颌线绷成一条冷硬的弧度，"流浪狗原本不可怜，可怜的是有人假模假样地摸了它一下，让它以为自己被关心了，可那人摸完就走了，再也没回来过。你总是给予伪善的关怀，然后狠心离开，给人造成更大的伤害。"

纪凛点头："柏朝算是看透你的本性了。"

虞度秋一哂："他懂什么，才认识我半个月。他就是爱反驳我、挑我的刺。"

柏朝瞥了虞度秋一眼，然后合上眼，彻底放弃与他沟通："算了。"

迈巴赫平稳地驶入上城区，路上车不多，绿植倒是疏密有致，透过葱郁树木的缝隙，能看见一座酒店的外窗玻璃反射着 6 月中旬的灿烂阳光。

"就快到了，少爷。"司机老刘说。

虞度秋从按摩椅上起来，将座椅调回原位："好，总算能安安稳稳地睡一觉了。"

纪凛出于职业习惯，来到陌生地区先观察四周，却几乎没见到人："这儿是市区？人好少啊。"

老刘答："夏城市区才几十万人口，比你们新金区人口还少。人都住在郊区，市中心只有几栋高楼，除了上下班高峰，平时在街上基本见不到人。"

纪凛："那我还是喜欢国内，这儿叫车叫外卖都不方便。"

说话间，车子拐弯，驶入度假酒店的地下车库，光线一下子变暗，往里开了一段路之后又逐渐亮堂起来，能看见车位上停着不少豪车。

纪凛看得啧啧称奇："我只在网上见过这些车。"

这时，他们的前方开来了一辆黑色的车，打了个拐横在前头，似乎打算倒车入库。

"好家伙，路虎哨兵都有，里头坐着哪位大人物啊……"纪凛说到一半，目光随意地扫过后视镜，突然脸色一凝，"后边有辆一样的。"

后座二人同时色变。

车内对讲机里传来娄保国的声音，显然也发现了："少爷，我们前后有两辆没车牌的防弹车，不太对劲，好像有人想夹击我们。"

纪凛回头想问虞度秋行程怎么会泄露，却先被他冰冷的眼神冻得一哆嗦。

虞度秋紧盯着后视镜内老刘的双眼，面无表情地问："是你说出去的吗，老刘？"

老刘慌忙举起颤抖的双手，拼命摇头，仿佛那两辆车的敌人都不如自己车内这位煞神来得可怕:"绝对不是我!您尽管查!查到是我,我就自杀!不用您动手!"

纪凛不禁又怀疑了,这家伙该不会真干过什么狠毒的事吧?怎么家里员工都这么怕他?

虞度秋静静地审视了老刘两秒,忽然又笑了:"不是就好。那你说,我们的车能突破吗?"

老刘松了口气,抹去脑门上的虚汗,摇头道:"那款车型我知道,加装了近一吨的装甲防弹设施,底盘、制动都经过强化,如果车主另外改造过,只会更重、更坚实。相比之下,我们的优势是快,但现在距离太近,没法加速,撞上去我们损耗更大。"

虞度秋略一思索:"对方敢来劫车,极有可能持枪,再厚的防弹玻璃也挡不住密集的子弹射击,我们不能坐以待毙。"

纪凛表示同意:"我掩护你冲出去,有武器吗?"

"有。"虞度秋按下中央扶手上的另一个按钮,翻盖弹开,里面赫然陈列着两把手枪,他取出后分别递给俩人,"有效射程60米,16发子弹,省着点用。"

纪凛接过一看:"嚯,瓦尔特P99,你还挺有格调,不知道的以为我们在拍《007》呢。"

老刘也从座位底下翻出一把手枪,藏进西装内侧衣兜。

纪凛突然察觉不对劲:"你自己怎么不拿枪?"

虞度秋摊开手,十指修长而干净:"我不想弄脏自己的手,况且有这么多人保护我。"

"万一呢?你总得有个防备吧。"

"那就把你们当肉盾,或者抢你们的枪。"虞度秋笑笑,"放心,纪队,我是天生的主角命,不会死在这种地方的,你先担心自己吧。"

"……"纪凛无力骂他了,凝神观察前方车辆。

他们的迈巴赫位于正中间,前后各有保镖的车护送,位置相对安全,可目前所处的通道两边都停满了车,无法转向,只能前进或后退,然而两个方向都被堵住了。车队被逼停在中央。

纪凛放缓呼吸,深深吸气,把子弹上了膛,握紧了手枪。

两辆路虎车头保险杠两侧进气格栅内的警示灯发出幽幽蓝光，宛如恶魔的凝视。

通信设备仍旧开着，娄保国的话音传来："少爷，先别动，等他们下车，如果他们有枪，我掩护斐华和卢警官往10点钟方向跑，我看过停车场地图了，50米后有一条紧急逃生通道。纪队和大哥掩护你往4点钟方向，30米后有部电梯。"

"嗯，你们当心。"虞度秋顿了顿，又补充道，"如果对方没枪或者不开枪，我们也别用枪，尽量悄悄解决，别惹来警察，我不想刚下飞机就登上新闻头条，那'魔咒之说'就坐实了，Themis项目更难推进。"

纪凛佩服道："这时候还能想到这些，你可真游刃有余。"

虞度秋耸肩："商人的天性罢了。"

"全员注意！对方下车了！"娄保国突然高喊，三辆车内的人员同时精神一振。

"他们配枪了！当心！"

前方横停的路虎和后方堵路的路虎分别跳下四五个蒙了上半张脸的持枪劫匪。

虞度秋这时竟然还有心情笑，说："蝙蝠侠真的来了，老刘，你可真是乌鸦嘴。"

老刘哭丧着脸："我再也不乱说了。"

"等他们靠近，先用车撞！听我倒数！"娄保国关键时刻扛起指挥大旗，声音恶狠狠的，"三……二……一！撞！"

迈巴赫前后两辆护卫车突然分别急速往前一冲、往后一退，轮胎擦地发出尖锐刺耳的噪音！

正围拢过来的蒙面人陡然一惊，迅速后退远离突然发疯的车子。就在他们错愕的一瞬间，娄保国发出一声吼："现在！冲！"

三辆车12扇车门齐齐被撞开，冲出来的人大多穿了清一色的黑西装，犹如复制粘贴出来的，一时间场面混乱不堪，分不清谁是谁。

纪凛与虞度秋同侧下车，立即护住虞度秋往4点钟方向发足狂奔。突然一人追上来，不容分说地带着虞度秋往前冲，速度更快。

纪凛微微惊讶，但此刻也顾不上那么多，连忙跟上。

这时，蒙面人里终于有个眼尖的定位到了关键人物，用中文朝同伴高呼："抓那个白头发的!"

虞度秋听见了,不满道:"什么白头发,说得我很老似的……"

柏朝按下他的脑袋,加快脚步,在车辆间穿梭:"不老,很好看。"

虞度秋不可思议地瞪了他一眼,刚想开口说什么,突然耳朵一痛,似乎有什么尖锐的东西擦着耳朵射了过去,紧接着就听见"砰"的一声巨响。

前方不到两米的一辆宝马的车盖上,赫然出现一个黑漆漆的洞。

有人开枪!

"过来!"柏朝用力一拽,拉着虞度秋躲到车后。纪凛也立刻藏身进来,紧握手枪,小心而迅速地探头朝后方看了眼。

因为这声枪响,停车场内突然变得极静,紧接着气氛以汗毛可以感受到的速度急剧紧缩,空气仿佛被抽干,呼吸都不敢大口。

下一秒,不知是哪队人马打响了第二枪,停车场内的枪声瞬间此起彼伏,回音震荡,宛如一场出乎意料的盛大烟花秀在人群间混乱地绽放。

"子弹射来的方向不对。"纪凛又飞快地回头查看了一眼,确定道,"刚才射你不是那拨蒙面人,是躲藏在西北角落的另一拨,我看到狙击枪的瞄准镜反光了。现在三方混战,你的保镖暂时占上风,我们赶紧趁乱逃……"

"砰!"

一发子弹射在纪凛脚边的水泥地上,碎石飞溅,打出了一个浅坑。

纪凛急忙缩腿:"又是狙击枪那拨人!柏朝,我去引开他们,你带着非主流快跑!前面就是电梯了!"

虞度秋:"你说谁非……"

柏朝圈住虞度秋,将他半个身子护在身前,二话不说直接往前冲!

纪凛怒骂:"你们一个两个听不听得懂人话!"

虞度秋也骂:"你怎么不听指挥!"

一串子弹贴着脚后跟急追而来。离电梯仅剩两米距离,柏朝突然闷哼一声,奔跑的步伐稍缓,立刻说:"没事,射中了防弹背心。"但被狙击枪射中,就算不骨折也肯定青紫一片了。

虞度秋当即手腕一翻,夺过他的手枪,转身朝着子弹射来的方向"砰砰砰"连开三枪,不到一秒旋即转回来,奋力将他拽进电梯:"贴墙站!"

柏朝依言照做，忍着后背剧痛紧贴电梯墙，在电梯门缓缓合上的时候，视线落在了身旁人散乱的头发和渗血的耳朵上。

虞度秋的嘴唇略微苍白，手指不易察觉地轻颤着。

柏朝问："射中了吗？"

"不清楚，我练过气枪，没用过真枪，只是想缓一缓他们的攻势而已。"

"抱歉，不该让你开枪的。"

"知道就好，还不是因为你擅自行动。"电梯门终于关上，性命暂时无虞，虞度秋松了口气，按下一层，接着翻看他后背，果然有个子弹射穿的洞，"特意给你定制的西装，这么不珍惜。"

柏朝深呼吸着，平复了会儿疼痛，解释说："不跑不行，埋伏的那拨人目标也是你，不是纪凛，他去引开没用，尽快跑才是对的。"

"你怎么确定他们不会杀纪凛？他现在一个人留在那儿，万一死了，我怎么跟彭局交代？"

"刚才纪凛落在我们后面，挡住了你，没人对他开枪，直到他追上来了，你的身形露出来，他们才开枪。我们跑了，那拨人也只会来追杀我们，没工夫管纪凛。"

虞度秋目光冷然："你刚才为什么不开枪？我听保国说你的枪法很好。"

柏朝瞥了眼他蓄势待发的拳头，嗤笑："不是你说自己怕枪的吗？"

虞度秋莫名其妙："我什么时候说过？"

这时，头顶"叮"一声响，电梯屏幕显示他们已到达一层。

柏朝试着按了其他楼层，毫无反应："一层以上需要房卡，来不及问前台要了，他们很快就会追上来，我们只能往外跑。但外面地广人稀，恐怕一时半会儿打不到车，他们有车，我们跑不远。"

虞度秋略一思索："我刚看见对面有家商场，在那里甩掉他们，找机会折回车库开车。"

"车不是被堵住了吗？"

"你忘了，我说过我在车库有辆跑车，就在刚才他们埋伏的位置。"

"好。"柏朝迅速将手枪佩于腰间，放下西服外套，刚好挡住，"他们既然选在停车场埋伏，我赌他们在人多的地方不敢轻易开枪，应该可以甩掉。但你这发色太醒目，跟我来。"

虞度秋开玩笑："要是没甩掉，你负责挡枪子儿。"

"行。"柏朝毫不犹豫，拽着虞度秋出了电梯。

021.

深灰的柏油马路上，来往的车辆稀稀拉拉，行人三三两两，大多穿着短袖短裤，沐浴着温带地区的温和阳光。

路边一座豪华酒店的旋转门动了起来，一名高大英俊的亚裔男子抚平西装上的皱痕，大步跨出。门童和街上经过的路人不由得投去异样眼光。

倒不是因为他一身黑西装捂得严严实实，像从金融中心走出的高级经理，而是因为他身边还走着一位高挑俊美的银发男子，湖蓝色的丝质衬衫在阳光下波光粼粼，炫目至极，却不及男人的外形惹眼。

酒店对面的大型综合商场是夏城市区罕见的人口聚集地，金属英文字母招牌金光闪闪地立在头顶。

虞度秋被连拖带拽地拉进了一层的一家服装店。柏朝麻利迅速地扫荡货架，拿了一堆服装配饰，步伐却有些迟钝。

虞度秋低头，发现他左脚脚踝上也有一处子弹擦伤，裤脚颜色已经被血染深了。

"你怎么不给自己止血？"

"用什么？西服吗？"柏朝又拿了件连帽卫衣，"你刚怪我弄破西装，再用它包扎的话，你还不骂死我。"

虞度秋失笑："平时桀骜得不可一世，在这种无关紧要的小事上倒听我的话了。"

其他客人都在悠闲地挑衣服，唯有他俩火烧眉毛似的，看都不看直接拿，不知道的还以为是奇葩强盗来这种平价服装店抢劫了。一位离得近的年轻店员神色古怪地走过来，虞度秋在她开口警告之前，摸出了一张卡，对着她一晃，礼貌地用英文说："请拿刷卡机来，我会买单。"

店员稍微放心了些："请去柜台结账。"

"……你不认识这卡？"

"不认识。"

"……"

几句话间，柏朝已经结束疯狂采购，抱着一堆衣服配饰，腾出手从西装内兜摸出五六张百元美钞，和扯下的价格标签一起塞给店员："多的算你小费，如果有人进店找我们，请不要透露。"说完迅速拉着虞度秋进了更衣室。

店员看着比商品价值多两倍的现金，也不知道这么操作行不行，纠结了会儿，拿着钱去柜台问店长了。

一平方米左右的更衣室内，两个高大的男人挤在一块儿换衣服。

"这年头随身带着大额现金的，不是老人就是犯罪分子。"虞度秋在衬衫外套上一件米白色的连帽卫衣。

柏朝一边换沾血的西装裤，一边说："还有要预防突发状况的保镖，否则光靠你这个不食人间烟火的雇主，今天我们都得死在这儿。"

"居然有人不认得百夫长黑金卡。"虞度秋踢了牛津皮鞋，穿上潮牌板鞋，"这卡能买下整个商场。"

"不在你这个阶层，不知道很正常。"柏朝弯腰往脚踝伤口处套了一条深色的运动绑带，借绑带的压力止血。

迅速换装完毕后，柏朝将西服卷成团，塞进了刚拿的单肩包里。

"还带着它干什么，不要了，回去再给你做一套。"

"管好你自己。"柏朝拉起他的兜帽，遮住他醒目的银发，然后把藏在腰间的手枪塞进他的卫衣前袋，最后背起包，打开一道门缝观察周围。

确认无异后，柏朝推开了更衣室门，在门外等着给找零的店员一转头，惊得眼珠子差点儿掉出来——两分钟前还正装打扮的精英男转眼间变成了大学生模样，看不出一丁点儿先前的穿衣风格，完全判若两人。

"不用，谢谢。"柏朝推开零钱，视线往服装店外一扫，立即低头转身，带着虞度秋往里走，"他们找来了，别回头，有三个人。"

"这么快？不应该啊，这商场挺大的，他们怎么正好来这儿。"虞度秋疑惑，跟着他不紧不慢地走，试图混入逛商场的人流，没走出几步，注意到他脚上的绑带颜色又深了，"疼不疼？"

"这点伤没什么。"

"你受过更严重的？"

"柏志明脾气不好，我出身也不好，工作更不好。"柏朝三言两语却似乎道出了千言万语，"弱肉强食的世界，我这种'弱肉'，能活到现在就很不容易了，少爷。"

虞度秋毫不同情道："小可怜，我倒是很久没受过伤了。"

"那很好。"柏朝低声说，"希望你今天也能安然无恙。"

"你最好也别死。"虞度秋礼尚往来地回了句，"很久没遇见过你这么有趣的人了。"

说话间，他们已经走出了五六十米，从服装店偏门出去，来到商场内部。

两人稍作停顿，站定在一家玩具店前。店内正在搞打折促销活动，门口放了张桌子，摆了些毛绒玩具、汽车模型等，几个家长正领着孩子挑选，很是热闹，不仔细看没人能发现有两个"大学生"也混迹其中。

柏朝借着家长们的掩护，不动声色地往回瞥。

三名脸色沉肃的白人身着便衣，跟随他们的脚步追赶而来，警惕的视线游移不定，分辨着左右行人的脸。

虞度秋捏着一只毛绒泰迪熊的耳朵，低声分析："这伙人和刚才枪都不敢开的'蝙蝠侠'不一样，他们明显是专业杀手，可能原本打算埋伏在停车场，等我下车时狙杀我，没想到被'蝙蝠侠'截和了，打乱了计划。而且他们敢露脸，要么是志在必得，要么是亡命之徒。"

柏朝捏着泰迪熊的另一只耳朵，开口："恐怕两者皆是。"

抱着泰迪熊肚子的小男孩："……"

要怎样才能告诉这两个叽里咕噜说着他听不懂的语言的大哥哥，这只熊是他先看上的？

三名杀手的目光犹如险恶的毒蝎，往每一个经过的路人脸上蜇。即便路人没受到威胁，也被他们凶神恶煞的样子吓得绕道走。

前方出现了Y字形的两条岔道，其中一名杀手拿起手机看了眼，嘴巴张合，抬起手，指挥另外两人。

商场的背景音乐是首当下的电音热歌，分贝略高，隔了一段距离，听不清他们在说什么，但指挥的方向竟然准确无误。

"他们怎么知道我们往这条道走了？"虞度秋疑窦丛生，"在我们身上安了追踪器？可是在哪儿呢，我们衣服全换了……"下一瞬间，他瞳孔骤缩，手立即往怀里掏。

柏朝按住了他，摇头："别扔在这儿，小孩子会误以为是玩具，很危险。"

"看不出你还挺有爱心。"虞度秋不敢再停留，转身就走。

柏朝紧随其后："你能听进去，说明你也有。"

虞度秋回头一笑，说："谢谢夸奖。"

手机上的追踪器显示目标正停在前方，时机绝佳。为首的杀手一声令下，三个人悄悄包抄过去，假装双臂抱胸，实则按着外套内的手枪，紧张地排查每一张路人的脸。

雇主明确说过，目标相当狡猾，极易逃脱，若能生擒，赏金翻倍。

包围圈越缩越小，追踪器上的圆点仍旧闪烁不动，显示离目标只有一步之遥。为首者兴奋地抬起头，食指已然扣上扳机，甚至脑海内已经开始想象如何花费那笔大额赏金。然而他的正前方，空无一人。

唯有中央花坛里的塑料花舒展着枝叶，对他绽开虚假的笑容。

在花草的掩映之下，一把卸了弹匣的瓦尔特手枪静静躺着，宛如失去了灵魂的尸体。

二楼，两名大学生模样的男人靠着围栏，听完楼下暴跳如雷的脏话，在绕梁回音中收回了视线。

经历了三方混战的停车场一片狼藉，子弹打得地上坑坑洼洼。五辆车仍旧停在原位，即便人去车空，也静静地对峙着。

纪凛转移了阵地，和另一名保镖藏身于一辆高大的悍马车尾，等待了片刻，探出头查看外边的动静。

"……都跑了？"

"应该是，都去追少爷了，没人影儿了。"

"嘿，你说那帮'蝙蝠侠'是不是有病？"纪凛匪夷所思，"人体描线呢？还是太菜了？怎么子弹一颗都打不准？就这技术还敢来对枪？"

"……"保镖心道这不好吗？您还想被射中咋的？

"可能是比较谨慎，想活捉少爷……"

"你家少爷现在在哪儿？能联系上吗？"

"这得问娄哥，我没有直接联系权，不过他估计也顾不上，我刚看见他送走卢警官和赵经理之后，又折回来带着大家伙儿和酒店警卫追杀出去了。"

"这么一大帮人冲出去，想不上头条都难。"纪凛不敢放松警惕，猫着腰从车尾小步靠近路虎，低声说，"虞度秋徒步跑不远，他肯定得回来，我去看看他们车里还有没有人藏着，没有的话我们想办法把他们两辆车开走，再去接应虞……"

这时，他突然停下脚步："你有没有听见什么奇怪的声音？"

"啊？"保镖凝神，侧耳聆听，"好像有……像某种野兽？"

"这儿怎么可能有野兽？"

但从停车场的某个方位，确实传来了类似于野兽低吼般的诡异动静。

不待他们判断清楚这声音究竟从何处而来，吼声骤然拔高！并且音量由远及近，越来越大，仿佛真的有头野兽正在咆哮冲刺而来！

纪凛终于辨别出来了："谁在停车场飙车，有病——"

话音刚落，一辆造型流畅别致的金色跑车从拐角处飙出，狭长的车灯射出明锐的光，车头前盖两侧拱起一个充满力量的肌肉曲线，尾翼高扬，造型极度狂野犀利。车标上一只狮鹫展翅飞翔，张开利爪，嘶吼震天。

驾驶位上，戴着墨镜的青年银发猎猎飞扬，高喊："嗨！纪队！"

纪凛："……"

虞度秋疾驰而过："拜拜！纪队！"

"……你就不能停下带上我！"

"只有两个位子！"

纪凛无能狂怒："……好歹说声去哪儿？！"

跑车已经驶出十米开外，遥遥传来虞度秋愉悦的回答："带小'柏'眼狼去兜风！顺便帮你们引开敌人！回头联系！"

纪凛还欲再骂两句毕生从未骂过的究极脏话，跑车的轰鸣已然远去，连尾气都散得一干二净。

022.

午后的 A 国东南部，艳阳高照，而地球的另一边，平义市正被凌晨 5 点的晨曦笼罩。

枕边的手机振动了两次，被一只大手按下了挂断。床上的男人翻过屏幕看了眼，视线逐渐聚焦，困意迅速消散，坐起身来，薄被滑落，露出的赤裸部分筋骨丰肌。

号码是熟悉的号码，这个时间打过来，不是报喜就是报忧。

男人掀开被子下地，从床头柜的烟盒里摸了根烟，张开薄唇叼着烟，拿出打火机"啪"地点上，接着起身走向阳台，拉开玻璃门，外边景色朦胧，晨风微凉。

他反手关上门，倚靠着围栏，照着刚才的来电号码拨回去。

刚响两声，那头就接了。对方语气烦躁地叽里呱啦说了一长段英语，最后道出了中心思想：任务没完成，但我们尽力了，定金不退。

男人眯起眼，缓缓呼出一口烟，白雾覆盖了眼前的城市。

雾后透出零星灯火，似乎想穿透迷雾，却终究不敌接踵而至的层层白雾，被困其中，愈来愈黯淡，直至彻底消失不见。

"我能找你们杀他，也能找别人杀你们。"男人肆意地笑了声，"你们的仇人应该很多吧？或许我一分钱都不用花，给点儿信息就行了。"

那头静了几秒，接着说话的语气缓和许多，征询男人的意见，问能不能再给一次机会。

"不必了，他不会再给你们刺杀的机会了。"男人用英文说完，又接了句对方听不懂的中文，"一群废物。"

解决完与这几个无赖的佣金纷争，一根烟恰好抽完。男人挂了电话，继续在阳台上站了会儿，等身上烟味散得差不多了，才重新回房。

接着出了自己的卧室，下至别墅二楼，进了另一间房，"啪"地开了灯。

床上的人这几日忧心忡忡，不得安眠，本就睡得很浅，一下被灯光照醒，眼睛都睁不开，迷迷糊糊地问："……怎么了？"

"A 国那边来电话了。"

床上人倏然清醒，强打着精神撑起身子来，急切地问："董永良成功了？"

"没有，被抓了。"

"啊？他怎么这么没用，还好钱没事先打给他……那虞度秋是不是……"

"嗯，他应该猜到了。"

"那怎么办？"

"没事，他的自大狂妄终将送他走上绝路。"男人坐到床边，"等他回国，我们还有机会。"

床上的人颔首："让他知难而退就行，别杀了他，虞家不好对付，那群警察最近也像狗一样到处巡逻……我们先避避风头吧，让A国那边别送货了，我怕又像去年那样被警察截获了，而且我们手上已经太多条人命了……"

"才两条而已，虞文承的死是意外，不算。"男人望着窗外天际逐渐显露的鱼肚白，漆黑的眼中却没有丝毫光亮，如同一潭冰冷的死水，酝酿着深不见底的阴谋，"你以为，虞度秋犯下的罪恶，就比我们少吗？"

A国，77号公路。

一辆金色跑车疾驰而过，卷起一路沙尘，时速已达百公里以上。

驾驶位上戴墨镜的青年降下了车窗，一脚油门踩到底，头发丝儿被风吹得与公路平行，毫不介怀地爽朗大笑："兜风开心吗！小'柏'眼狼！"

副驾驶位的男人紧抓着扶手，眉头深锁，抿唇不语，脸色越来越难看。

"你不会晕车了吧？"

"不是……是飞机上吃的反上来了。"

"嗯？飞机上吃了什么？"

"……没什么。"

虞度秋见他表情不太对劲，慢慢降低了车速，说："别吐我车里，再忍一刻钟，马上就到了。"

跑车离开宽敞的公路，七拐八弯，周围建筑逐渐稀疏，树林逐渐茂盛，举目望去，眼前一片郁郁葱葱，绿色填满了视野的大半面积，天空也被苍翠遮蔽，只能透过树荫的缝隙得以窥见。

车速平稳了，空气清新了，柏朝稍微缓过来了些，手臂搭着窗框，吹着温热的风，总算有了一丝兜风的感觉，问："我们去哪儿？"

虞度秋摘下墨镜，扣在领口，说："去郊区找一栋别墅，临时落个脚。"

"怎么找，看到合适的就闯进去，让我杀了主人吗？"

虞度秋拍着方向盘大笑："第一次发现你的幽默感。当然不是，我是文明人，让你见识一下什么叫'钞能力'。"

跑车减速停在了路边，虞度秋拿着手机下了车，高高升起的鸥翼门敞开着，科技感十足。

"这卡最大的用处，不是无限额，而是能让我随心所欲。只要不违法，它几乎什么都能替我干。"虞度秋靠在车头，掏出了那张之前在服装店无用武之地的黑卡，拨通了某个电话，按下免提，那头很快便响应了。

"您好，虞先生，请问有什么可以为您服务的吗？"

"你好，帮我定个位，就这个号码的十公里范围之内，找一栋隐蔽点儿的别墅，我要住三天。比较急，最好一小时内给我答复，麻烦了。"

"好的，我马上帮您找，稍后再给您来电。请问还有其他需要吗？"

"没了，谢谢。"

短短几句话过后，一桩普通人一周都未必搞得定的麻烦事便迎刃而解。虞度秋收起手机，悠然自得地转过身，预想着会接收到两道惊诧的目光。然而柏朝的视线却一动不动地盯着树林上方，压根没看他。

虞度秋有点无语地走过去，问："看什么呢这么专心？听见我刚才打的电话了吗？"

柏朝食指抵唇，做了个噤声的动作："嘘，你看那里。"

虞度秋顺着他的目光望过去，疏朗的枝桠间，似乎有一小团黑影在活动，所经之处的树叶发出窸窸窣窣的轻响。

"好像是松鼠。"柏朝道。

"嗯，A国郊区小动物很多，有时候马路上还会碰见鹿呢。"虞度秋收回视线。

柏朝恢复得很快，刚才还晕车晕得精神萎靡，这会儿脸色已经和平常无异了，仰着头更显得侧脸线条流畅，嘴角和眼角弯起的弧度很小，要很仔细看才能发现那一抹淡笑。

虞度秋的情绪似乎被感染了，绷着的神经莫名放松许多，感慨道："半小时前还在枪林弹雨中提心吊胆，现在却在这儿晒太阳看松鼠，还是活着有意思。"

柏朝回头："你提心吊胆了吗？"

"当然，我又不是刀枪不入。"

"我以为你不怕死。"

"怕是不怕，但要看怎么死。"虞度秋摸摸下巴，认真思考起了自己的死法，"到八九十岁活够了再死，就挺不错；视察公司实验室的时候突发爆炸而死，也算为科学事业做贡献，留个美名；但在异国他乡的小小停车场被人狙杀而死，跟我这一生辉煌的履历相比，这样的人物词条结尾实在太憋屈了。你不觉得吗？"

柏朝眼中的鄙夷清晰可见。虞度秋以为他下一秒就要开口嘲讽自己，却见他转过头，望着茂密的树林说："我觉得没什么不好，总比一个人死在无人知晓的地方强。"

虞度秋有些无语，弯腰捡起一块路边的小碎石，突然扬手，朝松鼠活动的那棵树砸去。"嗒"的一声轻响，松鼠受惊，迅速蹿进了树林深处，转眼间消失得无影无踪。

虞度秋拍了拍手上的灰，有些意外："你不骂我欺负小动物？"

柏朝已经坐回了车里："你是担心它跳到路上被车撞了吧？"

虞度秋绕到副驾驶位边上，撑着高高扬起的车门，说："小'柏'眼狼，你到底从哪儿来的？好像挺了解我？"

柏朝抬眼："我从哪儿来的你不是早就调查过了吗？而且你很难了解吗？养狗又养马，一看就知道喜欢动物。"

"我在别人眼里可没你说的这么好懂。"虞度秋看了眼他脚踝上被血浸透的绑带，"不过，你这会儿的心思我也了解——脚疼了？站不住了？"

"怎么，少爷要帮我包扎吗？"

"自己没手吗？"

这时，一阵振动声传来，虞度秋摸出手机看了眼："这么快就搞定了，办事效率挺高啊。"

黑卡的服务人员汇报了别墅的大体位置，并发来定位，按地图路线看，再开一刻钟便到了。

"好的，谢了，顺便派几个人，把这三天的日用品采购好送过来，再买点止血去疤的药和包扎用的纱布。"虞度秋吩咐完，挂了电话，接着关上副驾驶的车门，自己也坐进了驾驶位，发动车，按照导航的指示往前开。

"你把别墅定位发给保国，让他带着纪凛、卢晴和斐华过来，除此之外不要告诉任何人。哦对，让他们三个别带车里拿的枪，车也别开，自己想办法过来，别恋战，别想着抓人，听我的。"

柏朝依言照做，发到一半，问："老刘也不能告诉？他不是你妈的人吗？"

虞度秋摇头："所有能接触到车上手枪的人都有出卖我的嫌疑，是我妈的人又怎样？董师傅还是跟了我十多年的厨子呢。所有员工里我最不信任司机，他们最了解我会经过哪里、去往哪里，掌控的不是方向盘，而是我的生死命运，有时可能会带我开上死路，所以我的私人司机通常一年一换，每换一个，都会改变日常行车路线。"

柏朝安静片刻，冷不防地问："从你被绑架之后开始这样的吗？"

虞度秋讶异地看了他一眼："谁跟你说的？"

"洪伯。"

"他真是越老越糊涂了，最近总是泄露我的家丑，上次在君悦也是。"虞度秋无奈道，"你猜得没错，是从那时候开始的。你看，我有那么多供我驱使的人，但关键时刻，唯一能信任的，只有我自己。"

"要安慰下你吗？"

"哈哈，你今天是打开了幽默开关吗？"

"我是认真的。"

"那你最好收起这份认真，别让我感觉到你在同情我。"虞度秋脚上缓缓施力，踩下油门，露出一个恶作剧般的微笑，"同情说得好听点儿是善心，本质不过是高姿态的怜悯，你有同情我的资格吗？以为今天保护了我一次，就能跟我平起平坐，甚至骑到我头上去了？"

柏朝不动声色地抓住扶手，抵抗着强烈的推背感，开口："……你以为我的目的是这个？"

虞度秋笑得更大声，油门踩到底，跑车的轰鸣骤然响起，惊动了树林里几只鸟雀，慌张地振翅飞向高空。

"不然呢？只要钱到位，多的是愿意为我出生入死的人。小'柏'眼狼，我是觉得你不错，但你在我心里，真算不上什么东西，别以为我那么好骗。"

柏朝却笑了声，重复了一遍："……你还记得自己说过什么吗？"

虞度秋莫名："什么？"

"没什么。"柏朝仰起头，目光遥远不知落在何处，不明所以地勾起嘴角，"等你自己想起来比较有意思。"

023.

娄保国一行人费尽周折到达郊区别墅时，落日余晖在他们身后的树林间拉出了歪七扭八的影子。

"总算到了……就是这儿吧？看见少爷的太阳神阿波罗了。"娄保国撑着膝盖，气喘吁吁，背后一片汗湿。

纪凛凌乱的头发上挂着几片树叶，整一个纯天然原生态鸟窝，防晒也脱光了，肤色至少晒黑了两个度，俊俏小刑警的形象岌岌可危，喘气中夹杂着被骄奢淫逸的虞大少抛下的滔天怒气："老子真想……砸了他的车……这是什么鸟不拉屎的地方，地铁都没有……"

平义市的交通网络四通八达，去哪儿都方便，谁料夏城这座高度现代化的工商业城市，居然只有一条轻轨！为了甩掉追踪者，他们先打车，然后坐轻轨，再骑自行车，最后钻入树林东躲西藏，暴走五公里，确保无人跟踪后，终于来到这栋定位中的别墅周围。

"这车当年落地价1000多万呢……全球限量几十台，你三思啊纪警官。"赵斐华扶着树干休息，眼镜歪歪斜斜，从塌鼻梁上滑下一截也顾不得扶，手指向他脚下，"还有……不是鸟不拉屎，应该是鸟乱拉屎。"

纪凛低头，倒吸一口凉气，猛地跳起来逃出树林，在马路上疯狂踢腿抖屎，像在跳某种独创的踢踏舞。

"你当心别撞着车。"卢晴跟着跑出去，随手捋了把毛躁的马尾辫，鼻翼翕动，敏锐地闻到了一丝不对劲，"嗯？这是什么气味？像……烧焦的尸体！"

娄保国一个激灵："大妹子你别吓我！难道我们来迟了？"他一个箭步冲进别墅区，没按门铃，谨慎地绕着外侧围栏走，先观察内部的情况。

纪凛见状，来不及抖屎了，急忙跟上去，低声问："枪都没拿，万一遇上绑匪或者那几个杀手，怎么办？"

娄保国壮实但灵活，贼头贼脑地前进："还能怎么办，只能给虞董打电话了。"

"虞董是谁？虞度秋他爸？"

"少爷他妈，他们家女方强势。少爷跟妈姓，我们一般叫虞董。她会派直升机来营救的。"

纪凛奇怪道："那你刚才为什么不联系虞度秋他妈，让她送我们过来？"

娄保国呵呵道："你以为虞董很闲啊？找我们当少爷的保镖就是为了让她省心，如果我还要麻烦她，铁定被炒了！不过今天停车场这么一闹，虞董马上就会得到消息了，我估计要收拾包袱回老家了……"

卢晴回头安慰："怎么会呢，你今天指挥得很好啊，不仅保护了我们，还搬来了救兵，把那群'蝙蝠侠'吓得落荒而逃。"

娄保国28年的人生中被异性夸的次数屈指可数，上一次还是过年回家他姥姥夸他饭量大。一听这话，他大脸一红，不好意思地挠挠头，说："嘿嘿，应该的。"

赵斐华无情地泼冷水："那是他吓跑的吗？是对面看见目标跑了，抓不住了，才打道回府的，跟你们对枪又没意义，浪费子弹。"

娄保国回身扬起拳头："赵斐华你少废话！忘了刚才走不动谁背你的了？"

"嘘！"卢晴紧张地说，"气味越来越浓了，我好像还听见火烧木头的声音。"

众人神经一绷，急忙加快脚步，蹑手蹑脚地绕到别墅后方的庭院。空气中飘浮的烧焦味增添了几分恐怖气息，木头爆裂的"噼啪"声逐渐清晰，直到绕过一个拐角，四人终于看清了气味与声音的来源——果然是一具烧焦的"尸体"，已经半面漆黑，死状惨烈，无法辨认生前究竟……是鸡还是鸭。

"你会不会烤啊？"虞度秋躺在露天沙发上，头枕着扶手，沐浴后换了一身宽松的T恤和居家裤，惬意得很，"这么大人了，烤只鸡都不会。"

柏朝站在烟雾缭绕的烧烤架前，脸被熏得跟不锈钢烤网下的木炭一样黑，但还是比烤网上的烤鸡白点儿。

"你连做盘沙拉都不会。"

"谁说的？你不是吃完了？"

柏朝叉起无法挽救的烤鸡，扔进垃圾桶，说："我再去拿一只。"他的脚踝上缠了纱布，血是止住了，但他走路仍有些蹒跚。

虞度秋目光一转，打了个哈欠："算了，你过来坐吧。"

柏朝闻言转身："不吃晚饭了？"

"等保国他们来吧。"

"他会做饭？"

虞度秋想了想，开口："唔，他好像不会，平时都跟我一块儿吃。斐华应酬饭局多，总在外边吃，应该也不会。总不能让卢晴一个小姑娘给我们几个大男人做饭……纪凛应该会吧？他对象都没有，一个人独居，工资又低不可能天天出去吃，自己不做饭不就饿死了？"

"……虞，度，秋！"

庭院里二人同时转头，只见不远处的围栏外，四双眼睛齐刷刷地盯着他们，其中一双尤为愤恨哀怨。

纪凛双手抓着铁栏杆，像只被关在笼子里的狂犬，龇起牙怒吼："你瞧不起谁呢？！"

卢晴难得站他这边，叉腰高声道："虞先生，我们队长不需要做饭！局里有食堂，免费的！他天天从食堂打包晚饭！节约得很！"

纪凛："……"

赵斐华推正了眼镜，叹息："刚平外敌，又起内战……"

好在这场内战没能吵起来，正处于一触即发之际，终是由柏朝主动担起了掌勺大任，并在一个半小时后，将像模像样的四菜一汤端上了餐厅的饭桌。

"厉害啊大哥。"体能消耗过多还饿了大半天的娄保国食指大动，夹起一块椒盐小土豆塞进嘴里，嚼了两下还没咽下去就开夸，"哎呀妈呀太香了！我感觉我重新活过来了！咱大哥这厨艺，一看就是个居家好男人！"

虞度秋笑道："他又没有家，哪儿来的居家？"

"你这人能别总戳别人的痛处吗？"纪凛对他这种恶劣行为鄙视至极，刚才拉满的怒气值尚未完全消下去，本着秉公办事的信念，强迫自己心平气和地吃饭，"有空挖苦别人，不如想想今天怎么回事儿，怎么那么多人要害你？一天之内都三拨了。"

虞度秋不以为意地耸肩："欢迎来到我的世界，纪队。打击犯罪的频率高不好吗？回去你就能邀功了啊。"

"还要在这儿待三天呢，有没有命回去邀功都不知道。我后悔带这小丫头片子来了，原本以为就是保护你出国旅游，不会太危险，结果害得她还没嫁出去就命悬一线了。"

卢晴用筷子敲了敲桌子："纪哥，你这就瞧不起我了，虽然我刚转正，但我的目标是老彭的位置，男人哪比得上理想和事业？再说了，万一找个像你这样的，岂不是这辈子都毁了？"

"……再多嘴一句把你的头摁汤里。"

"听听！这就是你母胎单身的原因！"

"呸，我是因为工作忙！"纪凛跟她斗嘴是常态，没一会儿又把话题转了回来，对虞度秋道："我们之前就怀疑过，那三起案子可能不是一个凶手所为。今天看来，或许这个猜测是正确的。这背后有好几拨势力，你的出现让他们感觉到了危机，从国内一路追杀到国外。"

赵斐华边吃菜边问："你怎么知道是国内追过来的？不瞒你说，咱虞少牛得很，五大洲都有他的敌人。"

"以往都是些商业竞争，到买凶杀人这种地步的可不多。"虞度秋吃着自己面前单独装盘的饭菜，"况且我在A国定居这么多年不来暗杀我，等我回国发展了才来？不应该谢天谢地终于少了个对手瓜分市场吗？还是说……买凶者怕我回国做出巨大贡献，威胁到A国的国际地位？真有爱国情怀。"

"……不愧是你，自恋起来都是普通人想象不出的高度。"纪凛道，"不过有一点你说得对，如果是外国仇敌，没必要等到这个时候，而且是在你全副武装、前呼后拥的时候来袭击你，这不是给自己增加难度吗？"

虞度秋很给面子地鼓掌："不错，纪队的头脑很活络，与我的想法不谋而合。"

"所以我们来复盘一下。"工作狂纪凛对食物的兴趣不高，只要饿不死就行。他三两口迅速扒完了碗里的饭菜，便将碗筷推到一边，拿出纸笔摊开在餐桌上。

虞度秋夹肉的筷子一顿："你这原始的记录方式，也是穆浩教的？"

纪凛咳嗽了声："都说了穆哥是我的偶像，向偶像学习怎么了？"

"那他喜欢晒成小麦色，你怎么不跟着晒？"

"要你管。"纪凛瞪他一眼，自顾自地复盘起来，"我们先来看最早发生的雨巷案。目前已知凶器极有可能为双刃利器，尚未找到，凶手作案风格残忍迅猛，犯罪团伙中除了刘少杰，应当还有一名青壮年男子，就是怡情酒吧巷口监控里那位。"

娄保国满嘴油光地插嘴道："跟今天埋伏的那几个杀手恐怕有点儿关系。"

纪凛点头："他们的目的很明确，就是要杀人，准备也很充足，要不是乱入了一群'蝙蝠侠'搅局，他们甚至可能已经得手了。"

虞度秋不认同："我雇那么多保镖，就是为了在下车的时候形成无死角的肉盾，想一击狙杀我，没那么容易。对了，斐华，国内的通稿新闻标题可以这么起：'惊！百亿富豪在A国遭人暗杀，竟毫发无伤！'这样显得我非常幸运，打破那些'魔咒之说'。"

"我求求你别起名了，'黑猫''警长'还不够你折腾的？别教我做事，术业有专攻，懂吗？"赵斐华放下空碗和筷子，起身上楼，"你们聊，我要去面对我的战场了，早上飞机上敲的公关方案全得推翻重来！你一天不给我整点幺蛾子出来我就该烧香拜佛了！"

虞度秋没去管他的牢骚，喝着自己的番茄蛋花汤："纪队，继续吧。"

纪凛没工夫同情赵斐华，自己也一堆事儿要做，继续分析道："刚说到那群'蝙蝠'……就是那两车蒙面人，他们简直是来搞笑的。"

娄保国与他们缠斗最久，深有体会："是啊，他们装备高级，业务水平极低，像穿了一身神装却只会平砍的'菜鸡'。要不是少爷不让我追击，我徒手就能抓俩打牙祭。"

"……你唱曲呢。"纪凛无语，"我猜雇他们的人也很业余，估计是临时搭建的草台班子。这拨人的作案风格就跟你二叔跳楼案的背后主谋很像了，本意并非要杀你，只是阻碍你。"

虞度秋点头表示同意，随手把空碗递给柏朝："再盛一碗。"

柏朝接过："菜合你胃口吗？"

"有我妈做饭的味道，不过我上次吃她做的饭还是在小学，记不太清了。"虞度秋灵机一动，来了主意，"哎，正好董师傅走了，一时半会儿招不到新的主厨，你先顶一阵他的位置呗。"

"行。"柏朝答应得很爽快。

好好的严肃话题聊着聊着总能拐到其他地方去，纪凛对他这散漫的性格简直忍无可忍："我在跟你说正事！能别唠家常吗？话说为什么你的菜饭都是单独一份？小土豆上的椒盐粉都撒得比我们的多！搞特权啊？"

"什么特权，我可没提要求，小'柏'眼狼主动给我做的独食。"虞度秋接过重新盛满米饭的碗，"我听着呢，你说的都是我想的，不过我还有一点要补充。"

纪凛勉强耐着性子听他说："什么？"

"草台班子不敢杀人，开枪装样子吓唬人而已，这很正常，可那几个杀手明明是来抢人头的，却不向竞争对手开枪，这合理吗？"

"我也觉得古怪……"纪凛颦眉沉思，"你们觉得是什么原因？"

娄保国大大咧咧地说："看不上呗，不想浪费子弹。"

卢晴："会不会是因为他们业内规矩，不杀同行？"

纪凛："得了吧，我才不信杀人放火的罪犯会这么讲道义。"

虞度秋叹气："你们发挥想象力嘛，有时候最不可能的答案或许就是最正确的答案……柏朝，你平时想法最离谱了，你来说说看。"

柏朝无语地夹了一筷子菜，边吃边说："他们可能认识，甚至是一伙的。"

其余三人同时一愣，晒化了的脑子一下子茅塞顿开。纪凛立刻提笔，唰唰记下这条可能性，紧接着拉出几个箭头，写上原因：两拨人都知道虞度秋的行程，都选择在停车场堵他，都有配枪，都没成功就撤退，而且互相不伤害……的确有同属于一个犯罪团伙的可能性。

写完最后一条原因，他又从另一端拉出几个箭头，写上疑点：如果两拨人是一伙的，为什么明明只要派专业的杀手就够了，却还要派蒙面人来添乱？为什么那伙蒙面人的表现，不像是来犯罪的，更像是来搅局的？倘若是派杀手来的激进派制造了雨巷案，派蒙面人来的保守派弄巧成拙制造了虞文承案，那么，柏志明案又是哪边策划的？利用杜苓雅收买董永良的又是谁？会是他想的那个人吗？这些人背后是否有同一个老大？是否打着各自的算盘？是否有人忌惮虞度秋，而有人欲除之而后快？

疑点列表越写越长，纪凛越看越头大，最终烦躁地扔了笔，得出结论："我们目前的线索太少了，不足以得出确定结论，一切还要等回去审了董永良和你的未婚妻再说。"

卢晴捂住发疼的脑袋："啊啊啊，这案子越来越复杂了，我们这种人微权轻的小片儿警,怎么解决得了跨国犯罪团伙啊……老彭还让我把每天发生的一切事无巨细地汇报给他,今天一天就这么多事儿,我得汇报到明天吧。"

纪凛合上本子:"刚还说要谋权篡位呢,这点苦就受不了了?我跟你一起汇报,顺便让组里其他人也帮忙分析调查一下吧。"

卢晴双眼射出感激不尽的光芒:"纪哥!你也有讨人喜欢的时候啊!"

纪凛扬起拳头:"还想脑袋起包是吧?"

卢晴马上缩回脖子,吐吐舌头:"开个玩笑嘛。"

虞度秋微笑着夹向盘中最后一块煎牛肉,说:"我觉得纪队除了古板点儿,一直都很讨人喜欢呀,不像那个小'柏'眼狼,好话都不会说……嗯?"

筷子夹了个空。

柏朝面无表情地端走他刚盛满了饭的碗和没吃完的菜:"脏,我去洗了。"

024.

餐桌周围几人都闻到了弥漫的硝烟味儿。纪凛拿起笔记本敲了敲桌子:"祸从口出了吧?赶紧哄哄你的小保镖,当心他也背叛你。"

虞度秋手里还拿着筷子,面前却空空荡荡,看着像遭人排挤欺负了,十分可怜。

卢晴好心把桌上剩下的菜往他面前推了推,说:"虞先生,不介意的话跟我们一起吃吧。"

"谢谢,你们吃过的我嫌恶心,不好意思。"虞度秋很礼貌地说出了很没礼貌的拒绝,搁下筷子道,"他要是背叛,我一点儿都不意外,本来就是条来路不明的小'柏'眼狼。没事,起码现在他不会真的跟我闹翻。"

卢晴的好心喂了狗,愤愤地扯回盘子:"你哪来的自信啊虞先生?我都快对你无语啦!"

"因为他还没从我这儿得到任何好处,无论是他养父溺亡的真相,还是钱财名利。我只要在前头给他绑根肉骨头,让他觉得自己有希望得到好处,哪怕是再不服管教的狗,也会乖乖跟着走。"

卢晴叹为观止："虞先生，你真是坏得明明白白。我突然觉得柏朝好可怜啊，他看起来非常忠心于你。白天在停车场，二话不说就护着你跑了。"

虞度秋摇了摇食指："小姑娘看事情太表面。这种只是表面屈服，其实一身反骨的，说不定还是反社会人格。"

卢晴："可他看起来不像啊……"

"人都有多面性，现在对你好，可能是有所企图，将来就说不准了。我不会把一个人百分百定性，我也做不到看人百分百准确。"虞度秋比出一把枪的手势，对准了厨房内柏朝洗碗的背影，眯起一只眼，像在瞄准枪口，"那家伙身上有很多可疑的地方，我不相信他的糖衣炮弹，但我也不在乎他隐瞒了多少，反正当他的利用价值和欣赏价值消失的时候……'砰！'我也会让他从我身边消失。"

卢晴吓了一跳："你……你难道要……"

"开玩笑的，卢小姐，只是辞退而已，别总把我想得那么坏嘛。"虞度秋嬉皮笑脸地起身，"你们慢用，我去找找其他吃的。"

晚餐结束，众人吃饱喝足，各忙各的。月色凉如水，郊区的夜晚静得只剩沙沙风声。庭院内，失败的烧烤架收在角落，木炭用水浇灭了，灰烬沉寂如死，等待着复燃的那天。

几片树叶从林中飘舞过来，落到了露天沙发上，被人随手捏起，转着叶片玩儿。那人目光虚虚地落在远处，似在出神。

"嗒"，轻轻一声脆响，一盘混切水果摆在了沙发前的小桌上。

虞度秋回神转头，看了眼果盘，开口："没有叉子，怎么吃？"

柏朝用手拿起一块菠萝，递给他："洗过手了。"

虞度秋后仰，说："洗过也脏。"

"有你脏吗？"柏朝也坐上沙发，自己吃了那块菠萝。

虞度秋微笑："我不得不说，你骂得我还挺有感觉。"

柏朝沉默片刻，最终从贫瘠的骂人词汇中选择了一句："你就是个浑蛋。"

虞度秋不以为意，双手枕在脑后，舒舒服服地靠倒，仰望郊区星光明亮的夜空。

柏朝抬起手，拂掉他头顶的一片落叶："你刚刚看着外边，在想什么？"

虞度秋没制止，但在他的手撤离之后甩了甩头发，像被人类摸了感到不爽的猫科动物："你拿完菠萝没洗手……算了。我在想这别墅的庭院里居然种了虞美人，被我妈看见了一定会让人连根拔掉。"

柏朝越过他望向角落的小花园，果然有几株血红的虞美人迎着夜风轻轻摇摆。6月中旬，阳光充沛的温带地区，正符合虞美人盛开的天时地利，花瓣纤弱柔嫩，但极致艳丽。

"我妈以前人送外号'虞美人'，她特别讨厌，说这个外号看似是夸奖，其实是一种打压。她那么聪明能干，年纪轻轻就做到了上市公司董事，大可以喊她'虞老板'，某些人却故意只夸她的外表。所以她禁止任何人那样喊她，喊了就翻脸。"虞度秋叹气，"结果后来，阴差阳错，这外号落到我头上了。"

"你也不喜欢？"

"我其实不介意。"虞度秋勾唇，露出一个狡黠的笑，"但我依然禁止别人这么喊，禁止家里种虞美人，因为命令是高位者稳固掌控权的一种手段，这样能让下属守规矩、敬畏我。保国和斐华他们虽然有时候跟我没大没小，但心里都有分寸，不会真惹我生气。你也要牢记这点。"

"惹你生气又怎样？"柏朝不驯地挑眉。

"嗯……你还是别知道为妙。"虞度秋继续道，"你只要知道怎么让我高兴就行。"

"下棋吗？"柏朝冷不丁冒出这么一句。

虞度秋愣了愣："什么？"

"你不是喜欢下棋吗，能让你高兴吧。"

"……你认真的？"

"嗯。"

虞度秋意兴阑珊地抱胸靠着沙发，心不在焉地附和："下就下呗，可这儿哪来的棋啊？"

柏朝不慌不忙地掏出手机，点开新下载的一个名为"国际象棋"的App，选择双人对战模式，然后推开桌上的水果盘，放上手机："可以了。"

虞度秋扶额："我这辈子没这么无语过。"

柏朝一本正经地看着他："嫌弃？"

已经不能说是嫌弃了，十岁就戒了电子游戏的虞度秋觉得自己的智商受到了侮辱。

"没有实物握在手里的西洋棋是没有灵魂的。"虞度秋掂了掂手，尽管空无一物，"那份重量、那种触感，怎么能用这种制作粗糙的电子游戏代替？"

"到底要不要下？"柏朝忽视了他所有的牢骚，"不下我走了。"

"去哪儿？"

"去洗个澡，然后回来守夜。"

"这儿又不是荒郊野岭，树林里没狼，守什么夜。"

"我担心那些人找到这儿。"柏朝伸手拿走被嫌弃的手机游戏，"你早点睡，我守着。"

虞度秋内心五味杂陈，明知这人有卖弄忠心的嫌疑，还是得给这份似真似假的忠心一份嘉奖。他按住柏朝的手机，无可奈何道："下下下，洗完澡来我房间下。别干大半夜在房子外守夜这种没意义的蠢事，被纪凛看见了又以为我虐待下属。这地方他们不可能找到，除非我们当中出了叛徒。那你守在外边也没用，说不定人家上楼就把我暗杀了。非要守的话，不如守在我房间……"

"行。"柏朝没等他说完就飞快地答应了，二话不说起身就走，顺道带走了果盘，干脆利落得仿佛一切皆在他计划内。

虞度秋："……"

这诡计多端的小"柏"眼狼。

025.

深夜 11 点，二人在虞度秋的房内对弈。

虞度秋趴着，一手托着下巴，一手在手机屏幕上点来点去，专注下子布局。

"你偷偷练习过？比上次有进步啊。"

"嗯，练过。"柏朝收回视线，将士兵推进一格，"但还是输。"

虞度秋哼笑，马走日字吃掉了士兵："给你点鼓励而已，还想赢我？野心挺大啊。"

柏朝不置可否，对弈了几个来回，冷不防地说："我有个地方想不明白。"

虞度秋眼皮都不抬地说："说。"

"关于今天这三拨人背后的势力。他们在你的棋局里，分别属于什么角色？"

"这不是很好理解吗？"虞度秋点了点屏幕上对面的棋子，"雨巷案的凶手和今天杀手背后的指使者，应当是'王后'，肆无忌惮，谁挡杀谁。我二叔的案子和今天的蒙面人，也不能说是'士兵'，起码有点儿行动力，我姑且把他们当作'战车'，突击进攻能力太差，开局本应驻守后方，不知出于何种原因，选择了贸然正面迎敌，结果把'王后'的进攻步伐都打乱了。至于董师傅，只是个打头阵的炮灰'士兵'罢了。"

"所以，他们的'国王'呢？"柏朝问，"如果他们没有'国王'，这就称不上一盘棋，只是多方势力对你的围攻，他们之间或许没有联系，一切只是我们的猜测。那你也没有布局的必要了，直接各个击破，今天抓一两个回去审问就行。我知道娄保国和纪凛有能力办到，你却不让他们抓。我不明白这点。"

虞度秋摇头："未必没有'国王'，我说过，'国王'的行动是最受限的，所以他会想方设法让身边所有可利用的棋子为他效力，无论弱或强，自己却隐身。如果我们忽视对方存在'国王'的可能性，选择各个击破而不顾全大局，结局必然是满盘皆输。高手博弈，比的就是大局意识。

"再者，那些人装备高端，撤退迅速，一看就是专业的，保国抓一两个不是问题，但我们的人或许也要留下一两个。处理员工后事很烦的，还要赔家属一大笔钱，不划算。我还有追踪器这个线索，一样可以查。

"况且抓了人又能怎样？董师傅可以带回国，那些外国人能引渡回去吗？纪凛在这儿没有执法权，要想国际合作免不了冗长的手续，他也不可能长时间留在这儿办案。难道交给A国警察审问？他们并不了解这起案子背后的复杂性。我想这些道理纪凛也懂，否则他会乖乖听我的话撤退？他想抓杀害穆浩凶手的意愿恐怕比我还强烈。"

虞度秋说得多了，趴得累了，翻了个身，仰面躺着，银发映着光，像波光粼粼的盛夏湖面。

"可以不报警，我来审问，应该能撬出东西。"

虞度秋笑了："怎么撬？说来听听。"

"先关地下室，关个一周，只给水喝，如果还不招，就动手，我知道揍哪些地方不会伤筋动骨，但能让人痛不欲生。"

"小'柏'眼狼，你怎么这么熟练？"虞度秋道，"该不会……以前常干这种事吧？"

柏朝："我没干过，柏志明以前经常这样对我。"

虞度秋敛笑，问："为什么？"

"因为我不听话。"

"我问你为什么不报警。"

"报警没用，警察说这是家务事。"柏朝深吸一口气，似乎压下了某些不堪回首的回忆，"后来我才发现，家里的电话被他做过手脚，我打给警察的电话都转到他朋友那儿去了，他们联手骗我。但那会儿我身上的伤痕都消了，没证据，我成年后他也没再打过我，这事就不了了之了。"

"他在破坏你对警察和法律的信任，典型的培养罪犯的手段，幸好你没被洗脑……"虞度秋说完，狐疑地看着他，不太确定地问，"你没被洗脑吧？"

柏朝低下头，背光的双眸中铺满一片令人看不透的漆黑："你觉得呢？我像坏人吗？"

他这么直接地问出来，虞度秋倒不介意了，随手拍了拍他："是不是坏人我不知道，但肯定不是个良民。我就说着玩玩，你还真打算动私刑？"

"难道放任他们为所欲为？今晚你可以躲在别墅里，但明天你不是要出门吗？不怕他们卷土重来？"

"放心，我妈绝对比你更担心我的人身安全，她只有我这一个宝贝儿子。"虞度秋被顶光照得炫目，眼睛合上了一半，"我已经告诉她枪内藏追踪器的事了，她把这次原定的陪同人员全换了，正在亲自挑选新一批随行人员，包机让他们连夜从别处飞过来，不出意外的话，他们明早就能到了。之后我们出入的场所都会加强安保，再出事情，只能说我命该如此吧。"

手机的屏幕暗了，柏朝关了下到一半的棋局："你不担心是我出卖了你吗？"

"我猜过，枪里未必一开始就有追踪器，或许是你趁我不注意装上的。"虞度秋打了个哈欠，"不过，你在我这儿什么好处都没捞着呢，应该不会这么快置我于死地。"

"所以你觉得我以后会？"

"以后的事谁能说得准，如果你对我忠心不贰当然最好。可我不像杜书彦那么幸运，没落成那样了还有个费铮死心塌地地跟着他。如果我有一天开不起几十万上百万的年薪，保国、老周、斐华……甚至服侍了我们虞家三代的洪伯，恐怕都会离我而去，又何况是你。"

"我可以不要钱。"柏朝俯身，投下的阴影刚好挡住虞度秋的脸，"你帮我补好西装就行。"

没了扰人的眩光，眼睛舒服多了。虞度秋懒洋洋地把眼睛眯成道缝，说："只换不补，我喜新厌旧，明天再给你一套。"

"我恋旧，给我补。"

"别命令我，不要新的就算了，以后都不会给你定做了，自己想办法去。"

柏朝安静了一会儿，又问："你要睡了吗？"

虞度秋彻底闭上了眼，随手一挥："嗯，你也去睡吧。"

身旁传来窸窸窣窣的声音，柏朝似乎下了床。过了会儿，顶灯"啪"地关了，周遭陷入一片漆黑。

虞度秋在黑暗中皱了皱眉，睁开眼，正想起身去开小夜灯，突然间，床头的方向亮起了柔和的暖黄灯光，映出一道高大的身形。

"你怎么知道我要开灯？"

柏朝转过脸，半隐于黑暗中，说："那晚在君悦酒店，我记得你是开台灯睡的。"

虞度秋躺正了，盖上薄被，舒舒服服地准备入眠："记性不错，我发现你功能挺多的，可以身兼我的保镖、厨子、用人。"

柏朝没搭理他，绕过床头，走到床边的单人沙发椅处坐下。

虞度秋莫名："你干什么？"

柏朝支着脑袋，看着他，说："守夜。"

"……有病，不需要，回你房间睡去。"

"是你说不如守在你房间里。"

"我随便说说，你还当真了？"

"是，我会当真的，少爷。"男人的眼神很专注，一动不动，"你的每句话，我都会当真，所以请你以后不要随便承诺。"

"装过头了，小'柏'眼狼，有点儿恶心了。"虞度秋啧啧摇头，"我对这些表忠心的话免疫，省省吧，你段位太低。要守就守着，我可先睡了。"

"嗯。"

虞度秋没再劝，彻底合上眼，调整了个舒服的侧卧姿势，打开了香薰机，手习惯性地放在枕头下。

空气中逐渐飘散淡淡的松木味，本该令人放松困倦，可这房间的床头夜灯似乎有些刺眼，照在眼皮上，扰人安眠。

一刻钟后，虞度秋睁开一道缝，转动眼珠，瞥向沙发椅上的人。

柏朝的姿势和神情一丝未变，捕捉到他的目光，淡淡道："睡吧。"

"……被你这样守着我能睡得着？"

"君悦那晚你不就睡着了？"柏朝露出了一丝笑意，像是达到了某种目的，发自内心的愉悦，那双总是让人看不透的眼睛里映着两簇灯光，明亮得有些纯粹，"为什么现在会睡不着？"

"……你真的恶心到我了。"虞度秋转了个身，背对着他，也背对着光，眼前的干扰因素终于没了，他放空脑子准备入睡，"这么爱装，那就装个够吧，明天晚上也来我房间守着。"

"好，反正我习惯了。"

"习惯守夜？"

"习惯了保护你。"

虞度秋："……闭嘴，我快吐了。"

026.

由于失去主厨，第二天的早餐任务，仍旧由柏朝负责。

黑卡团队服务贴心周到，前一天往双开门大冰箱和能藏一个人的大冰柜里塞满了食材，别说住三天，30天恐怕都够了。

金黄的煎蛋在不粘锅中"吱吱"作响，焦香的气味飘散出去，恰好被起床下楼的纪凛闻到了。纪凛循着味儿走到厨房，不可思议道："柏朝，你起得也太早了吧？这才6点。"

"习惯了。"柏朝颠了颠不粘锅，煎蛋在空中翻了个个儿，落回锅中，"你也挺早。"

"我有晨跑的习惯，先出去了，辛苦你了啊。"纪凛拍拍他的肩。

柏朝将煎蛋倒入空盘中，说："我好了，你要吃的话冰箱里还有鸡蛋。"

"你没给我们做啊？可你昨晚不是……"

"昨晚是不想你们吵起来，很烦。"柏朝关了电磁炉，瞥他一眼，"你也不付我工资。"

纪凛竟无法反驳，哑口无言地看着他往盘子里添了两片刚弹出来的烤面包，然后从微波炉里取出一杯热牛奶，端着上了楼。

真的不能靠近虞度秋，会变得一样不近人情。

大公无私的人民警察小纪同志决定给这两位好好上一课，于是放弃晨跑，一头扎进厨房，手起刀落，举炊烹饪。一小时后，将足足四人份的一大锅广式砂锅粥端上了餐桌。

海虾、干贝、香菇、芹菜等统统被切成了小块，被煮得满屋飘香，再撒上新鲜葱花，色香味俱全。

虞度秋和柏朝吃完独食下来，看见别墅里的其余四人已经将一锅粥盛空了。

娄保国赞不绝口："没想到啊，纪队，你厨艺这么绝。少爷，要不你干脆雇他当厨师得了。"

纪凛呛了口茶，不屑道："谁要给他当厨师，我就做这一顿，让某些人看看，做人不能太计较利益！"

"利益这东西也并非全然是坏事，比如我和柏朝之间如果没有利益关系，恐怕根本不会相遇。"虞度秋站在楼梯口，回头似笑非笑地看着身后人，"你说对不对？"

柏朝没回答他，间接否认了娄保国的话："昨晚我在他房间下棋，然后守了夜，一切正常。你那边呢？"

昨晚睡得跟死猪一样的娄保国登时呆住，他压根没考虑过守夜这回事，没料到柏朝一个新来的比他还专业，这说出去还怎么混？

娄保国刚想编几句话搪塞过去，见赵斐华在桌子底下踢了他一脚，像煞有介事地推了推眼镜——对虞度秋撒谎，不要命了？

娄保国心下一怵，只能老老实实说了："对不起，少爷，我没守夜……平时都是老周负责安排人站岗，我昨天被虞董一通批评，把这事忘了……"

虞度秋十分宽容地笑了笑："没事，新的随行人员正在赶来，不需要你们守夜，也不需要纪队你做饭。但是，柏朝昨晚惹我不高兴了，守夜和做饭的任务照旧。"

娄保国递来同情的眼神："大哥，你加……"

"好，谢谢。"柏朝翘起唇角。

娄保国："？"

虞度秋龇起牙摇头："受不了。"

早餐过后没一会儿，原本安静得只有鸟叫的门口隐约传来了汽车的声音，听着数量还不少。纪凛警惕地贴到窗边，从窗帘后探出头迅速看了眼，回头说："如果外面那七八辆车和几十号黑衣人不是你妈派来的，那我们今天就插翅难飞了。"

虞度秋泡了壶大吉岭夏摘茶，不慌不忙地端起白瓷杯，嗅了嗅芬芳醇厚的气味，语气平平道："身高都超过1.8米了吗？"

纪凛困惑："好像超了，跟这有关系？"

虞度秋："是不是不打领带敞开领口露出肌肉？"

"……是。"

"那就是我妈的人。"虞度秋呷了口色泽橙黄明亮的茶水，"她喜欢招聘肌肉猛男……嗯？你那是什么表情。别误会，我爸头上没绿。一来是我妈掌控欲太强，不容许我爸有出轨的机会，所以只招男的。二来是想督促我爸多锻炼，一旦有中年发福的趋势，她立刻让这些下属秀肌肉打击我爸的自尊，逼得我爸每周雷打不动地喊健身私教来家三回，如今快五十岁的人了，身材看着还像三十多一样。"

纪凛不得不感叹："真是……什么样的家庭培养出什么样的孩子……"

卢晴不满道："本来就是啊，凭什么只有女的要保养，男的就不用？你们这些男同胞也给我容貌焦虑起来！"

一提这个纪凛就来气，指着自个儿黑了两度的脸，吼道："我没保养吗？我天天涂防晒！还不是从白煮蛋晒成了茶叶蛋！"

他俩音量高了些，外边的一众人员估计听见动静了，前来按门铃。以防万一，虞度秋派娄保国去门口对个暗号。

娄保国面对着浩浩荡荡几十号大老爷们儿，用尽全身的力气压住羞耻感，细若蚊蝇地问带队的小哥哥："告诉我，谁是世界上最美丽最有钱的女人？"

对方倒是不怎么介意，似乎习惯了，笑了笑回："除了虞董还能有谁呢？你好，我叫贾晋。"

"对上了，让他们进来吧。"虞度秋道。

娄保国松了口气，小声嘀咕："母子俩取暗号的品位一模一样……"

贾晋带的人远比想象中多。最基本的保镖团队就有20人，据说是从虞度秋他爸聂恒那儿专程调过来的，为此，聂老板这三天的人身安全度和舒适度直线下降，只能跑到自家买的海岛上隐居度假去了。除此之外，医护团队、翻译团队、行程安排员、造型师等一应俱全，为了照顾到别墅中唯一的女性卢晴，贾晋还特地带了女助理和女佣，可谓体贴至极。

"虞董已经派人去调查枪中跟踪器的事了，她目前在F国参加展览，赶不回来，叮嘱我们一定要确保您的安全，否则不用回去了，就地提交辞呈。"贾晋道。

虞度秋的茶杯空了，没再倒，系上海军蓝西装的扣子，说："她当初还说如果我开展脑机项目，就把我逐出家门呢。她刀子嘴刀子心，但刀子不会乱砍人，你们不必太紧张。对了，给教授的见面礼拿来了吗？我事先寄到酒店的。"

"拿来了，酒店前台保存得很好，现在就在车上。"

纪凛趁机提问："你去酒店的时候有没有发现形迹可疑的人？"

贾晋："没有。今早到夏城之后，我带人先去酒店搜查询问。还好这地方人少，你们三方交火的那十几分钟内，没有外人进入地下车库。但楼上有住客听见了模糊的枪声，原本打算报警，酒店方面第一时间封住了口，并在你们走后火速清理了现场，对外宣称是地下车库正在修缮，钢筋搬运磕碰出的声响。之后酒店派保安每层楼全天候值班，没再看见可疑的脸孔进出游荡。"

贾晋吐字清晰，叙述流畅沉稳。纪凛听完，稍稍放心了些，但紧接着又想起一事："昨天商场里的顾客怎么办？当时一群蒙面人追着虞度秋冲进去、娄保国追着他们杀进去，受到惊吓的群众可不少，你怎么保证他们不会曝光到网上，引起恐慌招来警察？我可不想滞留在这鬼地方接受调查。"

赵斐华突然哼哼两声："要曝光早就曝光了，警察也早就来了。你们当我昨晚奋战到3点是在干吗？多上网看看，你们的公关大师已经与商场负责人齐心协力，将一起恶性暴力事件，扭转成了一场别开生面的抢劫演习，旨在增强民众的警惕性与防范意识。

"为了让大家深信不疑，我还特意安排了几个群众演员，戴上和昨天差不多的面罩，在商场门口竖起'遇到抢劫该怎么办'的标语，指导路人如何防身。参与活动并上传好评到社交网站，可获取高额优惠券，全商场通用。谁能跟钱过不去？现场那叫一个火爆啊。"

纪凛叹为观止："电商那套算是给你玩儿透了。"

卢晴："简单来说就是颠倒黑白，信口雌黄呗！"

赵斐华推了下眼镜，抬头对贾晋笑了笑："咱们该出发了吧？"

别墅门口整整齐齐地停着一列七辆奔驰，黑色车身熠熠闪光，锃亮得能照出人影。

贾晋打开中间一辆的后座车门，躬身道："虞董为您配备了民用最高等级VR10防弹标准的座驾。"

"让她费心了。"虞度秋上了车。贾晋作为此行私人秘书，自然而然地坐上了副驾。于是这辆车只剩下后座一个座位。

出乎意料地，虞度秋选了娄保国。

娄保国受宠若惊，感动地捧着小心脏，说："我还以为大哥来了之后我就失宠了。"

虞度秋笑笑没说什么，径自上了车，但意思已经表达得很明确了：娄保国更受信任。

赵斐华与柏朝上了后一辆车，见柏朝脸色微沉，不用想也知道他心情不爽，于是安慰性地拍拍他的肩："兄弟，我不知道你对虞度秋究竟有什么企图，但就你这来历不明的示好，表多少忠心他都不会真的相信你，顶多配合着你玩玩儿，你要是想让他真心待你，起码先对他坦白吧。"

柏朝垂着眼，擦拭着新分配到的手枪："坦白了，他就会真心待我吗？"

赵斐华收回手："那也难说，你看我，跟他是大学同学，又共事了这么多年，也没感觉到他完全信任我。但你不能怪他，当身边人皆是觊觎他的豺狼虎豹时，怎么可能全然放松？你大概不知道，昨天来送日用品的人也送来了一把手枪，就藏在他的枕头下——这是他在国外的习惯，国内没办法，只能戴条刀片项链防身，你见过吧？如果你昨晚有二心，这会儿你可能已经'凉'了。"

赵斐华说这些的本意，是想让这个新来的保镖对虞度秋心生畏惧。谁知柏朝却说："嗯，我知道，他怕枪，这样摸着枪就能让他无法安眠，也就更容易察觉危机……杀敌一千自损八百的傻瓜。"

赵斐华听惯了别人夸他老板"天才""神迹"，自己心里也很认同虞度秋的智商，头回听见有人用"傻"字形容虞度秋，不禁对这个保镖的认知能力产生了怀疑："恕我直言，傻瓜恐怕是你吧？"

柏朝望过来："所以，你有什么建议吗？"

赵斐华可不敢多说，万一不小心泄露了什么机密被虞度秋知道了，小命还要不要？而且柏朝漆黑的眼中透出的坚决令人心惊肉跳，这人应当与虞度秋同属一丘之貉，无论自己说出多疯狂多荒唐的建议，他或许都会为了达成目的，不计代价地去尝试。

于是赵斐华说了一条绝对不可能实现的建议，劝退这个不知天高地厚的小保镖："除非你以死明志。"

柏朝果然一愣，皱起了眉，陷入沉默半晌，最终叹出一口气："那还真难。"

赵斐华也松了口气："是啊，所以干好本职工作最重要。"

柏朝后边一路都没再说话，出神地盯着自己手中的枪，不知在想什么。

从夏城至达勒姆，地图显示 144 英里，实际车程两小时。

沿途车辆不多，普通两三车道的公路，算不上宽阔。当七辆奔驰呈一字形、笔直整齐地经过时，周围所有车辆上的人都会好奇地瞧上许多眼。

可惜厚达十厘米的单向防弹玻璃遮挡了车内人的样貌，也阻挡了所有潜在的袭击。

两小时后，奔驰驶入一条笔直的道路，两旁各有一道花岗岩砌成的小门，门旁的墙上嵌一块巨大的标牌，刻着"XX 大学"。

娄保国没上过综合大学，跟了虞度秋多年，这是头一回来大学里办事，对所见的一切都倍感新鲜："哇，校门口没保安的吗？随随便便就进来了？我以前在部队那会儿，爸妈来探望都要出具证明呢。"

贾晋回头道："我已经和校方联系过了，今天对外关闭了校内花园，教授会在花园内的植物园和您见面，这样方便我们在周围部署安保人员，同时不打扰二位。一旦有陌生人员闯入也能够第一时间发现，绝对安全。"

娄保国开玩笑："他们还挺懂待客之道的。"

贾晋笑笑："也有可能是想让少爷捐赠罢了。"

虞度秋望着窗外，眼中掠过一座座哥特建筑，光影交错，忽明忽暗："恐怕要让他们失望了，我可不是什么大善人。"

一队车进校门后放缓了速度，七拐八弯来到了花园旁的停车场。

贾晋带人先搜查了整片园区，确保空无一人后，才敢打开车门带着虞度秋进去。纪凛和卢晴则留守停车场，以防万一。

正值初夏，园内绿意盎然，繁花似锦，尤其是各色郁金香，盛开得极为惹眼。水塘中倒映着天光云影，鸭鸟乌龟惬意共生，莲花竹子等植物令人有种身在国内的错觉。

竹林的深处藏着一处茶室，校方代表恭候在木门前，一见他们便热情地迎上来："虞先生！欢迎！"

虞度秋与他们一一握手："占用教授的科研时间了，不好意思。"

"怎么会呢，教授很乐意见您，虞这个姓在G谷可是赫赫有名，何况虞先生竟然对脑机接口感兴趣，教授说，上次有科学家为了这个项目亲自登门拜访，还是在20多年前呢！"

虞度秋微笑："教授说的想必是我外公的学生岑婉小姐吧？她是国内脑机接口的先驱，可惜天妒英才，让我错过了与她交谈的机会。此次我回国的目标之一，就是完成她中断的项目，这也是我外公的心愿。我遇到了一些麻烦，为此，我特意来拜访教授，请他帮忙看一看岑小姐的实验数据有没有问题，希望能得到提点和支持。"

柏朝闻言，低声问娄保国："不是为了Themis项目来的吗？他怎么一直在提岑小姐？为什么要让教授看岑小姐的数据？"

娄保国苦着脸道："大哥，你是不是忘了我听不懂英文？"

"……"

寒暄多句后，几人朝茶室走。

由于会谈私密，虞度秋只带了赵斐华和两名负责记录的摄影师及撰稿员进入茶室。

娄保国从车的后备厢里搬出个木匣子礼盒，据说装着给教授的见面礼，死沉死沉的，一路搬到茶室，出了一身汗，巴不得赶紧脱手，交接给赵斐华时特意叮嘱："少爷说是易碎品，你当心点！"

赵斐华力气小，接过时被重量压得膝盖一弯，怒骂道："什么玩意儿，该不会是金条吧？大少爷，贿赂可不行啊。"

虞度秋笑笑，当着他的面打开了木匣子——里面静静躺着八样形态各异、图案各异的玻璃制品，玻璃清透如冰，珐琅颜料在玻璃器皿内外彩绘了植物花卉，栩栩如生，极致美丽。

连娄保国这种糙老爷们儿见了都不禁赞叹："好漂亮，这很贵吧？"

"贵倒是其次，主要能买到什么得看运气。"虞度秋合上木匣子，扣上锁扣，"西山雪女士的作品只能在展会上抽选，好不容易才凑齐春花、夏草、秋实、冬雪一套，多余的送给我妈了。"

赵斐华嗤道："你来 A 国，送人第三方国家的礼物。"

虞度秋顺手抬起他滑落下来的眼镜："这意味着艺术无国界，科学亦如此。艺术家赋予作品鲜活的生命力，科学家赋予人类延续的生命力。而生命，是这世界上最宝贵的东西之一，离开的人再也回不来了，无论活着的人如何忏悔……这就是我热爱艺术和科学的原因。"

赵斐华总觉得他话里有话，目光中似乎也沉淀着些许讳莫如深的情绪，不待看清，虞度秋便领着他们进了茶室，其余人分散在周围守候。

反正不缺人手，娄保国趁机偷了个懒，拉着柏朝去凉亭坐，美其名曰照顾他脚伤。

"我没事。"柏朝站在凉亭入口，观察四周，休闲裤遮住了脚踝，只露出一小截纱布。

娄保国松了领带，热得呼哧呼哧，用手扇风，见他穿着件短袖 T 恤，羡慕又不平道："大哥，为什么你不用穿西装啊？少爷没再给你一套吗？"

"他给了，我没要。"

娄保国头回听说虞度秋的要求还可以拒绝："你胆子真够大的……少爷没骂你？"

"骂了，还说以后不会再给我定做了。"柏朝浑不在意，"没关系，那套破的我留着，回去找陈叔补，大不了自己出钱。"

"陈叔补一补得大几千，你还不如买套新的。"

柏朝半天没接话，目光落在花园一角，成丛的白木槿茁壮繁华，如同片片纯洁的雪花。

"不是钱的问题。"

娄保国欲言又止，纠结半天，还是开口劝了："大哥，我说句不好听的，我们拿钱做事就好，别想着和老板交心。少爷他天性就那样，没人看得透他。"

"未必。"柏朝想起刚才虞度秋说的话，低喃道，"他不是天性就那样的。"

娄保国急了："哎哟，你怎么这么犟呢，没看见少爷今天对你爱答不理啊？"

柏朝身形一滞，突然反手从腰后拔出了枪！

娄保国瞬间从石凳上跳起来，连连摆手："好了，我不说了！别生气！"

然而柏朝的枪口却对准了凉亭之外，刚走过来的一名中年男子也吓了一跳，立马举起双手："别……别开枪！自己人！"

柏朝厉声呵斥："谁！"

男子手里提着个小箱子，惊慌道："虞……虞少爷让我来看看……您的脚伤怎么样了。"

"你们都认为他高深莫测、难以看透，却又都认为自己了解他，认为他不会真的关心别人。不矛盾吗？"柏朝把枪插回腰后，走下凉亭的台阶，留给目瞪口呆的娄保国一个倨傲的背影。

娄保国："可……可是……"

"就算他真的不信任我，"柏朝停下，侧过脸，"我也相信他。"

027.

会谈持续时间不长，约莫一小时后，茶室的门开了。虞度秋和一位胡子花白的老教授谈笑风生地走了出来，看样子想要的新闻素材都拿到了。

教授大加夸赞道："20年前就能得出如此精准的实验数据，岑小姐实在不一般。你照着做，绝对没问题。"

虞度秋谦逊道："如果真的能成功，我一定再次登门感谢。"

柏朝走过去接他，听见了这段话，直接问："你哪儿来20年前的数据？为什么给他看？"

虞度秋敛笑，没分给他一个眼神："从我外公那儿偷的，早晚会派上用场。"

"那你自己的项目呢？没请教他吗？你这趟来不就是为了这个吗？"

"柏朝。"虞度秋冷不防地喊了他全名，回过头，目光微冷，"不是你该管的事，就少管，懂吗？"

"所以你现在是在跟我闹别扭吗？就因为我昨晚说的话让你感到不适了？"柏朝挑起眉梢，"可在我的认知里，只有朋友才会闹别扭。"

虞度秋折回来，站定在他面前，似笑非笑道："说明你的认知太狭隘，不知道这世界上除了闹别扭，还有一种态度叫作'漠不关心'。把你的臭毛病改一改，我这儿不养不听话的人……和狗。"

回程的路上，娄保国依旧被钦点同行，他心直口快，藏不住事儿，对虞度秋一股脑儿地倒出了刚才在凉亭的对话，末了说："少爷，大哥好像很了解你的样子，是不是以前就默默崇拜着你啊？然后借着这次为父报仇的机会接近你……"

虞度秋支着脑袋望着窗外："少听他胡扯，我要是见过他，会不记得吗？"

娄保国想想也是，虞度秋的记忆力是出了名的好，玩翻牌游戏永远是第一名，上个月的某天午餐吃了什么一下子就能说出来，更别说像柏朝那样令人印象深刻的长相，虞度秋要是见过，肯定第一时间就认出来了。

"那家伙纯属狂妄自大。贾晋，你跟了我妈这么多年，敢说自己很了解她吗？"

贾晋转头回道："不敢，而且我觉得，下属太过了解上司，似乎不是什么好事。"

虞度秋满意点头："难怪我妈任命你当总秘。"

这时，娄保国的手机振了两下，他抬起一看："少爷，老周说他和杜小姐安全回国了，董师傅也已经交给新金分局了，正在审。他现在在警察局做笔录，杜小姐回了壹号宫，警察秘密监控着。她目前没有联系任何人，但好像有点心神不宁，说想回家。"

虞度秋眼神没温度地扫了眼消息:"她回了家也会被杜书彦送回来——一个同意牺牲妹妹幸福来换取家族合作的哥哥,能指望他为了妹妹跟我作对吗?让老周做完笔录就回壹号宫看管着她,再邀请杜书彦大后天上门。假如警局那边董师傅供出了什么,第一时间告诉我,别让苓雅知道。"

"好。"娄保国按照他的话回了,不禁惋惜道,"杜小姐要是知道解除婚约的事,可能会崩溃吧……"

在娄保国印象中,他刚入职时,杜苓雅就已经对虞度秋爱慕有加了,总是找机会跟在虞度秋身边,笑脸盈盈,温婉可人,眼中一片痴情。他也曾觉得这两人郎才女貌,天造地设。

"她不会崩溃的,因为她并不爱我,或者说,她以为自己爱我。"虞度秋说了句绕口令似的话,轻声叹气,"我们幼年相识,高中重逢,她以为我长成了她理想中的白马王子,可我其实与她的幻想截然不同。她发现了这点后,就一直试图改变我……爱一个人,是这样爱的吗?她根本不能接受我真实的样子。"

虞度秋说到这儿,自嘲一笑:"谁又能接受我真实的样子呢?都对我期望太高了。"

娄保国似懂非懂,不知道该怎么接这话,好在也不需要他接。一波未平一波又起,贾晋也在这时收到了消息,回头汇报道:"少爷,枪里追踪器的源头查出来了。"

虞度秋脸色一肃,抬了抬下巴:"说。"

"虞董的车半年保养一次,这次派出来给您使用之前也去保养了,但负责调配用车的负责人以权谋私,偷偷抽走了一部分公司经费。为图便宜,把车送去了一家不合经营规范的维修店。店主说那个保养车的工作人员是个兼职的学生,二十几岁,手臂上有块火焰文身,这两天没来也联系不上。调查的同事让警方查这人身份,发现他用的是假名。"

虞度秋摩挲着嘴唇:"A国每年有几十万人偷渡过来,用假名也不是什么新鲜事,应该是被买通了,事成之后就跑了,继续追查吧,不过别抱太大希望。比起这个,对方竟然知道我妈的车会送去哪儿保养,这是怎么回事?内部也有人被买通了?"

贾晋："负责人说，他去酒吧喝酒，被那名维修店的员工搭讪了，听对方说能把公司的钱装进自己口袋后，一时起了贪念，就听对方的，偷偷把车送去了。"

虞度秋冷笑："在我妈手底下也敢干这种中饱私囊的事，开除后记得起诉，赔偿金额按我的绑架险来定，让他倾家荡产。"

贾晋没接话，露出一丝为难的神色。

虞度秋奇了："难道这人有什么来头？"

贾晋点头："负责人是洪远航。"

虞度秋手指顿住，锁起眉："是他啊……那还真不好办。"

娄保国默默听了半天，听到这句忍不住插嘴："哎哟我去，怎么又是他，以前办事就老出岔子，去国外读了这么多年书也没长进，他现在在虞董手下做事啊？"

贾晋："嗯，前两年大学毕业就去虞董的公司了。虞董看在洪伯的分上，给他安排了一个闲职。名义上也算个部门负责人，但平时基本不用做事。"

"他这人也做不成什么事。"虞度秋毫不留情地说，"大学学位基本等于花钱买的，靠着爷爷不愁吃喝，成了个不学无术的混子，你没看洪伯现在一提起这个孙子就愁眉苦脸吗？也怪洪伯以前太溺爱他了。他出这种纰漏再正常不过，只是这下就没法重罚了……我妈有说怎么处理他吗？"

贾晋："虞董的建议是罚他几个月工资，再把他调到子公司去，离虞家的核心业务越远越好，以防他再干蠢事。起诉就算了，怕伤了洪伯的心。"

虞度秋头往后一靠，无奈地合上眼："就这么办吧，别让洪伯知道他调职的缘由。"

七辆车如来时一样浩浩荡荡地回到别墅。今日护送任务圆满完成，贾晋入住别墅，其余人员分散驻守在别墅外圈，轮班守夜，将就着在车里睡一晚。

卢晴下车时伸了个大大的懒腰："要办的事这就办完了？挺轻松的嘛。"

纪凛从后边揿下她脑袋："好了伤疤忘了疼，昨天的枪战你在国内恐怕一辈子都遇不着，还叫'轻松'？"

卢晴嘿嘿一笑："知道，感谢祖国严格的枪支管理，还好这趟出来得不久，明天就回去了。虞先生，明天还有安排吗？"

虞度秋走在前面和贾晋说事情，闻言回头："明晚有场晚宴，邀请了市长，为这些天造成的麻烦赔个礼。结束后就去机场，老周说飞机已经在路上了……对了，卢小姐，明天能当我的女伴吗？"

卢晴尚未说什么，纪凛抢先骂了："你想干吗？未婚妻不在身边就乱撩别人？别打我们小姑娘的主意！"

虞度秋苦笑："误会了，纪队，如果我不带个伴，明天很难从我的仰慕者中脱身哪。"

纪凛想了下，还是同意了。

虞度秋目光清寒，临走前吩咐："柏朝没有适合参加晚宴的西装，在外边待命，不准进去。"

晚宴的礼服第二天下午送到，品牌方直接来到了别墅，甚至不必亲自试，由一位身高体形相仿的模特负责试穿展示。

活了25年的卢晴大受震撼，边看衣服边享受化妆师的服务，目不暇接："这……每套都好好看，我选择困难了！"

纪凛坐在一旁围观她涂脂抹粉："挑一套行动方便的，万一出事跑得快。"

"呸，你总是吐不出象牙来。话说纪哥，你不打扮打扮？"

话题岔开得太快，纪凛没反应过来自己被内涵了，扫视了一遍自己的穿着："我都穿西装了，还要怎么打扮？"

"不化个妆？"

"男人化什么妆。"

"直男。"卢晴翻了个白眼，突然脑筋一转，"不对啊，我记得你去年有次说要去约会，问我借美白隔离来着，还敢说没化过妆？"

纪凛抓了抓本来就乱糟糟的头发，吐槽："说不定就是因为化了妆才没见成，晦气。"

"哈哈，你是不是抹太多了，惨白惨白的，把人家姑娘吓到了？话说你一个工作狂，哪儿认识的姑娘啊，家里介绍的？"

纪凛瞪她："挑你的衣服，少管闲事。"

卢晴撇嘴："切，不说就不说嘛，祝贺那位姑娘逃过一劫。"

两个小时后，化完全套妆容，身着高定梦幻纱裙的卢晴往全身镜前一站，惊呼："天啦，这是我吗？像灰姑娘变身一样！这妆能焊死在我脸上吗？"

恰逢虞度秋过来，手里拿着个首饰盒，闻言莞尔："卢小姐本来就很美。"

纪凛哼道:"化了那么久的妆,能不美吗?"

虞度秋打开首饰盒,递给化妆师:"这正说明每个女孩都很美啊,只是缺少一点装扮罢了。试试这条红宝石项链,100多万呢,别弄丢了哦。"

化妆师替卢晴戴上项链。卢晴小心翼翼地扶着吊坠,对着镜子左看右看,挪不开眼:"还是虞先生会哄女孩子开心,不像那个直男……"

虞度秋微笑:"纪队其实对你也很好。"

"哪有,他从来不把我当女孩子,脏活累活交给我一点都不心软。"

"这样才说明,他把你当成同样能干的同事,没有因为你是女孩子而轻视你的能力。"

卢晴愣了愣:"好像……有点道理?"

纪凛不耐烦地站起来:"少废话,赶紧走了,等得我都困了。"

虞度秋屈起右臂:"来吧,小公主。"

卢晴脸一红:"虞先生你别抬举我了,只是换了身打扮而已,就穿几个小时,哪配当小公主。"

"魔法会消失,但你要记住当公主时自信的感觉。这样即使日后遇不到爱你的王子,你也会好好爱自己。"

纪凛快酸掉牙了:"大道理一套又一套,等你哪天一贫如洗了再说这话吧。"

虞度秋哈哈笑道:"我们家的资产即使存银行定期,一天也有百万以上的利息,恐怕很难达成你的愿望。"

这个数字实在超出了每个月工资0.7万的小刑警的认知范围,纪凛呆呆地站在原地,倒推了下虞家的资产,瞬间嫉妒之心前所未有地爆发,想对着虞度秋的背影比个中指,却发现挽着虞度秋的卢晴也在攻击范围内,只好收起手指握紧拳头,对着空气愤愤不平地打了套军体拳。

028.

到达晚宴场所时,天色染了一层橙黄。酒店临近湖畔,风过沾水,送来阵阵凉爽。

300多平方米的晚宴厅不算大，但两边的落地玻璃和延伸向湖泊的露台开阔了视野，扩大了视觉面积，仿佛有五六百平方米。

受邀参加的宾客都是金融、能源、科技相关的政府官员以及企业代表，进门必须过安检。

"嘀嘀"两声轻响过后，虞度秋无奈地从衬衫衣领下勾出刀片项链，展示给工作人员："不好意思，只是配饰而已，应该不用取下吧？"

两位工作人员自然不会为难贵客，恭恭敬敬地引他们进去。

纪凛见状道："你这携带武器的法子值得犯罪分子借鉴啊，理直气壮地就带进去了，作案之后再光明正大地带出来。"

虞度秋眼睛一弯，刚要说什么，突然表情微变。

"怎么了？"

"没什么。"虞度秋若有所思道，"我有个不太成熟的想法……得试验之后才知道，成功了再告诉你。"

纪凛没往心里去，瞥了眼像刘姥姥进大观园似的卢晴，忍不住提醒："你别到处乱瞟，注意周围，谁知道会出什么事儿，跟紧我们。"

"嗯嗯。"卢晴从来没出席过这么隆重的场合，紧紧挽着虞度秋的胳膊，摸了摸自己脖子上据说价值百万的红宝石项链，战战兢兢的，分秒不敢大意："我就怕它掉了，要不还是摘了吧？反正衣服已经很好看了。"

虞度秋侧头："不行哦，我们一会儿要见一位珠宝商，你只管抬头挺胸，把项链最美的一面展示出来。"

纪凛听得困惑："你怎么没报备这事儿？说了行程的每项安排都要告知我们，万一有情况我们也好早做准备啊。"

虞度秋微笑："哎呀，只是顺便，这种小事就没必要汇报了吧。"

纪凛总觉得哪儿不对劲，这奸商先斩后奏，怕是另有图谋，但他目前抓不到把柄，也不好说什么。

步入宴会厅后，虞度秋的一头银发宛如自带聚光灯，一路走过去，吸睛无数，外形和名气令他成了整场宴会上当之无愧的焦点，走两步便有人打招呼。

纪凛以目光逡巡整个场地内为数不多的宾客。目之所及，似乎没有可疑分子。

除了纪凛和卢晴，虞度秋还带了娄保国、赵斐华和贾晋入场，娄保国离得稍远，以免威武雄壮的形象给宾客造成威慑感，同时也能监控全场动向。贾秘书负责引见介绍，对每位宾客的来历背景都如数家珍，顺便充当翻译。

而赵斐华这朵交际花，入场没多久就把名片递了个遍，正和一位风险投资人聊得火热："我们的脑机接口项目已经获得了国际权威专家的认可，并且在国内也拉到了 10 亿的投资，哈哈，是的，您没听错，10 亿，对方一听是虞总的科创项目，二话不说就投资了，明摆着赚钱的事，谁不愿意分杯羹呢？越到后头资金饱和了就越难加入了……什么？您也感兴趣？那我可以安排您与我们的项目经理单独会面了解详情，这是我的名片……"

纪凛的英语还不错，他听懂了大半，就算听不懂，也能从赵斐华眉飞色舞的样子中看出这人又在胡编乱造。

说得好像这项目多热门抢手似的，局里一直监视着虞度秋这个犯罪嫌疑人的资金动向，除了某位钱多没地儿花的吴先生豪投 10 亿之外，平义市乃至全国如今都对虞度秋的新项目避如蛇蝎。能不能逆风翻盘，就看这趟 A 国之行的成果能否扭转舆论走向，以及相关部门的态度了。

一拨又一拨人前来搭讪，虞度秋始终应对得游刃有余，对不感兴趣的人，就拿自己的女伴当挡箭牌："我想带她多认识些人，失陪了。"

这位贵公子花名在外，其余人自然而然地以为卢晴是他的新欢，心领神会地一笑："好，一会儿再叙。"

卢晴看在他让自己享受了一把公主待遇的分儿上，也没计较，跟着他又来到一位打扮相当时髦的贵妇面前，只听虞度秋温温柔柔地用英文喊了声："布朗太太。"

贵妇回眸，瞧见他的脸，眼睛一亮："虞先生！感谢您的邀请。刚看您在忙，没有来打扰，真是不好意思。"

卢晴过了英语六级，但布朗太太语速过快，虞度秋的用词又太高级，实在听不懂，只好听贾晋的翻译。

"没事，刚好听闻您在北卡，劳烦您过来一趟了，我母亲一定要我代她向您问好，她特别喜欢您家的珠宝设计，希望下一季能为她预留第一批选购的名额。"

布朗太太掩嘴娇笑，手指上鸽子蛋大小的钻石戒指光芒璀璨，说："哪次不是先给虞董送去目录？能得到虞董的青睐，是我们的荣幸。"

这时，她不可避免地注意到了虞度秋身旁的女伴，职业病令她的视线本能地聚焦在了项链上，眉头轻轻一蹙。

卢晴听不懂她的话，但看得懂她的表情，明显不是欣赏，赶紧摸摸项链，困惑道："没出问题啊……她干吗这样看我？"

虞度秋顺着布朗太太的视线同样看向项链，尴尬一哂："造型师说她这身需要配一条红宝石项链，可惜一时半会儿找不到品质高的，只能随便买了条便宜货充门面，肯定是入不了您眼的。"

卢晴听完翻译，瞪大了黑亮单纯的眼睛："你不是说这条项链上百万吗？"

虞度秋冲她眨眼："不这么说，怕你对我不够感激，不会心甘情愿被我利用。"

卢晴回头找到自家队长，咬牙恨声道："纪哥，我终于明白你为什么不待见他了，没见过这么奸诈的人！终究是我错付了！"

纪凛呵呵道："也不能怪你识人不清，我在这行干了这么些年，也是头回见到这样的奸商与神经病的完美结合体。"

贾晋用"信达雅"的标准对布朗太太转述了以上几句话："他们在赞美您的专业眼光。"

布朗太太闻言笑得像朵花儿："过奖了。说实话，这颗宝石品质是差了些，看着像 M 国产的。最优质的鸽血红来自 M 国一个边缘小城，不过现在市面上已经一颗难求了，大多是上世纪的古董，拍卖市场鲜有出现，确实很难买。"

虞度秋微微一惊，眼睛睁大了些——他眼形偏长，外眦略高于内眦，也就是眼尾微翘，自带一股勾人的风流，但睁圆后，黑白分明，光波盈盈，有种不谙世事的纯澈，欺骗性极强，尤其讨中老年妇女的喜欢。

"是这样吗？可我的未婚妻这个月初刚买到一副鸽血红宝石耳坠，左右各三克拉呢。"

布朗太太不以为意地一笑，显然不信："您未婚妻可能搞错了吧，我印象中，近期拍卖会上并没有这样的拍品。"

"会不会是私下出售的？"

"也有可能，不过红宝石的价格连年攀升，收藏价值很高，不愁拍不出好价格，何必私下出售呢，除非您未婚妻给出了绝对高于拍卖价格的一口价，至少千万吧。"

"她出不起这么高的价格。"虞度秋皱起眉,手指摩挲了会儿下巴,"那……有没有可能,是别人送她的?"

布朗太太诧异:"这种顶级珠宝用来送人?那可真是大手笔,我都要思量再三,哪位收藏家会如此慷慨?"

"说得也是,她哪儿有收藏这种珠宝的朋友……等等,还真有一个……裴卓!"虞度秋情不自禁地提高了音量,说完仿佛后知后觉似的,立刻降低,控制在周围几人的听觉范围内,脸色尴尬,"抱歉,失礼了。只是刚好想起,我未婚妻有位爱慕者,是做珠宝生意的。"

纪凛眼皮一跳,突然感觉不对劲,很不对劲。

虞度秋向来不喜家丑外扬,曾经因洪良章不小心泄露他和虞文承吵架的事而罚了工资,眼下却主动言明杜苓雅接受了其他男人的昂贵礼物。

总不可能是想显摆自己的绿帽子。

布朗太太听到这个名字之后一愣,显然对这个中文发音有印象,掩嘴低呼:"裴卓?裴氏珠宝开采公司的业务经理吗?"

"对,他是我未婚妻的同学,您认识他?"

"嗯,上上周我们刚见过面,协商了一项为期5年的销售协议,裴氏将在有效期内为我们供应珠宝。不过他们还想提高订单价格,协议有待商榷。"

虞度秋张了张嘴,欲言又止。

布朗太太听了刚才的话,哪能不懂他的意思,不待他挑明便迅速接上:"虞先生,裴氏不是我们在东亚地区的唯一选择,如果你有意见……"

"我哪有什么意见。"虞度秋给了贾晋一个眼色。心领神会的贾晋旋即紧紧缝上了嘴,不再翻译接下来的内容。

虞度秋上前半步,压低声音:"不过我认为,身为业务经理,在自己公司业绩下滑之际,偷偷将这么优质的宝石拱手送人,而非用来提高外界对公司的关注度与认可,实在是目光短浅……与他们合作,您觉得您能拿到质量最好的那批宝石吗?"

布朗太太仔细一品,抿唇微笑:"虞先生说得没错,看来我有必要再挑选一位更真诚的供货商,谢谢提醒。"

虞度秋退至社交距离,牵起布朗太太的手,在手背上印下一吻:"我什么也没提醒，一切都是您做出的明智决定。"

布朗太太哈哈笑道："虞先生，论明智，在场的人谁能比得过你呢？"

两人相视而笑，举起杯中香槟，轻轻一碰。

"铛！"一声清越脆响，纪凛脑海中仿佛炸开了一道闪电，瞬间一片雪亮，什么都明白了。

虞度秋一饮而尽，空杯放上服务生的托盘，找了条同样的借口，转身离开。

纪凛快步跟上，与他并肩而行，心情堪比吃了十只苍蝇："我还是低估了你的奸诈程度，我这么劳心劳力地跟来A国保护你，你居然骗我！"

虞度秋讶异地睨他："你发现的速度比我想象中快啊。"

卢晴提着裙摆跟上，仍处于状况外："怎么了纪哥？怎么突然这么激动？"

纪凛头一回被人牵着鼻子走了上万公里才反应过来，说不清涌上来的情绪究竟是愤怒居多还是屈辱居多。原以为今晚安保严格，不会发生意外，谁承想，最大的意外竟来自他身边。

"他这次出国有两个目的，见教授只是其中一个，更重要的另一个，他根本没跟我们说！想瞒过我们所有人！"

卢晴奇道："他还能有什么目的？"

"你仔细想想，怎么可能这么巧，裴卓这次的合作方刚好在附近？刚好受邀参加晚宴？刚好他让你戴了件和杜苓雅相似的红宝石首饰？这些全都是他刻意安排的！"纪凛指着虞度秋的鼻子，"难怪你都决定解除婚约了，还带杜苓雅一起来A国，如果没有发生董永良的事，今晚就是她陪你出席，你就可以假装不经意地拆穿她的谎言，理直气壮地提出解除婚约，同时搞黄裴卓的生意，对不对？"

"对。"虞度秋承认得痛痛快快，坦坦荡荡，"这样不是很好吗？既不与杜家撕破脸，让杜书彦于心有愧，继续帮我的忙，又重挫了对手的锐气，我也能获得自由，一箭三雕。"

纪凛冷笑："既然你打算利用她，又何必假惺惺地担心她的安全，送她回国？"

"纪队，你总是把我想得很无情，我是真的担心她。"

"得了吧。"

虞度秋耸肩，不欲纠缠下去："随你。"

纪凛一掌扣住他的肩膀，五指用力收紧，开口："虞度秋，言多必失啊。你根本不把裴卓放在眼里,他什么时候成了你的'对手'?你说的对手究竟指谁?是不是心里已经有凶手的人选了?我就知道,老彭说你有可能会私自对付犯罪嫌疑人,你果然不听指挥!居然在我们眼皮底下搞这种小动作!"

虞度秋掏掏耳朵:"此言差矣,我已经努力避开你们了,要不是在国内被你们监控着,我至于大老远跑来这儿亲自办事吗?本来给布朗太太打一通电话就能办成了……"

"你能不能信任警察一回?"纪凛气极了,"不是只有你一个人关心这几起案子,专案组里有穆浩的同事,也有他的领导,他们都想早日抓住凶手。你擅自行动不仅容易遇到危险,还可能会影响我们的破案进程,你明不明白?!"

"纪队,我已经很信任你了,手表里的录音我都给了你,这趟出国也带上了你。但对于你和穆浩之外的其他警察,你说得没错,我不信任他们。"虞度秋目光微寒,"因为警察给我留下过不太好的印象,在我的认知里,他们很容易把事情彻底搞砸。"

"你不信任也得信任,我不是在跟你商量,我是在警告你!"

虞度秋随意一笑,完全不当回事:"你当时要是像现在这样不依不饶地跟着穆浩,或许就能和他死在一块儿了。"

"不要岔开话题!"纪凛猛地大吼,嗓音因愤怒变得尖锐,声带仿佛被劈成了两半,同时双目迅速赤红,一把揪起他的衣领,从齿缝间挤出一个个强硬的字节,"不准,再拿他,开玩笑。"

宴会厅面积不大,这一声吼,将所有宾客的视线集中了过来。

卢晴着急地掰纪凛的手:"纪哥,大家都往我们这儿看呢,有事出去说,这样影响多不好……"

不远处的娄保国一个箭步冲上来,没有配枪,只好撸起袖子:"纪队,虽然我们也算是过命的交情,可你再不放手,我照样揍你啊。"

纪凛充耳不闻,拽着虞度秋往露台拖过去。虞度秋跟跟跄跄的,脸上却一派轻松,甚至有闲情安抚场上宾客:"没事,各位,我朋友有急事跟我商量,去去就回,大家继续。卢小姐、保国、贾晋,替我维持秩序。"

他说的全是英文,娄保国半个字母都没听懂,困惑地请教贾晋:"少爷他说啥?"

贾晋尚未回答，赵斐华突然从人群中冲了过来，扶着眼镜兴奋地围观："我的天，有生之年能看到姓虞的挨打了？"

娄保国扬起拳头："小废话你说话注意点，谁敢揍少爷我先揍死他！"

"各位少安毋躁。"贾晋四平八稳地主持厅内局面，有条不紊地制止了一场即将发生的骚乱冲突，对处在发火边缘的娄保国道，"露台上有柏朝在呢，不会让虞总受伤的。"

娄保国："你说我大哥？他态度忽冷忽热的，我看我还是得跟过去……"

贾晋横出一条手臂，摇头道："他会保护好虞总的。"

"你咋这么确定？"

"因为你看。"贾晋遥遥一指，"他已经把纪先生揍趴下了。"

029.

露台与内厅隔着一道玻璃大拉门，里边灯火辉煌，外边夜色浓重。玻璃的反光掩饰了冲突发生的具体过程，掩不住露台上几人的身形。

很明显，地上趴着个人。

纪凛就记得自己拽着虞度秋疾步走到露台上，还没来得及开口，突然后背遭袭，下一秒眼前天旋地转，等疼痛神经反应过来时，自己已经脸贴地了。偷袭者还算仁慈，最后一瞬提了他领子一下，没让他磕得太重，否则此刻他必然鼻血长流。

内厅传来宾客的惊呼，纪凛手撑地迅速爬起，顾不上拍灰，退后一步比画拳头："柏朝！你这是袭警知道吗！"

"知道，可你在这儿没有执法权，不算警察。"柏朝指了指身后，"他告诉我的。"

虞度秋捂住脸，不敢看纪凛的表情，深深叹气："你可真是学以致用。"

挡在他前方的男人不悦地回复："总比你学不乖强，被人揪着拖出来，很光彩？"

"纪队跟我闹着玩儿罢了。"

贾晋稳定了厅内宾客的情绪，走到玻璃门前，贴心地拉下了遮光帘，露台光线瞬间暗淡，成了隐蔽私密的会谈场所。

"虞度秋，你今天必须答应我，不再擅自行动！"纪凛凌乱的头发经历疾走、摔倒、风吹之后，已经彻底没了型。他本就不会打扮，每次出现衣服都像随便抓来穿的，今晚好不容易为公务穿了回西装，俊秀的脸也撑不起这身成熟稳重的打扮，仿佛来面试工作的应届生。

但纪凛发狠时的眼神，会令人忽略他的长相打扮。那是一种坚定无畏到近乎强硬的眼神，任谁都不敢小觑。也难怪彭德宇会把三队大队长的职位，交给这个不到而立之年的年轻人，其他同级的队长都是三十岁以上。

勇气与决心，有时比才智和计谋更重要。

幼虎虽暂时不如老虎凶猛，可在新金区的小小地盘，震慑些城狐社鼠也绰绰有余了。

可惜当下遇上了恶狼狂狮，根本不把这头瞋目裂眦的幼虎放在眼里。

虞度秋信步走到露台边，倚靠着围栏，高挑的身形轮廓镀着一层柔和的月光。

"纪队，你听过一句话吗？'真正要做的事，对神明都不要讲。'你有你的办案方式，我也有我的行事准则，我们能否给彼此一点自由？我保证不会瞒着你干出违法乱纪的事。"

纪凛怫然："嘴上说说谁都会，我审问过的嫌疑人十个里有九个都说自己无辜。"

虞度秋恶劣地勾唇："我不无辜，我确实瞒着你一些事，并且将来还会这么做。但这不重要，重要的是我们的最终目的一致，都是为了尽快侦破三起命案，只是走的路子不一样罢了。"

纪凛紧握着拳头，迈出一步，说："虞度秋，说实话，我个人主观上认为你是无罪的，但不排除你自导自演了一出枪击案，洗清自己嫌疑的可能性，倘若你一再隐瞒真实意图、蓄意蒙骗警方，你的可信度将大打折扣，难道你想被警方视为重大犯罪嫌疑人吗？"

虞度秋满不在乎："威胁我没用，我的律师团队比你更懂法。还有，你最好别再往前，小'柏'眼狼要掏枪了，别怪我没提醒你。"

柏朝的手已经伸向腰后——他始终待在外边，没有被入场口的安检人员收走枪。

在纪凛的印象中，柏朝是讲道理的，起码会制止虞度秋的种种不当行为，但刚才挨了偷袭，纪凛又不那么确定了。

"柏朝，他也骗了你，你不想要个说法吗？"

被点名的男人目光沉冷，盯他如盯敌人："如果他只骗我一个，我会收拾他。如果他骗了所有人，我就要保护他。"

这话让虞度秋都歪了下脑袋："为什么？"

柏朝侧目："因为这说明，你很没安全感，不相信任何人。"

虞度秋慢慢咧开一个笑，两排白牙在背光下阴森森的："不，我只是觉得你们会拖我后腿而已，别总以为自己很了解我，你好像一个惺惺作态妄图引起我注意的小屁孩。"

不知哪个词触到了柏朝的笑点，他唇角一勾："你被说中的时候就爱否认。"

纪凛戳在一旁当了半天空气，不耐烦地吼道："姓虞的！别磨叽了，快给我一个肯定的答复！"

"目前给不了。"虞度秋干脆回绝，"我不希望有人打乱我的棋局，抱歉纪队，你是一颗值得信赖的棋子，我会经常用到你。轮到你出击的时候，你就会知道我的意图了。我不强求你信任我，你只需要知道，起码在穆浩的事上，我们是同盟，我所隐瞒的一切，不过是为了查出真凶。人人都有自己不欲为外人知晓的秘密，我相信你也有。如果穆浩还活着的话，应该也不希望他的两个朋友反目成仇。"

纪凛眼中的熊熊烈火并未熄灭，但听完最后一句话，火光猛地一跳，逐渐掩藏到了理智之后。

虞度秋明白他的软肋在哪儿，也狠狠拿捏住了他，等着他一点点冷静下来，最终无可奈何地妥协。

纪凛捋了把凌乱的头发，深吸一口气，缓缓吐出："……我可以暂时不追究你的隐瞒，但如果你影响我们查案，你要承担妨碍公务的后果。还有两个要求，你必须遵守。"

"愿闻其详。"

"第一，别再开穆哥的玩笑，很不尊重他。"纪凛"啪啪"几下拍去身上和脸上的灰，力气出奇地大，像在抽打自己，"第二，他的尸体还没找到，不要说得好像他已经死了。"

虞度秋叹息："纪队，你可真是……"

见纪凛瞪眼，虞度秋只好住嘴："好，不开玩笑，也不说丧气话，我们尽量找到他，无论他成了什么样子，都带他回家。"

"这才像句人话。"

玻璃门一开一合，露台上少了位盛气凌人的刑警。纪凛临走前虎视眈眈地瞪着主仆二人："杜苓雅被你甩了真是因祸得福，谁受得了你这种整天疑神疑鬼的人？还有柏朝，我真是看走眼，以为你是个正常人！"

玻璃门"砰"地被撞上，逆着滑轨弹回去一半，战战兢兢地震颤着。月光倾洒在被晚风吹皱的湖面上，仿佛撒下无数颗耀眼的细钻，随着层层涟漪起伏闪动，更衬得夜色迷人。

柏朝重新关好门，转身看向靠着围栏的人。虞度秋似笑非笑地看着他，柔顺光滑的银色发丝在夜风中飘扬，比湖面更夺目。

"护主有功，破例给你再做套西装吧。"

"不用。"柏朝反手抽出腰后的手枪。

虞度秋眉梢一扬："要杀我？"

柏朝缓步向前，"咔嗒"一声给枪上了膛："你觉得呢？"

"今天是冷落了你，但也不至于这么记仇吧？"

"我很记仇，可以记一整天、几个月，甚至十几年。"柏朝停在离他一步之遥的位置，"你说这里是我的主场，为什么不让我待在你身边？"

虞度秋捏起颈间的刀片项链，在手中把玩："一山不容二虎，一国不容二君。棋局中的'国王'本就虎狼环伺，绝不该再被己方的'王后'挑衅。"

"我不是挑衅，我只是希望你能信任我。"

"凭什么？凭你说几句表忠心的话？凭你来路不明的'关注'？你当我是不谙世事的小孩吗？"

柏朝默然凝视他良久，一声轻轻的叹息随风飘来，突然没头没脑地说了句："我原本不想主动提，可你记性真的很差。"

虞度秋莫名："什么？"

柏朝低声说："你记不记得，你十八岁出国前的派对，是在一栋别墅里办的？

平义市的西郊别墅。"

虞度秋一愣："对，怎么？"

"那你记不记得，你在派对上遇到过一个男孩，还出手帮了他？"

"不记得，我那天似乎醉得不省人事……"虞度秋蓦地睁大眼，"你可别跟我说那个男孩是你。"

柏朝又向前了半步，说："这就是我时常看你不爽的原因。你总是随便关心一下流浪狗，转身就忘了它。"

虞度秋盯着他的脸色，瞧不出端倪："我不信，没人跟我说过这事，太扯了。何况我的派对能让外人进来？编故事也编得像样一点儿。"

柏朝一脸平静："我八岁被柏志明收养，寒暑假他要上班没时间管我，就让我去他公司，有专门托管员工子女的辅导班。在公司里，我认识了董事长的儿子。"

虞度秋一脸"你接着编"的表情："裴卓？还是裴鸣？"

"裴鸣。我十六岁那年暑假，在公司给他打杂过一阵子，其间，他帮你张罗了那场派对，我也跟着去了。"

"故事越来越有模有样了，继续，说具体点儿，我稍后打电话给裴鸣求证。"虞度秋皮笑肉不笑地说，"你的谎话最好能自圆其说，否则出了这地儿我就让保国一枪崩了你。"

话音刚落地，手掌心突然多出一样沉甸甸、冷冰冰的东西。

"你可以自己动手，如果你认为我在骗你。"上了膛的手枪转移至虞度秋的手中。

虞度秋看了眼自己手中的凶器，再看面前的人，一时语塞。

"那天你帮了我之后，我们相谈甚欢，直到你喝得烂醉，裴鸣让我帮忙背你回房。"柏朝的声音很低却很清晰，"我放你下来时，你说真心将我当成朋友，要我以后跟着你、保护你。"

虞度秋垂眸，手指颤了颤："漏洞百出。我知道我喝醉后是什么样子，我不可能说这种话。裴鸣也不会让你送我回房，他应该会喊用人或者洪伯。"

"你之后还浑浑噩噩地说了些醉话。"一阵强劲的夜风刮过，凉意阵阵，柏朝盯着虞度秋，"你说'不要开枪，不要杀他'，我问你是不是害怕枪，你用力点头。我等你情绪平复、快睡着了才离开。走之前，你迷迷糊糊地说希望我能一直待在你身边，于是我在你床头放了一张纸条，留了我的号码，可你根本没找过我。"

虞度秋的脸色从那句"不要开枪"开始逐渐变得微妙，听完后安静回忆了许久，仍旧对这场陈年遭遇毫无印象，但态度稍有松动，皱眉道："给我号码的人很多，用人看到一般会扔掉。你未免太单纯了，这点事记这么久？"

"我那时才十六岁，活在一个脾气暴躁的养父手下，没人关注我、尊重我，也没人像你那天那样和我交心过，我记这么久很正常吧。"

虞度秋白了他一眼："因为你的故事疑点太多，像临时编的。我姑且信了，等我改天向裴鸣求证完，再重新考虑。不过有一点编得实在太假。想让我刮目相看，也没必要上演这种一眼就看破的苦肉计，好无聊。弹匣里根本没子弹，你当我傻吗？"

虞度秋抬起胳膊，枪口朝天，翘起嘲讽的嘴角："这种小把戏……"

"砰！"一声巨响划破长空，撕裂了平静的夜色。枪口飘出淡淡的青烟，晚风一吹，迅速消散不见。四周瞬间变得极静，仿佛一公里以内的生物统统死绝。

虞度秋整个人僵住。

面前的男人缓缓低头，很轻地笑了声："对我刮目相看了吗，少爷？"

虞度秋怔怔地看着他神情坚定的脸。

虞度秋的瞳孔剧烈震动，震得他不得不松开握着枪身的手指，以免真的走火。就在他愣神的间隙，男人顺手拿回了自己的配枪，插入腰后。

露台忽然光线大亮，宛如白昼。听闻枪声赶来的人群拉开了厅内的帘子，正欲拉开玻璃门。

在这短短的一瞬，虞度秋看清了对面人的样子——似乎神色镇定，可紧绷的身体如临大敌，拳头攥得牢牢的。

棘手了啊……虞度秋想。

招惹了一条不要命的狂犬，被盯上的肉骨头好像是他自己。

娄保国凭着浑身的肉挤掉了纪凛等人，一马当先冲上露台："少爷！你没事吧！"

露台上的二人好似没听见。

目之所及，只有柏朝腰后别着一把手枪。

娄保国虽然有点虎，但不莽撞，没有不分青红皂白就上前打人，况且也打不过，只能小心翼翼地问："大哥……你开的枪？"

"我用他的枪射鸟玩。"虞度秋接了话，仍在发颤的手插进裤兜里，压下激烈造反的心跳，不露声色地往厅里走，"别大惊小怪，进去吧……市长应该快到了。"

挤在门口看热闹的赵斐华低声咒骂："你还能再胡来一点吗？当心这儿有会中文的动物保护人士，立刻告你虐待小动物！有没有爱心啊？保护动物人人有责！"

虞度秋无奈地摇头："爱不起啊，没见过这么难搞的小动物。"

"不就是只鸟吗？"赵斐华莫名其妙。

虞度秋已然侧身穿过了拉门空隙，朝维持围观群众秩序的贾晋道："给陈宽打个电话，再给他做套西装。"

夏城的晚风吹拂过树林、湖泊、高楼、平房，从这座夜色笼罩的"王后之城"出发，飞越广袤的大洋，到达彼岸天光明亮的大洲，俯冲而下，吹入一栋别墅，掀起书桌上的张张纸页，哗哗声不断。

一只宽厚有力的手伸出，压住了躁动的纸张，指上一枚硕大的红宝石戒指在光下一闪，每一片切割面都映出一张男人模糊缩小的脸，一张开嘴，仿佛有无数个人在说话。

"放心，此刻所有陪伴在他身旁的人，总有一天，都会离他而去。"

"因为无慈悲的神，终将遭到世人的背弃。"

030.

平义市的凌晨4点，来自彼岸的飞机即将落地，夜刚眠，晨未醒。

昌和区松川路的环卫工早早上了岗，沿着大街从东清扫到西，除了垃圾，还扫到了三两个以地为床以天为被的醉鬼，睡得仿佛死了一样。对街怡情酒吧的霓虹招牌刚关灯，从贴了潮流贴画的窗户往里看，黑漆漆一片。

几个扫着地的大妈撑着扫把聚在一起，七嘴八舌地讨论。

"今天轮到谁了？"

"轮到周大姐。"

"哎哟，怎么又是我，我胆子小。"

"都过去那么久了，早就没事了，怕什么。"

"说得好听，你们怎么不自己去？"

几人互相推诿，最后还是周大姐被推了出来，不情不愿地往酒吧旁的小巷里挪了过去。

去年这地方出了桩骇人听闻的命案，具体谁死了、怎么死的，她并不晓得，只听说来了好多警察，把现场围得水泄不通。警察破案效率很高，没几天就抓住了凶手，所以没闹到人心惶惶的地步。如今这件事早已被更新迭代的大量新闻淹没，除了在这附近工作居住的人印象仍旧颇深，不刻意提没人想得起来。

周大姐嘴里叽里咕噜地埋怨着，边走心里边打退堂鼓。虽说事情已经过去大半年，可据说这起杀人案中死了一男一女，男的尸体尚未找到，半夜三更的时候，巷子里偶尔会隐隐传来古怪的动静，瘆人得很，也不知道是不是枉死的冤魂久久不散。

这么想着，周大姐已走到了巷子口。

身后有同事们陪着，倒也不至于惊恐不安，她咽了口唾沫，借着路灯光往里走了两步，猛地停住了。

"嗒……嗒……"一道沉重的脚步声从巷子的幽深处传来。

周大姐吓得一个激灵，握紧了扫把，忐忑望去。晨光未露，巷子里一片漆黑，来人的轮廓模糊难辨。

这个时间点，喝了一宿的酒鬼都没醒，会是谁？算了，甭管他是人是鬼，跑为上策！

周大姐象征性地挥了两下扫把，将巷子口的烟头聚拢到簸箕里，麻利地提起工具打算离开。然而黑暗中迅速伸出一条有力的手臂，扣住了她的肩，竟令她无法再迈出半步！

要死咧！肯定是那个凶手卷土重来了！

"凶手"的声音也异常沉冷，一听就是杀人不眨眼的老手："不好意思，请问……"

"啊啊啊啊救命啊！！"

早上 8 点。卢晴嘬着豆浆吸管，拎着两个热气腾腾的肉包，耷拉着眼皮，有气无力地飘进了新金分局的大门。

迎面遇到同一个大队的牛锋，看她一副半死不活的样子，稀奇地问："小晴，你昨晚不还在晚宴上潇洒吗？这么快就回来上班啦？"

卢晴困得睁不开眼："潇洒个头啦，差点命丧他乡！我这苦命的灰姑娘，就风光了一晚上，凌晨 2 点到的家，时差还没倒过来呢……哎，你怎么知道我昨晚去晚宴了？"

"你没看新闻吧？你和虞大少爷共赴晚宴的照片登上同城热搜了，惊艳咱们全局啊！没想到你打扮打扮还是个大美女呢。"

"什么叫没想到，你们这些直男就是没人家情商高……"卢晴嘟哝，"这么点小事还上新闻了？不至于吧。"

牛锋凑近了，神神秘秘地说："晚宴不是重点，主要是虞度秋这次出访 A 国得到了国际权威专家的认可，有关部门对他的鸡脑……还是脑机项目？反正态度乐观了些。加上这次的新型毒品案尚未告破，给毒贩一些打击警告也很有必要，所以加大宣传力度了，听说咱彭局也在背后推了一把，最近市局施压，要专案组尽快破案，他压力大得很，好久没喝酒了。"

卢晴手里的豆浆嘬出了空气声，打了个嗝，说："他压力大，我们基层压力也大呀，这不一回来就上班了，哎……话说我们的好队长呢？他该不会到得比我还晚吧？"

一提到纪凛，牛锋就乐了，朝局长办公室方向努了努嘴："早来了，我们的好队长，清晨 4 点在案发现场鬼鬼祟祟地徘徊，被环卫工当成了犯罪分子。大妈们战斗力太强了，拿扫把架着他，押去了派出所，派出所又上报给了昌和分局，那边再打电话到我们局来核实身份，结果你懂的，刚被老彭批评完，蔫儿吧唧的，逗死我了。"

卢晴光是想象纪凛被大妈们架去派出所的画面就笑精神了："哈哈哈……他在想什么啊，那他现在人呢？"

"去审讯室了，审你们送过来的那个厨师。"

"啊？董师傅？三天了你们还没审完啊，人证物证都齐了，他还有什么可狡辩的？"

牛锋重重叹气："是证据确凿了，可他不愿说背后指使他的人哪。我们查了他手机通话记录和银行交易流水，没有可疑对象。目前只能推测，是他信得过的人口头指使他的，否则他不可能连定金都不收就替人办事。"

卢晴脑子一转，想起前两天在飞机上的对话："其实我们基本确定了指使者是谁……"

牛锋正想追问，突然间，视线被某样东西吸引，越过卢晴的脑袋向大门口望去，眼珠子瞬间瞪得几乎脱眶："哪位大领导来视察工作了？没接到通知啊。"

卢晴一甩马尾回头，只见一辆黑色加长豪车缓缓停在了门口，车身长达六米左右，宛如一匹遮天蔽日的黑布，将警局的两扇双开玻璃门挡了个严实，大厅内光线都暗了几分。

"这年头哪儿有领导敢这么高调啊。"卢晴这几天的交通工具全是私人飞机、防弹车，一辆豪车压根没觉得多稀奇，"我跟你打赌，咱们区找不出第二个这么爱装的有钱人了。"

牛锋想说这么有钱的也找不出第二个了。此时，豪车后座的电动车门开了，来人下车的同时扣上一副墨镜，遮蔽初夏的热烈阳光，却丝毫不顾虑别人的感受，一头银发朝四面八方折射着刺眼的光。

虞度秋难得形单影只，从门口到大厅的几步路走得像一场巴黎时装大秀，衬衣穿得不成体统，故意错开一颗扣子，肩线袒露一半，有种令人浮想联翩的艺术美感。

他站定在两人面前，浮想便戛然而止。

美丽白皙经常与纤弱联系在一起，可虞度秋却像一匹体态优雅、血统高贵的纯白骏马，近看才能察觉他的高大健硕、孤傲不群。

"二位是在这儿迎接我吗？"虞度秋的墨镜颜色很深，看不清后边的眼神，想来是一贯的自恋。

经过这几天的同甘共苦，卢晴与他熟悉了些，调侃道："是呀，不知道虞少爷一大早大驾光临有何贵干？你不也昨晚半夜到的家吗，而且我记得你在国内出门要打报告吧，怎么擅自出来了？来自首的？"

虞度秋很有风度地笑了笑："请示过了，已获批准。趁苓雅没醒，我来解决董师傅的事。顺便问问你们纪队，一夜不睡，待在案发现场做什么？"

卢晴震惊："你怎么这么快就知道了？你监视他?！"

"我怎么会做这种事呢，只不过是消息比较灵通而已。"

"哪儿来的消息？不会是非法渠道吧？"

"哈哈，卢小姐说笑了。"

牛锋之前在君悦大酒店见识过这位大少爷的傲慢古怪，对他没什么好印象，冷声冷气道："虞先生，你今天又来视察工作啊？一个人坐这么长的豪车，可真有排面。"

虞度秋轻轻摇头："我也不想搞这么大阵仗，可最近我四面受敌，不得不慎重，所以开了辆还不错的防弹车。"

这人怕是对"不错"二字有什么误解，牛锋和卢晴一时语塞。

对话间，门口的普尔曼已经找地方停好，驾驶位下来的是周毅。这倒不奇怪，奇怪的是，他绕到后座开门去了。

还有哪位大人物比虞度秋更重要？卢晴和牛锋忍不住好奇，一起伸长脖子张望。

出乎意料地，周毅牵出了一个十四五岁的小女孩。

女孩挽着他的胳膊，两人有说有笑地从外边进来，眉眼十分相似，关系不难猜。

牛锋疑惑："虞先生，你怎么还拖家带口的？"

"刚刚不是说了吗，最近出行要慎重。"虞度秋的笑意不达眼底，"多带个人，多一份保障。"

牛锋莫名其妙："这小女孩又不能保护你，算什么保障？"

卢晴深刻领教过他的狡诈，稍一思索便明白了："他把人家女儿当人质，这样周毅就不敢背叛他了，虞先生，你也太不是人了，小孩子也利用。"

"形势特殊，迫不得已。"虞度秋耸肩，"老周会体谅我的，只要他按部就班，我也会保他全家平安富贵。"

牛锋大开了眼界："我总算明白为什么你给董永良开那么高的年薪他还要背叛你了，人家在你这儿压根得不到尊重和信任。"

刚走过来的周毅捕捉到"董师傅"三字，生怕出了什么事，担心地问："董师傅怎么了？他没想不开吧？我大前天带他过来的时候就觉得他情绪特别低落。"

周毅的女儿周杨果平时常来壹号宫蹭饭，前阵子"六一"的时候还吃了董永良做的儿童套餐，还不知道他出事了，闻言吓了一跳："啊？董师傅被抓进去了？他干什么坏事了？"

小孩子的认知中，进警察局的往往是大奸大恶之人，而形象憨厚温和的董永良在外人眼中完全不是这一类型，周杨果受到的精神冲击可想而知，当下小脸就白了。

卢晴每年都代表新金分局去区里的各所中小学开展教育活动，擅长和这个年纪的孩子打交道，立即安抚："没多大事，只是来接受调查而已，调查完就可以走了。"说完看了眼虞度秋。

董永良的案子可大可小，往大了说是投毒，或许与之前三起命案还有关联。往小了说，他没造成实质性伤害，投放的也不过是危害性较低的常见食物，定不了大罪。虞度秋似乎也无意追究，等套问出背后指使者，大概率会把他保释出去。

卢晴等着虞度秋配合她的说辞，安慰一下惊慌的小女孩。

虞度秋似乎会意，抬手摸了摸周杨果的发顶，温声说："董师傅往我饭菜里下毒了。"

周杨果顿时吓得尖叫了声，眼里满是难以置信："怎么会……"

这下周毅也不得不出声劝阻："少爷……小果只是个孩子。"

卢晴不是他的下属，说话没顾忌："你有点人性行不行？别说得这么可怕，小孩子听了会留下阴影的。"

"跟你朝夕相处了十年的人，为了那么点钱就害你，不可怕吗？"虞度秋不知在看谁，漆黑的墨镜像两个深不见底的空洞，"你们不该担心孩子知道，而是应该担心他们不知道。小果，听好了，不要对任何人推心置腹，即使是你爸，也可能对你不利。"

周杨果颦起秀丽的眉毛，郑重点头："嗯，他到现在还不让我用智能机。"

周毅抓狂："这是一回事吗！"

再这么聊下去，好好一朵祖国的花朵就要长歪了，卢晴迅速转移话题，带走这个烫手山芋："你找纪哥是吧？他在审讯室呢，我领你去。"

虞度秋颔首，接着嘱咐周毅："你带小果随便参观，她暑假不是要做社会实践吗，可以提前完成了。"

周毅惊讶："少爷你怎么知道？"

"你们车上不是聊了吗？"

"啊，我以为你在补觉。"

虞度秋嘿地一笑："我从不在车上睡觉。"

卢晴领着人进去了，直到两人的背影消失在拐角处，牛锋一摸下巴，啧啧道："这位大哥，跟着这种老板干，不心累吗？"

周毅苦笑："起码安稳。"

"啥？安稳？走到哪儿都发生案件叫安稳？"

"那是你不知道我以前是干什么的，好歹我在少爷手下这么多年，没再留下过这么难看的疤。"周毅指了指自己的脸，然后牵起女儿的手，"在你们眼里他或许很危险，但在我这种受过恩惠的人眼里，他就是救星，只要不存着害他的心思，他才没闲工夫对付你。走，小果，老爸带你参观公安局，这小地方一会儿就逛完了，下次有机会，去爸以前待过的部队营地……"

牛锋正欲脱口的一句"你说谁地方小"生生憋了回去。

新金分局在平义市的所有公安局里其实算不上小，从大厅走到警卫站岗的大门口得半分钟，周毅领着女儿往外走，打算先瞻仰公安大楼的外部主体建筑，刚出大厅门，忽然瞧见一道熟悉的身影刚被警卫放行，从大门口疾步而来，转眼便到了他们跟前。

周杨果瞧见来人，小脸一红，害羞地躲到爸爸身后，细细地喊了声："柏哥哥好。"

柏朝对自己这张"坏小子"脸在情窦初开的小女生心中的杀伤力毫无自觉，随口"嗯"了声，沉着脸问："他人呢？为什么出门不喊我？"

周毅头回见到不用出任务还自己跟着来的保镖。

绝对不是虞度秋心中的好保镖。

"少爷他刚进去，你怎么来了？回去再睡会儿呗，难得今天不用跟着。"

连着两个晚上在夏城守夜，紧接着又是长途飞行，相当消耗精力。柏朝的五官像是尚未苏醒，整张脸都绷着，摇头说："我必须来。"

周毅了然："你来了解案情进展是吧？今天不一定有结果，董师傅不太配合……"

"不是。"柏朝打断，"……他人呢？"

周毅刮目相看："这么敬业啊，怕他遇到危险？"

"嗯。"

周毅宽慰道："没事儿，国内治安好一些，又是在警察局，能有什么危险。保国来之前，少爷的贴身保镖只有我，那些年也安然无恙。况且少爷的身手你应该领教过，谁招惹他谁倒霉。"

"我知道他厉害。"柏朝迈步往里，"但他没你们以为的那么厉害。"

周毅摸不着头脑："啊？什么意思？"

柏朝叹了声气，没再回答，径自离去了，转瞬间便没了人影儿。

周杨果恋恋不舍地望着他离去的方向，惋惜道："啊……柏哥哥认真工作的样子更帅了。我找男朋友就要找这样的。"

周毅听到她花痴似的语气，当即恼了，揪她小辫子："嘿！说过多少次了，少看那些情情爱爱的小说！专心学习！三十岁之前不允许早恋！"

031.

穿过悠长的走廊，卢晴领着人进了一间亮着灯的审讯室。

单向玻璃后七八平方米的小房间内，两人正面对面而坐，一人佝偻着背，低着头，看不清表情；另一人的侧脸严肃，眉头深锁。

卢晴递了个耳麦："你一起听吧。"

虞度秋接过，开玩笑道："我的嫌疑尚未洗清，卢小姐对我太不设防了吧？"

卢晴切了声："你在A国遭到追杀之后，彭局就向市领导请示过了，把你列为重点保护对象，暂时不以嫌疑人的身份对待。但相应地，在抓获凶手之前，我们大队可能要充当你的随行保镖、时刻监督你了。"

虞度秋付之一笑："我没意见，就怕你们对我有意见。"

"你还挺有自知之明的……"卢晴小声嘀咕，突然发现，"哎，你不摘墨镜吗？"

为了形成内外强烈光照对比，审讯室外光线昏暗，并不需要遮光。虞度秋推了推眼镜腿,说:"挡黑眼圈。"

他们这趟出去的人里没一个精神抖擞地回来,卢晴昨晚有多仙,今早就有多颓。12点钟声敲响后魔法失效,第二天面对的并非白马王子,而是一个自恋过头的富二代、一个浑身发臭的队长和一个非要和警方死磕到底的顽固大叔。

灰姑娘本人见了都要叹一声好惨。

"偶像包袱这么重……"卢晴边说边调高音量,耳朵里纪凛的声音逐渐清晰,"我没时间陪你耗!"

意料之外的一声吼,审讯室内外三人皆是一愣。

纪凛走进审讯室时,董永良根本没在意这个眉清目秀的小警察。

他答应那人之前,查过相关法律条例,以他的所作所为,别说没得手,即便得手后被抓个正着,也不触犯刑法,顶多予以治安处罚。正因如此,他才敢铤而走险,按照那人的指示,联系供应商空运见手青,生切并撒在蒸鱼中。

按照预想,虞度秋食用后身体会轻微不适,有很大概率出现头晕目眩、胡言乱语的症状,他那么注重形象的人,绝不会以这种状态去见教授,原定计划告吹,那人的目的就达成了。

谁知虞度秋会识破。

出事之后,董永良和那人没再见过面,回国下机后直接被周毅押来了公安局。

如今是法治社会,他没犯十恶不赦的大罪,只要咬紧牙关死不松口,警察应该拿他这个老人家没办法,总不能严刑逼供。逼也逼不出内情,他只不过是拿钱办事,除了那人身份,其他一概不知,甚至不理解那人为什么要这么做。

但缘由与他无关,他只想轻轻松松赚个50万而已,如今非但没赚成,还把自己搭进去了。眼前的小警察不可怕,可与小警察一起回国的那位少爷……他是从骨子里畏惧的。

董永良在虞家工作多年,见惯了有人因为一句不妥的话、一个不当的举动而被开除。

虞度秋目空一切,性格乍冷乍热,底线却很明白——别做他不喜欢的事。

背叛是他最不喜欢的事。

十几年前的绑架案是最好的例子,据说没出事前,那个司机和虞家的感情好得如同一家人,起码表面上是如此,可最终还是被警方毫不留情地当场击毙。

虞度秋当时并未受伤,明明可以不做得这么绝。

这些豪门对手下的客气不过是精英教育下的涵养与风度,一旦真出事,翻脸比谁都快。

俗话说,天才与疯子仅一线之隔,而虞度秋这人,仅凭董永良对他的些微了解,已经跳脱出世俗的认知范围,他手里就掌握着那条审判之线,随心所欲地切换状态。

"砰!"纪凛一巴掌重重拍在审讯桌上,惊醒了董永良。

身上隐约传来一股酸臭味的小警察坐在他对面,掀起黑眼圈上方沉重的眼皮,露出一双顶灯照射范围外的漆黑眼睛。

董永良莫名打了个寒战。

"董师傅,我这一趟出国,被你家少爷搞得心情很差。"纪凛的声音透出睡眠不足的喑哑和令人胆寒的愤怒,"你要是继续避重就轻,跟我打太极,别怪我不尊老爱幼。"

玻璃后的虞度秋轻笑:"原来你们平时是这么审问的?"

卢晴也不知道纪凛今天吃错了什么药,好巧不巧还被外人看见了,这如果传出去,引发了不利舆论,纪凛又得在大会上做检讨,那丢的可是全队的脸,包括她在内!

"只是吓唬吓唬而已……不会真的怎么样啦。"

"是吗,好可惜。"

"……"

"口头威胁没用,董师傅跟了我这么多年,见多了大场面,纪凛吓不到他,他怕的是我。"虞度秋笃定道。

果不其然,董永良只是惊诧了片刻,并没有露怯,嗫嚅道:"我真不能说……会害了我家里人……"

"你不说,一样会害你家里人。"

董永良倏地抬头望向门口!

虞度秋关了门,拧上锁,将刚反应过来的卢晴挡在了门外,从容走来:"而且我向你保证,我的手段,一定比收买你的那个人残忍得多。"

纪凛瞧他给自己拉了把椅子,当自己家似的,冷森森道:"谁让你进来的?"

虞度秋正要说话，忽然眉头一皱，拖着椅子往旁边挪了挪："纪队，我只听说你被环卫工打了，可没听说你掉进厕所了啊。"

"谁掉进厕所了！是那些大妈用来打我的扫把刚扫过排水沟！"

"这样，难怪。"虞度秋忍耐着捂住鼻子的冲动，勉强正襟危坐，面向董永良，抬了抬下巴，"怎么说，董师傅？"

董永良在见到他的那一瞬就成了惊弓之鸟，企图打出最后的感情牌："少爷……看在我给您做了那么多年饭的分儿上……您能不能原谅我的一时糊涂……"

虞度秋百无聊赖地玩着自己干干净净的手指，谁也不清楚他墨镜后的眼睛究竟在看谁："你老婆生了场大病之后好像受不得刺激吧？如果她知道你被拘留、你的女儿被公司辞退、你的外孙被学校退学，会是什么反应？"

董永良如遭雷劈："少……少爷，跟他们没关系，都是我一个人做的……"

纪凛也不同意："现代社会你搞什么连坐，这儿是你行使私权的地方吗？头顶有监控，注意言辞。"

"现代社会还有人玩儿下毒这么老土的把戏呢，若不是知道你背后有人，我真怀疑这是你自己想出来的主意，现在哪儿有年轻人搞这一套。"

董永良冷汗直下，几乎想给他跪下，可双手被手铐牢牢铐在了椅子扶手上，动弹不得。

虞度秋看着他干裂苍白的嘴唇哆嗦了会儿，慢悠悠地补充："不过呢，如果你一五一十地交代了，我可以保证你家人的安全。"

纪凛冷哼："别抢警察的台词，你以为我们没跟他说吗？嘴皮子都快说破了，他不信有什么用……"

"您说真的吗？"董永良浑浊的眼珠瞬间亮了，仿佛一直闭口不谈就是为了等这句话。

纪凛愕然："你信他，不信警察？"

"少爷的承诺……从来不会食言。"

"也不是从来不会，偶尔会忘记，比如喝醉的时候。"虞度秋不知想起了什么，懊恼地揉了揉太阳穴，"不过现在很清醒，我可以给你这个承诺。"

董永良长长地松了口气，多日的提心吊胆终于放下："少爷，我承认我是一时贪心，可还有个原因，就是……我实在没法拒绝那个人的命令啊……"

一刻钟后，监控室门开。

卢晴戴着耳机听完了全程，对早已预料到的结果并不惊讶，只是对某位不守规矩的大少爷感到气恼，待虞度秋一出来，就指着他警告："虞先生！你再这样目无法纪，我要上报给我们局长了！"

"卢小姐别生气，我们现在分分秒秒都很宝贵，一些繁文缛节能免则免，有助于提高破案效率。"虞度秋一摊手，甚至扬扬得意，"你看，你们两三天都没解决的事，我一刻钟就解决了。不用谢。"

纪凛跟在后头关上门，啐道："你来干什么？昨天刚说各走各的路，今天就来干涉我们的路？"

虞度秋后腰靠上桌子，长腿交叠支地，说："和你一样，认识多年的人离开了，难免有些不舍。"

"……什么意思？"

"你今早去怡情酒吧了是吗？"虞度秋了然一笑，"想穆浩了？去纪念他？"

"谁去那晦气地方纪念他，要去也该去墓……"纪凛顿住，喉结动了动，似乎咽下了一句难以说出口的话，"……我只是通过这次出国，深深意识到你这人的神经质和不靠谱，穆浩能给你留下线索，找你商量事情，怎么就不找我这个同学兼同行？我不比你可靠多了？所以我就去那儿看看有没有遗漏疏忽的地方，或许……他也给我留线索了呢。"

纪凛越说到后边声音越轻。

卢晴很没眼力见儿地问："查到了吗？"

纪凛没好气："你看我的样子像查到了吗？"

卢晴瞧着他乱成鸟窝的头发，摇头叹息："谁让你去招惹大妈，那可是地表最强物种。"

虞度秋宽慰："想开点，或许穆浩只是觉得这件事太危险，不想让你参与。"

纪凛："你少假惺惺地安慰我，道理我都懂，我就一个小片儿警，没有钱，没有权，能力也没穆哥强。他都解决不了的案子，找我有什么用？穆哥肯定也知道这点，所以在命悬一线的时刻选择把线索留给你，而不是我……不，他可能压根没想起我，毕竟我们毕业之后来往也不多。"

"不多吗？"虞度秋明知故问，"那为什么还关注他朋友圈？知道他生日想要一块表？你也给他买了吗？"

卢晴突然想起什么："对哦，纪哥你最近好像是对手表很有研究，上次看见虞文承尸体的时候，还点评他的表……"

"男人喜欢手表不是很正常吗？"纪凛不耐烦道，"虞度秋，我倒想问问你，你给你身边的人灌什么迷魂汤了？怎么他们都那么相信你？把你当神啊？"

虞度秋的笑意很淡，好似嘴唇没力气勾起来："人类自古以来，对超出自身认知范围的事物，不是向来如此吗？"

这人三句话里有两句真假难辨，没法细究，纪凛懒得跟他计较，将话题拉回正题："董永良招是招了，可你也知道，他招出来的只不过是个工具人，更背后的人，万一她打死不说，怎么办？"

卢晴"啊"了声，满脸困惑："还有背后的人？谁？"

虞度秋竖起一根食指立在唇前，轻轻嘘了声："我来审，你在监控里看着就好，她会告诉我的。"

"就算她说了，我们也只能拿到这件事的证据而已，之前的那些案子呢？他们怕是早就销毁证据了。"

"别急，纪队，慢慢挖呗，红宝石总有挖完的一天，豪门总有败落的一代，同样地，光明总有到来的一刻。不过你们动作可要抓紧，如果到得太慢，我可能要采取不光明的手段了。"

卢晴脑子不笨，听了暗示，稍微转个弯就想明白了，讪讪道："我好像听懂了，可是怎么感觉……应该先把你抓起来？"

"开个玩笑而已，卢小姐这种较真的性格也是蛮可爱的。"虞度秋随意地把卢晴撩了个大红脸，接着道，"好了，我该回家处理家务事了，董师傅释放了之后麻烦告诉我一声，我派人护送他回老家。"

纪凛正色问："你真不追究了？这么宽容？"

"不了，当作回报吧。"

"你付他工资，他为你工作，理所应当，你不欠他什么，谈何回报？"

虞度秋已走到审讯室门口，闻言回头："这就说来话长了。我小时候，有一阵子厌食，吃两口就吐，瘦到脱相。我外公找了很多厨师，都没治好我的毛病。后来董师傅来应聘，他会做很多菜式，但他那天觉得自己大概没希望，就简单给我做了道家乡清蒸鱼,说是他女儿最喜欢的菜,希望我也喜欢。

"我想,能做给自己孩子吃的,肯定不会有问题吧。最后我留下了他,那道鱼一做就是十几年,有时候我觉得,董师傅已经变得像洪伯一样,成为我们家的一分子了,可惜……"

虞度秋低声叹息:"他真不该在那道鱼里下毒的。"

纪凛一时无言。

卢晴见气氛有点沉重,开了个玩笑:"那其他菜就能下毒啦?"

虞度秋抬眼——监控室内的强光扫过他的深色墨镜,镜片后的眼神显露了一瞬,极其冰冷。

卢晴脊背一寒。

虞度秋破天荒地没有展现绅士风度,一言不发地推门而出。

"怎么了他……怪吓人的,开个玩笑而已……"卢晴心有余悸。

纪凛:"不合时宜的玩笑别瞎开,那道鱼下毒和其他菜下毒能一样吗?"

卢晴莫名:"有什么区别?"

"区别在于,董永良知道他一定会吃那道鱼,而虞度秋确实吃了。"纪凛扭头,看向监控室内悔恨落泪的老厨子,"这是他们之间一种无形的信任,而董永良却利用了他的信任,换作你,你能原谅吗?"

卢晴摇头,思忖了会儿,说:"这么一想,虞先生也蛮可怜的。"

"他可怜什么,炒了一个厨子他还有无数个,多的是人伺候他。"

"可是你想啊,虞先生的飞机那么大,多带几个厨师绰绰有余吧,他却只带了董师傅一个,因为他心里很清楚这趟出国风险巨大,已经小心到这种地步了,还是被害了。如果连最信任的厨师都会害他,那他身边的保镖呢?员工呢?都有可能啊,你不觉得可怕吗?"卢晴边回忆边说,"而且我记得,他当时揭穿董师傅的时候,脸上是笑着的……他真的一点儿不在乎吗?还是……想掩饰自己的情绪呢?"

纪凛愣住。

仔细回忆,虞度秋不仅当时是笑着的,后来几天与他们一同吃住,提起这事的时候,也一点儿没露出介怀的样子。

监控室内的董永良渐渐止了泣声,默默发呆,或许在回忆过往种种,或许在盘算未来出路，不得而知。

能大哭一场发泄情绪的人，最容易释怀朝前看。不能的人，也许一直停留在过去。

纪凛突然想起，虞度秋每次提到穆浩，几乎也都是笑着的，还总拿穆浩开玩笑，显得很不尊重这个可能已被谋杀的老朋友。

然而事实上，得到故友留给他的线索后，虞度秋毫不犹豫地抛下了多年来建立的商业帝国，回到国内，亲自作饵诱出凶手。以他的财力和人脉，即便身在国外也可以远程指挥，何必亲身涉险？

短短半年间，自己的挚友生死未卜，自己的二叔在面前跳楼身亡，自己身边的人密谋诡计，自己被追杀差点丢了性命……正常人都会崩溃，虞度秋就算脑子再不正常，真的能做到无动于衷吗？

卢晴昨晚当了回公主，平添了几分公主病，多愁善感道："不过最可怜的还数咱们，人家好歹富可敌国，咱们是赚着卖白菜的钱，操着卖白粉的心。抓住的人得放了，没抓住的人还不能抓。"

"……"纪凛心里刚冒出点儿对虞度秋的同情，立刻被这番话狠狠按了下去，"行了，别絮絮叨叨了，跟老彭打报告办手续去，派人继续监视董永良，姓虞的不追究是他的事，我们还得顺藤摸瓜。"

"啊？凶手不会这么傻吧，明知我们会监视还联系他？"

"说不准，凶手现在给我的感觉就是不太聪明，身份基本已经被我们识破了，菜得很。"

卢晴小声："菜你还抓不住，岂不是说明你更菜……"

"……你再小声这里也就我们两个，我听得见！"

审讯室的门在身后关上，虞度秋获得了一瞬间的清静，但耳朵随即被更多噪声占据。

公安局的长廊上不乏行色匆匆的警察，倒不是新金区近期犯罪率上升，而是因为专案组为了调查三起谋杀案，这段时间 24 小时轮班搜查区内的娱乐场所、出租屋、酒店等地，没寻到 LSD 的踪迹，却意外抓获了不少嫖娼卖淫的、聚众赌博的，甚至是嗑违禁药物的。

大案没破,今年的绩效算是提前完成了。

走廊上的多数人瞧见这位一头银发、室内戴墨镜的怪人,难免回头多看两眼。

虞度秋抬表轻点两下,呼叫了带着女儿不知在哪儿参观的周毅,预计两分钟内能赶过来。他如释重负般轻吐一口气,迈出步子。然而多日的舟车劳顿和超长时差给了大脑一记闷锤,晕眩感突如其来,他始料未及地趔趄一步,勉强稳住身形。

这时,旁侧伸过来一条男人的手臂,扶住了他。

虞度秋本以为是哪位年轻警察:"谢谢……不好意思。"他微笑着抬头,"……你怎么来了?"

"来接你回去。"

"老周会接我,那辆车要B照以上才能开,你有吗?"

"有,就算你坐的是飞机、游艇,我也能开,你当私人雇佣保镖是吃干饭的吗?"

虞度秋使出撒手锏——以权服人:"我没让你来,你不听我话,自己回去。"

平心而论,和一身脏臭的纪凛及眼泪鼻涕齐流的董永良待了半天,突然遇上这么一位清爽俊朗的大帅哥,着实是赏心悦目。

"你不用太介意昨晚的事。"年轻男人的力气很大,带着他往外走,"我有的是耐心,只要你别惹我生气。"

虞度秋感受到了纪凛被抢台词时的恼火,正逢心情差,反唇相讥:"惹你生气又怎样?你也要害我?"

柏朝摇头,低声说:"不至于。"

虞度秋一愣,突然安静了下来。

正值警局上班时间,多数人从外往里走,他们两个逆着人流,又形象突出,在众人的瞩目中出了公安局。超长普尔曼停在前方不远处,收到指令的老周已经候在车旁了,周杨果逗着广场上正在训练的警犬幼崽,笑得像六月盛开的向日葵。

"早上没有大太阳,不用戴墨镜。"柏朝随手摘下,对上虞度秋偏浅的眼眸,"也不用担心暴露自己的情绪,人类在面对离别时自然而然地会脆弱、会难过,别人就算看出来了,也不会嘲笑你,否则只能说明他们没有人性。"

虞度秋哈哈一笑,正欲开口,却听柏朝率先问道:"新主厨招到了吗?"

"暂时没有，不过洪伯应该安排下去了，也就这两天的事吧。"

柏朝难得赏了他一个好脸色："所以我今天还能给你做早餐，是吗？"

"没了主厨又不是没了厨师，谁家只备一个厨师啊？"虞度秋在他脸色重新变难看之前，笑嘻嘻地安抚道，"不过，你要做给我吃，我可以买你这个面子。"

柏朝扬眉："我面子这么大？"

"当然，别给我下毒就行。"

"放心，再毒也比不上你那盘沙拉毒。"

"……"

"先回去吧，家里还有个人等着你处理呢。"柏朝向上看了看他耀眼的银发，阳光反射到脸上，难得露出一个温煦的淡笑，"如果一会儿太难过的话，我可以陪你哭。"

虞度秋受不了地推开他，径自朝车走去，摆摆手，留下一个潇洒不羁的背影："你做梦吧，我这辈子，不会再为任何人哭了。"

032.

另一头的壹号宫内。

镀金咖啡勺敲在杯壁上，"叮"的一声，清脆的声响唤回了神游出去的思绪。

杜苓雅猛地回神，自幼接受的礼仪教育令她本能地为自己在餐桌上的失态而羞愧，悄悄瞥了眼站在旁侧的洪良章，所幸对方没露出鄙夷神色。

她心神不宁，客气地笑了笑："洪伯，你一块儿坐呗，陪我聊聊天。"

洪良章快七十岁的人了，站久了确实有些疲惫，不过仍旧强撑着，眼神略含惋惜："不用了，杜小姐，您是客人，我理应服侍您。"

杜苓雅笑容一僵，素颜越发苍白。

她不该是客人。以往来这儿吃饭，按虞度秋定的规矩，洪良章都会落座同桌吃饭，因为起码表面上，他们是一家人。

不愿意坐，把她当客人，不是个好兆头。

"您慢慢吃，杜总正在来的路上，您很快就能回家了。"

"这里也是我家。"杜苓雅眼圈一红。

虞度秋美其名曰保护她，实则将她软禁在这儿，她心里不是不明白，自己做的事可能已经暴露了，但她不过是爱他心切，外加听说此次访问凶险，希望他不要前往，又有什么错呢？

尽管隐约猜到了后果，可她仍执拗地问："度秋让我在这儿待了三天，好不容易回来了，却要我走，他到底什么意思？一面都不愿意见我？"

"少爷绝对不是这个意思，他有事出去了，刚才小周传来消息，快到家了。"

"行，那我……去化个妆。他也真是的，凌晨才回来，一大早又不知道去哪儿了，以后要是当了这个家的女主人，轮到我操心的事还多着呢。"杜苓雅丢下咖啡勺，推开椅子起身。

洪良章眼中的惋惜掺杂了几分同情，刺目得令她不敢再对视，落荒而逃。

再次回到餐厅时，虞度秋已经回来了，吃着不知哪位临时主厨做的汤面，胃口出奇地好，筷子没停过，心情似乎也很好，见她进来，笑着招呼："早啊，苓雅。"

杜苓雅看着这张魂牵梦绕了许多年的脸，在心底缓缓松了口气。

应该没事。

方才不愿落座的洪良章这会儿大大方方地坐在虞度秋左侧，两位保镖落座另一侧。周毅笨拙地剥着鸡蛋壳，剥完扔进自己女儿碗里，埋怨："以前这活儿董师傅都会做好，鸡蛋还会切成片，多方便。"

周杨果用叉子与圆溜光滑的鸡蛋战斗着，闻言反驳："柏哥哥给我们做早餐已经很好啦，你吃人家的还要挑三拣四。"

"嘿，他是你爸还是我是你爸啊？"

洪良章忍俊不禁："小周啊，你女儿比你懂事。"

"她懂什么，她就是翅膀硬了，想往外飞了。"

一如寻常的用餐场景，大家其乐融融得仿佛一家人，没有身份高低和亲疏之分。

杜苓雅瞅准时机，拉开椅子坐下，自然而然地融入这和谐亲密的气氛中，笑道："小果下半年开学就初三了吧？先专心学习，等长大了再追你柏哥哥。"

周杨果"啊"地大叫了声，羞耻得脸迅速涨红："苓雅姐姐，我没有，你别乱说……"

杜苓雅打趣："别不好意思，我也是跟你差不多年纪的时候，遇到了喜欢的人，一直喜欢到现在。"她含情脉脉地输送眼波。

虞度秋仿佛感应到了，抬起眼望向她，展开一抹浅笑："你不该喜欢的。"

此言一出，餐桌边上的人俱是动作一滞。

要开始秋后算账了。

柏朝的筷子在半空中顿了顿，继续埋头吃面。

"……为什么这么说？"杜苓雅脸上的血色迅速褪去，特意打的腮红在苍白的双颊上显得格外突兀，嘴唇不受控地微颤。

"你很清楚，不是吗？"虞度秋收回目光，似乎不愿再施舍一个眼神，"你哥快到了，等我吃完这碗面，我们去会客厅等他。"

"去会客厅干什么？他不是来接我回家的吗？"

虞度秋置若罔闻，吃干净了最后一口面，用餐巾轻拭嘴角汤渍："味道不错，就是有点儿咸，下次多放糖，中和一下。"

周毅扶额。他家少爷见多识广、博学多才，能倒背济慈的情诗，也能聊两句量子力学，就是……没什么生活常识。

柏朝头也不抬："建议很好，下次别提了。"

周杨果差点笑喷出一口牛奶。周毅忙给她擦嘴。洪良章乐呵呵道："原来小柏也会开玩笑啊。"

杜苓雅忽然觉得自己格格不入。她明明费尽心思地挤掉了所有竞争者，凭借着近水楼台先得月，顺利登上了虞家儿媳的位置，实现了一直以来的心愿。可她从未真正触碰过月亮，她碰到的只不过是水中美好的幻影，稍有不慎，贪求过多，便跌入冰冷的池水，光影破碎，圆月难再现。

一切已经无可挽回。

杜苓雅颓然垂眼，妆容精致的纤长睫毛轻轻颤抖，宛如振翅难飞的受伤蝴蝶，耳垂上的红宝石耳坠摇摇欲坠。

十分钟后，杜书彦的车抵达壹号宫，普普通通的一辆大奔，绕过喷泉停在同品牌千万级别的普尔曼旁边，硬是被衬托成了"小奔"。

杜书彦路过时多瞟了两眼，满是羡慕。秘书费铮宽慰："现在没有，早晚会有的。"

杜书彦叹气摇头，垂眼透出颓丧之态："现在有的东西……恐怕也快没了。"

壹号宫的会客厅有三处，和赵斐华等自家生意上的伙伴开会谈事，两个小厅足矣。能容纳三十余人的大厅纯粹是面子工程，寥寥几人落座，空旷得令人感到压抑。

周毅把女儿打发到楼外和两条狗玩儿去了，带着柏朝一同站到虞度秋身后两侧，仿佛两尊严峻肃穆的门神。

"辛苦你了，阿保那头猪倒不过时差，还在睡，赶不及下来了。"

柏朝轻轻摇头，顺便扫了眼天花板角落的监控——此间会议室的画面将实时同步到公安局的监控屏幕上，此刻纪凛等警察应该正观看着他们的一举一动。

杜书彦身后也站着个人高马大的秘书，气势上不输，可仍旧拘谨忐忑："度秋，喊我来什么事啊？"

"不急，你难得来一趟，先喝杯咖啡。"虞度秋话音落下，洪良章便及时地端来了泡好的咖啡，挨个儿倒满。

杜书彦的紧张全写在脸上，硬着头皮吹了两口气，浅抿一口，心事重重之下也没尝出什么滋味，无奈夸道："好香，一喝就知道产地不错。"

"书彦哥识货，我很喜欢这款咖啡的香味，以及它的名字。"虞度秋缓缓摩挲着白瓷杯口，修长的手指仿佛紧贴着柔滑的肌肤，温柔地爱抚，宛如对即将分别的恋人的最后一次温存。

话题摆到面前了，杜书彦不得不接："叫什么名字？"

"Perci Ruby，展望红宝石。"

杜书彦尚未有所反应，杜苓雅的脸色骤然一变，下意识地抬手摸向耳下的红宝石耳坠。摸完才意识到自己的动作太明显了，连忙偷看虞度秋的反应——虞度秋举杯品着咖啡，正斜睨着她。

杜苓雅一颗惶恐不安的心急剧下沉。她好歹追了虞度秋那么多年，说不上多了解他，起码摸透了他的喜恶。

比撒谎更糟糕的，是被戳穿后打死不承认。与其继续装不知情，不如索性坦白，即使虞度秋对她从未有过爱情，他们之间仍存在十几年的情谊，或许……还有挽回的余地。

"度……度秋……我有事想跟你说……"想来容易做来难，杜苓雅的嘴皮子打着架，分分合合数次，终究难以启齿。

虞度秋放下咖啡杯，好整以暇地抱胸："我记得，当年你向我表白，说会对我一心一意。"

十多年前说过的话从向来薄情之人嘴里冒出来，难免令人自作多情。杜苓雅紧紧抓住这一线生机，七分真情三分演技糅杂在一起，红了眼眶："嗯，我说过。"

"你说话不算话吗？"虞度秋的手臂靠上桌子，凑近看她，盯着她泛红的双眼，"为什么要给我下毒？你移情别恋了？"

哪怕是指责谩骂也不会比"移情别恋"这个词更刺耳。杜苓雅的情绪猛地激动起来："没有！我怎么可能喜欢别人！我一直喜欢你！就是因为太喜欢你了才那么做的！"

监控后的纪凛哼笑一声："姓虞的真够狠，一句话就刺中了杜苓雅的死穴，自己主动招了。看来用不着我们帮忙了，她根本玩儿不过她未婚夫。"

卢晴诧异："我倒是没想到，虞先生居然那么了解她，看来也并非完全不上心啊。"

画面中表情最惊愕的当数杜书彦，差点儿从座位上跳起来："什么下毒？发生什么了？度秋，你误会了吧，阿雅怎么可能给你下毒？！"

"你让她自己说。"虞度秋逼出了实话，往后靠上椅背，漠然以对，"董师傅已经全招了，但我想听你亲口说。"

杜苓雅莫名从中听出了一丝信任和希冀——虞度秋还是在乎她的，她在虞度秋心里是有地位的。诞生于臆想与虚幻的幸福感盖过了害怕，令她忘乎所以，没察觉自己仅仅在跟一个厨师比地位。

"我没想害你……我就是……希望你多陪陪我……"杜苓雅咬了咬嘴唇，眉头蹙起，美丽的脸蛋做这种表情往往我见犹怜，"我们订婚一年，聚少离多，你总是很忙，前阵子又被警察限制了行动，不让我来见你，好不容易有个机会一起出国散散心，我不想被你冷落，就……一时糊涂，走了岔路……但我发誓！我只是想让你生个小病，这样我就可以陪着你照顾你了，你也正好多休息休息，不要总是忙着工作……最重要的是，你打道回府的话，就不会遇到危险了……"

要是精通网络热门词汇的公关经理赵斐华在这儿，必定会吐槽一句"杜小姐，您就是传说中的'病娇'吧"，可惜他不在。周毅这个了解自己女儿内心世界都费劲的糙老汉不能理解，纳闷地低喃："杜小姐这是什么逻辑……想让少爷在乎她，所以给他下毒？这也太吓人了……"

一旁的小年轻似乎见怪不怪，轻嗤："雕虫小技。"

"……"年轻人的世界果然难以理解。

杜书彦听得一愣一愣，数秒后回过味来，失声惊叫："阿雅！你疯了吧！怎么会做出这种事?!"

他平时说话都细声细气的，杜苓雅被他吓了一跳，结结巴巴道："我我我……"我了半天说不出后一个字来。

"这不是你的本意。"虞度秋帮她说了下去，"是有人授意，对吗？"

杜苓雅惊惶地睁大了眼，微张着嘴，欲言又止。

"撒一个谎和两个谎，区别不大。既然已经说到这份儿上了，何必再包庇那个送你耳坠的人呢？"虞度秋语调并不严厉，但步步紧逼，"你这样，我可没法相信你的一心一意。"

杜苓雅什么都能忍，唯独不能忍受虞度秋质疑她的感情，条件反射般张口反驳："没有包庇！绝对不是你想象的那样！我……我本来不想收下这对耳坠的，我知道不合适，但是……但是……"

某个名字已抵达她唇边，那人或许是对面的"国王"，或许只是一枚棋子，但无论如何，自雨巷案以来，这是第一次即将揪出隐藏在暗处窥伺的谋划者。

此刻，应当是到目前为止，最接近真相的一刻。

"啪！"一记响亮的巴掌，打断了杜苓雅的下文。

包括虞度秋在内的旁人皆是一愣。

费铮最快回神，挺身拦在杜家兄妹俩的座位之间，挡住怒目切齿的杜书彦："杜总，别生气，都是一家人。"

"我就是太惯着她了，她才做出这种荒唐事！"杜书彦罕见地发了大火，气得胸腔急剧起伏，原本服帖的西装撑得紧绷，"耳环是上次裴卓来我们家送你的礼物对不对？你收下的时候我就觉得奇怪了，早知道你们在商量怎么害度秋，我当时就该把他赶出去！"

正观看好戏的纪凛"嚯"了声，说："这个杜书彦看起来文文弱弱的，下起手来还真狠。"

卢晴撇嘴："他当然要下狠手给虞先生看啦，杜小姐做出这种事，他肯定猜到虞先生要解除婚约了，还不赶紧表明态度、避免两家关系进一步恶化？"

纪凛啧啧道："所以说这些商人啊，都是利欲熏心，连家人都要为利益而牺牲。"

被牺牲的杜苓雅震惊异常，捂着血红的脸颊，瞪大的眼眶里泛出泪光："哥……你……"

"你闭嘴好好反省一会儿！"

杜苓雅从小就是被宠大的公主，即便那些年杜家内部分崩离析。父亲染病去世，她因为被杜书彦送出国避风头去了，没亲身经历苦难，从没遭过这种责骂，何况是挨打，而这一切居然来自最疼爱她的哥哥，她整个人都吓蒙了，呆滞地看着杜书彦，像在看一个陌生人。

虞度秋的视线在兄妹俩之间逡巡片刻，随后朝洪良章挥了挥手。

不多时，洪良章便去而复返，拿来了冰敷仪，呈给费铮："给杜小姐敷一下吧。"

"多谢。"费铮俯身，几乎折成90度，恭敬地给杜苓雅敷脸上红肿的地方。

杜苓雅眼神空洞，安静地啜泣着，如同精致的提线木偶，丧失了所有生机，命运任凭他人做主。

这一番对峙下来，整桩事情的起因经过，连局外人都能大致听明白：裴卓给杜苓雅送了价值不菲的红宝石耳坠，讨美人欢心，随后又不知说了什么花言巧语，哄骗不满备受冷遇的杜苓雅，给虞度秋制造一点"小麻烦"，其背后的目的无非是让虞度秋此次 A 国行泡汤，见不成教授，得不到国际专家认可，无法扭转国内唱衰舆论，被迫放弃 Themis 项目。

杜苓雅满脑子都是让虞度秋多看她两眼，多陪她几天，被爱情冲昏了头，压根没察觉裴卓的险恶意图，听信了裴卓的谗言，找董永良帮忙实施自己的计划。

董永良一方面不敢拒绝未来女主人的请求，怕丢工作；一方面觉得有利可图，且实施起来难度系数极低，风险成本也不高，于是答应了，自以为能够神不知鬼不觉，岂料功败垂成。

此外，董永良知道杜家是瘦死的骆驼比马大，要想报复他们这些小老百姓易如反掌，故而一开始警察审问时不敢道出实情。直到虞度秋承诺之后，他才敢和盘托出。

杜书彦恨铁不能成钢，恨妹妹自作主张，仿佛一下子苍老了十岁，声音都沙哑了："度秋，这次是苓雅对不起你，也是我教导无方。你喊我来的意思我懂了，不用你说，我们两家的婚约……就此作废吧，你父母那边我去解释。"

一直沉默流泪的杜苓雅倒吸一口气，发出颤抖的音节："不行……哥……你怎么能牺牲我的幸福……"

"你的幸福是你自己糟蹋的！"

"你……"杜苓雅似乎还想说什么，却被人打了岔。

"恕我一个外人说两句，小姐。"费铮维持着手持冰敷仪的姿势，为她缓解脸颊的刺痛灼热，柔缓而沉稳道，"您和虞少爷，其实并不合适。"

杜苓雅哭泣着问："为什么……"

"你们不是一类人，您是花，他是火，您错把他当成炽亮的阳光，仰慕追逐多年，以为他会给您温暖，可实际上，靠近他只会让您受伤。您太娇弱，控制不住火，您应该找个可以呵护您的人。"

杜苓雅抬起泪眼，执迷不悟地问："那谁能控制他？怎么控制他？"

费铮摇头："火太危险，很难控制，除非有人毅然决然地牺牲自己，引火上身，且自身足够强大坚定，或许能让火为他而停止燃烧。"

虞度秋摸摸下巴："比喻不错，可真的有愿意玩火自焚的傻子吗？"

"我愿意！"杜苓雅急不可耐地喊，"你让我做什么都可以，度秋！别解除婚约好不好？"

虞度秋想了想："可以是可以。"

他话音未落，倏地起身，一把拽断自己脖子上的刀片项链，眨眼间逼近喜形于色的杜苓雅，薄如蝉翼的刀片挑起她细巧的下巴，轻轻刮下，直至喉咙。他动作太快，周围一圈人没一个来得及阻止。

杜苓雅的笑意迅速被刀片的寒意凝结，不可置信地问："度秋……你……你干什么？"

"不是说我让你做什么都可以吗？那如果……我让你以死谢罪呢？你愿意为我而死吗？"

033.

杜书彦这回真从座位上跳了起来，吓破了胆："度秋，别开这种玩笑！"

费铮也露出紧张神色，如临大敌："虞总，有话好说。"

反观虞家这边，平静得仿佛在观看一场已知结局的电影，周毅好心地小声提醒新来的柏朝："别插手，看着就行，少爷不会伤害杜小姐的。"

柏朝侧目："我为什么要插手？随他高兴，我很清楚他的底线在哪儿。"

周毅："……"

这了如指掌的语气，怎么感觉……自己才是新来的？

刀片没伤到肌肤分毫，杜苓雅已经吓得花容失色，方才精心打扮的妆容哭花了大半，斑驳的脸上充满了惊惧，逞强说："我……我可以为你去死……但是我死了，你肯定会忘了我吧？"

"好问题。"虞度秋以一副绑架犯的姿态卡着她的喉咙，转头问，"小'柏'眼狼，你昨晚没想过这个问题吗？"

柏朝冷面以对："我都已经死了，管你以后干吗。况且，如果昨晚我死了，你就能真的信任我了，也不错。"

在座的没人知道两人昨晚发生了什么，目光来回切换，像在看两个疯子。

洪良章轻咳："年轻人哪……别总把死不死的放在嘴边，不吉利……"

虞度秋畅怀大笑，翻转手中刀片，利刃朝外，松开了杜苓雅："同样是渴望我的关注，你选择伤害我，而他不会。"

杜苓雅在害怕和伤心的双重刺激下泪流不止："他和你才认识多久啊，这么刻意地投你所好，肯定心怀不轨！"

"谁说的？还是裴卓吗？"虞度秋轻轻拭去她脸上滚落的泪珠，"上次在马场我就怀疑了，谁挑唆你去对付柏朝？又是谁怂恿你去质问教训他？除了裴卓，似乎没人会如此急于挑拨我们的关系。"

杜苓雅疯狂摇头，发丝贴在遍布泪痕的脸上，凌乱狼狈："不管谁跟我说的，我那么做都是为了你好，他看着就不老实，以后肯定会背叛你的！"

监控后的纪凛皱眉："都到这一步了，杜苓雅还不愿意说出裴卓的名字，难不成他们真的有一腿？不像啊……"

卢晴不在意道："可能是念着青梅竹马的情谊吧。反正无论她说不说，送她耳坠的、挑拨离间的，肯定是裴卓没跑了，我去请示老彭，喊裴卓来局里一趟？咱们审审？"

"可以。"

卢晴离开了监控室，纪凛靠着椅背，陷入了沉思。

上个月在君悦调查虞文承一案时，他曾与裴卓有过短暂接触，当时对方受惊恐慌的样子，绝不是装出来的。而且得知酒店已封锁后，裴卓当着他的面给自己哥哥打电话求助，希望哥哥找关系带他出去，或者派人替他去Ａ国谈生意，全然不顾下达封锁令的警察就在面前。

总而言之，是个依赖性很强的"哥宝"，身上存在着部分有钱人的通病：自以为是，目中无人。执行能力与心理素质也欠佳，这么重要的生意居然不备 Plan（计划）B，一出意外就只能铩羽而归，最后还是靠虞度秋借他私人飞机才准时抵达国外，到头来生意也没谈成，被虞度秋轻而易举地搅黄了。

这样一位资质平庸的富二代，纪凛不相信他能布置这一系列的事。

况且，依照布朗太太所言，那对红宝石耳坠如此昂贵，作为回报送给杜苓雅，犯罪成本未免太高了。由此可见，裴卓应该是真心喜欢杜苓雅，珠宝也是真心送的，但是哪儿有人会把自己喜欢的人往情敌怀里推呢？杜苓雅若是得手，就能陪伴照顾虞度秋，两人感情或许有所升温，裴卓怎会乐意干这种吃力不讨好的蠢事？八成是拣好听话哄骗杜苓雅，让她以为这个小计谋无关痛痒，不会真的伤害虞度秋，实际却未必如此。

假如虞度秋当时没能识破董永良的手段，误食了见手青，不过多时，身体必定虚弱昏沉。但见手青内的毒素含量远不及真正的毒品，中毒症状十分轻微，旁人一时半会儿猜不到是食物出了问题，更有可能认为虞度秋只是普通的身体不适，或者晕机。那样一来，杜苓雅就能名正言顺地送她的未婚夫去酒店休息。

她以为自己的目的达成了，实际却是为埋伏在停车场的杀手行了方便。虚弱状态下的虞度秋，未必能逃过那惊险的一劫。

倘若他被枪杀，警方大概率只会追查狙击的凶手，并不会研究他"晕机"背后的缘由。杜苓雅或许会心怀悔恨，但也不会知道，雇佣杀手的人，即是教唆自己下毒的人。

既铲除了情敌，又不会被心爱之人察觉自己的阴谋，这样缜密阴险的手段，也绝不是裴卓能想到的。

纪凛摸了摸自己的下巴，拿起笔，从笔记本上"裴卓"的名字处拉出一个箭头，指向另一个同姓的名字，并在杜苓雅的名字上打了个叉。

她从一开始就做了帮凶，差点害死她所爱的人，至今仍不明真相，认为自己罪有可恕，何等糊涂。不过也幸亏了这份糊涂，令她逃脱了更严重的罪责。从虞度秋对待董永良的态度来看，他大概率也不会追究。

果不其然，虞度秋没说出真相，接着她的话道："背叛我的人还少吗？起码柏朝目前愿意为我豁出性命，完美履行了保镖的职责，我暂时找不出辞退他的理由。"

杜苓雅见他不听自己的好言相劝，态度坚决，脸色越发惨淡："度秋……真的没有回转的余地了吗？"

虞度秋轻轻摇头，项链收进口袋，第一次也是最后一次抚摸她柔顺的长发："人这一生，总会经历几件悔不当初的事，在心中留下的裂痕沟壑，需要时间来填平，我相信，你总有一天能跨越过去的，杜小姐。"

十多年的亲昵泡影，在一声疏离的"杜小姐"中彻底破碎。

杜苓雅最后是哭着上车的。

杜书彦关了后座车门，踌躇地开口："度秋，虽然解除婚约是我提的，但我的意思不是说……以后咱们两家就老死不相往来了，我还把你当自家弟弟。"

虞度秋微笑点头："当然，我也把你当哥哥、把苓雅当妹妹，只不过这件事对苓雅打击可能比较大，近期我不便出现在她面前，还请书彦哥多照顾她。等以后她走出来了，无论她与谁恋爱结婚，哪怕是裴卓，我也一定会送上祝福的。"

杜书彦彻底松了口气。连这都不介意，那必然不会影响两家商业上的往来了。

"还有一点要请你嘴下留情……哎，我都不好意思说，阿雅她做出这种事，你报警也是情理之中，但她已经后悔了，我能保证她以后绝对不会来打扰你，你看……是不是就别追究了？"

"书彦哥说的这是什么话，我还没丧心病狂到因为这么点事，亲手把苓雅送进监狱的地步。"

杜书彦忙不迭地道谢，没计较他刚才更丧心病狂的绑匪式行为，坐上车押着自家妹妹回去了，一行人站在门口，目送他们消失在远处自动闭合的铁门后。

"看见了没，权势金钱足以泯灭人性和亲情。"虞度秋回身，对身后的老老少少说，"人类太肮脏了，去看看我纯真的畜生们，洗涤心灵。"

"……"

辅楼前的彩砖地上，驯犬师正给两条杜宾洗澡，沁凉的水珠喷洒在6月中旬的阳光下，晶莹透亮，格外凉爽。周杨果在旁围观，见缝插针地伸手摸摸两条神气的狗，又倏地缩回来，生怕被咬。

娄保国睡了个昏天黑地，刚醒没多久，陪着周杨果玩耍，嘲笑她胆小："别怕呀，它们不咬人，扔根骨头随便撸，一看就不是正经狗。"

两条狗似乎听懂了人话，同时朝娄保国"汪"了一声，把周杨果吓了一跳，后退两步一屁股跌在了地上，"哎哟"大叫。

娄保国忙去扶："摔疼了吗小果？"

"你没事惹狗干什么！"亲爹周毅骂咧咧地冲上去。

"我哪儿知道它们这么玻璃心啊！"

"汪汪汪！"

"别叫了！！"

场面一度混乱，洪良章前去协助驯犬师安抚，两条杜宾呜呜低吼着，好歹平复了心情，抬起高傲的脑袋，继续享受SPA服务。

虞度秋笑了会儿，说："你挺像那两条狗的。"

柏朝不爽地扬眉。

"不，你比它们更有意思。"虞度秋转过头，朝面色不豫的男人得意地眨眼，仿佛说了什么值得被夸奖的话。

柏朝不打算和狗一比高下，问："为什么起这两个名字？"

"你说'黑猫'和'警长'？"

"嗯。"

"因为小时候休学住院那阵子，无事可做，天天看动画片，特别讨厌黑猫警长，唔，应该说，我那会儿讨厌所有警察。"虞度秋笑了笑，"是不是觉得我从小就很坏？"

柏朝勾起嘴角："不，很正常的想法。"

虞度秋一愣，接着受不了地搓胳膊："你有时候说的话真让人汗毛倒竖。"

柏朝没计较，视线越过一群围着狗转的人，落到狗舍旁正在建的马厩上："马场的那匹白马，打算叫什么？"

"还没想好。"虞度秋的目光随他而去，默默看了会儿，说，"可能不带回家了，我已经很多年没骑马了，是苓雅喜欢，她一直记得高中马术课上我白马王子的形象。"

柏朝看向他："你也一直记得她喜欢什么。"

虞度秋笑道："我知道你在暗示什么，我不喜欢她，但她好歹是我未婚妻，给不了她爱情，总要给她些别的补偿，比如满足她的幻想。"

"还比如，不告诉她真相。"柏朝目光通透，"她不知道自己助纣为虐，也不知道你险些丧命，甚至认为自己没错，你就让她这么心安理得地怨恨你的无情？"

"不然呢？让她得知真相，忏悔一辈子？"虞度秋反问，"怨恨会随着时间而淡化，何况她的怨恨伤不到我。忏悔却不会，尤其是无法补救的过错，能折磨人一生。她罪不至此。"

柏朝盯他半响，忽而低笑："行，你是宽恕世人的神，可你什么时候能宽恕自己呢？"

虞度秋奇怪地瞥他："我是唯物主义者，少跟我提这些神神道道的。"

"那就说点切实际的。我也喜欢看骑马，你要不要骑一圈我看看？"

"得了吧，你又没见过我骑马。"虞度秋往旁边挪了半步，"我一上午和两个相处十多年的人断绝了关系，暂时没心情。"

"我可以等。"

"你别盲目自信。"虞度秋把手插进裤袋里，"总有人想让我浪子回头，可惜我天生就是个浑蛋。说实话，苓雅犯的这点小错，比起我这些年对她的冷落忽视，算得了什么？我要求她一心一意，自己却花天酒地，该被甩的是我，即便没出这次的事，我也早晚会找个理由和她分开。"

"那你一开始为什么要答应她？"

"人不都是这样吗？不到黄河心不死。如果不让她和我在一起，她会以为是我没给她机会，一直钻牛角，不如让她试一次，让她知道，我劣根性难除。她以后清醒了，就会慢慢想明白我是个渣男，不再留恋了。"

柏朝认真地说："你很为她着想。"

虞度秋哈哈一笑："你真信了？"

"……"

"刚说的只是一小点理由，主要还是因为她欺骗我。我不是说了我是个浑蛋吗？你怎么会轻信一个浑蛋的话？果然年纪小，太单纯。"

"那更要跟在你身边多多学习了。"

虞度秋眯起眼，笑嘻嘻地凑近，拍了拍他，随即迅速撤退："少做梦，这些花言巧语对我没用。"

虞度秋迈着欢快的步伐，回到卧室，把这几天缺失的睡眠一口气补了回来。

初夏温热的风拂过草坪、绿化带和各色鲜花盛开的花园。

新一批空运来的各品类花朵刚栽入土壤，靠近主楼的位置，一枝火红的虞美人显眼招摇地随风摇曳着。

突然间，一阵疾风哗地刮过，花头如同被铡刀斩首，连着茎叶一同折断，落入刚洒过水的湿润泥土中，随风翻转了几圈。

鲜艳的花朵沾染了脏污，优雅不再，堕落的美人静静地躺在阳光下，等待腐烂。

罪恶"主教"

CHAPTER THREE

034.

6月的最后一天。

距离虞文承跳楼案已过去一个月，A国之行也已过去将近两周，平义市近期无大事发生，最近一次登上热搜进入全国人民的视线，是大前天市政府正式批准开展Themis脑机接口项目，市长前往某科创公司的实验基地参观的新闻。

然而引起关注的原因，并非人民群众对高科技产品突然爆发了多么浓烈的兴趣，而是该公司的总裁过分惹眼，凭借一副好皮囊喧宾夺主，导致热搜评论下无一人在意市长慷慨激昂的演讲。

虞度秋的履历并非机密，外网一搜遍地开花，无论从家世背景、商业才能、学历奖项哪方面来看，都是妥妥的天才精英人设，一夜之间迅速引发大量热议，甚至将娱乐圈双影帝的新片消息都短暂地压了下去。

信息爆炸且缺乏深度思考的年代，短短几条浅显的讯息，便能将一个素昧平生之人塑造成任何样子。

可以瞬间造神，自然也能瞬间推翻。

先前君悦大酒店一案因警方和酒店方面封锁及时，没有太多照片和内情流传出去，可这次虞度秋抛头露面博得大量曝光度，自然少不了深扒他过往的好事网民。登上热搜的第二天，就有人扒出了他是案子的主要嫌疑人之一。

于是一些谣言立即扩散开来，称警方当中有人与其勾结，包庇凶手，甚至已经找好了替罪羊云云。

网上质疑四起，而当事人之一正斜靠在自家露台的沙发上，沐浴着暖阳，手指翻过一页管家刚送来的下月花植册，漫不经心地通着电话："纪队，你放心，我已经安排斐华去处理了，他的本事你是见识过的，绝对影响不到你们的口碑。如果你嫌不够，明天我再安排一出抢银行的戏码，你带着你的大队勇斗劫匪，你再中个几刀，保证你们逆风翻盘，锦旗收到手软，直接评上全国优秀公安局……"

电话里爆发出一阵叽里呱啦的咆哮。虞度秋取出蓝牙耳机拿远了，指着花卉册上的一株纯白月季说："上个月种在我卧室楼下、石子路两旁的，是这个品种吗？"的

洪良章看了眼："是的，叫'婚礼之路'，象征着幸福、光荣、希望。"

虞度秋摸了摸自己的嘴唇，不知回想起了什么，说："寓意不错，就种这个吧。"

洪良章收起册子应了声"好"。

虞度秋等了会儿，感觉纪凛冷静了，接着塞上耳机，问："你特意打电话就为了这事？案子没有进展吗？裴卓不承认你们就拿他没招了？你们这专案组可以解散了啊。"

那边纪凛不知说了些什么，他又轻轻笑道："你们辛苦我当然知道，我只是不在乎而已……怎么就不是人话了，实话实说罢了，总比那些在你们面前唯唯诺诺、到网上拿键盘攻击你们的人强吧。扯远了，亲爱的纪队，我想问问，你们什么时候能不监视我了？我什么时候可以少带几个保镖出门？前几天见市长，我的排场比他还大，多不合适。"

电话打到一半，虞度秋偶然抬眼，发现洪良章仍站在原地不动，便不和纪凛开玩笑了，拣要紧事说完，挂断后问："有事？坐下说吧，您别累着。"

洪良章"哎"了声，没客气。

如果整个虞家按陪伴虞度秋的时间长短来排名，虞度秋的父母加起来都未必比得过洪良章，当之无愧的虞家一分子，他若有事必然得听一听。

"您可别劝我回心转意。"虞度秋先把这种可能性扼杀了，"这次解除婚约，我已经被上头两位骂惨了，还好外公没说什么，看来他老人家终于放弃操心我的

终身大事了，您和他差不多年纪，也享享清福吧。"

洪良章苦笑："老爷都不急，我急什么，这事是杜小姐犯傻，您对外宣称是自己单方面悔婚，保全她的名声，也没追究她的责任，够仁至义尽了。杜总也真是，说好会向虞董解释，结果压根没说清楚，倒让虞董以为是您错了，您也不解释。"

"他要是说清楚了，我爸妈和外公会怎么想？他不敢拿自家的生意做赌注。愿意主动解除婚约，就是以退为进，我没指望他会实话实说。"

洪良章叹气："也是个人精。虞董不知道其中隐情，斥责你无可厚非，我可是了解前因后果的人，怎么还能劝你吃回头草呢？"

虞度秋安心了："这就好，还有其他事？"

"也不是什么大事，就是咱们的园艺师小余，回国后新招的那个，太不细心了。"洪良章皱起眉心，沟壑明显，"我明明提醒过他不要种虞美人，你不喜欢，可前两周采购的装饰花里又出现了虞美人，种也就算了，还种不好，花头断了，这……多不吉利。"

确实是小事，虞度秋没放心上，调侃："洪伯，你怎么年纪越大越迷信了？在我身边待久了不应该这样啊。"

"我也不想，但最近不是变故太多了吗？我总担心再发生点什么，难免疑神疑鬼的。"

"种虞美人没什么大不了的，夏天鲜花品种多，花商有时候也搞不清，混在一块儿了，不一定是他的问题。不过既然让你操心了，就开除他吧，反正家里员工一向流动得快，直接通知就行了，这种小事不用经过我同意。"

洪良章为难道："我是想开除他，但小柏最近跟他关系挺好，我怕小柏不高兴，所以来问问你的意见。"

虞度秋的目光已经挪到花植册上了，又重新转回来："他什么时候交新朋友了？"

"小柏闲着没事会去花园逛逛，遇上过几回，一来二去就聊上了，倒也没有多熟。"

虞度秋更奇了："那有什么好顾忌的？"

洪良章微笑："只是觉得您对他格外关照啊。"

"我只是觉得他不像爱交朋友的，也不像喜欢花花草草的……"虞度秋话音没落，自个儿也意识到，自己还真是对柏朝格外关照了。

这可不是个好趋势。

了解了别人的生活，便容易与那人产生更多牵绊，他一向能避则避，除非实在避不开，比如长期陪伴在身边的下属，他往往会被动知晓他们的家庭情况和隐私爱好。

主动关照一个人，确实不是他的作风。

他感到有些不爽，他将这种不爽归结为掌控权的流失。

虞度秋想了想，吩咐："你让柏朝去辞了他。"

洪良章依言照做，没过半小时，露台拐角的楼梯传来"噔噔噔"的急促脚步声，一脸冷峻的男人快步上楼，没声招呼，直接质问："小余干什么了？为什么要辞退他？"

虞度秋陷在松软的布艺沙发里，歪着脑袋枕在自己的胳膊上，两条腿屈起，鲜橙色的丝质衬衣像一层热烈阳光，铺在他流畅优美的肌肉上，仿佛莱顿的《炙热的六月》是以他为灵感而创作。

"舍不得他走？"虞度秋懒洋洋地笑问，"和他关系这么好吗？"

柏朝露出一丝困惑："什么舍不得？我是想问他有没有伤害你，否则你为什么突然辞退他？他还想找你理论，被我拦下了。"

虞度秋一噎。

柏朝看他的表情，结合刚才的对话，很快回过味来："和我有关系？"

在虞度秋迄今为止的辉煌履历中，最为人称道也最为人诟病的长项之一就是：总能猜透别人的心思。然而这招最近屡屡碰壁，且全栽在一人身上。

如果不出意外，接下来嚣张的小"柏"眼狼又该狠狠嘲笑他了。

"我只跟他聊过几句，连他全名都没记住。"柏朝看着他，认认真真地说，"他底细干净，你不用担心。"

虞度秋自讨没趣："我没担心，你多个朋友挺好，省得总来烦我……"

柏朝冷哼。

虞度秋懒得和他多费口舌，指了指茶几上的花植册："别管他了，你再挑几个品种吧，洪伯说你常去花园，我很少去，挑了也白费美景。"

柏朝看也没看，脱口而出："种木槿吧，白色的。"

209

"你好像很喜欢白花？我选了'婚礼之路'月季，也是白色的。"

"我上次戴的襟花？"

"只是觉得好看，别想太多。"虞度秋不知不觉又深究了下去，"为什么种木槿？这花太廉价了，种了会令人怀疑我的品位。"

柏朝扬眉表示质疑，顿了顿回道："那天在教授的花园里看到了白木槿，觉得很美。"

"行，你喜欢就种吧，算是你这些日子尽忠职守的奖励。"虞度秋轻轻嘘出一口气，仿佛解决了一桩难事，起身下地，坐在沙发边，低头舀了勺花园小桌上的西班牙杏仁冷汤，送进嘴里。

"不好喝吗？"柏朝突然问。

虞度秋抬眼："挺好喝的，为什么这么问？"

"你喝汤的速度比平时慢。"

"有这么明显吗？"虞度秋放下汤勺，一口没再碰，"不是不好喝，只是不习惯，董师傅夏天一般做冰镇果汁。"

"你可以让新来的魏师傅做。"

"那样他就知道我爱吃什么了，人不能在同一个地方跌倒两次，以后主厨也会一年一换。"虞度秋笑笑，"这大半年真是时运不济，穆浩走了，我二叔走了，董师傅走了，苓雅也走了，刚刚又辞了个园艺师，身边的熟面孔越来越少，再这样下去，得从我爸妈那儿抢人了，你觉得贾晋怎么样？我挺中意他的，是个识时务的人，也很能干……"

"你不是喜新厌旧吗？"柏朝打岔，幽深通透的眼神自上而下地笼罩着他，"身边熟悉的人一个个离你而去，你也会恐慌吗？"

虞度秋笑意不减："我是在愤怒，他们的离去本不应该发生。等我揪出所有这一切背后的那位'国王'，我要把我那套纯金纯银的棋子熔了，浇在他头上，给他做一顶王冠，让他得偿所愿。"

柏朝面无表情："那他会死。"

虞度秋嘿嘿两声："我知道，可惜不能让他死两次。"

"那你的新项目恐怕要无疾而终了。"

"唔，说得也对，差点丢了命才换来的项目，好不容易快落实了，不能因为我的任性功亏一篑。"虞度秋从沙发上坐起，将刀片项链塞进衣领，系好衬衫扣子，"你提醒我了，好久没去公司了，该去慰问一下我的经理们了。"

"我以为你的公司只是个摆设，很少听你提起。"

"目前确实是摆设，项目还在研发阶段，实验室才是重心，公司那儿基本没事，养了群闲人，不过以后或许能派上用场。"

"或许？"柏朝敏锐地察觉了他语气中的一丝异样，"你拉到了10亿投资，市政府也批准了，应该是胜券在握吧，怎么好像不是很确定？"

虞度秋系扣子的手指顿了顿，笑道："你又了解我了？做好你的分内事，少打听商业上的机密，说了你也不懂。"

柏朝深深看了他一眼，眼神如刀，颇为锋利，仿佛能割开层层表象，刺入人心深处。

虞度秋推开冷汤，喝了口纯净水，除去嘴里陌生的味道，同时也避开他的眼神："刚刚纪凛来电，说是还没查到裴卓陷害我的证据，那家伙死不承认自己给苓雅献过诡计，一口咬定自己那天就是去送礼的，没干别的。"

柏朝配合地不再深究，接话道："如果裴卓仅仅是口头怂恿，那么，哪怕杜苓雅供出他的名字，也没有真凭实据，他甚至可以反告诽谤。"

"嗯，目前也没有证据能表明他参与了前几桩案子，警察只能暂时放了他。唉，看来还是得靠我这个活靶子多外出走动，真希望公司那儿也埋伏着一批杀手，这回我就能让你们抓来审问了。"虞度秋十分期待道，"对了，你还没去过我的公司吧？在科技园，我买了栋楼。去换身西装，就新做的那套，陪我去一趟。"

"我陪你去公司？"

"怎么？"

"没什么，你是该找贾晋过来，我当不了秘书。"

虞度秋用餐巾轻拭嘴角："谁跟你说我没有秘书的？不然我在家待了快一个月，怎么了解公司情况？你该不会以为全是斐华在传话吧？他十句里有七八句都是废话，如果不是看在剩下的那几句还有点建设性的分儿上，我早就打发他另谋高就去了。"

柏朝略感诧异："可我从来没见过你的秘书。"

"因为我的总秘和秘书助理都是美女，苓雅不放心，我就没喊她们来家里陪着，免得给她们惹祸。"

柏朝没再问下去，说："小时候的你和现在可真不一样。"

虞度秋失笑："我当初喝醉了，无论对你说了什么都是醉话，想也知道不算数啊。况且我还没向裴鸣确认过呢，谁知道你是不是编了个像模像样的故事……"

"你可以现在就打电话问。"柏朝端着空汤盘站起来，"如果确认了是真的，希望你能对我放下戒心，少爷。"

一声压着不满的"少爷"彻底将虞度秋没说出口的、更浑蛋的话堵了回去。

虞度秋叹息："即便你的故事是真的，你跟我相处了这段时间，也该知道，无论对我多么忠诚，我都不会100%信任。你对我来说，就像随处可见的木槿花，可以拥有却不珍贵。"虞度秋抚平了衬衫的衣褶，"我现在让你跟在我身边，是因为你有利用价值，总有一天我会像今天辞了小余一样干脆地辞了你，或许下个月，或许明年，到时候可别哭啊。"

"你可能不太了解木槿花，这种花有一个与众不同的特点。"柏朝的声音冷静而低沉，"它朝开暮落，风雨无阻，凋谢之后隔天又会盛开，生生不息，历经磨难而矢志弥坚，永不枯朽。"

"无论黑夜多么漫长，太阳总会再次升起，它总会再次盛开，这是你无法改变的自然规律。"柏朝的眼中似有火光跳动。

虞度秋忽然有些迟疑："……说说谁都会，我劝你别太自负。"

虞度秋微微低头，一些画面浮现于脑海，将某些沉底的记忆碎片翻涌了上来，他想抓住几片，可抓住的却是碎片折射的虚幻光影，映出一片光怪陆离的错乱世界，分不清哪片是真实存在的回忆，哪片是臆想出来的幻境，他索性不再去想。

楼梯上再度传来脚步声，洪良章人未到声先至："少爷，招聘新园艺师的事，人事已经去办了，快的话这两天就能到位。对了，我刚遇上小柏，说要给你榨果汁？魏师傅做的冷汤不合你胃口吗？需不需要再换一位主厨？"

"……不用，换谁都一样，总归不是原来的味道了。"虞度秋重新坐下，视线落在花植册上，暖风翻了几页册子，恰好一朵素雅洁净的白木槿呈现在他浅色的眼瞳中。

"洪伯。"

"什么事，少爷？"

"再给柏朝做一次详细背调，最高级别的。"虞度秋轻轻抚过纯白的花瓣，"找到他以前待过的福利院的院长，他就读学校的老师同学，他在裴氏工作时的同事。无论问出什么，一条不落，统统记录下来给我。"

035.

上午11点，慧新科技园内的大多数企业刚开始午休。

这片园区在新金区乃至整个平义市都算得上闻名遐迩，市政府近20年大力发展高新技术产业，靠一条条福利政策广纳贤才，汇聚了相当一批实力强劲的海内外科创名企前来开设分公司或开展新项目。

创业公司不是没有，不过大多在花光第一轮融资的资金后便灰溜溜地退租了。搞科技不像摆路边摊卖杂粮煎饼，成本低廉且必然能赚个温饱，前期研发阶段基本是烧钱烧钱再烧钱，砸个几千万下去也未必看得到一丁点儿水花。

创新发明，古往今来通常都是天才的游戏。也是部分钱多到没处花的二世祖用来美化名片的手段——"××科技有限公司董事长"，总比"××私人会所VIP会员"听着有派头。

园区内不缺十八岁读完清北本科的天才，也不缺把几百万投在"宠物语言翻译机"这种项目上的二世祖，但集两者特性于一身的天才二世祖，在全园2547家注册公司的总裁中，仅一位脱颖而出。

气势恢宏的普尔曼驶入慧新科技园的大门，保安心惊胆战地盯着升起的栏杆，生怕剐蹭了这辆他十辈子都买不起的豪车。

两位刚拿完外卖回来的白领自觉远远躲开，却也按捺不住好奇，伸长脖子朝漆黑一片的车窗里张望。

"这么夸张的车，是不是那位热搜上的霸道总裁来了？"

"应该是，我猜里面肯定坐满了美女。"

"那估计车里坐满了，一个给他倒酒，一个给他按摩，怀里再抱一个……"

虞度秋倒是想，可惜目前完全没有世俗的那种欲望。

普尔曼缓缓停在园区 C 座大楼前。

有别于其他挤着几十家公司的办公楼，这栋楼仅一家公司入驻，门禁极严，外人若想造访，需先去保安办公室进行安检。保安也并非揣着保温壶领着最低工资的老大爷，清一色身强体壮的年轻小伙。

虞度秋提前打过招呼，总秘已经等在楼下了，是个和卢晴年纪相仿的年轻姑娘，名叫袁莉，前两个月刚跳槽来这家新公司的，实力与颜值并存，干练的短发齐耳平，一身深色职业套装勾勒出曼妙身材，确实值得杜苓雅多加提防。

可惜老板的视线落在保安身上居多。

袁莉也是个胆大的，见老板止步不前，轻咳催促："虞总，各部门经理在会议厅等您。"

"嗯？谁说我要开会了？"虞度秋说完，又看向一旁那个年轻俊秀的保安——个子比他矮一个头，长相偏韩系，单眼皮下裹着滴溜圆的黑眼珠，五官单看算不上突出，但组合在一起还挺耐看。

保安似乎被看得不好意思了，腼腆地与他对视了眼，匆匆低下头。

周毅和娄保国早就习惯了，虞度秋的行事做派从不分时间场合。

虞度秋似乎浑然不觉背后众人的反应，径直走向那名保安，低头仔细瞧他的脸，温声问："新来的？"

保安小鸡啄米似的点头，没有往后退。

虞度秋不明所以地笑了声。

小保安傻了眼，下意识地皱了皱眉，很小声地说："虞……虞总……"

虞度秋笑意愈深，似乎对他的反应颇为满意，接着放下手，突然喊："保国。"

娄保国立刻站直了："哎！"

"喜欢吃锅包肉吗？"

没头没尾的一句话，听得小保安满脸迷惑，不知道虞度秋是在问自己还是问别人，正在犹豫着要不要答"我比较喜欢吃红烧肉"时，他余光所及之处，突然出现一大片高速逼近的阴影。

他尚未反应过来，胸口猛地一阵钝痛，感觉自己仿佛寺院里的大钟，被一根巨木狠狠撞了一记，双脚忽然离地，整个人在巨大的冲击之下倒飞出去，滞空了足足一秒，落地时背部与大理石地砖来了个亲密碰撞，五脏六腑剧烈震荡，全身骨头疼得宛如粉碎，险些喷出一口鲜血。

人肉坦克娄保国吓了一跳："噢哟！哥们儿你没事吧？看着身板挺硬实的，怎么这么菜？"

倒在地上的小保安艰难地动了动脖子，然而毫无起身之力，最终两眼一黑，晕了过去。

娄保国更过意不去了："好久没听到自己的暗号，有点小激动，用力过猛了，不好意思啊少爷。"

柏朝闻言，结合之前自己的经历，大体上弄懂了"暗号"的作用——虞度秋会说一句出其不意的话，让在场所有人都分神疑惑，只有暗号的唯一对接者明白，这是在通知自己，迅速制伏虞度秋正在对话的人。不仅分散敌人的注意力，还当着敌人的面密谋，敌人或许到死都不知道自己怎么死的。

众人同情地看着不省人事的可怜小保安，很难说究竟谁才是危险分子。

"弄醒他，带到我办公室去。"虞度秋看向袁莉，脸色跟断崖式降温似的，骤然一寒，"谁没有经过我同意擅自招人了？"

袁莉还没从刚才的视觉冲击中回过神来，听见老板的问话，惊得一哆嗦，生怕下一个躺地上的就是自己，赶紧明哲保身："不是我，是人事部……"

"让人事部经理来我办公室一趟，再叫上赵斐华。"

"那会议室里的……"

"散会，以后别自作聪明。"

"好的……"袁莉忙记下这三件事，一点儿不敢马虎。

虞度秋迈步进入大厅，娄保国轻松架起昏迷不醒的小保安跟上，好奇地问："少爷，你怎么看出来他有问题的？"

虞度秋边走边回："首先，这张脸我没见过，肯定是新来的，但人事部却没告知过我。其次，他从我进门起就一直盯着我看，明摆着想吸引我的注意。我觉得古怪，一试之下，果然不正常。"

娄保国还没懂："哪里不正常？"

"明明嫌恶我的靠近，却又做出一副殷勤的模样。"

总裁办公室占了一整层顶楼，装修布置仿佛待售的样板房，丝毫没有人味儿，一看就常年空置，无人造访。

娄保国刚把昏迷的小保安扔到沙发上,两位被传唤的部门经理就前来报到了。

赵斐华依旧一副老学究样,倚仗着和老板多一层同学关系,比战战兢兢的人事部经理放松得多,一见仰躺着的小保安,闲暇多日的嘴巴立刻技痒了:"哟,虞总,您在家找人肉沙包也就算了,公司的小伙子也不放过啊?"

虞度秋顺着他的话随手一指:"是啊。保国,把他也摁住了,人肉沙包多他一个不多。"

赵斐华立即警惕起来:"别乱来!"

人事部经理瞧他俩熟络,自己插不进嘴,尴尬地站在边上赔笑。他和袁莉一样,也是这家新企刚创办时跳槽过来的,听说这位年轻老板是位天才二世祖,不知抽了什么风,抛弃在A国扩张势头大好的商业版图,千里迢迢跑回国,搞什么吃力不讨好的脑机接口,真把自己当科学家了。

腹诽归腹诽,对于这位新老板,他其实很满意,不仅极少前来视察公司,而且薪水开得令其他公司望尘莫及,慷慨地养着他们一帮闲人。公司上下至今不知实验室里的项目进展到什么地步了,反正虞度秋也不安排差事,他乐得清闲,巴不得这位堕落的二世祖继续骄奢淫逸。

谁知今儿突然因一件小事被大老板点了名,不得不暗骂晦气。

娄保国又掐又摇,终于弄醒了小保安。刚才那一撞太狠,小保安脑子里仍旧嗡嗡的,浑身疼得厉害,坐也坐不起来,只好继续躺尸。

"袁莉说他是你招的?"虞度秋坐在老板椅上,揉按着太阳穴,回想了几秒,记起来了,"李经理,是吗?"

"您喊我小李就行。"李经理捏了把汗,没想到极少出现的大老板居然记得自己的姓,他隐隐意识到这位二世祖似乎不好对付,于是瞅准虞度秋尚未指责的当口,利索的嘴皮子先为自己开脱,"虞总,事情我已经听袁莉说了,保安的招聘工作确实是我负责,我也知道公司的规章制度里写了,任何招聘都需经过您同意,可前几天有个保安辞职了,正好那时候您上了热搜,好多记者来公司取材,我们的保安部人手不够,就先把这个来应聘的小伙子招进来了,打算之后再补上您要求的背调。"

虞度秋从鼻子里发出一声意味不明的低哼:"你先给我干50年的活,等你死了我再发你工资,可以吗?"

李经理心里发怵，预感不妙："虞总，您要求的背调太具体了，连他的社交账号都要全部查一遍，整理起来需要时间……"

"做不到啊？那就别做了，去找袁莉填辞职报告。"

"不是的，我……"

"现在。"虞度秋朝门口做了个请的手势，"我从不给人第二次机会。"

李经理没有获得再开口的机会，被周毅拎着衣领丢出了门，失魂落魄地眼看着门关上，彻底和高薪摸鱼工作说拜拜。

娄保国揪起沙发上另一个丢了魂的主，说："醒了就起来，装植物人呢？"

小保安的五脏六腑逐渐归位，木头木脑地起身，眼神还有些呆滞，扫过办公室里的几个人，似乎没搞清状况，怯怯地说："虞总……您这样随便打人，要负法律责任的。"

娄保国立刻直眉瞪眼："嘿，你想讹谁呢？"

虞度秋摆手："保国，这事是你不对，我没让你把人家撞飞，给他道个歉。"

赵斐华听了简直想落泪，扭头对周毅说："孩子终于长大了，学会做个人了，不用我操心了。"

周毅拍拍他的肩："毕竟都快三十的孩子了。"

娄保国不情不愿地拱了小保安一下："对不起，那个……你叫啥？"

小保安被那一撞撞出了阴影，下意识地瑟缩躲开，害怕地回答："黄……黄汉翔……前天刚入职。虞总，我刚刚听见您和李经理说的话了，您是在怀疑我来路不明吗？那您尽管查我好了，我是本地人，学历不高，毕业找不到好工作就当保安了，在上家公司干了一年，听说这儿给的工资高，专招年轻人，才来应聘的。"

虞度秋友好地微笑道："你敢这么说，背景履历应该是查不出什么问题的，不过你刚才的反应让我有点儿困惑，为什么要盯着我看？为什么我靠近你又皱眉？"

"因为您太好看了，我不自觉地被吸引……"黄汉翔低头，"皱眉是因为我没有心理准备，吓了一跳……"

回答得合情合理，话里还暗暗夸了上司的颜值，配着这张刚毕业没多久的青涩俊脸，一派实心办事、毫无心机的模样。

气氛一时间凝滞。

虞度秋翘起的嘴角不知何时已然放平，默然盯了黄汉翔半晌，眼神幽幽地转到了娄保国和周毅他们这儿。

娄保国和周毅立马挺直腰板站好。

然而虞度秋看的不是他们："柏朝。"

"怎么？"

虞度秋突然站了起来，手插进裤兜，踩着长绒地毯，闲庭信步般走到了办公室门口，"嗒"一声按下了锁，接着转身："我确认一下，你说过，我拥有你100%的忠心，对吗？"

"对。"柏朝毫不犹豫。

"这儿基本都是自己人，我先把丑话说前头。"虞度秋靠上门板，挡住了整个房间唯一的出口。

他冰冷的眼神如同一把手术刀，锋利的刀刃将人一块块肢解，挖出心脏，验其真心。

"如果你胆敢背叛我，我会把你关进地下室，关到你饿死、尸体腐烂、只剩骨架，再做成标本，放在家里当收藏品。反正你是个孤儿，养父也死了，没人会察觉你的消失。"

赵斐华悄没声儿道："我收回刚才夸他长大的话……"

周毅目不斜视："闭嘴吧，当心变成下一个标本。"

即便虞度秋从未做过如此丧心病狂的事，但谁也不会怀疑，他是否做得出这种事。

黄汉翔后脖子一凉，缩在沙发一角，大气不敢出，瞪着眼睛围观。

办公室里一时间静得诡异。

虞度秋冲柏朝挑起眉梢："吓得不敢说话了？"

"没有，只是有点可惜。"柏朝的语气透出淡淡的遗憾。

"可惜什么？"

"你愿意给我收尸，还要收藏起来，这比我一个人死在某个不知名的角落强多了。可惜……我不会背叛你，享受不到这样的待遇。"

虞度秋一言不发地凝视着他，似在评估这话的真实性。

柏朝坦然以对。

片刻后，虞度秋笑骂："神经病。"

这一笑，紧张瘆人的气氛瞬间烟消云散。众人皆松了口气，憋了半天的赵斐华终于敢出声了，骂骂咧咧："你最没资格骂别人神经病。"

然而没等他们吐完这口气，虞度秋又开了口："那么，请你解释一下，为什么他从头到尾，都没有正眼看过你？"

沙发上坐着的小保安猛地僵住。

"他说因为我好看所以盯着我，可你也好看啊，他却根本不看你。"虞度秋玩味道，"我故意把话题往你身上引，正常人都会看你一眼吧，可他还是不看。你也不接话，沉默过头了，小'柏'眼狼。"

脸色煞白的黄汉翔插嘴："我不看他是因为……"

"让你说话了吗？闭嘴。"虞度秋头也不回，目光死死盯在一个人身上，"我只给你一次辩解的机会，想清楚了再说。"

办公室内所有或惊讶或忐忑的视线"唰"地射向柏朝，将他层层包围。

"没什么可辩解的，就是你猜的那样。"柏朝平淡道，"没错，我们认识。"

036.

"我们认识。"

这四个字能延伸出很多种解释，可能是仅仅知道彼此存在的网友，也可能是见过几次面的点头之交，再往深里去，也有可能是关系密切的好朋友。

当然，最糟糕的解释，也可以是"我们是同伙"。

但从柏朝说出这句话时镇定自若的神态来看，这种可能性极小。所以娄保国等人只是惊讶了一瞬，并没有往坏处想，随后便怀着一颗八卦的心，等待虞度秋追问"你们怎么认识的"。

虞度秋却没问，而是说："那我接着猜啊。他说他毕业就当保安了，所以他应该在某家公司或单位待过一阵子，而你恰好也做过类似的工作，并且我记得你的资料上写着，毕业后你一直在裴氏干。所以……他是你以前在裴氏的同事，对吗？"

柏朝干脆承认："对。"

娄保国如释重负，拍拍小心脏："原来是这样，我当什么大事呢，这一惊一乍的，你说是不是，老周……你这啥表情？"

周毅眉头深锁，半边脸上的长疤随着褶子挤成歪歪扭扭的线条："可还是很奇怪，如果只是普通同事，他为什么不敢看小柏？小柏又为什么一开始不说？而且，又是裴家……"

近期发生的所有异常，或多或少都跟裴家沾亲带故，尽管警方未能从裴卓口中撬出他与前三起命案的关联，可他们几个下边办事的都不是傻子，稍加推测，便知目前这一连串案件的最大嫌疑人是谁。

"我今年2月就从裴氏辞职了。"柏朝漠然道，"不说是因为我跟他不熟，我负责珠宝押运，要跟车跟机，经常在外跑。他是门口站岗的，基本待在公司，我们只有出门放行的时候说过话，印象不深，一开始不确定，刚才他说了名字我才基本确定，但你聊得火热，我插不进话，紧接着你就怀疑我了。至于他为什么不敢看我，应该是没想到我在这儿，怕被我认出来。"

虞度秋拍手："解释得不错，完全把自己择出去了。"

"他说得是真的！"被禁言半天的黄汉翔瞅准机会，冒险插嘴，"我刚在楼下没注意到他，进了办公室才发现他也在，我只是不想被以前的同事认出来……"

"你俩一唱一和，默契十足啊。"虞度秋的目光始终未动，捕捉着柏朝脸上的每一瞬表情，"可是会不会太巧了？君悦的吧台服务生刚好辞职，你就去应聘了，随后吸引了我的注意，渗透进我的生活。如今我公司这边恰好有名保安离职，紧接着他来应聘，渗透进我的公司。最巧的是，你们曾任职于同一家公司，而这家公司的股东之一，不仅出席了君悦的宴会，还怂恿我的未婚妻破坏我的项目计划。你的解释似乎不足以抵消这种巧合。"

"君悦的吧台服务生是我买通后让他离职的，我那晚本就是冲你而来，你也知道，没什么不能说的。"柏朝边说边大步朝他走去，"至于他是怎么入职的，与我无关。况且你别忘了，我那晚是怎么进你房间的。"

周毅身形刚动，被虞度秋一个手势制止。

男人来到他面前，年轻的脸庞硬朗而桀骜，穿着不太合身的紧绷西装，撑平衬衫的胸膛里似乎汇聚了不少怨气，不悦的目光剜过他散漫的脸，沉声说："正常人若是要害一个人，可不会先差点害死自己，少爷。"

虞度秋勾唇："你算正常人？正常人可不会高空爬楼，更不会把枪对准自己的心脏。"

柏朝逼得更近，用仅他们二人能听到的音量说："我做的这些事，还不够换取你的信任吗？"

"差了那么点意思。"虞度秋也低声回，"以前遇到过几个想盗取商业机密的，也表现得忠心耿耿，当然没你这么疯。可我一试探，就原形毕露了。"

"……"

门口两个人唧唧私语半天，其余人被晾在一旁。

娄保国纳闷了："他俩说啥呢？需要这么小声？"

赵斐华恨不得生出对顺风耳，手搁在耳边努力收音："好像在争论，不会打起来吧？你俩要不要过去看看？"

周毅直摇头："别了吧，不知道为什么，我感觉他俩一说上话，周围人就插不进话。"

这时，两道身影从余光中一晃而过。赵斐华眼尖，连忙叫住："你俩去哪儿啊！还没审完这小子呢！"

柏朝拽着虞度秋朝里边走，头也不回："我们去统一意见，给我五分钟。"

虞度秋轻飘飘地丢下一句"把人看紧了"，随柏朝进了办公室里的小会议室。

门"砰"地被关上，剩下四人大眼对小眼。

黄汉翔弱弱地问："我能走了吗？"

娄保国大马金刀地往沙发上一坐，将虞度秋的命令贯彻落实了："他俩正商量怎么收拾你呢，你老实点！"

会议室内没开灯，百叶窗降下一半，遮蔽了半打日光，剩下的半打往昏暗的空间内投下一道道明亮的光束。

柏朝低声道："说正事，你要相信我。"

虞度秋扬眉："凭什么？"

"因为我们的敌人一致，我一直怀疑柏志明出事和裴家有关。"柏朝道，"他以前经常被公司派去外地出差，尤其是M国，短则几天，长则一个月。现在想想，未必是去查看宝石开采情况的，可能是裴家指使他去交易毒品。而你最近也怀疑裴家是背后的'国王'，对不对？"

221

"不是最近，查到柏志明的那一刻就怀疑了，看见苓雅那副鸽血红耳坠的时候就基本确定了。再加上雨巷案凶手指上的那枚宝石戒指……就算裴家不是'国王'，也一定在这盘棋局里充当了某个角色。"虞度秋将散乱的额发潇洒地捋到脑后——他玩世不恭的外表或许是他的最佳伪装，所有先入为主认为他不过是个散漫富二代的人，最终都会后悔自己的轻敌。

"你知道吗，世界上最负盛名的红宝石出产地，也是最负恶名的毒品出产地之一。现在平义市内光鲜亮丽的所谓豪门世家，往上三代基本都是穷光蛋，靠什么发财发家？

"我外公堂堂正正靠头脑才学，杜书彦那位早死的爹靠敏锐的新闻嗅觉，而裴家，最早是从M国发家的，也是资本积累最快的。上个世纪的珠宝挖掘开采技术可没如今发达，就算裴先勇再财运亨通，一挖一个准，珠宝的升值也需要时间，不可能在短短几十年间积累大量财富。所以，你猜他们是靠什么迅速发家的？"

柏朝："还用猜吗，你已经说得很明白了。"

虞度秋一笑："确实不用猜，裴卓他爸10多年前就进去了，当年杜家追踪报道了整个审判过程，幸灾乐祸之情跃然纸上，甚至有传言说裴先勇的涉毒情报是杜家提供给警方的……但由于证据不足，只判了无期，人是活着，只是很难出来了，烂摊子全压在裴鸣这个长子身上。目前裴家看起来做的确实是正经生意。但裴先勇被抓的时候裴鸣已经成年了，我不信他对家族财富的来源一点儿不知情。

"如今他们家肉眼可见地衰败，以他们家人祖传的争强好胜的性子，裴鸣肯定不甘心，或许……就走了他爸的老路呢？可如今各国对金三角地区的管控太严，大宗毒品生意已经很难做了，开辟新渠道才是出路。

"正巧，他们家珠宝远销海外，有固定的运输线，通过难以追踪的海外邮包，将海外新型毒品运送到国内不是难事。"

虞度秋分析完，问："你觉得我的猜测合情合理吗？"

柏朝摇头，表示不认可："今时不同往日，国内不允许进行毒品交易，就算那些人铤而走险，但仅靠私人交易那点儿蝇头小利，对他们家那么大的产业来说，只是杯水车薪，挽救不了颓势，为什么要冒险犯这种性价比极低的罪？"

虞度秋继续道："要不说你天真呢，卖给你这样的小角色当然赚不到什么钱，但要是卖给我这样的大人物呢？靠这些东西讨好我、控制我呢？"

柏朝没计较这话有多自恋，问："怎么讨好控制？"

"方法多了去了，比如说，新型毒品里有一种叫'开心水'，喝了能让人兴奋、上瘾，这时候对方再派个美人来勾引我，我没法拒绝，不就从此堕落了？"

柏朝冷声说："不喝你也一样堕落。"

虞度秋打哈哈略过："还有致幻剂，如果有人神不知鬼不觉地往我的水里加点儿料，趁我晕晕乎乎的时候，诱哄我签下资产转让协议，我的百亿身家就拱手让人了。"

这个例子比较具有说服力，柏朝思索了会儿，认可了："原来还有这种用途。"

"所以啊，我怀疑 LSD 只是其中一种，裴家每谈成一笔生意，或许就有一批货运回国，用于生意场上。寻求刺激新鲜本就是许多人的天性，愿意为此买单的人不在少数，但这种新鲜玩意儿不是人人都能搞来的，得有渠道，也得有人承担运输的风险，总不可能让大老板们亲自去'收货'吧？"

柏朝眯眼："照你这么说，你要得罪的人可就太多了。"

虞度秋微笑："我知道，斐华也提醒过我，平义市的资本势力很复杂，但这世上又有几个单纯善良的'资本家'呢？反正我不是。总而言之，只要我们抓住'供货商'，必定能拔出萝卜带出泥，最终一网打尽。"

柏朝的思路瞬间打通："这就是你在夏城搞黄裴卓订单的原因？先切断他们的货源？"

"嗯，他那笔订单的供货期是五年，先不管他究竟有没有犯罪，反正我宁枉毋纵。"

"为什么当时不告诉纪凛？他好歹是警察，找禁毒办和海关处理这件事更容易吧。"

虞度秋道："小天真，先不提纪凛人微言轻，出了这么大的事，警方正紧锣密鼓地搜寻这批毒品的出处，你觉得敌人会傻到这时候还继续运毒吗？证据恐怕早就被销毁了。"

柏朝耐着脾气问："所以我们能做什么？"

"目前什么都做不了。"虞度秋耸肩，"对面的人比我想象中高明些，声东击西，层层渗透，每一步棋都走得大智若愚，分明很容易看透，却抓不住任何足以定罪的把柄。这样的棋法，以我对裴卓多年的了解，他可做不到。"

"你的意思是……"

"嘘。"虞度秋食指点上自己的唇,"心知肚明就行。下棋最忌急躁,现在比的就是谁更能沉得住气。经过夏城之行,你应该也感觉到了,比起警方,对方更忌惮我。或许是不希望我协助调查,或许是不希望我继续 Themis 项目,或许两者皆有。我偏要推进下去,让他们着急,让他们想方设法阻挠我,从而露出马脚,露出一只我就剁一只,直到全部剁成肉泥为止。"

"……你的比喻有点血腥。"

"再血腥也只是个比喻,真正血腥的事实早已发生,吴敏、穆浩、我二叔,哪个不是血淋淋的例子?"虞度秋轻叹一声,"二叔那案子我还能理解,毕竟是个意外。但吴敏和穆浩被害我是真没料到,这也是我最不解的地方。高中的时候,我、穆浩、苓雅和裴卓四个人走得最近,裴鸣很宠他弟弟,经常招待我们,我十八岁出国的派对还是他张罗着办的呢。虽说我能感觉到他不是完全真心实意,多少有点儿巴结我们家的意思,但也不像有胆子买凶杀人的人。"

柏朝听到"派对"二字时目光一闪,稍纵即逝,道:"柏志明生前工作兢兢业业,和普通员工没什么两样,也看不出一丝涉毒的样子。这些人能不顾他人死活谋取私利,怎么没胆量杀人?"

虞度秋略一沉吟:"你说得也有道理,不过你要这么说的话,我就得返回到最初的那个问题了——你曾为裴家做事,又是柏志明的养子,我怎么知道你不是故作忠诚,骗取我的信任?"

柏朝刚要回辩,忽然间,不知会议室里的哪扇窗没关紧,留了道缝隙,一阵高空疾风刮过,百叶窗帘猛地一抖,投入室内的光跟着颤了颤。

他脑子里仿佛也照进了光,恍然一亮。

"……奇怪,你今天好像很执着于类似的问题。"

虞度秋轻哼:"别转移话题。"

"别转移话题的是你。我前公司和我养父的事你早就知道,即使今天黄汉翔没出现,你也一直怀疑我,可你从来都不在乎,反正你本来也不打算长久地留着我,不是吗?为什么现在想问了?"

虞度秋发出一声嘲笑:"你们这些人怎么总爱揣测我的意图……"

"你不希望我是卧底,不想赶走我,所以要确认我的忠诚,是不是?"柏朝逼问道。

虞度秋冷笑，与此同时，阳光中有什么东西一闪而过。

"这样的危险面前，也会忠诚吗？"

冰凉的薄刃抵在脖颈上，轻轻一划，留下一道浅浅的血印，再用力三分，便能割断动脉。

"吴敏就是这么死的，两片利刃割喉，几分钟就断了气，你这么强壮，应该能坚持一刻钟？"

柏朝脸色丝毫未变，竟然主动前压，低声说："嗯，我尽力。"

虞度秋一个愣神，没及时收回的刀片项链就割出了一串血珠子，顺着柏朝的脖子流入衬衫，染红了白净的上衣。

"喂……"他一时无话可说，头回觉得在不走寻常路这方面棋逢对手。

"我不怕死，你应该知道。"柏朝任由血腥味在空气中蔓延。

虞度秋最终意识到眼前确实是个不要命的，手指一蜷，撤下了刀片。

柏朝低声问："不杀我了？"

"要杀也不会亲自动手，你当我傻吗？"虞度秋往他西装上一抹，擦去了项链和手指上的血迹，闷闷不乐道，"一个月废我两套西装，你当陈叔的定制费很便宜？一套抵你半年工资。"

"那就从我工资里扣。"

"这样你就能再在我这儿赖我一年了是吧？别以为我不知道你打的什么算盘。"虞度秋扯下他报废的西装外套，压在伤口上止血，自认专业地把西装袖子绕到他背后，打了个结，"随你怎么想，目前你不是我想对付的人，没工夫跟你扯嘴皮子，出去吧。"

柏朝低头看着脖子上多出来的一大片"围脖"，无奈地摇摇头。这得多没包扎常识。

虞度秋正欲开门，门却从外边敲响了。

周毅沉稳的声音隔着门板传来："少爷，你们商量好了吗？"

"差不多了。"时间早已过了五分钟，虞度秋回头责怪，"一会儿要是斐华说教，你给我担着，他的啰唆程度不亚于我外公。"

柏朝点了点头，趁他转身开门，迅速把造型酷似婴儿围脖的西装外套解了下来。

刚恢复体面，忽听周毅略带紧张的声音说："少爷，刚才袁莉打来内线电话，说裴总来了，正在一楼接待室等着……不是裴卓，是大的那位。"

037.

窗户缝里又钻进来一阵劲风，卷过两人的后颈，寒意从脊柱蔓延至全身。

"有意思。"虞度秋提起项链，扔进衬衫里，"我回国至今，他没来打过一声招呼，君悦的接风宴也没出席，隐身到现在，我以为他打算一辈子躲着我呢。"

周毅赞同地点头："是没料到，连预约都没有，估计是外头那小子通风报信的，明摆着想让您措手不及，怕是有什么阴谋，还好我和保国跟着来了，小柏也在……我去！这……这是怎么了？"

周毅无端一声惊吼，吸引了外边的两人。娄保国和赵斐华闻声而来："出什么事了？"

柏朝扔下沾血的西装："没事，你们看好黄汉翔，别进来。"

"他出不去，这层的电梯楼梯都设了虹膜锁。你就别担心了，自己都成什么样了，还不赶紧包扎。"周毅操起了老父亲的心，拽着满脖子血的柏朝回到办公室，环视一圈，空空荡荡，没有任何可以用来清理伤口和包扎的东西，愁得直挠头，"这儿看着挺大，怎么连瓶矿泉水都没有？"

虞度秋嘿嘿笑道："拿出你以前荒野求生的看家本领啊，喏，那儿有盆绿植，扯两片叶子给他包扎，又不是什么严重的伤，死不了。"

赵斐华听不下去："说你没人性都轻了，我看你这儿墙上该挂个牌匾，写上'丧尽天良'四个大字！"

周毅对他俩在会议室里干了什么完全没兴趣，抽了几张餐巾纸捂在柏朝的伤口处，勉强止血，着急道："少爷，我先带小柏下去吧，看看袁秘书那儿有没有纱布。"

赵斐华连忙拦住："你们这副样子下楼，被人看见了怎么办？以为我们这儿又发生了什么案子呢，我可管不住别人的嘴，公司的风评好不容易扭转了些，不能让你们毁了我辛苦公关的成果！"

娄保国一巴掌拍上他后背。赵斐华那小身板哪儿抵挡得住，险些扑倒在地，扶正了眼镜，回头大骂："干吗死胖子！"

娄保国怒道："你这人怎么这么自私？我大哥都伤成这样了，你还拦着不让走，想害死他啊！"

赵斐华一叉腰："能不能听我把话说完！咱顶楼有停机坪，从那儿走！谁想害他啦？又不是我割伤他的！"

伤人犯本人自动忽略最后一句，才想起来似的"哦"了声："好像是建了个停机坪，老周，辛苦你一趟，喊市人民医院的急救直升机过来，陪他去包扎。你们俩，跟我下楼。"

柏朝跟着迈出一步："不用麻烦，我自己可以处理。处理完陪你下去，裴鸣很难对付。"

虞度秋四两拨千斤地一拦："明枪易躲，他亲自来，倒不容易出事。听话，去一趟医院，收拾得干净体面点儿再回来见客人，好歹是我身边的人，注意形象。"

柏朝听见最后一句，怔了怔，一恍神的工夫，虞度秋已经走到门口了，勾出一个冷然的笑："别让裴鸣哥久等，他已经等不及了。"

海蓝表盘的奢华手表静静躺在办公桌上，指针毫无误差地转着圈。

世界上最冰冷无情的恐怕就是时间，见证了无数离别与死亡，仍旧不为所动地继续流逝。

"哎，你倒是一点儿划痕都没有……"纪凛趴在桌上，自言自语着，无聊地按下侧边录音键，听了无数遍的对话再次响起。

旁边座的卢晴刚处理完一起盗窃案，好不容易闲下来片刻，就听见一道令人毛骨悚然的男声说："嗯，死了。"

她受不了地扭头："纪哥，这段录音我都会背了，能别听了吗？这块手表上的物证我们已经全部收集了，该还给虞度秋了吧？别让人家以为我们私吞了，本来最近咱们局的名声就不太好。"

纪凛坐起来："咱们局名声不好还不是他害的？我这是在从头捋线索，谁稀罕他的破表。"

"得了吧，你不是说男人都对表感兴趣吗？百万名表也不稀罕？"

"反正我不稀罕……"纪凛嘀咕着，将手表装进物证袋，放入抽屉锁好，想了想还是不甘心，"这声音实在听不出是谁，应该不是裴鸣或裴卓吧？"

卢晴："肯定不是啊，哪儿有大老板亲自上阵杀人的？"

"可凶手又戴着那么大一枚宝石戒指……难道是假的？假的有什么好戴的，还容易留下身份特征。"

"可能去酒吧装阔呗，就算他举止可疑，酒吧的人一看他戴那么大的戒指，以为他有钱不好惹，或许就不敢过问了。"

纪凛还是心存疑虑："我去怡情实地调查过，进去要过安检门，虽然没机场那么严格，但凶手就不怕万一吗？他怎么保证自己的武器不会被没收？还是把双刃的……莫非，他事先买通了员工，托人带进去了？"

卢晴听着他越来越大的脑洞，感觉自己是休息不成了，只好被动加入探讨："纪哥，这已经是八个月前的案子了，就算你现在去通信运营商那儿查酒吧员工的通话记录，最多也只能查到六个月内的。不如把眼光收回来，专注当下，监听裴卓的电话。"

纪凛摇头叹气："你刚转正不了解情况，就别瞎建议了，监听电话取证仅限于严重危害社会安全的嫌疑人，而且审批流程那叫一个严格，我参加工作这些年，也就见重案组的徐队让技侦用过一次，抓一名连环杀人案的嫌疑人。以裴卓目前这点儿微不足道的罪名，别说监听了，连拘留都做不到，他就是不承认，我们也没证据，能拿他怎么办？"

卢晴想起上回的审讯过程就生气："无论他是不是嫌疑人，他那副嚣张跋扈的样子看着就惹人烦，走的时候还说我们败坏他名声，搅黄了他的生意，要我们好看，不就正常审讯嘛，又没威胁虐待他，他的生意也不是我们搅黄的啊，跟我们横什么。"

"他不敢找虞度秋的碴儿，只能找我们的呗。别理他，那家伙掀不起风浪，派人继续盯着他就行。"纪凛站起身，"我还是去找老彭吧，看看市局专案组那边有没有进展。"

卢晴在后头喊："又问啊？你一天问八百回，老彭前阵子问我，你是不是和虞度秋打交道太频繁，精神错乱了！在考虑要不要换人监视呢。"

"换人也一样会精神错乱,这份苦还是我来承受吧,别祸害别人了。"纪凛大义凛然地朝里走。

局长办公室的门"咔嗒"一声被打开,彭德宇头也不抬道:"没新线索,出去,带上门。"

纪凛吃了个"开门羹",死皮赖脸地挤进来,一本正经道:"我是来汇报的,虞度秋今天辞了他家的园艺师,然后去公司了,带着他的三个保镖。"

"知道了,出去,带上门。"彭德宇推了推老花眼镜,继续埋头审阅文件。

纪凛轻轻关上门,人还在里边儿,慢慢挪到办公桌前:"领导,我之前的申请……批了吗?"

彭德宇终于抬起头,摘了眼镜看他,从鼻孔里哼出一声:"有求于我就用敬称了?你的搜查申请我看了,批不了。"

纪凛立马急了:"为什么?现在裴家明摆着有嫌疑,难道要视而不见?上面如果责怪下来我担着!"

"先不说你担不担得起,你和虞度秋现在只是通过推理怀疑裴鸣,确实有理,但咱们也得有据吧,你们的证据呢?你觉得我呈给检察院,检察长会批?"彭德宇先硬后柔,语重心长道,"小纪啊,我知道你对这桩案子很上心,很想抓住杀害你朋友的凶手,但你别忘了,虞度秋目前也是犯罪嫌疑人,他说的话,你不能全信,更不能被他牵着鼻子走。他这人防备心很强,不可能跟你全说真话的。"

纪凛双手"啪"地拍上木桌,压低身子,跟参拜大佛似的,就差磕头了,恳切道:"我知道,但起码他说得不无道理,您不也经常跟我说吗,'不能放过任何一丝可能性',现在裴家在背后策划这一系列案子的可能性非常大,咱们就非得照章办事?专案组成立至今已经一个月了,一直没重大突破,您就不着急?规矩是死的,人是活的啊!"

彭德宇抬起手正欲往他脑袋上敲,听见最后一句,手顿住,愣了愣。

纪凛喊完,小小的办公室内回荡着回音,他蓦地意识到自己又冲动了,急忙退后:"对不起,我不该吼您……您这阵子比谁都辛苦。"

彭德宇两鬓多了几缕白发,眼袋重得快垂到桌上,这些日子睡少醒多,脑子都是混沌的,被他这一吼,倒是清明了几分,叹出一口长长的气:"唉……你让我想起我年轻的时候,也是天不怕地不怕。在制度里待了这么多年,不知不觉变厌了，没那股冲劲儿了。"

纪凛讪讪地说："您教训我们的时候手劲儿可大得很……年轻时不得徒手给人开瓢啊……"

彭德宇摇头："不是指这方面，我那会儿比你还胆大妄为，有的时候完全不顾规章制度……别露出这种八卦表情，我跟人保证了，这辈子绝不说出去。"

纪凛曲线救国，迂回地问："跟谁保证的啊？"

谁知彭德宇给出了一个意料之外的答案："虞度秋的外公，反正你也问不着他，我好多年没见过他了，人家功成名就，隐居世外了。"

纪凛确实问不着，只得作罢，嘟囔："您跟虞家人故交这么深，还为他们保守秘密，却叫我别信虞度秋……这不是只许州官放火吗……"

"我是老花眼，不是耳朵聋，当我听不见？"彭德宇搁在半空的手继续刚才未完成的动作，狠狠敲了一记浑小子的脑袋，"守密是有原因的，只是不能告诉你。当时那起案子算得上重大案件，我也像现在的你一样，自己推理过、怀疑过，可惜啊，受限于当时的技术，始终找不到证据，上头压根不搭理我，最后只能判定为意外事故，想想挺遗憾的……算了，检察院那边我去给你说说情，要是不批，我也没办法。"

纪凛瞬间喜笑颜开："您真英明！回头给您送面锦旗！"

彭德宇嫌弃地一挥手："去你的！被人瞧见以为我指使的呢，想让我被举报啊？回你岗位上去，继续盯紧虞度秋，他要是出事，别说我这个小局长，咱市长都要抖三抖。"

纪凛不屑："他被人追杀都能开着跑车去兜风，能出什么事？我估计他这会儿正在公司给他的员工画大饼呢，他那吹得天花乱坠的 Themis 项目到现在连个影儿都没有，就出了几篇新闻报道，居然能忽悠到十亿投资和市长批准……"

话没说完，局长办公室的门外突然传来一阵毫无章法的急促敲门声。

"一听就是小卢，这姑娘被你带的，也成了急性子。"彭德宇无奈，朝门外高喊："进来吧！"

进来的果然是卢晴，面色紧张严肃，甚至用上了敬称："彭局长，纪队长，刚接到消息，虞度秋好像抓了个打入他公司内部的卧底，带上楼审问了，紧接着柏朝不知为何负伤，可能遭遇了卧底的袭击，和周毅从楼顶坐直升机离开了。同时！

裴鸣突然抵达虞度秋的公司，带了好多人，难道是卧底计划泄露，决定破罐子破摔决一死战了？目前虞度秋身边只有一个贴身保镖，虽然咱大胖哥也很能打，但我担心……"

纪凛一听，立马大步朝外走："我带人去看看情况，申请配枪，领导。"

彭德宇凝重点头："嗯，注意安全，我让其他大队随时待命，遇到紧急情况，不要贸然行动。"

038.

根据警方安装在虞度秋公司的监控显示，裴鸣一共带了五名随行人员。

其中，有两名肌肉健壮的大汉手里似乎提着重物和长条状物品，装在漆黑的防水袋里。据卢晴判断，很像管制刀具和分尸后用来装尸块的容器。

三辆警车从新金分局风驰电掣地赶往现场，硬闯了好几个红灯，警笛声响了一路，直到临近目的地才关掉，终于争分夺秒地抵达了科技园。

纪凛跳下警车，让卢晴留在车内待命，万一发生意外，能够及时联系警局。自己则带上牛锋和其他几个大块头，气势汹汹地杀进了C座大门。保安上前阻止，他一亮证件，正色问："你们老板在哪儿？带我们去。"

几名保安面面相觑，谁也不敢先开口。

"又来了！虞度秋是自己建国了吗？怎么他手底下的人都只听他的，连警察都不配合？"

牛锋也冒火："纪哥，少跟他们废话，咱们直接一间间搜！"

一名保安苦着脸道："不是我们不听，是怕丢工作啊。你们警察好歹会秉公执法，我们老板……唯一能跟'公'字搭上边的，只有他的性别……"

这时，袁莉及时从里边袅袅婷婷地走出来，一撩耳鬓发丝，露出标准职业微笑："纪队长是吧？虞总知道您会来，特意盼咐我领您过去。"

牛锋一见态度温和的美女，火气瞬间消了，不好意思地避开美女的目光，小声问纪凛："虞度秋怎么知道我们会过来？难道他也给我们局里装监控了？"

纪凛哼道："公安局被人装监控，那还得了？他不过是猜到我看见监控里裴鸣

231

来了,一定会跟着过来而已。这小子,把人的心理摸得透透的。你,是他秘书吧?带我们过去,别耍花招!"

牛锋:"……"他们队长单身至今,果然是有原因的。

既然袁莉能在这儿候着,想必里头没出什么大事。纪凛藏起配枪,戴上隐形耳机,单枪匹马上梁山,吩咐其余人留守在外,以防有变。

袁莉领他们到接待室门口,轻叩了两声门,柔声问:"虞总,您约的纪警官到了,要带他去您办公室等吗?"

"不用,请他进来吧。"

门一开,纪凛率先步入,跨进门内的同时,一股浓烈的烟草味扑鼻而来,但与普通香烟不同,这股烟味中掺杂着类似于焦糖咖啡的芳香。

他的视线瞬间集中到烟味的来源——沙发和茶几处。

两方人马各居东西,虞度秋身后的势力略显单薄,唯有赵斐华、娄保国,以及跑不掉的悲惨小保安,神色颓丧,眼神似乎有点儿空洞涣散,估计是认命了。

反观另一边,五名随行人员在沙发后站成半弧形,围拢着中间沙发上的一人,阵容堪称豪华。其中一位端着单反摄像机,另一位正在调试三脚架。

纪凛:"……"

原来监控里看到的包裹是这两件玩意儿。

这趟实属草木皆兵了,冷静下来一想,虞度秋的项目还没开展,就算裴鸣是幕后真凶,应该也没急到鱼死网破的地步。

纪凛心中定了定,大胆对上众人投过来的视线。

他早已调查过裴鸣的个人信息,对裴鸣的长相不陌生,但这是第一次见真人。

与商业杂志上气宇轩昂的精英形象相比,裴鸣本人倒是没那么一板一眼,见有人进来,取出了叼在嘴里的雪茄,转头打量他几眼,浓眉微挑,小幅度地点了点头,露出一个令人如沐春风的微笑,算是打招呼了。

得体又随性,挺会与人拉近距离的,而且长得也算是万里挑一的帅哥,难怪在生意场上远比他弟弟吃得开。

袁莉告退,带上了门。纪凛不动声色地走向沙发,脑子里飞快地将了遍目前已知的所有关于裴鸣的情报:裴鸣,男,现今35岁,裴氏珠宝创始人裴先勇的长子,裴卓同父同母的哥哥。

裴鸣迄今为止的生活，幸运与磨难参半。幸运的是出生即巅峰，成年之前，父亲裴先勇稳居平义市首富宝座，外界的目光自然会落到他的继承人身上，好在裴鸣足够争气，自小在无数赞誉中长大，顺利进入世界顶尖学府，跻身国内顶尖青年才俊的行列。

然而没有多少人一辈子都能一帆风顺，就在裴鸣成年后逐渐接管家中事业之际，其父裴先勇因涉及毒品交易而锒铛入狱，一夜间自家股票大跌，丑闻满天飞，并被没收了所有涉毒财产，元气大伤，至今仍未完全恢复，裴鸣也从天之骄子沦落为人人唾骂的毒贩之子。

若不是裴鸣的确有些经商本事，含垢忍辱苦心经营，熬过了最艰辛的那几年，没让公司破产，一家人早喝西北风去了。

如今虽然在财富榜上排不上号，但也算平义市有头有脸的人物，若想对其家产和公司进行全面搜查，没有检察院的文书，怕是门槛都跨不进去。

纪凛朝裴鸣回点了下头，随即转移了目光——目前他们尚未查到裴鸣头上，不宜流露出太多探究，以免惊动对方。

虞度秋故意让秘书假称自己和警察有约在先，应该也是想减少裴鸣的猜忌。

不得不说，这家伙平时疯疯癫癫惹人讨厌，关键时刻，居然意外地默契靠谱。

纪凛看向虞度秋，用带点儿调侃的语气旁敲侧击："哟，虞先生，今天你好孤单啊，怎么身边才两个人？上回见市长不是乌泱泱地带了一大群跟班吗？"

虞度秋似乎领会了他想获取确切情报的暗示，回："柏朝刚才受伤了，我让老周送他去医院包扎。"

等的就是这句话。

纪凛在心中表扬了他一句"识相"，接着佯装不知情地关切道："啊？怎么在办公楼也能受伤？出什么事了？"

"不方便说。"虞度秋促狭一笑，"他太倔了，不小心伤了他。"

"……"靠谱什么！指望虞度秋说出人话不如指望石头开花！

裴鸣轻笑，打破了他们这一隅的尴尬："度秋，这位是？"

虞度秋顺着他的话介绍："哦，这位是新金分局的纪警官，负责调查我二叔的案子，近期我们经常碰面，为了尽快找出凶手。"

纪凛顺势朝裴鸣伸出右手："裴先生，我听说过您的大名，久仰。"

裴鸣没有多数富商那种颐指气使的架子，或许是因为父亲的事，对警察有所忌惮，迅速站起回握："我只不过是个做生意的，哪比得上你们出生入死为人民服务的，说久仰真是抬举我了。纪警官的名字我也有所耳闻，前阵子舍弟给你们添麻烦了。"

纪凛的手摸到了一样硬物，低头一看，是裴鸣手指上戴的一枚硕大的翡翠戒指。

苍翠欲滴，玲珑剔透。他的心迅速下沉。

裴卓这个"哥宝"，果然跟他哥告状了，连负责审讯自己的警察名字都告诉了他哥，显然不是为了给他送面锦旗。

裴鸣虽然表面上客客气气，但看他的眼神，似乎和手上的戒指一样，泛着幽幽的绿光，不知是不是他的错觉。

"没事，我们都相信他是无辜的，只是以防万一而已。"

裴鸣微笑："那是当然，我从小看着他长大，他打人都不敢打，哪敢做坏事呢。"

这是什么奇怪的论证说法。纪凛心想，不敢打人就是好人了？何况你们这些有钱人根本不会亲自动手吧？

"他给苓雅送礼的事我也听说了，很正常，他以前读书的时候就暗恋人家，隔三岔五地送东西，没什么稀奇的。"

明摆着是为弟开脱，纪凛配合地胡说："嗯，我们调查完也觉得他没问题，马上就放了，不过他可能觉得进警察局挺丢脸的吧，走的时候心情不太好，还望裴先生多开导开导他。"

裴鸣貌似大度地颔首："嗯，一定。"

两个人假模假样地客套完，纪凛往虞度秋旁边一坐，回头瞅了眼面色难看的黄汉翔："这位挺面生啊，你的员工？"

虞度秋耸肩："今天这趟的'意外收获'，不知是谁安插在我这儿的眼线，刚跟裴哥聊呢，这家伙之前是裴哥公司的门卫。"

纪凛瞬间领悟了他的言外之意，拖长了音道："哦……那还真是巧啊。"

"可不是，我也不知道他离职后接触了什么人，居然当上商业卧底了，还好度秋及早发现，没造成损失。"裴鸣自然而然地接过话茬，完全没回避，三言两语撇清了自己的关系，顺手将桌上放雪茄的烤漆木盒推过来，"纪警官，来一根吗？贝伊可52，好不容易搞到一盒，原本想送给度秋的，结果他这么多年了还是不抽烟。你应该抽吧？"

纪凛摆手："谢谢，我也不抽，更不识货，您别浪费了。"

包裹着雪茄的咖啡色烟纸像一件笔挺的复古西装，可谁知道这里面卷的是烟草还是毒药，就像道貌岸然的外表下往往藏着人渣一样。

裴鸣叹了声"可惜"，也不强求，自个儿继续抽了，同时体贴地问："度秋，纪警官找你有事，需不需要我先回避？"

纪凛半瞎扯半实话："不用，我没什么事，主要来了解他的近况，看看他做了什么事、见了什么人，你们谈你们的就行。"

裴鸣开玩笑："度秋，你现在是'重大嫌疑人'啊？"

虞度秋无奈地摊手："是啊，人身自由都没了。"

"度秋他不会杀人，你们放心好了，他可胆小了，又怕黑，又怕枪。"裴鸣揶揄。

虞度秋笑笑："哪有怕黑怕枪，习惯开灯睡而已，这次在A国也开枪了，不信问纪队。"

"你也快进入而立之年了，该谈个正经对象了。"裴鸣轻轻地将雪茄的边缘压在烟灰缸的一侧，旋转雪茄让余烬掉落，貌似不经意地问，"苓雅不是挺不错吗，怎么突然解除婚约了？我听小卓说……你好像怀疑她害你？真的假的？"

此话一出，对面沙发后的二人心里皆是狠狠一呛。

娄保国竭力抑制自己骂脏话的冲动，转头对赵斐华挤眉弄眼：你看看他！明知故问！是不是臭不要脸！

赵斐华默默推了下眼镜，用的中指。

黄汉翔突然剧烈咳嗽了两声。娄保国一巴掌捂住他的嘴，低声道："安静点儿，就你这又蠢又菜的小东西，也敢来当商业卧底。"

相比起他俩的愤愤不平，虞度秋这位当事人相当平静，迅速编了条理由："她没害我，只是太傻，被人利用了而已。我也不想惯着她，就借机提出了解除婚约。"

裴鸣不知信没信，但这条原因十分符合花花公子虞少爷的一贯作风，就连亲眼见证了现场的纪凛都开始怀疑，这小子该不会真是打着调查的幌子，只为解除婚约吧？

"我听外面也是这么传的，都挺心疼苓雅。"裴鸣很通情达理道，"不过我弟倒是开心了，你也知道他从小就喜欢苓雅，这阵子天天跑去杜家嘘寒问暖，看来是想乘虚而入。我其实很不赞同，你知道原因的。"

虞度秋无所谓道："都是上一代的事了，就算杜远震告发了你爸，他也已经死了快十年了，你还不能释怀啊？"

裴鸣摇头，轻声叹气："我爸是咎由自取，怪不了别人，但杜远震在判决后还添油加醋，说自己有内部线人，能挖出更多线索，以此提高自己在业内的威望名声，却害我们家担惊受怕了好几年，生怕再度被牵连，在外根本抬不起头，走到哪儿都被人戳脊梁骨。结果到现在杜家也没拿出证据，害我们家平白受苦了那么多年。小卓那时候年纪小，感受不深，我是绝不可能忘的。"

娄保国听八卦听得起劲，不敢出声，就掏出手机发短信："这不正好吗，啥锅配啥盖啊！"

赵斐华冷笑回复："人家可不那么想，觉得自己清白着呢，真是戴着面具进棺材——死不要脸。"

从裴鸣脸上看不出一丁点儿虚情假意，感伤得相当真切："不过，如果小卓实在喜欢苓雅，苓雅也愿意，我不会从中作梗，会祝福他们的。只是对不住你，我这个做哥哥的先跟你说声抱歉，希望你别介意。"

虞度秋大方道："这有什么，裴哥你太客气了，我们虽然多年未见，但也不至于生疏到这份儿上吧？"

"哈哈，有你这句话我就放心了。"裴鸣放下雪茄，搁在烟灰缸边上，朝身后做了个手势，"不瞒你说，我这趟来，不光是和你叙旧的，有正经事。"

秘书立即打开记事本，摄影师和录像师迅速各就各位，打光助理展开打光板，恰好将窗外的光线反射在裴鸣脸上，显得明亮处皮肤白净，阴影处轮廓深邃。

原本就出众的颜值立刻拔升到了男明星级别。

众人："……"

这是来谈生意的还是来拍杂志的？

准备就绪的裴鸣英姿勃发，双目炯炯有神，仪态端正，精英范儿十足，与杂志上一模一样。

相比之下，虞度秋这儿的光线黯淡许多，但他那一头出挑的银发，无论在什么场合都不会泯然于众人。

纪凛不禁怀疑这也是种博眼球的手段，这些商人一个个道貌岸然，实际一个比一个城府深。

然而转念一想，虞度秋似乎很少上杂志，好像也不需要靠发色吸引关注。

这人走到哪儿不是焦点？

裴家兄弟再挖空心思包装自己，世人所贴的标签也无非是"青年才俊""帅气多金"之类的寻常形容。

而虞度秋无论多么离经叛道、臭名昭著，世人依旧毫不吝啬地赋予他"天才"的美称。

被这样不可战胜的对手压着，还真是有点儿憋屈，就算没有Themis项目或参与调查，虞度秋估计也时常被人视为眼中钉。

"我看了前两天市长参观你实验室的新闻报道。"裴鸣保持着45度侧对摄像头的角度，珠宝戒指流光溢彩，在"咔嚓咔嚓"的快门声中不紧不慢道，"报道里有一条，说你这新项目有望治愈毒瘾？我很感兴趣，不知道你还缺不缺投资人？"

039.

如果此时能点播一首背景乐，赵斐华一定毫不犹豫地选择那首 *Mission Impossible*。搁这儿演《碟中谍》呢？

娄保国倒吸一口气，胸腔鼓得老高，像快炸了。

纪凛没他俩反应这么夸张，但也为裴鸣的话诧异了一瞬。

这是什么战术？亲自深入敌营获取情报？

虞度秋安静了两秒，不长不短的思考时间，既不轻率也不犹豫，像是认真考虑了才回："裴哥要投资我肯定乐意，可我这项目不确定性太大，你的钱很可能会打水漂哦。如果你想涉猎天使投资这块领域，我可以给你物色几个更有潜力的初创公司。"

裴鸣摇头，顺便换了一个略微低头的角度，显得睫毛更为纤长，鼻梁更为高挺："你别谦虚，我相信你的才能，而且我听说你已经拉到 10 亿投资了？摆在眼前的未来'独角兽'，我岂能白白错过？这一轮是赶不上了，A 轮的时候希望能给我留个位置。"

娄保国听得云里雾里，打字问赵斐华："什么是'独角兽'？"

赵斐华手速飞快："就是市价估值超过 10 亿美元的未上市的初创公司，说明潜力巨大，投了必定赚钱，一般人想投资都没位置，姓裴的想走后门让你家少爷带他飞。"

这么通俗直白地一翻译，娄保国秒懂："呸，他想得倒是美！"

虞度秋不置可否地"嗯"了声，慢慢悠悠的，也不知道在打什么算盘。纪凛先忍不住了，开口道："裴先生，不好意思打断你们的谈话，但我需要掌握他所有往来人员的信息，包括商业往来，而且您刚才提到了毒瘾问题，和我们正在调查的案子有些关联，所以容我冒昧问一句，您为什么对这个项目感兴趣？"

"纪队长真负责啊。"裴鸣接过秘书递来的金边眼镜，往鼻梁上一架，后仰靠到沙发上，跷起腿，气场全开，摄影师坐到地上，采用仰视拍摄法，拉长他的下半身，将他的长腿优势充分展现。

纪凛："……"

娄保国："这自恋程度，也就比少爷差那么点儿。"

赵斐华："我截图了。"

娄保国："？！"

"实不相瞒，我感兴趣是因为我爸。"裴鸣眉头微锁，"他的事至今仍是我们家头顶的阴云，我想投资这个项目，一方面是出于私心，想挽回我家的名声；另一方面是出于诚心，想为我爸赎罪，即便任重道远，我也一定倾尽全力。"

后一条理由堵得人没法开口拒绝，谁拒绝谁就是没人性、冷血无情，不让一个孝顺善良的儿子为父赎罪。

纪凛不如这些商界骄子精明狡猾，一时想不出什么周全的话来回应，只好干巴巴地说："原来如此。"

旁边的虞度秋忽然轻笑了声，不知是否在笑他笨拙，但他似乎听出了一丝嘲讽。

纪凛怒瞪过去：我倒要看看你怎么拒绝。

虞度秋压根没拒绝。

"好啊，如果能存活到 A 轮，我一定给你留位置。不过……"他顿了顿，倾过身，进入了打光板的照射范围，银发瞬间折射出耀眼的光华，整个人亮得夺目，反将裴鸣压得黯淡无光。

"所谓'赎罪'，不过是一种自我安慰，对被伯父直接或间接害死的人来说，哪怕以死赎罪，他们也不能死而复生。你那点儿诚心，又算得了什么呢？况且人只有一颗心脏，哪儿来的两种心？你所谓的一半私心一半诚心，其实完全是私心外加一条冠冕堂皇的借口罢了。"

娄保国和赵斐华同时在心中出了口恶气。

这些话以娄保国的受教育水平难以表达，以赵斐华的身份职位无立场表达。

杀人诛心，还得靠辩口利舌、不可一世的虞度秋。

裴鸣修养惊人，听了这夹枪带棒的一席话，居然面不改色。

只有正在给他拍面部特写的摄影师察觉了他镜片后稍纵即逝的一丝阴郁，吓得手一抖，整张拍糊了，相机屏幕上留下一张扭曲骇人的脸。

"我话说得刺耳了点儿，但都是大实话，裴哥你可别生气。"虞度秋话锋一转，"那些罪又不是你犯的，你赎什么罪？过好自己的人生最重要，不要走上伯父的老路，毒品那种东西，可比尼古丁容易上瘾多了。"

茶几上的雪茄尚未熄灭，一缕若隐若现的白烟垂直往上，宛如两人之间一道似是而非的裂痕。

裴鸣摘下眼镜，夹起茶几上剩下的大半截雪茄，叼在嘴里，声音穿过朦朦胧胧的白雾而来，难辨虚实："他那条路，我是断然不会走的。但你这条路，又何尝不是险象环生呢？20 年前的事故足以说明，即便是天才，也会有失手的时候。"

雪茄的浓郁气味随白雾散开，沙发后的赵斐华不喜尼古丁，皱了皱鼻子。

娄保国想嘲他娇气，没察觉身旁的另一人，在室温适宜的会议室内，冷汗涔涔。

市人民医院，VIP 豪华病房。

最后一片擦血的棉片飞进了垃圾桶，外科主任医师孙兴春放下镊子，如释重负般叹了声气。

周毅忙问:"孙医生,我同事他没事吧?"

孙兴春摆摆手:"不想多说。"

周毅心里一紧:"啊?很严重吗?我看就是个小伤口啊。"

"知道是小伤还来!"孙兴春怒喝,白眉竖起,唾沫乱飞,拳头在办公桌上捶得"砰砰"响,骂一句捶一次,"再晚来几分钟伤口都结痂了!还直升机送来,我以为多严重呢!耽误我午休!你回去转告那臭小子,回头我就跟他外公告状去!"

周毅缩起脖子,不敢吱声。

虞度秋天不怕地不怕,就怕外公生气,毕竟从小跟着外公长大的。

孙兴春骂够了,周毅赶紧赔礼道歉,好说歹说,总算劝阻了一场险些爆发的家庭矛盾。

孙兴春已经相当不耐烦,收着工具发着牢骚:"他小时候精神病也就算了,怎么现在正常了还来折腾我这把老骨头,嫌我活太久了是吧?"

周毅不敢说其实现在也没多正常,一个劲儿赔笑:"哎哟,您这是哪儿的话,您一定能长命百岁。回头我劝劝少爷,尽量不打扰您,这是第一回,肯定也是最后一回!"

孙兴春停下动作:"什么第一回,这小子不是第一次来了吧?我看他有点面熟啊。"

周毅奇怪道:"不会啊,这是我新同事,您以前应该没见过。"

"是吗?那估计我记错了。"孙兴春嘀咕了两句,接着指向门口,"好了赶紧出去,看见你们这些不知轻重的小年轻就烦。"

周毅立马领着伤员恭恭敬敬地道别离开,一回头,看见伤员正在扯刚贴好的纱布。

"你干什么!"

柏朝的手一抖:"……不舒服。"

周毅拉下他的手:"不舒服也贴着,有伤口就要包扎,你没常识的吗?"

"我的常识是这种小伤过阵子就会自己好了,不用管,也没人会给我包扎。"

周毅从这句语气平平的话里脑补出了孤儿的辛酸过往,老父亲的同情心瞬间泛滥成灾:"现在有了,听长辈的,这样好得快。你看我脸上这道疤,当初就是伤口没及时处理，留下了这么难看的一长条，直到现在去小果的家长会都要戴口罩，怕其他同学嘲笑她有个凶神恶煞的爸爸。"

柏朝不以为意道："如果我爸长这样，我会觉得很酷。"

周毅心头涌起一股暖流，但下一秒又忽感不对劲："你什么意思？暗示我当你爸？打我女儿的主意?!"

"……"柏朝抽出手，乖乖贴平脖子上的纱布，转移了刚才的危险话题，"你这疤是怎么来的？"

周毅一摆手："嗐，别提了，以前在部队，跟一群M国偷渡来的毒贩干仗，被手榴弹碎片划伤的。在那之前我也算是玉树临风、英俊倜傥，否则也追不到那么漂亮的老婆。"

"这种疤好像可以通过手术祛掉，既然在医院，要不要顺便去面诊？"

"不用，这疤也算是我的武器之一了，有时候啥都不干就能吓跑一片。走吧，回公司去，少爷那边还不知道什么情况呢，我怕保国应付不了，斐华只会打嘴炮，打架没用。"周毅转身朝外走，"打车回去吧？那架直升机虽然是少爷捐的，他随时可以用，但也算医疗资源，没事儿占用总归不太好。"

"嗯，电梯在那儿。"柏朝拉了他一下，朝另一个方向走，问，"他经常给医院捐东西吗？"

周毅很少来这儿，平时的小病虞家的家庭医生就能解决了，这次正好公司离市医院近才飞过来，一时没察觉不对劲，跟着柏朝往右拐："也不是经常，好像就给这家医院捐了。"

"为什么？"

"你也听到了，刚刚的孙主任认识少爷的外公虞老，少爷小时候精神状态不佳那会儿，就是在这家医院休养调理的。孙主任虽然是外科医生，但经常到内科住院部来看望少爷。"

"他被绑架之后的事情吗？"

"嗯，对……呃，不对。"周毅盯着眼前乍然出现的电梯门，疑惑地问，"你怎么知道电梯在这个角落？从我们刚才的位置看不到吧。"

"我是这儿的常客。"柏朝按了下楼的按键，退回原处等待，"裴氏会给员工报销医疗费，每年还有全面体检，都是在这儿做的。"

"这样啊,难怪孙主任刚刚说你眼熟,兴许真见过你,没想到裴氏的福利还挺不错。"

"没什么,很多公司都有。"

"别身在福中不知福了,我们那个年代就没有。"周毅笑笑,"如果有……小果她妈可能就不会走那么早了。"

柏朝张开嘴,停顿半秒,又闭上了,似乎很想问,但不知道适不适合开口。

"叮!"电梯到达了此层,门徐徐打开,两人步入,和一群病人及家属挤在一块儿,沉默地下至一楼,跟在最后出了电梯。

刚迈出两步,柏朝终究没忍住好奇,扭头朝周毅看了眼。

周毅哈哈一笑:"想问就问,真是的,你突然这么小心翼翼我都不习惯了。"

"我一直很小心。"柏朝辩了一句,用眼神问他,可以说吗?

"唉,好多年前的事儿了,早就走出来了,用不着避讳。"周毅的笑容浅淡,透出几分寂寞,"那会儿我在部队,一年回不了几天家,婚后家里的事都是我老婆一个人操持,晕倒了两次还以为是自己太累了,休息休息就好,一直没去医院看,也没告诉我,后来发现是脑癌的时候……已经是晚期了。"

周毅像感冒了似的,吸了吸鼻子,低头看着脚底下的路:"为了筹钱治病,我从部队退役,应聘了很多富豪的保镖,但治疗费要得急,没人愿意提前给我发工资,卖房的钱也不够,眼看着就要山穷水尽了……直到遇见了少爷。

"那会儿他才十四五岁吧,但已经很有名了,我印象最深的是当时虚拟币刚刚诞生,没有人相信这种虚无缥缈的玩意儿能挣钱,少爷却花几百美金买了几千个币,说:'越疯狂的投资,越容易获得惊人的成功,就算没有,我也享受了赌一把的乐趣,何乐而不为呢?'简直无法相信这是从一个小孩嘴里说出的话,事实证明,他眼光确实很有前瞻性,现在他账户里的那几千个币,价值上百亿。

"但同时吧,我也听说他脾气古怪,对下属很苛刻,一言不合就会辞退,所以我本来不想去应聘的,可当时真是走投无路了,没办法,就不抱希望地去了,心想着要是还不行,就去卖血、卖器官,能筹多少是多少。

"没想到面试的时候是他亲自来面,和我一块儿进终面的还有十几个候选人,他们的履历都很专业,也都很会说话,让人感觉很忠心很可靠。我嘴笨,说不出什么漂亮话,只能实话实说,还以为肯定没戏了。

周毅说到这儿,似乎回想起了当时的画面,不禁笑了笑:"没想到少爷最后选中了我,我自己都不明白为什么,大胆问了他。他告诉我,其他人的忠心都是假象,不过是为了高薪,一旦有人出更高的价钱,他们很容易叛变。但同样的钱,给到我,我会感激他一辈子,为他拼命为他死,当然是招我更划算。"

柏朝摇了摇头:"借口罢了,他总是这样,用势利的借口,掩藏自己的善意。因为他知道,善良对他那样身份地位的人来说,是一种会被利用的弱点。"

周毅认可地点头:"我也明白,少爷并不像他表现出的那么自私自利,我入职后,他立刻预付了我未来十年的工资,几百万……我当时都觉得他疯了吧,也不怕我卷款逃跑,哪有正常人敢这么做?可他真的转钱过来了……这笔钱让我老婆多活了三年,她看着小果长大,读幼儿园,给小果写了很多信,留下了很多影像,这样即便她离世了,小果也能感觉到她的陪伴。我俩甚至带小果去了很多地方旅游,都是少爷出的钱,我们住最好的酒店,我老婆玩得特别开心,说这辈子都没这么奢侈过。"

周毅的眼眶微微红了,声音也有些哽:"最后她走得很安详,说自己所有的心愿都完成了,了无牵挂了,在我怀里闭上了眼……后来,少爷帮我把我老婆的骨灰做成了钻石,说等到小果结婚那天,婚礼上可以戴,相当于她妈妈出席见证了……"

医院门口,人流不息,有的拖着病痛的身躯,去面对一场忐忑不安的审判;有的神色轻松地走出来,呼吸着没有消毒水气味的新鲜空气,享受着6月的最后一片艳阳天,仿佛重获新生。

人来人往,人留人走。到这个夏天结束,秋天到来之前,这世上又会上演多少场生离死别?

"世事一场大梦罢了。"柏朝挥手拦了辆出租车,打开门,"你老婆只是离开了你的梦,你女儿还在,就还是一场美梦。"

周毅坐进去,对司机报了地址,侧头笑笑:"你年纪轻轻倒活得豁达。是啊,我还有女儿,还有父母,当然还有少爷,做人要知恩图报,我很感激他,用余生来报答他也是应当的。别人总说他这儿不好那儿不好,但我觉得他本性是很好的,比大多数看似善良的人都好,你也觉得吧?"

"他本性怎样都没关系,我不在乎。"柏朝流了不少血,又坐了高速飞行的直升机,有点晕机,脸色略微苍白,可说话依旧掷地有声,"我都陪着他。"

"你这话说得可就表里不一了,咱们哥儿几个就数你最不听少爷话。"

"他身边不缺听他话的人,如果我太听话,会很无趣。"

周毅一开始没听明白,琢磨了一会儿,猛地领悟:"小柏,够有心机啊!"

柏朝闭目养神,没搭腔。

出租车驶离医院,开到红绿灯处等待时,一辆救护车从背后强行擦过,刺耳的警报声迅速刮过耳畔,呼啸而去。

周毅仔细端详身旁这位新同事,回想起洪良章说,虞度秋正在调查他,而且是最严格的级别,和当初自己入职时一样。

会这么做,其实未必是有所怀疑,更可能是出于另一个原因——虞度秋真的想留下他。

短短一个月,就从临时工转为正式工,恐怕是有史以来头一回。

这世上真的有人能控制住火吗?

如果能,或许不是什么坏事。

周毅脑子一转,旁敲侧击地提醒:"既然你打算死心塌地跟着少爷,那当哥的好心劝你,咱们当保镖的,最要紧的还是保护雇主安全。这次少爷回国搞这个太迷死项目……"

柏朝无语地更正:"是Themis,古希腊神话里代表法律与秩序的正义女神,可见他这个项目就是为了破案而创办的,否则不会叫这个名字。而且,他本人不信神,所以这个项目究竟能不能实现……恐怕只有他自己清楚。"

周毅愣了愣:"原来少爷能好好起名啊……我不了解这些生意上的事,我只知道,无论少爷他是认真还是胡来,都已经引起各方关注了,你也看到这段时间发生了多少事,务必小心,不要让少爷重蹈20年前的覆辙。"

柏朝似乎对最后一句话产生了兴趣,掀开眼皮:"20年前究竟出了什么事?听你们提过好几次了。"

周毅:"你不知道啊?也对,你那时候还小,过去那么多年了,当时的新闻都不好找了。我没亲眼见证,但看过新闻,洪伯也透露过一些,大概是这么回事儿……"

20年前的平义市,高新科技行业初露头角,新金区也是差不多那时候设立的，政府投入了大量资金、引进了大批人才和企业，开展各类先进项目。虞度秋的外公虞友海，作为国内鼎鼎有名的科研专家，政府必然另眼相待。

当时虞友海兼任大学教授，门下有位名叫岑婉的得意门生，专攻脑神经领域。岑婉是国内最早研究脑机接口的学者之一，市政府很看好这个领域的前景，拨了不少科研经费，自然也少不了对外宣传，筹集更多社会赞助，其中就提到了在未来，脑机接口或能帮助治疗毒瘾。

然而，就在宣传新闻出来后一个月的某天，岑婉一家遭遇了重大车祸。

"汽车冲出盘山公路，坠下悬崖，油箱爆炸，一家四口，包括年幼的儿子和女儿，无一幸存。"周毅惋惜地叹气，"虞老赶到现场的时候，目睹了爱徒一家的惨烈死状，大受打击，从此就半隐退了。而且岑小姐还是虞董最好的闺蜜，所以当少爷说要研发脑机接口的时候，虞家上上下下一致反对，实在是当年留下的阴影太大了。"

红灯切换成了绿灯，出租车重新起步，司机饶有兴致地偷听着后座乘客的秘闻，识相地装聋作哑，静候下文，可后排另一位迟迟不接话，他忍不住瞥了后视镜一眼——面容英俊的年轻男人低垂着长睫，似在为那结局凄惨的一家子默哀，过了好一会儿，才问："凶手抓住了吗？"

"没有凶手，起码明面上没有。"周毅道，"他们一家去野外郊游，上山下山的路就一条，看监控那段时间没有别的车经过，警察检查了汽车残骸，也没发现异常。不过20年前的侦查技术不比现在发达，或许遗漏了什么细节，但现在也不可能追溯了。

"自那之后，岑小姐生前的研究就被政府叫停了，因为据说车祸前一天，她刚在实验室里试戴过最新研发的脑机设备，很多人怀疑是这个原因导致她精神错乱，不当驾驶，最终酿成悲剧。但虞老和虞董都觉得，那不是一场意外，可惜没有证据。虞老在两年后尝试过重启爱徒的研究，却恰逢少爷遭遇绑架，不知道和这件事有没有关联，总之虞老当时忙着照顾精神状态不稳定的少爷，没精力继续研究，后来这个项目就不了了之。

"再后来，国内陆陆续续出现不少科学家研究这块领域，可平义市再也没出现过。虽然现在社会太平多了，但保不准当年的'意外'再次发生呢？少爷这回要啃这块硬骨头，免不了遇到危险，你得好好保护少爷……"

柏朝始终面无表情的脸上浮现一层淡淡的笑意。

这时，口袋里的手机突然狂振起来。来电人是娄保国，周毅担心是公司那边出了什么事，急忙接起来："喂？"

娄保国招呼也不打，心直口快地吼了出来："老周！你们好了没？快回来！"

柏朝闻声，伸手抢过电话按下免提："怎么了？"

"那小保安突然发神经！又说胡话又砸东西，纪凛怀疑他吸毒了！"娄保国飞速描述现场，"警察刚冲进来控制住他了，但裴鸣带了摄影师，拍到了照片，斐华怕他发给媒体，拦着不让走，裴鸣看到埋伏的警察估计起疑心了，硬要走，感觉随时会打起来！"

040.

接待室内。

雪白的兔毛地毯沾了一片焦黑的烟灰，如同被老鼠屎玷污了的一锅白粥，变得极为难看，如同此刻裴鸣的脸色。

"纪警官，你每次来见度秋都这么大阵仗？"

裴鸣的发型乱了半边，马海毛西装上残留着掸不掉的烟灰，比起方才仪表堂堂的形象，虽然狼狈，但也没失风度，只是语气没那么客气了："不知道的还以为你是来抓犯人的呢，枪都掏出来了。"

纪凛刚被突然发狂胡乱撒泼的黄汉翔背后偷袭，一惊之下抽出了藏在腰后的配枪，好在有惊无险。娄保国一记手刀利落地砍向其后颈，发疯的黄汉翔像网络突然中断的视频，动作猛地一滞，紧接着便有气无力地昏迷倒地了。

只不过接待室内的动静通过隐形耳机传到了外边同事耳朵里，以为出了什么意外，牛锋立刻带着其他人破门而入，算是彻底暴露了。

"以防万一而已，裴先生别多想。"纪凛若无其事地把枪塞回原处，轻飘飘地甩锅，"虞先生走到哪儿都会出乱子，我不得不小心。"

裴鸣不知信没信，眉梢一挑："既然这样，为什么不让我回去？"

赵斐华插嘴："您要走可以，能否让摄影师把刚才拍的照片删干净？如果传出去，有损我们公司的形象，也影响您之后的投资收益啊。"

裴鸣没那么好忽悠，笑了笑："相机里的可是重要物证，怎么能删呢？纪警官，您说对不对？"

纪凛知道他打的什么算盘，可也没法否认："嗯，麻烦裴先生稍坐一会儿，我让人把相机里的照片拷出来。现场也需要进行封锁检查，调取监控，您做完笔录之后可能还得跟我回局里一趟。"

裴鸣把手一摊："您看，我和我的人一来就进接待室了，压根没接触过地上这位。度秋，可以为我做证吗？我一会儿还有个重要会议，恐怕没时间跟纪警官去公安局。"

虞度秋像没听见似的，半蹲在昏迷的黄汉翔旁边，低着头，垂落的银发遮住了侧脸。

"度秋？"裴鸣又喊了遍。

虞度秋慢慢站起来，动作迟缓得仿佛四肢灌了沉重的铅，但最终还是站直了，长长地吐了口气："真巧，我一个多月没来公司，一切风平浪静。今天一来，就发生这种事。"

裴鸣抖了抖西装，仍旧没抖掉那块烟灰，皱眉道："恐怕不是巧合，是有人故意让你撞上的。不知道是他自己的主意，还是背后有人指使。"

虞度秋轻轻摇头，抬手将额发抄到脑后："我不是说这个。"

"那你的意思是……"裴鸣话音未落，接待室的门突然被推开。

众人齐刷刷望去。闯入者撑着门，微微喘气，像是奔过来的，扫了圈屋里十几号人，确定了那个人的位置，瞳孔骤然缩小："谁打的？"

包括虞度秋在内的其余人皆是一愣，不明白这句没头没尾的话指什么。娄保国问出了大家的疑惑："大哥，你问谁？没人被打啊，这小子刚发疯我就制住他了。"

柏朝不答，直接大步走到虞度秋面前，盯着他衬衫袖子下露出的半块瘀青，厉声问："谁打的？"

虞度秋的视线从自己的手转移到他脖子上的纱布，忽然莞尔，揶揄神色浮现，又成了不着调的虞大少："你打的。"

柏朝怔了怔，很老实地反驳："我没打。"

"我伤了你，遭报应了，被烟灰缸砸到了手。归根结底，就是因你而起。"虞度秋像个顽劣成性的孩子，强词夺理的本领一流。

周毅从后头跟进接待室，听见这话，于心不忍："少爷，您别怪小柏了，他一听说出事，急得差点抢了司机的方向盘，还好有我拦着。"

纪凛重重一咳，继续道："你俩再磨叽人都要醒了。牛锋，救护车到了，你先把人带去医院查明原因，如果真是新型毒品，移交给专案组。"

"是！"

纪凛接着指挥两名警察给现场所有相关人员做笔录，其他人去调监控、拷照片、查保安室。幸亏这趟带的人手多，否则这么大一家公司，查起来真够呛。

裴鸣眼见走不成，只好暂时待在接待室配合调查。做完笔录后，他颇有闲情逸致地踱步到落地窗前，对着外边的小花园，接着抽方才没抽完的半截雪茄。

"裴哥，你烟瘾未免太大了。"虞度秋也刚做完笔录。

裴鸣抽出雪茄，点了点默默站在虞度秋身旁的男人："这是你新招的保镖？"

虞度秋的目光移到柏朝的身上，若有所思地停顿了几秒，转头问裴鸣："奇怪，你不认识他吗？他说以前在你家公司工作过，他爸还是你们家的老员工呢。"

裴鸣眼中划过一丝诧异，抽了几口雪茄，眼睛猛地一瞪："柏朝？"

柏朝象征性地点了点头："裴总，好久不见。"

虞度秋瞧着他俩的反应，笑道："裴哥，你也太健忘了，他几个月前刚离职，你怎么想这么久才想起来？"

裴鸣叹气："公司的事太多了，前两个月忙着准备参加巴塞尔的展品，这个月小卓的 A 国订单又出了问题，我还在想办法帮他挽回呢，哪儿有工夫去记这些琐碎的。不过我对他有印象，因为他爸叫柏志明是吧？可惜了……公司发的抚恤金收到了吗？"

柏朝："收到了，谢谢裴总。"

"你俩的客套话先放一边，我有件事想求证。"虞度秋把手随意地搭在柏朝的肩上，"裴哥，我十八岁出国前的派对，是你帮忙张罗的，那天我喝醉了，后来发生了什么记不清了，你还记得吗？"

裴鸣摇头："快十年前的事了，哪里还记得。"

"我……"柏朝刚想张口，突然停住——虞度秋的那只手，此刻正掐着自己的喉咙，力气之大，甚至压迫到了气管，空气从夹缝里挤进去，勉强够呼吸而已。但这只残忍的手，不知有意还是无意，恰好避开了伤口。

"嘘，不是你插嘴的时候。"虞度秋右跨一步，用身体挡住了警察的视线，斜睨看向裴鸣，"裴哥，你再仔细想想？"

"和他有关？"

"对，他说那时当过你的临时助理，你带他去了我的派对。"

裴鸣思考了近半分钟，雪茄已燃烧至中段，直到面前浓重的烟雾几乎将他整张脸遮蔽，柏朝的脸色从涨红到苍白，才终于开口："我好像让他送你回房间了。"

桎梏呼吸的力量骤然一松，柏朝的膝盖弯了弯，险些脱力跪地，双手撑住膝盖，狠狠吸了几大口混杂着浓郁奶油香味的空气，喉咙发腻，忍不住干呕。

正在做笔录的娄保国等人听见动静，转过头来问："怎么了？"

柏朝摆了摆手，示意自己没事。

虞度秋低声说："恭喜你，再次通过考验。说来也是不可思议，我对你疑心最重，你却是说真话最多的。"

柏朝捂嘴止住恶心，咳了几声，嗓音干哑："如果你发现我说谎了……会掐死我吗？"

"那倒不至于，刚才只是报复你在君悦那晚掐我的事而已。"虞度秋体恤地拍了拍他后背，"况且我没必要亲自动手，要想把一个人逼到绝境，方法多的是。"

裴鸣站得近，听得一清二楚，冷不防道："知道你手段多，但别用在自己人身上。"

虞度秋"嗯"了声，无辜回头："裴哥你说什么？"

"没什么，提醒你而已。对自己人要勤力同心，别东猜西疑，反倒对外人推心置腹、放任自流……"裴鸣的眼神有意无意地瞥向纪凛所在方位，吐出一口虚幻无实的烟雾，"就像这雪茄，卷烟力度太松散的话，烟叶会燃烧过快，呛到吸的人。你可别被那些个警察'呛到'，毕竟……嫉妒心是会害死人的。"

虞度秋赞同地点头："你说这话我是信的，不过，裴哥好像话里有话？既然要提醒我，不如好人做到底。"

裴鸣上前一步，音量控制在二人之间："我听说……穆浩出事之后，有人多次去昌和分局打听案件进展，还时常鬼鬼祟祟地独自去那条出事的巷子，前阵子还被抓了。想来也是唏嘘，同一所学校出来的同窗兄弟，有的人平步青云进入市局，前途一片光明，有的人只能屈居于小小分局，唉……想想都意难平啊。"

虞度秋的眼睛眯起："裴哥消息这么灵通，怎么不去帮忙找线索？"

裴鸣："我们家在昌和区落户扎根了那么多年，多少有些人脉，这点小事不足挂齿。找线索这种专业的事可帮不上忙，但我猜……线索自己会跑出来的。"

虞度秋笑笑："我孤陋寡闻，没见过长脚的线索。"

"你不是刚见过吗？"裴鸣的视线下移，落在他手腕的瘀青上，"案子的调查停滞不前，所有人都一筹莫展之际，突然冒出来一个疑似和你二叔服用同种毒品的保安，发作时正好撞在枪口上，正好被警察当场抓住，正好这个警察带了一队的刑警来见证，你说巧不巧？穆浩失踪了，现下市局刑侦队空了个位置出来，多少小警察眼馋着，如果能找到关键线索破了这桩大案……还愁升不上去？"

整幢大楼的搜查工作直至晚上 7 点才结束。

赶来帮忙的卢晴在茶水间垃圾桶的一个一次性杯子里发现了残留的致幻剂，然而茶水间人来人往，LSD 致幻的剂量又极其微小，把监控翻来覆去地看了十几遍，也只看到黄汉翔喝下了那杯水，没有投毒过程，无法判断是他自己放进去的，还是别人故意投进去的。

而医院那边，苏醒后的黄汉翔一口咬定自己从不吸毒，肯定是有人害他。他压根没存别的心思，只是一个普普通通的打工仔。

彭德宇听得牙都快酸掉了，一个电话打过来："带了那么多人手，就给我抓回来一个讲故事的？"

纪凛心里也烦，没讲两句就撂了电话，独自坐在沙发上，脸埋进手心，弯曲的脊背像被重物压弯的柳条。

卢晴送走了一干暂时排除嫌疑的大佬，从门外进来，看见这场景，到底是自家队长自家疼，上去对着纪凛支棱起来的乱发一顿狂搓："别灰心！起码出现新的线索了！"

纪凛没好气地挥开她的手："这线索还不如没有，你没看出来吗，这是故意表演给我们看的。"

"你当我傻呀，我当然明白，姑奶奶聪明着呢。"卢晴指指自己的脑袋瓜，"虞先生的项目刚获得许可准备开展了,就在他公司里出了这样的事,这么多人看见了,肯定会传出去搞得满城风雨,上头可能又会有所顾忌。说起来这犯罪动机跟虞文承那次倒是挺像,对方只是想警告虞先生,好像没有要杀他的意思,否则他就不只是被烟灰缸砸一下那么简单了。"

纪凛点头:"对了,摄影师相机里的照片拷了吗?"

"拷了,我看着他把原片删掉的。"卢晴稍一停顿,小心翼翼地问,"纪哥,你觉得这事会不会是……"

纪凛摇头,长嘘一口气:"我不知道,他有完美的不在场证明,手机里也没有任何联系黄汉翔的证据。但无论指使者是谁,那人一定诡计多端,以至于我们到现在都抓不住他的尾巴。我们都以为黄汉翔只是一枚愚蠢的棋子,破绽那么明显,一眼就能看透他的企图,谁知他是故意露出马脚引起我们的注意,以便当众发作。这招真是大智若愚,我和姓虞的都掉以轻心了。"

卢晴倒进松软的沙发,呈大字形瘫倒:"咱们几个工资几千块的小喽啰,跟身家上亿的大佬们斗智斗勇,也算奇迹了。我刚送裴鸣走的时候,他还笑着对我说谢谢,一想到他可能就是杀害穆师兄的凶手,我心里真瘆得慌。"

纪凛难得怜香惜玉,拍了拍她的肩:"你放心,真到了鱼死网破的那天,也是我跟他拼命,轮不到你。而且,论瘆得慌,虞度秋现在估计比你更心惊胆战,你没瞧见刚才他的脸色有多难看,我都觉得……他挺不容易。"

"啊?为什么这么说?"

"你想,黄汉翔在虞度秋来之前两小时喝了那杯水,无论他是自己加的料还是被人下药,无论背后指使者是不是裴鸣,总之,肯定是有人知道虞度秋要来公司,提前设好了局,给裴鸣通风报信,引来了包括我们在内的若干外人作为见证,就等他入瓮。"纪凛的目光落在地毯中央的烟灰上,似乎看不下去好好的白绒地毯沾了这么一片脏东西,他伸手拍了拍,可惜越拍,扬起的烟灰纷纷洒落,脏污的面积越大。

如同人心的黑洞,一旦裂开了一道口子,便难以修复。

"这些不可怕,可怕的是,我看了笔录,他的秘书说,他今天来公司不是计划内的行程,是临时起意,知道的人,除了实时监控着他的我们,只有他身边最亲近的那些人了。也就是说……他又遭人背叛了。"

041.

晚上9点，一辆普尔曼在浓稠如墨的无星夜色下缓缓向西行驶，远方天际线仿佛一张密不透风的巨大黑网，静待愚蠢的猎物自投罗网。

穿过闹市时，车子被往东的车流堵得油门始终踩不到底。虞度秋看着窗外，手托着下颌，指尖轻敲自己的脸颊，节奏分明。

依旧是那首歌。

靡丽的城市灯火将他的浅眸映得夺目至极，然而不过是浮光掠影，稍纵即逝，留不下一点儿痕迹，更显得那双眼睛冷寂。

司机位的周毅小心瞄了眼后座，察觉了几分低气压，一路没说话。副驾的娄保国忍不住了，拍着饥肠辘辘的肚子，闹铃似的每五分钟必催一次："老周你开快点儿啊，饿死我了，人是铁饭是钢，一顿不吃娄爷亡。"

周毅恨不得掰断换挡杆塞进他那张喋喋不休的嘴里，好在虞度秋没生气，瞧都没瞧上一眼。

下班高峰期的车辆基本都是从市区往郊区开，他们已经尽量避开拥堵路段，车速还是提不上去，豪华配置毫无用武之地，到家起码再过一小时。

周毅刚想询问要不要就近找家五星酒店解决晚餐，忽听后座另一人问："你饿吗？"

虞度秋闻言，稍稍有了反应："还行。"仍然看着窗外。

"你今天只喝了几口冷汤。"柏朝扭着头看他，脖子受了伤动作幅度不能太大，故而身体侧转了些，样子有些滑稽，"想吃什么？我回去做。"

娄保国忙道："谢谢大哥，我想吃龙虾焖面！"

周毅："有你什么事！"

"行啊，就做焖面，让魏师傅做吧，你们今天都很累了，别折腾自己。"虞度秋收回视线，躺进宽大的皮革椅，摁着太阳穴闭上了眼，"不用准备我的份了，今天这事包不住，或许明天就上新闻了，我让斐华回去准备几个公关方案，晚点跟他还有几个经理开会商量。唉，该开的会终究躲不过。"

柏朝："那更该吃点东西。"

"同样的话我不喜欢重复两遍。"

"但同样的人你会怀疑很多遍，对吗？"

虞度秋倏然睁眼，神色冷峭得夏日暑气瞬间退避三舍，车窗仿佛立刻能结上一层寒霜。

"说过的话已经是过去式了，不会再变，但人是会变的。"虞度秋的目光重新挪向窗外的万家灯火，"越耀眼的光，越容易遮蔽眼睛。越亲近的人，越容易忘记防备。"

车内一时陷入古怪的寂静，连娄保国也察觉气氛不对，偷偷给周毅使了个眼色。

正逢红灯，车子停下，周毅接收到了讯号，但也只能缓缓摇头。

虞度秋这多疑的性子不是一天两天，更不是故意针对他们，他们俩当了那么多年下属，以后不出意外也会继续干下去，大可以不放在心上徒添烦扰，但新来的……就不好说了，被人再三怀疑，任谁心里都不好受。

车内风平浪静，人心暗潮涌动。

红灯倒计时20秒，周毅准备起步。

"跟我下车。"

车内其余三人都看过去。

柏朝不管不顾，已经自说自话地下了车，小跑绕过宽长的车身，来到另一边，顺利打开车门，弯腰探进后座，抓住了虞度秋的胳膊："走。"

虞度秋讶异过后，失笑："好端端的这是干什么？老周，你也是，怎么给他开门了？"

周毅的手从开门键上讪讪地挪开："怎么说呢，咱们仨里要是有人能让您高兴一下，也只能是小柏了。"

"他让我生气的次数可比让我高兴多多了。"虞度秋这么说着，一条腿还是跨了出去，"算了，你一个伤员，谅你也害不了我。你们俩找个地方先停着，随便吃点，一会儿喊你们。"

红灯转绿，十字路口的车辆又开始缓缓挪动。

柏朝拉着人踩着最后一秒绿灯，踏上了马路牙子。

两个西装革履的男人招摇过市，此情此景，似曾相识，不过场景从人烟稀少的异国他乡切换到了人头攒动的自己家乡，也没了持枪追杀的绑匪，步伐放慢许多，倒真像是出来逛街的。

"这回去哪儿？又去买衣服？"虞度秋插着兜，慢腾腾地跟着。

路过的行人几乎都会瞧上他两眼，不过大城市街头造型千奇百怪的人太多了，大家又都忙得很，看过算过，没人往心里去。

即便身处熙熙攘攘的闹市，有的人却是一座孤岛，不得为外人知，不欲为外人知。

柏朝没回头："去吃东西。"

"我不吃这种地方的东西。"

"别娇气。"

虞度秋扬眉："年纪不大，胆子倒是很大。"

柏朝回身，拽着他的胳膊："就当陪我吃。"

虞度秋正欲挥开他的手，不巧被行色匆匆的赶路人撞了下，被他扶住。虞度秋抬头时看见了他贴着纱布的脖子，以及被自己掐出的一圈淡淡红痕。

不知该说这人愚蠢还是疯癫。十年前把他的酒后戏言当真，十年后愿意为他豁出性命。若非不折不扣的疯子，只能是故意作秀。

"我知道你在想什么，今天的事，我嫌疑最大。"柏朝护着他，不着痕迹地避开人群的碰撞，"你要去公司的消息，我第一个知道，在所有知情者里，我跟你时间最短，你怀疑我很正常。但你也听到了裴鸣的话，起码派对那件事，我没有骗你，早上说好的补偿呢？陪我吃顿饭也不行吗？"

夜风飒飒，虞度秋的额发被吹乱了，挡住了俊美的脸庞，挡不住素来倨傲的神色："说得好听，一开始都这么说，慢慢地就开始得陇望蜀了，要钱要车要房……到最后，都想把我敲骨吸髓，填满自己的贪婪。"

柏朝看着他笑："你不给机会，谁也没法真正接近你。"

虞度秋懒懒道："我一向赏罚分明，你说了真话，我会奖励你。可我真不爱吃外头那些乱七八糟的，就陪你随便吃两口吧。"

八九点的市区街道上，最不缺的就是人，商场外的广场上火树银花，殷勤的店员到处发传单抢生意。

虞度秋本想着，再不济，也就是去个人均一两百的小馆子，他虽吃不惯，但应该还算干净……

直到他站在两扇对开玻璃门前，看着门上用红色胶带贴成的"家常小炒""米线盖饭"等大字。

柏朝推开小店的门，里头冷气开得足，一阵凉爽的风迎面涌来，驱散了令人萎靡的暑气，精神顿时一振。

"进来。"柏朝撑着门。

虞度秋镇定地步入这家顶多20平方米的街边小店，说："你最好给我一条像样的理由，否则今晚睡狗舍去。"

"商场里人太多了，你前阵子刚上过新闻，生怕没人认出你吗？"柏朝随便找了张靠墙空桌，墙上花花绿绿地贴着这家店所有的菜名，还配了几张一看就是网上找来的样品图。

"我点个鱼香肉丝盖饭，你呢？"柏朝回头，看见他还站着，"怎么不坐？"

虞度秋伸出食指，抹了一下木凳，积年累月的油烟气将凳子表面刷得油光发亮，他捻了捻手指，开口："我这身西装，亨利·普尔的手工高定，你知道值多少钱吗？"

柏朝拆了两双一次性筷子，分别搁在骨碟上："我不知道，但我知道你值百亿，你的胃起码值几个亿吧，这西装有你的胃贵吗？"

小店店面不大，生意倒不错，他们旁边一桌是对老夫妻，估计是出来打牙祭的，看他俩的眼神像在看两个患有妄想症的神经病。

虞度秋慢慢坐下，忍着抽纸巾擦桌子的冲动："我不吃，不知道是用什么食材做的。"

"起码没毒。"柏朝仍在看墙上菜单，"我以前下班经常来这种店，吃了这么多年也没死。这儿没人认识你，没人知道你的喜恶，没人会害你，你可以放心吃。再加个牛肉粉丝汤，要吗？"

虞度秋满脸一言难尽的神情。

"……但吃完这些东西，我的胃恐怕会比吃了毒药还难受。"

柏朝朝旁桌抬了抬下巴："别人吃得正香，你说这些，不觉得很没礼貌吗，少爷？"

"……"

受过精英教育的人,风度都是刻在骨子里的,即便特立独行如虞大少,也意识到自己的话稍稍刻薄了,于是认命道:"你给我选吧。"

两饭一汤不出一刻钟便上了桌,柏朝拿了两个小碗分汤。虞度秋握着粗糙的一次性竹筷,兴致缺缺地翻着盘里浓油赤酱的红烧鱼块,说:"你以前就吃这些?你不是会做饭吗?"

"工作忙,经常出差,昼夜颠倒,没心情做饭。"柏朝是真饿了,一会儿工夫,盖饭就下去了半盘,"董师傅走之后你就没吃过鱼了,尝尝看,我刚去后厨看过,挺干净的,鱼也是现杀的。"

虞度秋用筷子拨弄两下,勉为其难地夹起一小块鱼肉送进嘴里,说:"你该跟贾晋学学,别过度关注你的老板……喀喀!"

柏朝:"有刺?吃口饭。"

名震八方的堂堂虞少爷此刻被一根小小鱼刺卡住了命运的喉咙,涨红着脸没工夫说话,情急之下也顾不得干不干净,硬塞了几口米饭咽下,缓了好一会儿,总算平复了,嫌弃地把盘子一推:"怎么连鱼刺都不剔就端上来了,有这么当厨师的吗?"

旁桌的老夫妻:"……"

"抱歉,他没生活常识。"柏朝道完歉,拉过盘子,取了双新筷子,仔仔细细地挑出鱼刺,"好不容易没人害你,还能被鱼害了,你上辈子是造了多大的孽?"

虞度秋的气顺了,锐利的眼尾浮着刚才咳出来的一抹薄红,衬得肤色更白、银发更亮。

"上辈子不知道,这辈子倒是造了不少,人畜公愤也是理所应当。"

柏朝垂下眼睫,挑得更认真:"你能造什么孽,顶多道德败坏不近人情独断专行而已。"

"……谢谢夸奖?"

"不客气。"柏朝挑干净了刺,将雪白的鱼肉蘸满酱汁,放到虞度秋的碗里,"尝尝。"

虞度秋古怪地看他:"我不是小孩儿。"

柏朝:"吃鱼还要人挑刺,不是小孩儿是什么?"

虞度秋撑着脸，朝他狡黠一笑："那你把这些鱼刺都吃下去，我就吃饭。"

柏朝二话不说就去夹骨碟里挑出的细小鱼刺。

吞一两根不要紧，全部吞下去，恐怕喉咙会被扎得漏风。

虞度秋在他送进嘴里之前出了声："小'柏'眼狼，你有受虐倾向吧？"

柏朝不置可否，再度夹起鱼肉，酷酷地扬眉。

这会儿又有点施虐倾向了。

"算了，今天已经让你受过伤了，不折腾你。"虞度秋一副被伺候的大爷形象，敷衍地嚼了嚼鱼肉，去了刺的鱼肉细腻嫩滑，包裹的酱汁提升了鲜味。

"比我预想中好吃点儿。"

柏朝又夹了一筷子鱼肉和米饭："商区租金贵，能在这儿开下去的小店，味道不会差。"

夜色渐深，过了饭点的小店内客人逐渐稀少。

吃到一半，纪凛来了个电话，虞度秋接完，说："他们没有查到黄汉翔主动吸毒的证据。"

柏朝问："他会被无罪释放？"

"嗯，意料之中。仅凭监控不能判断是有人给他下药，还是他自己吸毒。纪凛派人查了他住的出租屋和通信记录，都没问题，倒是搜出几万块现金，他说是自己的存款，警方无法判断是不是违法所得。他也没在我这儿窃取到任何商业机密，等到24小时后，只能放了他。不过怎么会连他联系裴鸣的证据都没找到？有够离谱，难不成他是靠脑电波告知裴鸣我来公司的？还是说……通风报信者另有其人？你觉得会是谁？"

柏朝想了想："嫌疑人太多了，科技园内任何看见你进公司的人，都可以是裴鸣的眼线，总不可能全查一遍。你更应该思考的是，谁透露了你要去公司的消息，让黄汉翔有机会提前服毒？"

"不用思考，我已经把今天家里值班的、知道消息的员工统统开除了。"

"全部吗？包括娄保国他们？"

虞度秋沉默了会儿，说："我给他们开的年薪很高，他们也跟我许多年了，应该没人能收买得了他们。况且若是我开除他们，处境恐怕会更危险，重新招贴身保镖也很麻烦……"

"明白了，舍不得。"柏朝在他开口反驳之前，接着说了下去，"事成之后，对方总要联系黄汉翔的，否则他怎么拿到剩下的好处？那几万块应该只是定金，继续监控他吧。"

"……纪凛已经安排好，不过我觉得这事可能会陷入僵局，就像我二叔的案子，还有往枪里藏追踪器的事一样，对方行动之前早已找好了退路，一得手就销声匿迹。"虞度秋吃完了最后一口鱼肉，满足地舔了舔唇边的酱汁，"真像吃掉敌人后功成身退的棋子，哎，'国王'看似近在眼前，我们却没办法将他的军。实在不行，我只能试试花点钱让黄汉翔倒戈了，在金钱的较量上我总不至于输吧。"

柏朝搁好筷子："其实我觉得，裴鸣不一定是'国王'，而且他今天最后跟你说的话，也有些道理。"

"你想说纪凛可能有问题？"

"嗯。"

"我没有证据证明纪凛毫无问题，以后也不会出问题，但起码在穆浩的案子上，他绝对与我同仇敌忾。"

"为什么这么笃定？"

"当然是因为我有他的把柄啰。纪凛不可能害穆浩，他对穆浩的崇拜，傻子都看得出来。"

虞度秋抬眼，正对上一双灼灼眼眸。

"所以死的不是穆浩，是吴敏，不是吗？"柏朝沉声道，"吴敏只是个酒吧服务生，那家酒吧还涉嫌非法出售毒品，穆浩却是前途无量的刑警，万一他们的关系曝光，穆浩会被卷入风口浪尖，这还不够成犯罪动机吗？"

"犯罪动机？正常人可不会因为这种事而杀人，你好像深有体会？"

小店灯光不够亮，柏朝的眼神似乎晃了晃，松手道："不过是猜测罢了，我也觉得纪凛杀人的概率很低。"

虞度秋不依不饶地追问："如果我也与身份低微可疑的人为伍，你会为了我好而杀了他吗？"

柏朝摇头："你这样的朋友不是多了去吗？如果我见一个杀一个，我早就成重大通缉犯了。"

虞度秋笑道："怎么说的好像见过我很多朋友似的，回国后这段时间，除了你，也就只有那个方小莫来过，你……"

说到一半，两人不约而同地沉寂下来。

店内空调呼呼地吹出冷风，所剩无几的客人散发的体温热度有限，这风便显得用力过猛了，吹得人后脖子发凉。

虞度秋的脸色在沉默中愈来愈冷，连一贯伪装的笑容都褪去，无声而阴沉地凝视着对面的男人。

"……柏朝。"

今晚的一切平和温馨在不经意间化为乌有，令人不寒而栗的事实铺陈于面前，即便是虞度秋，也深深倒吸了一口凉气，消化许久，才组织好语言，缓缓问出已然心知肚明的问题。

"君悦那晚，不是你第二次见我，是吗？"

"你监视我……多久了？"

042.

七日后。

"啪！"厚达40多页的资料摔在铁艺小桌上。桌子没动，趴在桌下休憩的两条杜宾却被吓得瞬间弹起，朝惊扰它们午觉的浑蛋龇起尖锐的牙。

虞度秋扬眉回瞪。两条狗呜呜两声，委委屈屈地重新趴下了。

"怎么了？"洪良章佝偻着背，抚摸两条狗油光水滑的皮毛，看了眼资料封面上的姓名，问，"小柏的背调结果有问题？"

虞度秋躺到泳池边的竹椅上，巨大的遮阳伞将他整个人笼罩在阴影下，看不出脸上的阴晴。

"不能说有问题，应该说有病。"虞度秋屈起手指，用力摁眉心，"我惹上麻烦了，洪伯。"

洪良章哄睡了两条狗，道："再麻烦能有我那不成器的孙子麻烦？我听说他在A国被调职的缘由了，少爷，你用不着瞒着我，我的老脸早被他丢尽了。幸亏这次没酿成大祸，要是害得你有去无回，我怎么跟老爷交代。"

虞度秋笑笑："您不提这事我都忘了，不说就是怕您劳心费神，远航他不是故意害我，我不怪他。说真的，我宁可他来当我的保镖，也不想要家里这位了。"

洪良章诧然："这么棘手？"他瞄向桌上的资料夹，欲言又止。

"拿去看吧。"虞度秋大方地递过去，"别被吓着。"

洪良章接了，掏出随身眼镜盒，戴上老花眼镜，逐字逐句地阅读资料，起初几页是基本信息："看着没什么问题啊……小柏八岁被弃养，父母不详，然后进了儿童福利院，接着被柏志明收养，正常接受义务教育，高中毕业后开始给裴家当押运保镖……唉，小柏还真是命运多舛。"

洪良章继续往后翻，这页是学业表现，不愧是查了整整七天的资料，连柏朝高一上学期期中考试成绩这种细枝末节的信息都一清二楚，从数字等第和教师评语来看，不说数一数二，也算是品学兼优。然而洪良章看到末尾几行字后，眉心的皱纹一下深了："在学校经常被欺凌？怎么会呢，小柏这长相，成绩又好，应该很受欢迎啊。"

"说是身上常年有伤，不知道是同学还是柏志明打的，哪边都不奇怪。麻绳专挑细处断，厄运专找苦命人。他这出身，注定是要吃点苦的。"虞度秋敲了敲资料本，"这些不是重点，再往后看。"

洪良章依言翻页，后边是护照的复印件以及整理出来的行程信息，他前前后后翻了几遍，没察觉不对劲："哟，小柏去过的地方不少啊，尤其是A国，几乎每个月都去，不过裴家本来就和A国珠宝商来往密切，也不稀奇。"

虞度秋冷飕飕道："你不觉得这些行程的目的地很眼熟吗？"

洪良章面露困惑，翻到第一张行程单，从头再看，表情从若有所思逐渐变为难以置信。

"这些……好像都是你去过的地方？"

虞度秋摇头："不光如此，他去的时间，和我的行程完全吻合。"

洪良章直瞪瞪地盯着资料，终于后知后觉地反应过来了："这……他……"

"从他成年工作到现在，整整九年。"即便几天前已经亲自确认了这件事，此刻说出来，虞度秋仍觉荒谬，"我被一个人跟踪监视了九年，居然一点儿没察觉。"

黑暗中的窥视最令人恐惧的一刻，是被窥视者察觉的那一刻。

泳池里，周毅正陪女儿练200米自由泳。娄保国一个加速冲到边上，猛地一头扎进泳池，掀起的巨浪将瘦小的周杨果直接冲到了岸边。

周毅破口大骂："捣什么乱！小果明年中考体测要考游泳的！你一边儿凉快去！"

洪良章被这声骂唤回了神，往泳池里飞快扫了眼，没见着资料上的人："小柏呢？跟他核实过吗？未必是我们猜测的这样。"

"他自己说漏嘴的，后来也没瞒着，全告诉我了。"虞度秋只觉头疼，那晚似乎被店里的空调吹得着凉了，此刻在大太阳下晒着也觉得冷。

"君悦那晚，不是他第一次混进人群接近我，他也记不清是第多少次了，本以为这次也不会被发现，没想到我因为柏志明的事和二叔的意外注意到了他，他觉得我处境危险，就干脆以为父报仇的理由留在我身边，希望能保护我——这是他给我的解释，我不知真假。"

这事已经足够令人毛骨悚然，更离谱的是，说完这番话的男人还敢问："你会赶我走吗？"

虞度秋闻言，从漫长的怔忡中回神，终于意识到自己生平头一回当了螳螂，被一只自己视作玩物的黄雀窥伺了整整九年。

难怪如此了解他，这虚饰的热情，去伪存真后，还剩几分忠心？或许从一开始，就只有病态的偏执，更遑论从头至尾的隐瞒欺骗。

这条疯狗，不仅想吃掉他，还想掌控他的一切，危险系数是史无前例的级别，一旦他放下戒心、防守松懈，结果可想而知。

最令他心有余悸的是，这条疯狗差一点就成功了。

低垂的眼睫在脸上投下一圈阴影，虞度秋压抑住心中潜滋暗长的戾气，深吸一口气后抬眼，用当时所能表现出的最佳风度回复了他："不会赶你走，答应你的事我会做到，但你越过我的底线了，等案子尘埃落定了……你再滚。"

平日孤傲不群的男人突然变了副模样，安静片刻后，低眉顺眼地"嗯"了声，拿起自己的筷子，继续吃那半盘凉透了的盖饭。

结账时，虞度秋先站起来，却被拦住了。

"我来。"柏朝擅自付了钱，一共也就40多块，还大言不惭地说，"我带你出来吃饭的，应该是我买单。"

虞度秋不加掩饰地嘲讽："以后请人吃饭别这么寒酸。"

"存了点私心，想让你更了解我。"柏朝很自然地说道，"弄巧成拙了，抱歉，下次……还有下次吗？"

虞度秋的手往高定西装的裤袋里一插，转身推门，走出了这处与他格格不入的市井之地，没有回答这个显而易见的问题。

"如果是真的……需要报警吗？"洪良章也是头一回遇上这种事，拿不定主意。虞度秋每年花几百万雇的安保人员不是吃空饷的，如今竟然有人能数度潜入且全身而退，这也就意味着，如果柏朝真想做点什么，早已成功无数次了。

虞度秋也明白这个道理，疲惫地一挥手："先放一放吧，现在他不是最要紧的。往好处想，起码证明他确实没有害我的心思，而且身手不错，眼下我正缺人，他能派上点用场，等事情都解决了再处理他。不过……我有一点不明白。"

洪良章打起十二万分精神，细心聆听："哪点？"

虞度秋嘴唇翕动，喃喃自语："只是当年随意出手帮了他，又聊了个天，至于念念不忘到现在吗？"

洪良章搜肠刮肚片刻，道："可能是因为，小柏是孤儿，缺少关爱，成长的过程中又饱受欺凌，所以遇上个愿意跟他亲近的，就难以忘怀了。这种感觉少爷你可能很难体会。"

虞度秋若有所思："这么解释倒也合情合理……我能体会，谁没陷入过泥沼呢，我也曾被人拉过一把，但那人是我臆想出来的。"

洪良章抬手轻轻拍了拍他的肩，宽慰："都过去了，咱们少爷现在是越来越好了，就别去想以前的事了。回忆啊，是留给我们这些行将就木的老家伙的，你们年轻人，要朝前看。"

虞度秋笑了："您才多少岁就这么悲观，远航还没结婚生孩子呢，他会越来越好的，现在年轻不懂事很正常，您别太担心。"

洪良章苦笑着摇头："不提他了，越提越气。对了，新来的园艺师小姜干活很麻利，这个月的新花上午都移栽好了，要去看看吗？晚上据说要刮台风，趁现在天气还好，抓紧吧。"

"好啊。"虞度秋坐起，伸了个懒腰，看向泳池里闹腾的两大一小，越看越没意思，"哎，我早该想到，能死心塌地效忠我的，要么是我救过他的命，要么是有所图谋，要么就是纯粹有病。到底在期待什么呢……太蠢了。下次不管谁送来宴会或者派对邀请函，统统给我收下，我要找点乐子去了。"

洪良章感觉自己又养了个不省心的孙子，无奈而宠溺道："好。"

凌晨后，夏日的第一场暴雨伴随着台风突袭了平义市，整座城被"哗哗"雨幕笼罩，却不妨碍夜色深处的霓虹灯光开始群魔乱舞。

怡情酒吧经过一段时间的停业整修，早已恢复营业，人气甚至胜过从前，店内人声鼎沸，嗨歌不断。喝得烂醉的醉鬼想找厕所，摸索中不小心出了后门，被大雨浇透了也不在乎，抱住巷子里的垃圾桶哇哇狂吐，全然不避讳这地方曾经发生过什么。

毕竟，传闻中的那桩血腥命案已经过去大半年，又有哪个凶手会蠢到回到同一个地方作乱？

黄汉翔也是这么想的。他站的位置比垃圾桶还要靠里一点儿，不在巷口的监控范围内，但巷子里的呕吐声、酒吧里的喧闹声，全都能听见，这也就意味着，如果他遇到不测喊救命，一定会有人察觉。

若非那人要求，他也不会凌晨1点冒着大雨出现在这种乌黑的鬼地方，但那人预测得很准，警方给他的出租屋周围偷偷装了监控，他的手机和邮箱也不再隐密，若想拿到剩下的酬劳，只能舍弃手机甩开监控，在对方指定的时间和地点碰面，动作还得迅速，否则警察可能会察觉异常追过来。

距离那骚乱的一天已过数日，事情完全按照那人所说的发展，他被提前安排进公司等待时机，直到收到虞度秋要来公司的通知，赶紧在自己的水杯里掺上对方给的东西喝下去，等虞度秋来后，再故意引起注意。那人说虞度秋聪明多疑，随意发挥就行，反正一定会被看出不对劲，果不其然，虞度秋抓了他，可惜棋差一着，没能在他发作之前察觉他真正的目的。

接着便是警局一日游，他用那人教的话术应答如流，完全没被抓到把柄，拘留时限一过，那个清秀的小警察只能咬牙切齿地看着他大摇大摆地离开。

10万块，他一年的工资，轻轻松松到手。

按照之前的约定，今晚便是交付酬劳的日子。

黄汉翔寻思着，对方既然如此小心警惕，肯定不会用手机转账，说不定提着现金来，装在电影里常见的那种手提箱里，一打开，红彤彤一片，那画面，想想就爽翻了。

巷子太深，雨水阴气又重，他穿着件短袖，感觉有点冷，搓了搓胳膊，撑着伞来回踱步。

等到1点半，呕吐的人都走了，那人仍未出现，黄汉翔心下焦虑，不禁开始怀疑自己是否被愚弄了。

可转念一想，应该不会，毕竟已经收到部分定金了，况且那人如果翻脸不认账，就不怕自己向虞度秋和警方告发吗？

"嗒……嗒……"

这时，充斥着雨声的巷子中，脚步声乍响，踏在阴冷的沥青路上，步子似乎被湿气拖累，格外沉重。

黄汉翔蓦地打了个寒战，一颗心提起来，探头探脑地朝巷子口张望。

巷口微弱的路灯光将来人的身形勾勒得影影绰绰，不过依稀能瞧出对方身姿挺拔，没经受过积年累月的严酷训练，塑造不出这样的体格。

黄汉翔失望地松了口气。

身高不对，不是那个人，或许只是来巷子里抽根烟喘口气的酒吧客人。

可来者似乎看见了他，脚步微顿，紧接着不知出于什么目的，竟加快脚步径直朝他而来！

黄汉翔下意识地后退，然而他已身处巷子最深处，背后只有一堵水泥高墙，徒手根本攀爬不上去。

数秒迟疑间，那人已至两三米开外，分明已经撑着一把长柄黑伞，却还多此一举地戴着黑色鸭舌帽，在脸上投下大片阴影，宽大的黑口罩隐藏了几乎所有面部特征。

黄汉翔端详对方，越看越觉得好像在哪儿见过这个身材高大的男人，这时，头顶一道闪光划破层层乌云，劈亮了整条巷子。对方也刚好推起帽檐，露出一双冷厉的眼，隐隐藏着煞气。

"黄汉翔？"

此声一出，黄汉翔方才心中的猜测瞬间落定，腿脚一软，差点跪地，颤声喊："你……你怎么会来这儿……纪……"

男人一个箭步上前,死死捂住了他的嘴,紧接着敏捷地绕到他身后,制住他的双手,肃杀之声在他耳边响起:"你该问你自己。"

043.

7月,纯白的单瓣木槿与月季竞相盛开。

可惜偏偏撞上了一场台风,狂风暴雨一阵接着一阵,摧残得花园中的枝丫横七竖八,花瓣零落成泥。第二天一早放晴了,壹号宫内随处可见飘飞的白色花瓣。

虞度秋最终还是将马场训练好的那匹安达卢西亚马领回了家,在狗舍边上建了个豪华马房,闲暇时便骑着白马在草坪上踏着白花散步,散着散着,就停留在了花园前,望着那些纯洁的木槿花,不知在想什么。

新来的园艺师名叫姜胜,是个很会察言观色的年轻小伙子,见他的表情并非欣赏,便小心翼翼地问:"少爷,这花要换掉吗?"

相比起壹号宫内其他名贵的鲜花品类,廉价的木槿确实有些格格不入。

虞度秋轻轻蹙了下眉头,说:"算了,种都种了,等谢了再换吧。"

姜胜笑道:"这花的花期很长,就算花园里的花全部凋谢了,它也不一定谢,少爷您要是不喜欢,我明天喊花商送新的来吧。"

"我要它凋谢,它就得凋谢。"虞度秋说了句莫名其妙的话,随后扯了扯缰绳,掉转马头,离开前看了他一眼,"没有什么花是永不凋谢、生生不息的,对吧?"

姜胜不明所以,但不敢否定他,于是讨好地点头:"嗯,您说得对。"

得到肯定答复的虞度秋似乎也没有很满意,表情依旧淡淡的,骑着马离开了。

赵斐华刚从大门口开车进来,便瞧见了无所事事的虞大少在飞舞的花瓣中闲逛,忍不住吐槽:"他当他是白马王子啊?漫天白花看着也太不吉利了,不知道的还以为家里死人了呢。"

洪良章深表赞同,却也无可奈何:"少爷选了白月季,小柏选了白木槿,现在花园里的主花都是白的,没办法啊。"

赵斐华关注的重点瞬间变了:"柏朝居然已经有话语权了?"

洪良章轻声嘘道:"那是之前,最近这两人不太对付……唉,小柏大概待不

265

久了。"

赵斐华毫不意外："他能待到现在已经是奇迹了。"

健硕的骏马悠闲地绕着草坪溜达了两圈，虞度秋勒住马，利落地跃下，把缰绳交给驯马师，顺带摸了摸柔顺的纯白鬃毛："好乖哦宝贝，给你起个名字吧，叫什么好呢……"

一旁的周毅和娄保国不由得为这匹高大强壮的骏马捏了把汗，好在这时赵斐华上前打断，拯救了它的一世英名。

"项目都快被叫停了，你还有心情骑马？"

虞度秋回头："不然干什么？"

"……"

周毅搭上娄保国的肩："哎，洪伯好像找我们有事，走走走。"

"对对，少爷，我们去去就回！"

赵斐华有要事相谈，溜不得，继续谈了下去："裴鸣最新的新闻通稿，你看了吗？"

"没有，但我猜一定有我们上次会面的照片，并且照片上我一定不如他好看。"

"你猜得挺准，那家伙太绿茶了，我怀疑他故意把你修得难看，让大家去夸他。唯一庆幸的是，他没说出上回公司里出的事。"

"他当然不会摆在明面上说，他有投资意向，怎么会搬起石头砸自己的脚？"

赵斐华搞不明白："你说他究竟在打什么主意？他一个干实业的珠宝商，掺和高科技行业干什么？想转型了？"

虞度秋目送爱马踏着嗒嗒小步离开，心情似乎不错，冲他微微一笑："要转型也不可能一上来就投资我这危在旦夕的项目，他这些年稳扎稳打才让公司起死回生，是个很谨慎的商人。会冒这么大风险跟我合作，无非是想打入我司内部，瞧瞧我的项目究竟会不会威胁到他，还是说只是个噱头。"

赵斐华惊问："这么说来，他真的在做些见不得人的毒品买卖？生怕你的脑机设备真能戒毒，损害他的利益？"

"大概是吧，总之我的项目一定让他感到不安了。"

"那你还答应他？这不是引狼入室吗？"

虞度秋的嘴咧得更开，露出森森白牙："难道不是他入虎穴吗？就是要让他感觉到威胁，他才会行动啊。"

赵斐华搓了搓起鸡皮疙瘩的手臂："你别太自负，这回不就被他摆了一道？黄汉翔的事，要不是警方消息捂得严实，还有本优秀公关经理在其中周旋，你的项目能苟活至今？早就传得满城风雨了！裴鸣这阴贼，表面上投资项目打入内部，暗地里又耍这种诡计，两手准备搞垮你啊。"

虞度秋摇了摇头，朝花园的方向走去："黄汉翔未必是裴鸣安排的。"

赵斐华急忙跟上，推了推滑落的眼镜，奇怪地问："那还能是谁？他不是裴家的前员工吗？"

"正因如此，我才怀疑。"虞度秋步伐轻缓，慢慢捋着脑子里的思路，同时说给他听，"裴鸣为什么要用黄汉翔这个前员工，这不给自己增加嫌疑吗？不像他谨小慎微的做事风格。而且警方没有搜到他们联络的证据，或许安插黄汉翔的另有其人。最关键的是，对方大费周章地往我的公司塞个卧底，只为了拍到几张新闻素材？似乎太得不偿失了。董师傅好歹差点儿让我访问失败，甚至客死他乡了呢。要是我的话，应该会利用黄汉翔制造更多麻烦，物尽其用嘛。"

赵斐华对他已无力吐槽："你还和罪犯共情上了……就那小保安的能耐，能对你干什么？他一动手就能被老周打趴下，你对他干点什么还差不多。"

虞度秋笑了笑："你这张毒嘴，早晚把你裁了。"

还想拿到年终奖的赵斐华大呼冤枉："我就开个玩笑，又没出卖你，干吗裁我，那天你来公司我事先可不知情！"

虞度秋脸上原本和煦的笑意在听见这句话后，肉眼可见地迅速冷却了。

察言观色是赵斐华的看家本事，瞬间心里一咯噔，知道自己触着逆鳞了，很识时务地怂了："抱歉抱歉，没别的意思，自证清白而已。"

黄汉翔一事发生后，虞度秋第二天就辞了前一天壹号宫内当值的所有用人，搞得娄保国心惊胆战了好几天，甚至跑来找他诉苦："我完蛋了啊，老周和洪伯都跟少爷那么多年了，少爷肯定不会怀疑他们。大哥长得比我帅，身手比我强，少爷不会舍得让他走。下一个被开的肯定是我。"

然而一周过去，风平浪静，虞度秋不知为何，没有再追究下去，以至于赵斐华以为这事儿已经翻篇了，开个玩笑也无伤大雅。

可既然在意，为何又不追究了呢？赵斐华不敢细想，看透老板的心思可不是什么好事，这是给虞度秋打工的手下心照不宣的职场求生技能。

"或许是警察那边把关不严，监控到的信息泄了出去，才会让人提前知道我去公司的消息，我已经让纪凛帮我查了。"虞度秋的笑容重回脸上，却不似刚才那般真切了。

赵斐华拍拍小心脏，松了口气："那就好，你要是真把当天所有知情的人都辞了，一时半会儿找不到替代的人，万一又遇上危险，我肯定是第一个被献祭的。"

虞度秋没回话，只是看着他笑。

赵斐华悚然一惊："……你倒是反驳我一句啊，我没有功劳也有苦劳，不会真的要牺牲我吧！"

"不会，如果他们要的是我的命，牺牲你也没用，你的命怎么抵得上我的命。"

"……"

能把宽慰人的话说得如此人神共愤，也就虞大少爷一人了。

赵斐华心累得不愿再计较这个话题，一本正经道："你还是抓紧点儿吧，纸终究包不住火，你再不拿出点实际进展来，等到被口诛笔伐的那天，市长或许也保不住你，投资人也会撤资，20年前的项目就是这么没的。"

虞度秋优哉游哉地踏着青青草坪："放心，已经有进展了。"

赵斐华腿没他长，只能加快脚步："什么？你又闷声干大事了？我怎么不知道实验室那边有新进展？"

"你不需要了解，做好你分内的事就行。"

"我好歹也是公司的一分子，好奇一下还不行了？你这项目神神秘秘的，实验室所有进展只向你汇报，独揽大权，公司内部一点儿消息都听不到，这像话吗？你一个人当光杆司令得了。"

"你很快就会知道了，后天我要去小果学校做演讲，会将最新研发情况公之于众的。"

赵斐华像听了个天大的笑话，"哈"的半声气音已经冲出喉咙了，猛地想起刚得罪过眼前人，一个急刹车生生转了个弯："哈……孩子们听得懂这些吗？小果才初中，而且现在不是放暑假了吗？"

虞度秋义正词严："学校美其名曰'科技夏令营'，但初二升初三的暑假，你懂的。现在孩子'卷'得很，小学就学编程了，不了解点儿先进科技，怎么做新时代的接班人？或许还能在他们心中埋下一颗想当科学家的种子。"

赵斐华："……"

就虞大少这副形象和腔调，恐怕很难产生如此正面积极的影响。

"这是市长的要求，他有意帮我一把，挽回我的风评。"虞度秋停下了脚步，正对着花园的北门。

赵斐华稍稍安心，起码市政府目前是站在他们这边的："行吧，后天我跟你一起去……我的天！"

赵斐华后知后觉注意到面前的景象，完全愣住："谁要结婚了吗？"

占地近1000平方米的大花园以往都是姹紫嫣红，色彩随季节变化搭配得恰到好处，可当下分明是炎炎夏日，园内却银装素裹——木槿素雅洁净，月季贵气高雅，统统白得不含一丝杂色，如同皑皑白雪，又如朵朵白云。花园中的走道暴殄天物地铺了一层鱼肚白大理石，在阳光下泛着温润的光，光芒直通花园中央的玻璃阳光房。

不办个西式露天婚礼都对不起如此圣洁的氛围。

虞度秋抬手抚过一朵刚洒了水的月季，光滑娇丽的花瓣犹如少女的肌肤，"这些花原本是给小'柏'眼狼的奖励，但他现在不配欣赏了。"

赵斐华想起方才洪良章的话，大着胆子问："我听说……你和柏朝最近不对付？我来了半天怎么没瞧见他，你不会又把他关地下室了吧？"

虞度秋放下手，无辜道："我可不敢不听你的教诲，只是让他没事别出现在我面前而已。"

"既然不需要，就打发他走呗。"

虞度秋啧了声："利用价值还没榨干，放走了多可惜。"

赵斐华受不了地捂住耳朵："你这浑蛋发言……当心遭雷劈！"

虞度秋哈哈大笑："雷打真孝子，财发狠人心。不够狠心的话，我可活不到现在。"

台风持续了两三天，彻底过境后，花园立刻又被修整得整洁如新。

男佣将一朵刚折的新鲜白月季插入黑西装的插花眼中，虞度秋对着全身镜审视了一番，对那朵盛开程度刚好的月季颇为满意，特意夸了句："新来的小姜不错，这几天大风大雨的，花还照料得这么好。"

"是啊，他这几天都住在这儿照看花园，工作态度很好，希望以后招来的新人都这么能干。"一旁的洪良章答完，欣慰地瞧着他这身黑西装，"嗯，够稳重，有成熟企业家的样子了，老爷看了一定很高兴，可惜他来不了。"

虞度秋伸出手臂让人系袖扣："来不了才好，我特意不让他和我妈掺和这个项目，免得他们触景伤情，而且万一发生什么意外，我也不想波及他们。"

洪良章心疼道："一个人承担这么多事，很辛苦吧？可惜我年纪大了，只能管管家务，生意上没法替你分忧。"

"您替我照看好家里就算是解除我的后顾之忧了。对了，学校的设备都检查过了吗？"

"嗯，昨天检查过了，小周和纪队一块儿去的，我也跟着看了看，音响和灯光效果都不错，试放过一遍视频和幻灯片，也没问题。"

虞度秋调整着月季的角度，手指微顿，不知想起了什么，侧头问："你全程都跟着纪凛吗？"

"倒也没有……为什么这么问？"洪良章迷惑。

虞度秋重新看向镜子："我怕他出问题。"

洪良章眉头皱起："纪队他……应该不会干坏事吧？"

虞度秋摇头："我不是担心这个。"却也没继续说到底担心哪个，接着道，"今天可能会出状况，让保国和老周分别负责看守礼堂内外，柏朝跟在我身边。"

洪良章更加不解了："可小柏资历最浅，还……跟在身边不妥吧？"

"他若是真的想留下来，就会拼死保护我。越危险的事，越要让不怕死的做。"虞度秋勾唇，凝视着镜中人冰冷的双眸，"如果死不足惜，就更合适了。"

044.

平义中学，简称平中。能以整座城市命名的学校，往往在全市教育体系中的地位非同一般。

平中便是如此。

作为全国百强中学，平中响应当地市政府的号召，开设了一系列课外拓展课程，研究方向以物理、生物、工程、金融、法学等学科为主。

高中部名气更大，曾培养出三十多位院士，初中部也不遑多让，学校每周安排一次特色讲座，主讲人全是各行各业的杰出人物。

只是今天这位主讲人一亮相，礼堂台下一片哗然，带队老师俱是一愣。

以往来开讲座的，通常外表朴素、举止文雅，可今天这位，一头银发张扬至极，剪裁修身的黑西装将优越的模特身材展露无遗，尽管衣襟上的白月季柔化了凌人的气势，依旧给人十足的压迫感。

"砰砰"，虞度秋拍了拍话筒，微笑着做了个噤声的手势，两侧的 LED 大屏幕给了脸部特写，全礼堂内充斥着此起彼伏的抽气声。

对于青春期满怀幻想且开始走上叛逆之路的少男少女，反派往往比正派更具魅力。

虞度秋这张绝非善类的俊脸，在此地简直大杀四方。

周杨果坐在自己班的区域，听见身旁的同学都在兴奋地谈论台上的演讲人，不禁骄傲地挺起了胸膛。

礼堂两侧与最后排，几位便衣来回巡逻着。

纪凛与周毅站在后方正中央，把守着一个主要出入口。

"世风日下，让虞度秋来演讲，也不怕教坏小孩子。"

周毅好脾气道："少爷他演讲水平挺不错的，肚子里也有墨水，以前演讲那几期播放量都很高。"

台上的虞度秋正在介绍他的项目将如何改变人类命运。学校给他准备了讲台和椅子，但他完全没坐，一手拿着话筒，另一只插在兜里的手握着小巧的翻页器，边踱步边与台下互动，看着一副漫不经心的样子，然而全程没有看稿，对自己的 Themis 项目如数家珍，甚至连身后巨大屏幕上所显示的内容都是亲自手打的。

纪凛耐着性子听了几分钟，心态从"我倒要听听他能讲出什么"渐渐转变成了"这小子好像真有点东西"，忍不住问："他这脑机接口设备现在研发到什么阶段了？未来真能治疗毒瘾？"

周毅苦笑："纪队，我只是个保镖，接触不到这么机密的核心业务，实验室都是少爷一个人在管，公司内部也不太清楚，我只知道有位吴先生给这个项目投了

10亿，说明前景应该很好吧。"

纪凛嘟哝："他要是真能研发出治愈毒瘾的设备，别说送锦旗了，我花光积蓄给他凿个雕像都乐意。"

周毅欲言又止。

最终好心地选择不告诉他，虞度秋大概只收纯金的雕像。

台上播放的幻灯片和视频纪凛事先检查过，多是些枯燥的数据和看不懂的专业术语，然而经过虞度秋妙语连珠的润饰，变得浅显有趣了许多，连台下的初中生都能津津有味地听下去，注意力从演讲人的颜值逐渐转移到了内容上，听得连连点头。

"难怪穆哥夸他厉害，把线索留给他，而不是我或者别人……"纪凛轻声感叹，"他是厉害，有钱、有才、有貌、有头脑，做什么都强，不像我……跟进案子大半年了，连个鬼都没抓着。"

周毅听见他在自言自语，但正逢一波掌声雷动，没听清内容，脑袋凑过去问："纪队你说啥……"

就在此时，舞台光"啪"的一声毫无征兆地灭了。

不只是舞台，整个礼堂突然陷入一片漆黑，惊呼声截了掌声的道儿，陡然爆发，夹杂着维持秩序的老师的大喊："别乱跑！坐在位子上！一会儿就亮了！"学生们大多只觉得奇怪或惊讶，没有多恐慌，以为是突发小故障，都听老师的话乖乖坐在原位。

舞台上，虞度秋捏紧了手里的话筒，不动声色地后退两步，离开舞台边缘。

礼堂的设备昨天刚检查过，应当是万无一失的，他也没有使用大功率电器，不可能是跳闸。

一定是有人故意为之。

是又一次警告？抑或是又一次刺杀？他不得而知，只知道这个时候，若是对方佩戴了夜视镜，再借着学生们发出的大呼小叫的掩盖，完全可以悄无声息地靠近，从背后狠狠捅他一刀。

虞度秋退到了舞台中央，依稀记得舞台左首边有个通道，直达后门，他凭感觉转身90度，朝那个方向迈开腿，可刚走出几步，腿脚就仿佛被某种无形的枷锁捆住了，越来越沉重缓慢，到最后完全抬不起来。

黑暗宛如一张铺天盖地的幕布，侵占了他视线所能及的所有地方。

脑海中似乎传来"咔嗒"一声轻响，名为回忆的胶卷开始缓缓转动，幕布上逐渐出现熟悉而久远的画面——阴暗而狭窄的小屋、绝望而痛苦的人脸、攒动而焦急的身影，如走马灯般飞速掠过，越转越快，最终统统扭曲成五彩斑斓的色块，好似往他视网膜上泼了一层彩漆，于漆黑中看见了一片令人眩晕的光怪陆离。

他瞳孔逐渐放大，心跳如雷，想放声大叫。可有人捂住了他的嘴，紧张地在他身边安抚着："别怕，少爷，我不会伤害你……"

"砰！"

耳畔传来一声枪响，他听见身后的男人发出一声短促的哀吟，紧接着，捂住他嘴的手无力地松开了。

他终于可以出声，可他的脑子却突然一片空白，忘了要说什么，汹涌的眼泪夺眶而出，他呆滞如一台机器，僵硬而缓慢地转过头。

男人不见了，所有的色彩也消失了，目之所及，是纯白的房间，纯白的病床，纯白的病号服……却不是穿在他身上的。

一个模糊缥缈、如同幽灵般的身影朝他伸出了手，拭去了他冰冷脸颊上的泪水。

那只手很小，也很暖，触碰他的眼皮时，令他不由自主地颤了颤，下意识地闭上了眼。

眼前所有的画面随着他闭上眼而烟消云散，感知到温暖也成了又一场神经质的臆想。

虞度秋无法忍受再度降临的黑暗，急切地睁开眼，却发现眼前依旧是漆黑的。他不断后退，不知道袭击会从哪个方向来，竭力保持镇定，可颤抖的手拿不住话筒，它"咚"的一声摔在舞台的木地板上，发出一声沉闷的钝响。

下一秒，余光中蓦地亮起一簇耀眼而细小的光源，像手机的手电筒，晃动着急速朝他奔来。

虞度秋惊喜地扭头，本能地想迎着光而去，可马上又生出一丝怀疑，犹豫半秒，终究转身朝反方向迈开了腿。

然而他尚未挣脱心中的枷锁，行动迟缓，跑路的速度完全不是来人的对手，对方很快就追上了他，迅猛地伸手扣住他的肩膀，用力将他拽向自己。

虞度秋心脏随之狠狠一震，同时仿佛听见内心传来哗啦啦的巨响，囚禁他的回忆牢笼彻底碎裂坍塌，被活人的触感和体温真真切切地包裹住，重回现实人间。

那人手疾眼快地扶住了险些被撞倒的他，附在他耳边轻声说："别怕，我在。先离开这儿，跟我走。"

说是跟着走，可虞度秋完全是被强行拉走的，那人的力气大得惊人，他一个健壮的成年男子，双脚几乎没怎么沾地，就从舞台来到了后台。

礼堂的灯光由控制室调控，后台休息室则是不同线路，没有受到影响，依旧灯火通明。

柏朝迅速关上休息室的门，拧上锁，回头道："纪凛带了很多人，就算溜进一两个闹事的，应该很快就能制伏，你先坐下休息会儿，我给老周发个消息叫他们过来。"

虞度秋撑着桌子平复心跳，直到神志重新归位，视线逐渐明晰，才抬眼扫了圈休息室——角落里堆了不少演出用的杂物，桌子上有化妆镜和梳子。这间房间应该是学校平时搞晚会时，给演出的学生化妆换装用的，房间西北侧还有扇小门，大概是换衣间……

虞度秋瞳孔猛地一缩，他盯着那扇小门，一把抓住刚发完消息的柏朝："去找礼堂后门，不要待在这里。"

"可是外面很黑，很难找到……"

"你蠢吗，外边没有动静，说明外边没出事，对方的目标是我，不会伤害别人，怎么还不追上来？除非……"

他说到一半止了声，柏朝已然明白："在里头守株待兔是吗？那我们出去。"

可虞度秋表情凝滞了，自言自语似的喃喃着："他怎么知道我一定会到后台来……"

柏朝走近了，拉住他："或许对方知道你怕黑，有可能是裴鸣搞的鬼。"

虞度秋瞬间甩开他的手，疾步后退，撞上了桌子。桌上的化妆镜摇摇晃晃，没能稳住，"啪"地摔在地上，碎成无数玻璃碴。

"……你也知道。"虞度秋目光冰冷。

休息室内一时间只剩下诡异的寂静。

过了几秒，外头突然传来"咚咚"两响，伴随着周毅中气十足的高喊："少爷！

小柏！你们在里面吗？"

柏朝轻轻叹气："如果我要害你，就不会喊他们来，除非老周和纪凛都是我的同伙，你觉得可能吗？"

虞度秋脸上闪过一瞬的迟疑，最终否定了这个概率极低的可能，道："开门吧。"

门一开，周毅带着几个随行保镖一马当先冲进来，纪凛紧随其后，瞧见他如临大敌的神色，嘲笑道："你俩杯弓蛇影了吧，外头没事，灯光出了点小故障，学校老师出去拿紧急照明设备了，一会儿就回来。"

虞度秋仍站在原地："可你事先不是检查过设备吗？"

纪凛也纳闷，抓抓头发："是检查过啊，当时没问题，不代表之后就不会出问题了，谁知道怎么回事。目前看来是场意外，没人要袭击你，等你讲座结束了我再仔细查吧。"

"不行，你先去控制室把灯光师抓了，我再上台。"

"喂，虞大少，你当警察可以随便抓人啊？再说你又不是我领导，我干吗听你的？"

虞度秋搬出一座大山："纪队，如果穆浩知道你没好好保护老百姓，一定会很伤心的。"

"你少拿穆哥来压我。"纪凛脸色难看，"你这身家地位也叫老百姓？那我该叫什么？老鼠屎？"

周毅劝和："好了好了，先休息会儿吧，少爷，我去看看控制室，把阿保调进来看会儿场内。"

虞度秋颔首，同时余光再度瞥向那扇紧闭的小门，疑心终究占了上风，吩咐道："柏朝，你去那个隔间检查一下，不看我不放心。"

柏朝二话没说，径直而去，开门入内。

众人等了半分钟，门内没传来什么动静，又过了一小会儿，外头有老师来传话，说灯光已经恢复了，请他们出去继续演讲，学生们都等着。

虞度秋这才放松了紧绷的神色："看来真是虚惊一场。"

纪凛抱胸奚落："就黑了个灯，看把你吓的，在A国被追杀的时候也没见你这么紧张。"

虞度秋摇头："明枪不可怕，暗箭才瘆人。"

这时，柏朝从隔间出来了，面色无异。

虞度秋朝他招了个手："没东西就走吧。"

柏朝却没挪动脚步："有东西。"

正欲离开的众人统统止步，虞度秋诧然回首："什么东西？"

柏朝抿了抿唇，微锁眉头，似乎在顾忌着什么，斟酌着措辞，可他素来不会那些弯弯绕绕的委婉说法，最终放弃了，直白道："黄汉翔的尸体。"

045.

一张放大的照片放在白屏上，照片中人展开双臂躺在灰黑的地砖之上，歪斜的脖子处有两道熟悉的平行割痕，流出的鲜血被人恶劣地画了幅画，在他身下呈现出一个猩红凝固的十字架。

卢晴忍不住捂眼，小声说："我好像突然有点儿晕血。"

纪凛在会议桌下踢了她一脚，从唇缝里挤出声音："老彭说话呢，别开小差。"

专案组的办案人员汇聚一堂，新金分局的会议室内人满为患，坐在首位的市局刑侦总队队长冯锦民一脸严肃，两道如利刃般的目光盯着正在陈述案情的彭德宇，灰白双眉间数道皱纹，大抵是常年皱眉所致，以至于如今不怒自威。

彭德宇虽然和他一样都是正县处级，也都是专案组的副组长，并且有着多年交情，但这一个多月内，不仅没侦破案件，还让凶手在新金区又一次神不知鬼不觉地杀害一人，他脸上着实无光，此刻多少有些抬不起头，一个劲儿地盯着屏幕。

"现场只找到这张照片，放在信封内，没有指纹，打印纸张是最普通的A4纸，查不到来源。"

彭德宇切到下一张照片，所有人只见一封普普通通的牛皮纸信封上，字迹狂放地写着：致虞先生和各位警官，打开有惊喜哦。

仿佛里头是一张贺卡或一份礼物，然而实际却是一张血淋淋的尸体照，并且照片的反面写着：这是最后一次警告，结束调查。否则，你们当中的某人将成为下一个。

足以见得凶手有多嚣张恶劣。

"后台监控呢?"冯锦民问。

彭德宇看了纪凛一眼。

纪凛立刻如实汇报:"礼堂后台主要是学生演出前化妆换衣服的地方,没设监控,礼堂内倒是有,但后台有一个后门,平时都开放着,有的学生为了躲开老师玩手机、逃课,会偷偷溜进来,监控拍不到。"

也就是说,若有人进入后台放那张照片,完全可以不留一丝痕迹。

纪凛顶着两圈熬夜熬出来的黑眼圈,继续报告目前已知的冗长信息:"平中以夏令营的名义在假期给即将升初三的学生补课,没要求学生穿校服,加上每天进出学校的学生很多、门卫处管理比较松散,如果有人混进来也不会注意。会议结束后,我们马上加班加点查看校门口监控,争取尽快初步筛选出可疑分子。"

冯锦民十指交叉,撑在桌上,精光射来:"筛选?你按什么特征筛选?"

纪凛咽了口唾沫,顶着凶悍的目光,道:"按照雨巷案凶手的特征筛选。黄汉翔脖子上的伤口和吴敏一致,都是平行的双刃凶器。根据雨巷案的监控,目前已知的信息是……凶手为成年男子,个子较高,目测1.8米以上,手上戴了枚很大的珠宝戒指。"

冯锦民冷笑了声。

会议室里的其余人如坐针毡。

"你的情报等同于废话。"冯锦民疾言厉色,一句比一句骂得狠,毫不留情,"先不说一米八以上的成年男子随处可见,戒指也未必每天戴,你怎么能保证使用凶器的是同一人、凶器是同一个?即便是相同的,谁告诉你放照片的就一定是凶手?万一凶手随便找个路人混进学校放照片,或者干脆买通学生或校内人员去放,你如何察觉?你就凭你这种办案能力,难怪到现在还没破案!"

纪凛低着头默默承受劈头盖脸的斥责,这段时间四处奔波,晒黑了好几个度,脸上看不出什么表情。

卢晴担心地小声问:"纪哥……你还好吧?"

纪凛摇了摇头:"没事,冯队说得没错,是我能力不足。"

卢晴平时大大咧咧的,跟他什么玩笑都敢开,这时候却想不出一句安慰的话,这种无力感,和去年雨巷案刚发生的时候一模一样,当时的纪凛比现在更颓丧。

具体表现为，天天往市局和昌和分局跑，询问案子进展，早出晚归，眼圈一周青里透黑，空洞的眼里遍布红血丝，脸上胡子拉碴，身上臭烘烘的，像在垃圾桶里住了一宿，偶尔在局里瞥见他，高喊一声"纪哥"，往往得不到回应，像是没听见。仿佛整个灵魂从躯体中抽离了，如行尸走肉般行走于世间。

冯锦民的怒气并没有因为纪凛的低头认错而得到缓解，衰老松弛的两颊上下颤抖，厉声质问："舞台灯光中途突然灭了是怎么回事？灯光师调查过吗？"

彭德宇到底还是护崽的，不忍心纪凛再挨骂，抢先作答："查了，灯光师说'六一'晚会后就没用过舞台灯光设备，控制室的门平时都是锁着的，但就在前天，也就是7月9日，小纪带着虞度秋的下属去平中，要求检查设备的时候，灯光师发现门锁有被撬过的痕迹，不过当时他以为是调皮的学生，毕竟里面没有贵重物品，小偷不会光顾。他进去检查了一圈，感觉没什么不对劲，试了下灯光也没问题，就没放心上，也没告诉我们。直到出了意外才发现，控制台底下的两个插头原本插了两个插座，不知何时被人插在一个插座上了，短暂使用不会出故障，但时间一长，就会导致功率过大，电流超载，烧毁插座，所以演讲中途突然线路中断，灯光全灭。"

如此小的一个举动，却产生了一串连锁反应。众人仿佛坐在一艘船上，在凶手的推波助澜下，"一帆风顺"地到达了目的地——凶手给他们预设好的目的地。

冯锦民眼睛眯成一线，目光割过众人的脸，令人脸上一疼："所以，总的来说，凶手又愚弄了你们一次，而你们却毫无办法？"

彭德宇擦了擦"地中海"上冒出的虚汗，道："也不能这么说，我们比较有先见之明地预测到了黄汉翔背后可能有人指点，会让他不带手机出门完成剩下的交易，所以我们给他的出租屋周围装了监控，派人一直盯着呢……牛锋。"

众人等了两秒，无人应答。

彭德宇原本是想给自己挽回点脸面，谁知下属开小差，顿时尴尬无比，提高音量气冲冲地又喊了一遍："牛锋！汇报！发什么呆呢！"

"啊？哦哦！"牛锋如梦初醒，面对所有人投过来的或严厉或责备或困惑的目光，紧张得眼神乱飘，吞吞吐吐道，"那个……黄汉翔8日午夜出了一次门，打了辆出租车，我根据车牌号追踪，查到他去了昌和区的怡情酒吧……"

冯锦民一听这个熟悉的地名，面色更为凝重，迫不及待地追问："然后呢？他见了什么人？"

牛锋艰难地吞咽了下："他……一个人进去一个人出来的，从1点待到1点半，那个点酒吧里正热闹，人又多，光线又花，看不清他有没有从后门进那条巷子……只能从店门口的监控看到，他离开时由于大雨打不到车，就沿街走了一段路，雨幕和雨伞严重干扰监控画面，勉强能看见他走进了松川路的一个监控死角，然后就消失了……"

纪凛惊讶："等等，也就是说在昨天案发前，他已经失踪两天了？你怎么没汇报给我？"

牛锋面露难色，抓了抓寸头，支支吾吾地答不上来。

彭德宇道："前两天你忙着给虞度秋检查演讲内容和场地，他就直接报给我了。这不是重点，重点是黄汉翔在8日1点半后遇害，凶手放照片时间大概率是在发现监控室门锁被撬的9日之前，所以我们只要查8日当天进出平中的人员就行。另外，我个人觉得，平中校风严谨，学生的安全意识也比较强，应该不会随随便便帮陌生人做这种奇怪的事，还是校外人员的可能性更大，我们可以让老师们逐一核对监控中出现的人是不是在校学生。"

冯锦民这才面色稍霁，思忖了会儿，补充道："那个酒吧门口的监控也要查，黄汉翔是不是第一次去？出门后有没有人在后头跟踪他？是不是被凶手抓进了窝点？这些都得弄清楚，尸体……也必须尽快找到。"

说到这儿，他不知为何停顿住了。

彭德宇瞧他神色有异，心里大抵明白怎么回事，劝慰道："老冯你放心，你说的我们都在查了，等抓到人了再审审，一定能查到穆浩的下落。"

冯锦民严肃的眉宇间透出些许疲惫，咄咄逼人的态度暂缓，撑着额头的手摆了摆："我不指望他还活着了，但起码要给他父母一个交代。"

一小时后，会议结束。

冯锦民还要去昌和分局指导工作，马不停蹄地坐车走了。

会议室内的人陆陆续续离开，卢晴推了推身旁的自家队长："还不走啊？"

纪凛仍旧低着头，意志消沉，出神地盯着自己平铺在桌上的记事本，翻开的那一页上密密麻麻地记录着黄汉翔的个人信息。

彭德宇端着保温杯走来，一巴掌重重拍上他的肩："小家伙，别垂头丧气的，冯队也是心里着急才发火，不是针对你。他身为穆浩的直接领导，以前为了避嫌不方便参与调查工作，但其实一直关注着呢，案子大半年没进展，现在又死了一个，换谁都生气。"

卢晴瞧着彭德宇那五指山一般的大手，心道这一巴掌下去，保准儿青一片。

纪凛却像毫无知觉似的，木然点了点头，说："我知道，冯队很器重穆哥，也很关照他。我没有怨言，我只想问您：搜查令批下来了吗？再不去搜，我怕还有人会死。"

彭德宇收回手，正色问："你怀疑裴家参与了此次谋杀恐吓？你有证据吗？"

"搜一搜说不定就有证据了，类似的凶器再度出现，说明凶手很可能用完就藏起来了。而且他家早有涉毒前科，嫌疑很大。"

"可裴家的公司、仓库、房产，加起来少说有六七处，就算我给你申请到了搜查令，以我们专案组的警力，一天之内是搜不完的，反倒有可能打草惊蛇，让人家转移或销毁物证。"

"那我自己去搜。"纪凛"啪"地合上本子，"我潜伏进去，搜他十天半个月的，不信找不到蛛丝马迹。"

彭德宇瞬间怒了："说的什么蠢话！人家不认识你吗？啊？你给我洗把脸去清醒清醒，接着看监控去！"

纪凛心里也烦，思维一片混乱，蓬头垢面地抓起本子和笔就往外走："知道。"

"这小子，是跟虞度秋待久了吗，怎么越来越不让我省心了。"彭德宇叹气，"卢晴，牛锋，帮我看着他，别让他犯浑！"

卢晴立刻挺直腰板敬礼："遵命！"

牛锋却站在原地不动，说："我还有点儿事跟彭局商量，小卢你先去找纪队吧。"

卢晴没多想，"哦"了声立马追出去了。

会议室内只剩两人，彭德宇呷了口茶，烦闷情绪稍稍缓解，但脑子里几桩案子打成了结，怎么解都解不开，没心情理会别的，随口问："啥事？"

牛锋咬了咬牙，终于下定决心，上前两步，声音压得很低："刚才人太多，我没敢说，其实……8日那晚，我从监控里看到，还有个人也去了酒吧……"

046.

新金分局的长廊上，一人疾步而过，像不看路似的，险些撞到好几人，也不顾别人异样的眼光，闷头往办公室走。

卢晴跟在后头小跑着喊："纪哥！等等我！"

纪凛没等她，不过公安局也就那么大，她多跑两步便紧跟着进了办公室："纪哥你……哎哟！"

卢晴没刹住车，脑门狠狠撞在他背上，两个人都趔趄了一步。

"干吗呀，突然停下……"卢晴揉着脑门抬头，正想抱怨，然而瞧见办公室内的景象后，彻底忘了要说什么。

昨天第一时间目击尸体照片的人都被带回了警局，做完笔录后，彭德宇为了防止再次发生意外，也为了方便传讯，就让虞度秋等人留下过夜。他们几个则忙活了一晚上，没回过办公室，心想着办公室有几张午睡床，也有沙发，凑合一晚应该够了，虞度秋总不至于委屈自己睡地上。

事实证明，虞度秋何止是不会委屈自己。空间不算宽敞的办公室过道上，气派地摆放了一张两米长一米宽的厚实乳胶床垫，人要贴着墙走才不至于踩到。

二人的目光双双从床垫转移到沙发上坐着喝咖啡的男人身上。

虞度秋的西装外套铺在一边，丝毫未皱，想必是睡觉前便脱下了。衬衫扣子解开两颗，刀片项链吊在脖子上，嵌在两块半隐半现的胸肌之间，全然不似昨天演讲时那副人模狗样了，说是刚从哪个宴会上下来也不为过。

此刻面前摆着张不知道从哪儿搞来的餐桌，早餐丰盛得足够喂饱一整个刑侦大队，虞大少优雅地端着咖啡杯，正和自己的保镖……玩着双人手机游戏。

虞度秋走了一步棋，抬头看见他们，后知后觉似的想起来："哦，抱歉，忘了叫人撤走床垫。如果不嫌弃的话，也可以送给你们，不过这是昨晚临时买的，质量一般，稍微硬了些，睡得我腰酸背痛。"

一个人太让人生气也有个好处，无论之前的心情是悲伤还是焦虑，看见这人，只剩下生气了。

"你是豌豆公主吗？这还硬？"纪凛踢了一脚床垫，鞋子差点被弹飞。

虞度秋浅饮了一口浓黑的冰美式。

柏朝正准备点屏幕的手指一顿，掉转方向，按下侧边键锁了手机。

虞度秋"哎"了声："别收起来啊，你下棋进步了不少呢。"

柏朝收起手机："进步再多也没用，你不会留下我了。"

虞度秋笑着伸手拍了拍他："以你的所作所为，我没弄死你就不错了。"

纪凛毫不关心他俩的恩怨，敲了敲桌子，提醒道："你自己都自身难保了，还想弄死别人……这次的警告比以往都严重，没看见照片背后说的吗？下一个死的可能就是你。"

卢晴点头如捣蒜："对对对，而且看样子，凶手很了解你的行动和喜恶，居然能够精准地引导你看见那封信。"

虞度秋拿了个牛角包，边吃边说："就算我没看见那封信，我相信它也一定会再次出现在意料之外的地方。另外，我认为凶手和警告我的，不是同一个人。"

纪凛、卢晴同时发问："此话怎讲？"

"刚跟柏朝分析过，你来说吧，我要吃会儿早餐。"虞度秋细嚼慢咽着，还挑三拣四，"这面包烤得太硬了，店里买的到底比不上家里做的，应该在水里泡一会儿。"

其余三人互相对视一眼，默契地放弃了告诉虞大少常识是什么。

柏朝重新掏出手机，平放在餐桌上，屏幕上的棋局正进行到一半，显然虞度秋的白子剩得较多，白"王后"的正上方有一个黑"主教"，然而一辆白"战车"挡在了它们之间。

"我们用棋子来代表人。"柏朝将各类棋子的作用和特性解释了一遍，接着说，"我们怀疑，黄汉翔事件的始末，是对方的'王后'和'战车'意见相左所致，其实这种分歧早有端倪，在A国的时候你们也推测出来了。"

纪凛和卢晴各自搬了张办公椅坐下，赞同道："按你们的说法，当时那拨蒙面人是'战车'派来的，和虞文承案一样，目的是警告，所以没对我们开枪。杀手则是'王后'派来的，和雨巷案一样，目的是杀人灭口，对吗？"

"对，'战车'行事胆小谨慎，有所顾忌，别说杀人了，连伤人都不敢。不像

'王后'，次次行动都冲着吃掉一颗棋子去，必定是个暴戾恣睢的杀手。"

卢晴若有所思："我好像懂了，难怪呢，我就觉得黄汉翔的死很突兀，之前在虞先生公司的发作，和昨天放在更衣室的照片，本质上都只是警告而已，没有对任何人造成实质性的严重伤害，可在这两件事当中，黄汉翔突然就被杀了，作案风格相差太大，一个小心一个过激，不像一个人干的。"

虞度秋正忙着切开菠萝包，加入一块冰黄油，抽空夸了句："卢小姐真是冰雪聪明，一点就透。"

卢晴不好意思地挠挠鼻子："还好啦，也就比我们队长聪明点儿。"

她就顺嘴开个玩笑，按理来说纪凛应该习以为常了，接着就会跟她拌几句嘴，这是他们大队苦中作乐的日常习惯，然而这回纪凛却直接认了："啊是是是，我最蠢，所以到现在还没抓住凶手。"

卢晴瞪大眼睛："太阳从西边儿出来了，纪哥你居然不反驳我？"

"懒得理你。"纪凛从鼻子里出了声气，点了点手机上两颗相邻的棋子，接着问柏朝，"所以，指使黄汉翔去公司卧底，当场毒瘾发作，从而警告虞度秋的是'战车'对吧？确实和虞文承一案的手段差不多，用的都是LSD。对方可能是为了防止上次的意外再度发生，所以这次让黄汉翔自己服毒，方便把控发作时间。"

柏朝点头："但'王后'却不满'战车'的胆小行动，也可能是怕黄汉翔泄密，总之'王后'擅自杀了黄汉翔，并发出了死亡警告。"

"可既然'王后'这么凶残，为什么会允许'战车'挡在他面前，一次次阻碍他的行动？"

柏朝指着棋盘角落的白国王："因为他们的最终目的一致——保护国王。"

纪凛捂住额头，脑袋隐隐作痛："我说，你们就不能换个简单点儿的比喻，搞这么复杂，国王是干吗的来着？"

柏朝只好又解释了遍西洋棋规则："'国王'是众矢之的，行动受限，需要利用手下的棋子来打败对手。我们推测，'国王'也是保守派，否则早就纵容'王后'大杀四方了。他应该更偏向于'战车'的策略，以警告为主，希望我们知难而退，主动放弃追查，让案子不了了之。但他显然不能完全控制性情残暴的'王后'，由此导致了雨巷案和黄汉翔的被杀。"

纪凛思考片刻，道："这个推理似乎可以成立，不过你好像漏了最重要的一个人。"

"谁？"

"柏志明啊，你怎么忘了把你养父算进去？"纪凛奇怪道，"你不是觉得柏志明是被人杀害的吗，那应该也是'王后'干的吧？"

柏朝尚未回答，虞度秋先发话了："柏志明的死法与另两人不同，没有外伤，倒和我二叔有点相似，都服用了致幻剂，这不像'王后'的作案风格。"

纪凛："但也不像'战车'的作案风格，'战车'不杀人，难道他的死也是意外？"

卢晴："一次意外还好说，两次意外会不会太巧了？致幻剂不是每次都会让人产生轻生念头的啊。"

虞度秋吃完了菠萝包，融化的黄油沾在唇上："谁知道呢，柏朝，你去认尸的时候有发现什么不对劲吗？"

"没有。"柏朝抽了张纸巾，朝他伸出手。虞度秋接过纸巾道了声谢。

纪凛压根没注意到他俩的小动作，沉浸在自己的思考中："那就先不管柏志明，你们觉得这三颗棋子……分别是谁？"

卢晴小心翼翼地举手："我就随便猜猜啊，不一定对，说错了你们别笑我……'国王'或许是裴鸣，'战车'大概是裴卓，'王后'……我想不出来。"

纪凛摸着自己的下巴："和我想的一样。那天裴鸣在你公司的时候，提过你怕黑，知道你这个弱点的人应该不多吧？而且裴卓有教唆杜苓雅给你下毒的前科，这兄弟俩目前嫌疑最大。只是我们物证太少，无法将他俩与几桩命案关联到一起，抓了也无济于事。如果能揪出杀人的'王后'就好办了……可我一点思路也没有，裴鸣有这么厉害的手下吗？那天他的随行人员好像都很普通啊。"

虞度秋扔了使用过的纸巾，耸肩道："要不说这个'王后'厉害呢，分明如此高调狂妄，已经犯下至少两起杀人案了，却像是会隐身术，连我也想不到裴鸣身边哪个人能担当这颗棋子。非要说的话，可能是像柏朝这样身强力壮的保镖。"

柏朝冷冷地瞧过来。虞度秋笑道："这次没怀疑你，真的，你这段时间都被我关在家，哪儿有机会去杀黄汉翔。"

纪凛站起来活动了下胳膊腿儿，一扫进门前的消沉，斗志昂扬道："不管是谁，既然你们都认为裴家有嫌疑，我就有信心多了。老彭不让我去卧底，我就整理一份裴氏的职员表，一个个查，总能找到线索吧。"

虞度秋轻点手机屏幕，出动己方白"骑士"，吃掉了对面那颗黑"主教"："要尽快，如果在整盘棋中，你找不到能吃掉的棋子，那你很有可能就是那颗棋子。"

纪凛不客气地拿起一块果酱面包塞进嘴里，熬了一宿饥肠辘辘的胃得到了些许慰藉，鼓着腮帮子满不在乎道："想吃掉我？他倒是来呀，我盼着他来找我呢，省得我去找他了。"

这时，锁住的门外有人敲门："少爷，我和保国回了趟家，把演讲资料送回去了，洪伯不放心你，跟着一块儿来了。"

卢晴前去开门，门外三人道了声谢。洪良章愁眉不展地走进来，看见餐桌上的各式早餐，心疼道："这吃得也太差了，阿保，你从哪儿买的劣质面包，给'黑猫'和'警长'吃还差不多。"

"……"纪凛的咀嚼速度放慢了十倍，缓缓咽下嘴里的面包。

卢晴递上一瓶矿泉水："没事，你也是警长，给你吃也差不多。"

"……"

等娄保国解释完附近没有大超市只能从街边小店买之后，洪良章还是意难平，叹气道："少爷，别怪我啰唆，我实在忍不住说你几句，你看你，不听老爷的话，非要掺和警察的工作，结果把自己折腾到这步田地。"

纪凛非常认可地点头："确实，少掺和我们的工作。"

洪良章："不仅遭人威胁恐吓，还被迫睡在这种简陋的地方。"

纪凛："等等，你给我说清楚……"

卢晴拽住他："别说了纪哥，人家家里的泳池都比我们办公室大，不要自取其辱。"

"……"

所幸虞度秋没接着发表令人生气的言论，和颜悦色道："彭局留我，哪儿好意思拒绝，看在外公的面子上也得留下啊。"

洪良章苦口婆心："那看在老爷的面子上，你就别蹚浑水了，破案是警察的事，咱们也不差公司那一个项目，不如回A国帮虞董打理生意，她太辛苦了。"

"你太小看她的本事了，何况她还有我爸呢，没问题的。"

"可这次的警告程度不一样，都故意杀人了，下次遇害的说不准就是……"洪良章住了嘴，没说出人称，大概觉得不吉利。

虞度秋却不避讳："是我又怎样，这不有柏朝替我挡着吗？要死也是他先死。"

能把找替死鬼说得如此心安理得，很难不让人怀疑这人的心是石头做的。

更令人费解的是，替死鬼本人居然没有反驳，只低沉地笑了声，像是自嘲："好，记得把我做成标本，放在家里。"

纪凛再次感慨："你俩真是一对神经病。"

虞度秋站起来，拎起西装，搭在小臂上，甩了甩一头乱发，相当注意形象："我不担心凶手冲着我来，只是昨天给小朋友们留下了不太完美的观感，有点遗憾。"

周毅笑道："哪有，虽然中断了一会儿，但后来也圆满完成了呀，小果说她的同学都成了你的迷妹，而且因为出了这件事，学校被迫暂停夏令营，他们不用补课了，都开心疯了。"

"小孩子的快乐就是这么简单。"虞度秋勾起一个浅浅的笑，"其实我觉得'战车'挺蠢的，为什么不在我演讲的大屏幕上投放尸体照片？那恐吓效果一定震撼多了，家长们一定纷纷打市长热线投诉，说不定这会儿我的项目已经关停了。"

"你怎么还给犯罪分子出谋划策？或许是对方没那个能力。"纪凛瞧着他衣冠楚楚的模样，再瞧瞧自己邋里邋遢的样子，好不容易达成的共识又出现了裂痕，"我们不辞辛苦地忙活了一宿，你倒是悠闲自在。跟我见我们局长去，把刚才的分析说给他听。"

"你为什么不自己去？"

"因为你巧舌如簧，而且你也是重要人证，我怕我一个人说，老彭不相信。"

正在这时，办公室门又被敲响了，一名刑警前来通知："纪队，彭局喊你去会议室一趟。"

纪凛精神一振："刚散会怎么又喊我，有新线索了？"

"不清楚，就让你抓紧时间过去，好像市局的冯队也半途折回来了。"

"一定是有突破性线索了。"纪凛高兴地咧嘴一笑，牙比脸白，对卢晴说，"你在这儿看着他们，别弄乱我们的办公室。"

卢晴扫视了圈堆满杂物的各个角落，说："本来也没多整洁啊……"

纪凛没听见，已经小跑出了办公室，随那名刑警走了。

"好久没见纪哥笑了。"卢晴叹气，"希望是好消息吧，整个专案组已经连轴转一个多月了，再没点儿突破，士气都快耗尽了。刚才纪哥在会议室已经不太对劲了，我感觉他好像一个慢慢泄气的皮球，马上就要瘪了，得给他打打气。"

虞度秋轻轻摇头："穆浩死了，他还能强撑到现在，甚至一遍遍回忆想象当晚的情景，勇气和毅力已经超乎常人了。"

卢晴"嗯"了声："他哪有一遍遍回忆想象当晚的情景？他跟你说的？"

虞度秋的视线从门口收回，重新落到手机中的残局上："总之呢，我相信在揪出真凶前，哪怕所有人都倒下了，纪队也绝不会放弃……小'柏'眼狼，陪我下完呗？"

柏朝看向棋盘："你刚才走了哪一步？"

"我吃掉了你的'主教'。"虞度秋颇为得意地笑了笑，然而下一秒，不知想到了什么，笑容陡然凝固，紧接着眉头缓缓皱起。

他鲜少露出如此严肃的神色，其余人跟着心里一紧："怎么了？"

"不对……"虞度秋自言自语似的喃喃，"不对……下一个未必是我……你们查到黄汉翔从怡情酒吧出来就失踪了吗？"

"查到了啊，我们一直监视着他呢，刚才会议上牛哥还汇报了……咦，等等。"卢晴突然警觉，"你又没出席会议，怎么知道黄汉翔失踪前去了怡情……哎！你去哪儿？"

虞度秋头也不回地走向门口："你们别跟来，老周、保国，立刻把怡情的监控调出来，尽快传到我手机上。"

周毅和娄保国刚回了声"是"，虞度秋的背影已然消失了。

"什么监控？你等等！把话说清楚！"卢晴既要看着办公室里剩下的人，又想追出去，左右为难，不得已之下，只好求助面前唯一的长辈，"你们家少爷去了肯定要惹事，赶紧劝他回来吧！"

洪良章无奈摇头，想必也是忧心如焚，眼眶微微红了一圈："少爷决定的事，谁也劝不了，他可以为了自己的信念，牺牲所有人对他的看法，可如今这种局面……他再一意孤行，会害自己陷入死地的啊……"

"没那么简单。"柏朝已然通过虞度秋的只言片语明白了情况，收起手机，从沙发上站起来，脸色沉肃，"如果我没猜错的话，我们都低估'王后'这次的企图了。'王后'不仅要杀他，还要戏耍他，让他众叛亲离，让他孤立无援，让他亲

287

眼看着身边每个人因他而死。"

卢晴心肝一颤:"什……什么意思?"

"一会儿再说。"柏朝深沉而冰冷地看了她一眼,转身朝外走,去追虞度秋,留下最后的话音,"现在我们必须阻止对方,否则……你们的纪队,就是下一个遇害者。"

047.

纪凛前脚刚踏进会议室的门,肩膀突然被人拍了一下,回头一看,虞度秋顶着他那头耀眼的银发占据了他的整个视野,不知为何还有些喘:"纪队……让我也进去听听。"

纪凛嫌弃地扒拉开他的手:"没听你家管家说吗,少掺和我们警察的事,这是我们的内部会……哎!你干吗!不准进!"

虞度秋置若罔闻,像条灵活的鱼,一个侧身,先于他进了门,滑溜得根本抓不着。

纪凛气愤地紧跟着冲进去,刚"喂"了声,自己的回音传到耳朵里,忽然觉着不大对劲。

会议室内过于空旷了。

桌子的左侧坐着去而复返的冯锦民和两名市局刑警,右侧只有彭德宇和另一名三十多岁模样的刑警。比起方才人满为患的专案组会议,可以说是冷冷清清。

纪凛奇怪:"徐哥,你不是在负责别的案子吗,怎么来我们专案组开会?"

新金分局刑侦一队即重案组,每天也是忙得不可开交,徐升刚从审讯室出来,就被通知来会议室开会,也是一头雾水:"不知道啊,彭局让我来的。我也纳闷,这案子不是一直都是你们三队在负责吗?"

"情况有变,需要调整。"彭德宇只说了这一句话,声音不同寻常地低沉。

纪凛闻言,便知事态紧急,顾不上赶跑某位闲杂人士了,跟两位领导问了个好,赶紧坐到彭德宇旁边的座位上,掏出随身携带的笔记本和笔,做好了认真聆听案情变化的准备。

彭德宇没有立刻开口，而是回头问："虞先生，你能回避一下吗？"

旁听位上的虞度秋像屁股粘在了椅子上，根本没有离开的意思："彭局长，作为潜在的受害者，我认为我有权听一听案情发生了什么变化，也好早做打算，规避风险。另外，我预感纪队要倒霉了，想看个热闹，还望批准。"

纪凛怒瞪过去："你胡说八道什么。"

"他还真说对了。"沉着脸不作声半晌的冯锦民突然开口，语气比上一次开会时更加凝重，"纪凛，我问你，你实话实说。你为什么这么关心穆浩的案子？"

纪凛完全没料到矛头是冲着自己来的，愣了足足三秒，虽然觉得这问题莫名其妙，但还是回答了："因为他是我的老同学，以前在公安大学的时候帮过我很多忙，现在他下落不明，我想替他逮捕罪犯，就这样……"

虞度秋轻轻"啧"了声。

不加最后三个字就好了。加了，便是澄清。澄清了，便让人觉得心虚。

冯锦民的脸上果不其然地显露出了一丝疑云："你跟他关系这么好，我之前怎么从没听他提起过你？"

"是我单方面感谢他。"纪凛坐得笔直，仿佛这样就能证明什么，"毕业后就没怎么往来了，他很忙，我发过几次消息约他吃饭，他每次都在办案，我就没再打扰他。他可能已经不记得我了，没提起过也正常。"

冯锦民不置可否地冷哼："也就是说，你已经很久没见过他了？"

纪凛点头："是的。"

"上一次见面是什么时候？在什么地方？"

"起码一年多了吧，我去市局办手续的时候远远见过他。"

"是吗？你再好好想想。"

纪凛喉咙动了下，实在忍不住了："冯队，您究竟想问什么？我怎么感觉……您像在审问犯人？"

冯锦民挥了挥手，一旁的刑警立即呈上一沓照片，冯锦民"啪"地往桌上用力一摔。照片在光滑的桌面上散开，有一张恰好滑到纪凛面前，他低头看了眼，脸色登时巨变。

"昨晚昌和分局接到群众的匿名举报电话，称去年10月25日晚10点左右，即雨巷案发前两日，有可疑人士曾在穆浩家门口附近的街道徘徊。昌和分局紧急调取周围监控，终于找到了一家仍保留着去年监控录像的商店，废寝忘食地查了一晚，刚发给我的照片。纪凛，你敢说这不是你?!"

冯锦民突然发难，最后一句话里的怒气陡然暴涨，震得所有人身躯一抖，整间会议室内激荡着久久不散的回音。

纪凛措手不及，瞳孔震颤，显而易见地慌神了，脱口而出："冯队，我那天是去穆浩家了，因为那天是他的生日，我想去送个礼物……"

"既然这样，为什么你看见穆浩和吴敏后就躲起来了，直到他们进屋之后才走？这是正常人去送礼的表现吗？"

纪凛艰涩道："我……我是怕打扰他们……"

毫无说服力的辩词。

连沉默许久的彭德宇也长长地叹了声气，按着眉心，紧闭双眼，仿佛不愿面对："那你7月8日凌晨，独自一人去怡情酒吧，又是去干什么？"

纪凛整个人一僵，彻底卡壳了。

围观半天的徐升瞠目结舌，已经弄懂了情况，却不敢出声打岔。

虞度秋跷着腿看热闹，若有所思。

"我和冯队也不想怀疑你，但我们现在不得不怀疑。"彭德宇像是突然苍老了十岁，声音也变得疲惫不堪，"如果背后主谋是你……那很多事都说得通了。你在穆浩家门口蹲点观察，接着杀了穆浩和吴敏，再是柏志明。

"至于虞文承，只要他出现身体不适，前去就医，必定能从他胃里查出LSD，你就能以办案为由去他房里悄悄带走他的药瓶，抹去物证。可天有不测，他意外坠楼而亡，现场封锁，你没法带走药瓶，只好拿走剩余药片，或许是冲马桶了，然后将空瓶扔在他房里，以此制造出凶手或许没来到现场的可能性，增加破案难度。

"然后你就开始以调查为由接近裴卓，让裴卓挑唆杜苓雅给虞度秋下毒，接着安排A国的绑架追杀，并将这一切推到裴家头上，恳请我批准搜查，好让你去裴家将你的凶器藏起来，再假装人赃并获。

"最后便是黄汉翔事件。你监控着虞度秋，当然第一时间知道他去公司了。裴鸣之所以会来，或许不是黄汉翔通知的，而是你，所以始终查不到他联系裴鸣的证据。你审讯他的时候跟他约好了见面交易的地点，于是黄汉翔和你同时去了怡情酒吧，等他走后，你让人在监控死角抓住了他，他随后遇害，一般人可不会那么熟悉道路监控的死角。

"等他死后，你拍下他的照片，趁着去平中检查设备的机会，将照片放在了后台换衣间，并移动了控制室的插座，同时制造出门锁被撬过的痕迹，让我们以为凶手是在你去检查设备前闯进去的，避免自己被怀疑……

"虽然还有很多证据欠缺的地方，但目前你确实存在嫌疑，我和冯队商量之后，决定先听听你怎么说，原本我们都觉得你犯罪的概率很低，可你居然撒谎……这实在不能令我们信服。"

彭德宇说完这一长串话，嗓子已经有些哑了，保温杯就在面前，却没心思喝，干涩地缓缓道："如果你觉得自己清白，就一五一十地说清楚，25日那天到底为什么偷偷摸摸地躲在穆浩家附近？8日那天又为什么戴着口罩帽子悄悄地去了怡情酒吧？以为没人认得出来吗？你的私服一共就那么几件，一周就能轮一遍。"

话音落下，满座寂静。

纪凛晒黑的肤色与褪尽血色的脸色重叠成了一层难看的青灰色，像一具僵冷的尸体，难以瞑目地睁大着眼睛。

"……我有什么理由杀穆浩？"他讷讷道，"太可笑了……我怎么可能杀穆浩？"

彭德宇："你办案也有些年数了，应该知道，有些时候，杀人是不需要理由的。何况……我听说，在公安大学的时候，穆浩一直是第一名，你始终超不过他。市局去学校选人的时候，你很遗憾地落选了，穆浩却进了。"

言外之意，嫉妒令人走上不归路。

纪凛却没领会这层意思，仿佛他的字典里根本没出现过"嫉妒"这两个字，发白的嘴唇吐出不可思议的呢喃："他第一怎么了，他是穆哥啊，他就该第一……"

"砰！"冯锦民重重拍上桌子，大吼："你少在这儿顾左右而言他，回答我们的问题！"

纪凛被这声震得背影颤了颤，脑子似乎蒙住了，呆滞地看着怒发冲冠的冯锦民，一句话也讲不出。

"纪队，都到这份儿上了，还不说吗？"虞度秋突然出声。

纪凛猛地回神，道："用不着你提醒。"

这时，虞度秋手里的手机振动了一下，他看了眼，随即起身："抱歉，我这人比较叛逆，别人求我帮忙我未必帮，但别人不要我帮，我偏要让他低下骄傲的头颅，舍弃无用的自尊，心悦诚服地感谢我。"

冯锦民本就在气头上，听见这话更是气笑了："虞先生，你好大的口气，敢当着我们的面说这话。你要是拿不出证据为他开脱，我管你是谁的外孙、有多少钱，我们有权以妨碍公务罪拘留你。"

虞度秋若无其事地低头玩起了手机，手指在屏幕上迅速操作着，像在打游戏。

冯锦民瞧他这副吊儿郎当的公子哥样，气得脸红脖子粗："你听没听……"

这时，会议室正前方休眠的黑屏突然"叮"地一亮。

其余人瞧见了，纷纷转头，只见电脑的播放器自动打开了一段视频，画面中的光线昏暗，但借着路灯光，依稀能看清是条幽深的小巷，一侧摆放着三个半身高的分类垃圾桶。

垃圾桶的旁边有什么东西动了动，仔细一瞧，是个坐着的人。

"不好意思，稍稍入侵一下你们的电脑系统，回头我让人给你们重装一个安全系数更高的。"虞度秋点了下手机，画面切换到另一个角度，能看清蹲在地上的人的正脸了，"得知穆浩出事之后，我除了派人去回收手表，还在巷子里装了隐形摄像头。一共三个，带夜视功能。"

彭德宇震惊："胡闹！你未经公安部门批准，私自在公共场合安装监控摄像头，这是侵犯他人隐私的！"

"所以一直没告诉你们嘛。"虞度秋还笑嘻嘻的，"不到万不得已，我也不想说。但目前这情况，为了不让'国王'吃掉我的'主教'，只能如实相告了。"

在场的除了纪凛，没人听得懂他的比喻。虞度秋懒得多费口舌再解释一遍，直接走到投屏前，开始他的演讲："你们不是好奇纪队那晚为什么会出现在怡情酒吧吗？很简单，因为他几乎每周都去，时间固定在凌晨左右，如果遇上下雨天……概率就是100%。"

监控画面中飘着牛毛细雨，细到肉眼难以观测，被路灯照到之后形成了反光，仿佛给镜头盖上了一层白蒙蒙的、用以祭奠的薄纱。

垃圾桶旁的年轻男子没有撑伞，屁股下面垫了个塑料袋，安静而清醒地坐在脏兮兮湿漉漉的小巷中，发呆似的凝望着面前灰黑的地面，不知脑子里在想什么。

漫长而寂冷的凝望后，男人缓缓低下了头，深埋于自己的双膝中。

所有人都被屏幕上难以理解的画面吸引了注意。这时，纪凛口袋里的手机突然振了两下，他怔怔地掏出来，看见了虞度秋给他发的消息。

"我可怜的'主教'，你在那儿追忆他的亡灵吗？"

"他出事的那晚下了雨，你就再也没法在雨夜睡着了，对吗？"

048.

纪凛没时间回这两条消息，因为其他人的视线很快又重新落到了他身上。

徐升不可思议地问："每周都去？"

"对，从去年穆浩失踪时起。"虞度秋笑看站着的纪凛，"没等到凶手去而复返，倒是等到了一个陌生的小刑警，本想当作把柄，以后要挟你为我做事的，可惜啊……对了，你那天被环卫工追打、仓皇逃窜的样子，我可是重复看了好几遍，太好笑了。"

"难怪你那么快就知道了……"纪凛狠狠磨牙，"你早就见过我，我说第一次见面的时候你看我的眼神怎么那么奇怪，还装不认识！到底隐瞒了多少事！"

虞度秋举了下双手表示投降："我也没想到那天来君悦查案的恰好是你，如果不是你，我也不敢把手表录音交给警方，充分说明了我对你的信任，你该感到荣幸。"

"呸！"

"好了……"彭德宇打断，事情出现了一丝转机，他神色稍霁，"你的监控确实能证明，纪凛和黄汉翔同时出现在怡情或许是偶然，但并不能洗清他的嫌疑啊。"

"不，他们同时出现在怡情，不是偶然，是必然。"虞度秋敛笑，正色道，"我前几天看到这段监控时，还以为纪队是追踪黄汉翔而来的，还在奇怪，对方为什么选在怡情交易尾款，那里人多眼杂，选个更隐蔽的地点不好吗？直到今天才明白，纪队是被人算计了。

"相信您二位心里也明白，派人监控黄汉翔的就是纪队，他虽然某些方面很傻，但也不至于蠢到自己出现在监控里。凶手故意引导他们俩相遇，只有一个理由——栽赃嫁祸。

"如果我是凶手，我最想除掉谁？首当其冲肯定是我自己，是我提供了线索导致雨巷案重新启动调查，也是我开展治疗毒瘾的项目，凶手既然涉毒，必定忌惮我，想除掉我。然而我没有那么容易接近，在国外可以用远程狙击枪，在国内基本只能靠近身刺杀，我身边那么多保镖不是吃干饭的，哪儿能让他一个用冷兵器的得逞？"

虞度秋的眼睛映着屏幕反射的荧光，仿佛覆着一层薄薄的寒冰："所以，凶手很聪明地利用了黄汉翔，先是让他突然在我公司服毒发作，手法和工具与我二叔的跳楼案相似，导致我们自然而然地认为那也是一次警告。但凶手的真正目的，其实是为了让我对身边人产生怀疑。不得不说，他真的很了解我的心理，我果然掉入了陷阱，一口气开除了十几个下属，在招聘到新员工之前，短时间内都会陷入防守薄弱的境地。

"但即便如此，我仍受警方监控，纪队会时时刻刻保护我，所以，他就成了凶手眼中的另一个障碍。如果能杀掉公安局的刑侦大队长，那可是大案一桩，说不定会轰动全市，警方的注意力必定会暂时从我身上转移。那么，刺杀的时机不就来了？

"可纪队是刑警，体格强健，经常随身配枪，对习惯使用冷兵器的凶手来说，直接刺杀难度太大。像穆浩那样下药吧，纪队的生活又十分穷酸……别瞪我，我在帮你说话。"虞度秋轻轻耸肩，"几乎不去娱乐场所，每天两点一线，这点和穆浩很像。穆浩是生日那天被朋友拉去怡情的，碰巧撞上了吴敏，前提是他有钱消费。就算纪队的生日恰好是这两天，我打赌他也舍不得花他那点儿微薄的工资去喝酒，对吧？"

纪凛："……"竟无法反驳！

"剩下最简单的办法，唯有让纪队离开专案组，没收配枪，最好无法接触任何案件情报，这样就能找到暗算他的时机。要达成这个目的很简单，只要让他背负上嫌疑就行，哪怕你们都相信他没犯罪，但为了避嫌，他不得不退出。

"所幸凶手千算万算，没算到我会在巷子里装监控，否则今天纪队真是百口莫辩了。如果我没记错的话，8日晚上刮了台风。现在天气预报已经能做到 15 天以内的精确预测了，凶手知道那天晚上会下雨，纪队必定会去那条巷子，于是和黄汉翔约在了那儿，故意让他们撞见，也故意让你们看见，以此栽赃嫁祸。"

虞度秋再次轻点手机，弹出另一段视频，这次播放的片段，不再是蜷缩在垃圾桶旁的身影，画面中出现了两个人。只见一人将另一人的两条手臂反压在背后，像警察抓捕罪犯时常用的姿势。

监控的收音也十分清晰。

"你该问你自己，大晚上不在家待着，跑到这儿来干什么？说！"是纪凛气势汹汹的声音。

黄汉翔哆哆嗦嗦地回："我……我来喝酒，有点头晕，想到外边醒醒酒……"

纪凛压根不信："你知道这是什么地方吗？啊？你肯定知道！谁让你来的?！"

"没人让我来……纪队，你不能仗着自己是警察，就……就恐吓老百姓啊……"

纪凛骂了句脏话，重重一推，将黄汉翔扔进了雨里。黄汉翔连忙捡起地上的伞，连退好几步，战战兢兢地看着面前眼神骇人的警察："那个，纪队，要是没什么事，我就先回家了……"

"赶紧滚，别以为暂时把你放了就可以高枕无忧了，你的一言一行我们都盯着呢，下次再被我逮到，别怪我不客气！"

"好……好……"

黄汉翔落荒而逃，但视频并没有结束，寂静无人的小巷中狂风大作，撑着黑伞的青年走了几步来到垃圾桶旁，如往常一样沉默地看着垃圾桶前狭窄肮脏的空地，表情在逐渐增强的大雨中变得模糊不清。

"你在看什么？"彭德宇问当事人。

"他在看穆浩倒下的地方。"冯锦民替他答了，"就是那块地方，当时查出了穆浩的血迹。"

彭德宇微微一惊。

纪凛死死咬住唇，低着头不看监控里的自己。

这时，虞度秋关了屏幕，轻咳两声打断了他的思路："纪队跟我说过，他以前在公安大学一开始是垫底的，还被教官骂哭过，是穆浩帮他重拾自信、奋起直追。这可不是纪队刚才口中的'帮忙'这么简单，他太委婉了，应该说穆浩是他的拯救者、精神标杆、人生导师，简而言之，就是偶像。您二位年纪大了，可能不懂现在的追星粉有多狂热，纪队这种行为，叫作'私生饭'，不信可以去查，网上有专门的词条。"

虞度秋的眼睛也不眨一下，流畅无比地继续道："纪队出于个人崇拜，想在穆浩生日时送上贺礼，但他知道穆浩重义气轻礼节，直接给肯定不收，于是在穆浩家门口徘徊纠结，这时，他看到穆浩和吴敏一起回来。有外人在，更不好送礼了，所以他就回家了。后来穆浩遇害，纪队如此知恩图报的人，怎么可能不去给自己的偶像报仇呢？他脑子里一定十分英雄主义地想着：'这一次，换我来救你！'以上，是我合情合理的猜测。不知事实是否如此，纪队？"

纪凛深吸一口气，说："是的，穆哥的援手对当时的我来说意义重大，我没齿难忘。我觉得偷偷去他家门口蹲点送礼的行为不光明磊落，有贿赂的嫌疑，所以刚才没说。"

彭德宇本就不相信纪凛参与了犯罪，一听这解释很容易就接受了，对冯锦民道："老冯，你看，小纪和黄汉翔之间的对话不像是提前约好的，更不像是同伙。他这么尽心尽责地奔波查案，如果我们冤枉了他，太让人寒心了啊。"

围观半天的徐升也猛点头："是啊是啊，小纪是什么样的人我们局里都清楚，他不可能是凶手。"

冯锦民也并非不分青红皂白，双手交握撑在会议桌上，拧眉沉思片刻，他提出疑惑："可凶手怎么知道他那天一定会去酒吧？难不成凶手也看过这些监控视频、知道他的习惯？"

虞度秋耸肩："我这监控的查看密码只有我的手下知道，凶手未必需要监控，可能就住在那附近，见过纪队时常出入巷子呢？黄汉翔也是离开酒吧没多远就失踪了，或许是被凶手抓进家里了呢？"

冯锦民："你也只不过是推测，而且你显然向着他，不够客观。"

虞度秋笑笑："目前谁都无法确定凶手，您认为我不够客观，或许是因为您觉得，我的观点不符合您的主观吧？"

冯锦民冷哼："办案要讲证据，不是光靠你一张能言善辩的嘴。"

"光靠嘴当然不够，还要靠眼睛看、靠脑子想。"虞度秋笑脸冰冷，"有眼睛而不去看，等于没眼睛；有脑子而不去想，等于没脑子。"

两人针尖对麦芒,剑拔弩张,空气里仿佛能闻着火花撞击产生的味道。

冯锦民算是沉得住气,没有拍案而起,只是脸色也没好看到哪儿去,最后下了决断:"以防万一,我认为纪队长还是暂时避嫌为好,让徐队长来接手这个案子吧。"

纪凛瞬间急了,脱口而出:"不行!"

徐升总算明白了自己被喊来的原因,接受也不是推脱也不是:"冯队,我手上还有几起案子没破呢,实在忙不过来,而且小纪从一开始就跟进这桩案子,比我了解得多,他也特别想破案……"

"你们以为我不想破案吗?我不心痛穆浩的死吗?可我当初还不是避嫌没参与调查?"冯锦民愠色道,"越关心,越着急,越容易忽略细节、影响判断,甚至导致冤案、错案。何况凶手已经盯上他了,这一次没成功,下一次呢?他面前是个大火坑,你们不拉住他,还要推他进去?"

一席话犹如醍醐灌顶、当头棒喝,彭德宇刹那间醒悟了:"老冯,还是你考虑周到。只要没冤枉他就行,也不是一定要他来负责。"

徐升见两位领导意见一致了,只能认命:"好吧,我服从安排。"

甚至连虞度秋都说:"虽然我不在乎他的死活,但既然你们都这么有人性,为了显得自己不那么异类,我也尊重你们的决定。"

徐升:"……你这话就已经很异类了。"

只有纪凛不同意:"彭局,冯队,这案子我已经查了大半年了,不也平平安安的吗?就算出事,也是光荣牺牲,我不后悔。"

彭德宇心意已决:"这案子已经死了四个人了,是该让重案组接手了。你年纪轻,容易冲动,经验也没徐升丰富,他比你更适合。你先休息冷静一段时间,等养精蓄锐后,还可以再加入的嘛。"

"可是……"

"好了,别说了,你也熬了一个通宵了,回去好好睡一觉,交接的工作我让卢晴和牛锋去办。"彭德宇起身,快刀斩乱麻,不给他争辩的机会,"我们还要去查查那个匿名举报人,看样子有些蹊跷,先回办公室。虞先生,记得给我们的电脑升级。你那个摄像头也不错,给我们局里装几个?不贵吧?"

虞度秋莞尔:"您和我外公是老朋友了,怎么好意思收费,回头我让安装师傅过来全部换一遍，密码您设置就行。怡情酒吧巷子里那几个摄像头的查看密码我也发给您。"意思就是充公了。

彭德宇没再计较他私自安装摄像头的事，反正那条巷子的深处平常只有环卫工和蟑螂老鼠光顾，侵犯不了谁的隐私。

彭德宇给了他一个"识相"的眼神，心满意足地和冯锦民等人一块儿出了会议室。

门刚关上，只听"哐当"一声。纪凛跌坐下来，椅子差点翻了，他像是被抽空了全身力气，木然看着桌上冯锦民留下的照片。

不甚清晰的监控下，依稀能辨认出一男一女两道身影，从主干道的一头结伴而来，而街道的另一头，一个人默默地躲在路灯光照不到的拐角处。

虞度秋走到他身旁，撑着椅背，随他一起看照片，貌似不经意地问："你给穆浩买了什么礼物？"

纪凛没作声。

"你是不是很后悔当时没上去跟他说两句话？"

纪凛依旧不答。

"……"

"我看了所有监控，你总是安静地坐在那儿，像现在一样，什么都不说。我很好奇，你是怎么想的？"

"……你哪来那么多问题。"纪凛收起桌上散乱的照片，揣进兜里，也站起来了。

"你去哪儿？"

"回家睡觉。"

"你打算乖乖听话？"

"不然呢？"纪凛紧紧地握着门把手，手背青筋突起，没有回头，"有比我更优秀的刑警接手了案子，这是好事。"

"你这话可不诚心。"

"诚心有什么用，诚心能破案吗？能让穆哥回来吗？"纪凛的声音哽了下，"这是我为我的无能所付出的代价，怪不了别人。"

门一推开，走廊上的风突然寻到了缺口，争先恐后地涌进来，将他单薄的衬衣吹得左摇右摆，仿佛整个人都在晃，随时可能倒下，但他最终还是逆着风走了出去。

会议室内彻底没了人声，唯有台风的余威放肆着。

虞度秋的银发在风中猎猎飞扬，缓缓转过头，黑屏再度亮起，他握着手机一路滑到最上方——10月27日，所有不幸开始的那天。

纪凛曾发来了那晚的录像，也是唯一一段有凶手身影的监控录像。

重复了无数遍的片段在眼前播放，残忍的、血腥的、悲惨的画面隐藏在了看不见的巷子深处，酒吧门口监控所能拍到的，仅仅是平静无人的巷子口。

直到那个男人出现。

一把长柄黑伞遮住了胸部以上，参照路灯高度，身形相当高大。身着黑衣黑裤，最适合进行夜色中的暗杀，身上唯一有光亮的地方，是右手食指上的一枚戒指，看不清颜色是红是黑是白，只知道是宝石。

无论哪种，都不足以确定身份。

虞度秋按下暂停，与画面中的男人隔着长远的时空，静静地对峙。

风力渐弱，拂过他浓密的长睫，轻轻一颤。

"你究竟是谁呢……这位'王后'？"

"在喊我吗？"会议室门口不知何时站了一个男人，抱胸看他，"刚才听你们在吵，就没进来，解决了吗？"

虞度秋回眸，冲他笑了笑："你已经不是我的'王后'了，擅自答应什么？"

柏朝缓步朝他走来："我听到你说，凶手是利用了你的多疑心理，既然已经明白了这点，还不原谅我吗？"

"少避重就轻，你的问题是这个吗？难道是凶手让你监视我的？是凶手让你欺瞒我的？"虞度秋一把扯过他的衣领，眯起眼，"而且你不知悔改，现在还敢骗我……明明在外面听得一清二楚，还问我解决了没。你到底哪来这么大胆子？"

"因为我一无所有，所以我无所畏惧。"

"我拥有的很多，不差你这一个。"虞度秋朝门外走，"但是你目前还有利用价值，跟我走。"

"去哪儿？"

"对方如此处心积虑地要弄死我，还成功戏耍了我，令我感到备受屈辱，我怎么能不报复回去？"外面的阳光过于刺眼，虞度秋抬手挡了下，然后出神地盯着自己的手指，"原本不想这么冒进的，但事已至此，只能加快进度了。"

　　柏朝似乎预感到了什么，开口："会置你于危险之中吗？"

　　"会。不小心的话，可能会让我身败名裂、被万人唾弃。"虞度秋无所谓地一笑，"但是，名算什么东西，人又算什么东西？"

　　"别忘了，'世事一场大梦'，既然一生只做这一场梦，那就更放纵点儿吧！"

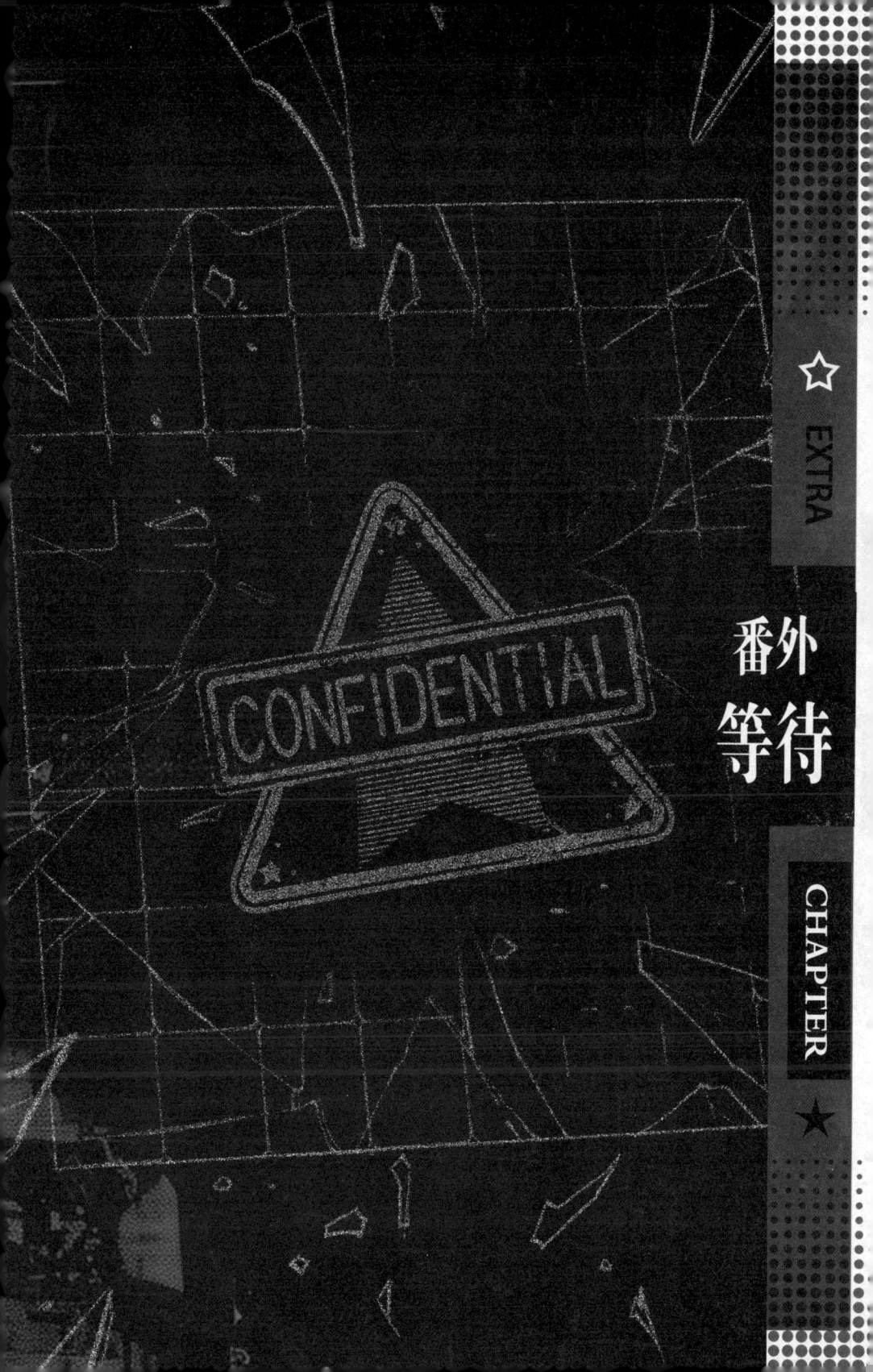

番外 等待

EXTRA CHAPTER ☆

平中一案暂无进展，隐匿于暗处的敌人似乎也无新动作，壹号宫的保镖们睡了两天安稳觉，前些日子紧绷的神经稍稍松了几分。

周毅请了半天假，陪放暑假的女儿去逛书店，娄保国没了伴儿，闲着无聊，到处溜达找搭子打发时间。

洪良章被他缠了小半天，无奈道："阿保啊，我还有很多家务事没处理呢，你找小柏去，你们年轻人之间聊得来。"

娄保国拍自己的大腿："哎呀洪伯，你又不是不知道我大哥那脾气，找他聊天跟找机器人有什么区别？也就少爷能让他多说几句话。"

洪良章摇头："我看未必，最近他俩有矛盾，少爷不爱搭理他，小柏心里或许憋着许多话没处说，你正好去开导一下他。"

娄保国摸摸下巴："唔……也对，还是洪伯你善解人意，我这就去找他！"

一想到平日里坚强好胜的柏朝或许正躲在某个角落黯然神伤，娄保国这个铁血猛男也心酸了，逢人便问："见过我大哥吗？他去哪儿了？"

问到第三个用人的时候，他终于得到了线索："我半小时前看到柏先生上楼了，好像去了少爷房间。"

"少爷房间？"娄保国顿时惊骇，转念间已脑补出了柏朝跪地恳求原谅、被虞度秋冷笑着一脚踹开的凄惨画面。

"行，我上去看看！"

他忙不迭地小跑上楼，距离虞度秋卧室五十米时开始放轻脚步。

说实话，倘若柏朝真被踹出来，他能做的也就帮忙扶一把。

谁敢打扰虞度秋训人呐，这不找死吗？

卧室的门没关严实，狭小的缝隙漏出光线与人声。

娄保国蹑手蹑脚地走到门边，猫着腰眯着眼，朝里望去——

虞度秋今早没下过楼，早餐都是让人送进卧室的，冲了个澡之后披着浴袍靠在床头，正懒懒地斜着眼睨人："你还敢擅闯我的房间？"

柏朝放下空碗，语气平平："我已经进来半小时，服侍你喝完一碗粥，你现在才追究，不觉得尴尬吗，少爷？"

"我想什么时候追究就什么时候追究。"虞度秋吃饱喝足了就翻脸不认人，"滚出去，没我的命令不准进来。"

娄保国暗暗捏了把汗，担心柏朝的倔脾气上来不肯走，虞度秋动怒了可不是闹着玩儿的。

然而柏朝并未反驳，也没有离开，而是将视线转移到床头厚厚的一沓资料上，伸手去翻。

虞度秋的脸上闪过一瞬间的迟疑，错失了阻止的机会。

"这些都是关于我的？"柏朝诧异地问。

虞度秋的表情冷下来："是啊，前段时间我让人查的，你看看情况是否属实，跟踪狂？"

柏朝仿佛没听出这句话中的嘲讽，仔细翻阅起来，甚至笑了笑："嗯，没有误差，你的人很能干，我这九年间确实去过这些地方跟踪你。"

"你还挺坦然啊。"虞度秋扬眉，"脸皮厚到这种程度，真是闻所未闻。"

偷听的娄保国："……"

刚才不知道是谁，边冷战边让人家服侍吃早餐。

柏朝放下资料，平静道："不过这些资料太简略了，想不想听听我到底是如何跟踪监视你的？"

……不愧是他大哥，整个壹号宫还有谁敢这么对虞度秋说话。娄保国服气了。

室内一时静默。

柏朝坦然注视着虞度秋,虞度秋回以喜怒不明的目光。片刻后,虞度秋的脸上重新挂上显而易见的假笑:"好啊,不过……我不希望第三个人听到。"

柏朝神色一凝,立即会意,他迅速起身走向门口,探出头时,只来得及捕捉到一道屁滚尿流滚下楼的熟悉背影。

"看清是谁了吗?"

"已经跑没影了。"

"得了吧,走廊距离楼梯口十几米,谁能在这么短时间内跑没影?我可不记得家里招了个奥运短跑冠军。"虞度秋毫不留情道,"你要包庇他,那就替他受罚。"

柏朝关上房门走回来,一脸无所谓:"反正我在你心里已经罪无可恕了,不差那么点惩罚。"

虞度秋抓了个靠枕砸过去:"早晚弄死你。"

柏朝没躲,承下了这攻击力为零的一击,随后将靠枕放回原位,顺势坐到了旁边:"现在不忍心?"

虞度秋拍了拍他的肩:"现在你还有利用价值。继续刚才的话题,你怎么监视我的?"

柏朝的视线穿过窗户,望向楼下——落荒而逃的娄保国成功脱离了危险区,刚抵达草坪,心有余悸地朝卧室的方向望过来,憨头憨脑的。

柏朝回想起某些画面,勾唇道:"比如你招聘保镖那次,在射击场进行初面,我应聘了场地的兼职工作人员。我记得刚开始保国把洪伯错认成了雇主,没想到年纪轻轻的你才是那位富豪。"

虞度秋轻哼:"要不是他实力过硬,我才不会招那么没眼力价儿的保镖。看来混进我出入的场所是你的惯用手法,你怎么不亲自参加面试?"

"我那时有事脱不了身。不过,我虽然没参与,但也出了点力。"

"什么力?"

"有几个目的不纯的面试者,我耍了点手段,让他们没能到场。"

虞度秋脸色微变,依旧维持着风度:"难怪那次好几位面试者缺席……但你纯属多此一举,倘若他们真的别有居心,你以为我查不出来?"

"我知道你不需要我帮忙,但能帮上你的忙,我很高兴。"

柏朝倾身,眼神深沉:"我那时只能做这些'多此一举'的小事,以此来安慰自己,我为你做了力所能及的事,这样让我感觉自己很有价值。"

虞度秋推开他至一个安全的距离:"少卖惨,继续交代。"

柏朝耸肩:"其余的都差不多,除了不对外开放的私密场所,你去的那些宴会、派对、拍卖会等等,通常都需要服务生,而且对外形有要求,我很容易被选上。"

虞度秋啧了声,难得无话可说。

柏朝这张脸确实是很有效的通行证。

"不过我也不是每次都能成功混进去的。"柏朝道,"有一回穆浩来找你,我知道他是你最信任的朋友,多看了他几眼,他很敏锐,立刻就注意到我了,走过来问我叫什么名字。"

虞度秋颇感兴趣地追问:"然后呢?"

"我编了个假名,搪塞几句后蒙混了过去,但他的疑心没有完全消除,我担心暴露,只好提前离开了,工资都没要。"

虞度秋终于露出了真切的笑意:"他也就在这些方面敏锐,在自己的事上像块木头,不然纪凛也不至于这么可怜,还被冤枉成罪犯。"

柏朝说道:"你能同情纪凛,为什么不能原谅我?我们的动机本质上都是一样的,不是吗?"

虞度秋这回没有推开他:"'一样'?纪凛跟踪监视过穆浩吗?你混淆概念挺有一套啊。"

"我只是做了他不敢做的事。"柏朝被迫仰头,脖颈绷直,喉结处转折锐利,"我承受了比他更大的风险,付出了比他更多的艰辛,只为保护你,你应该嘉奖我,少爷。"

"嘉奖?你真的是为了保护我吗?难道不是为了你的私心?"

柏朝道:"你厌恶的并非是我的冒犯,而是我的隐瞒,对吗?虞度秋,你是什么样的人,我再清楚不过,你怎么会为我这种小喽啰生气?哪怕我有利用价值,你也有的是办法折磨我,可你没有,你甚至依然允许我和你独处。"

"所以我认为,你其实是在生自己的气,气自己轻信了我。"柏朝不断逼近,不断质问,"为什么呢?"

虞度秋紧紧抿着唇,长睫投下淡淡的阴影,沉默良久。

而后，他才声音冰冷地开口：“保镖先生，你过界了。”

"早就过了，虞少爷。"柏朝轻笑，"听过'欲盖弥彰'这个词吗？形容的就是你。"

虞度秋面无表情地按响了床头的紧急铃："或许你也听过'自讨苦吃'这个词。"

不出十秒，房外的走廊上就传来了纷乱急促的脚步声。

去而复返的娄保国率先冲进来，惊慌地喊着："大哥你别冲动啊大哥！就算少爷不原谅你，你也不能——"

紧随其后的一群保镖也同样如临大敌。

虞度秋卧室的紧急铃只有在发生危及人身安全的事故时才会响，他们入职以来还是头一回听见，都以为柏朝遭到厌弃冷落后心生恨意，要对虞度秋痛下杀手了。

说实话，就虞度秋那怪脾气，柏朝做出什么事他们都不会奇怪。

然而房间里完全没有打斗或挣扎的情况。

两个人靠得很近，互掐着对方。

"……"

保镖们面面相觑，眼神间无声交流：你不说是吗？那我也不说。

柏朝先松开了手，语气中带着少许不合时宜的得意："你又为我大动干戈了，我很荣幸，少爷。"

娄保国："……"

虞度秋没再分他一个眼神："你太自以为是了，滚，自己领罚去。还有刚才偷听的那位，自首从轻发落，别等我查出来，那就不是一个性质了。"

娄保国猛地一哆嗦，冷汗从背后渗出，终于反应过来，虞度秋此举是为了揪出偷听者，顺便警示所有下属，别私自探听不该知道的东西。

他不敢反驳，低声下气地领着难兄难弟一块儿下楼了。

一大群人气势汹汹地来，灰头土脸地走，最后一名保镖离开后，洪良章走了进来，皱眉道："小柏也真是没分寸，惹得您搞出这么大阵仗，依我看呐，得从严惩罚他。"

虞度秋把资料丢进抽屉："嗯，您看着安排就行。"

洪良章严肃道："地下室已经收拾好了，让他住那儿吧，电闸拉了就是小黑屋，不给饭吃只给水喝，关上十几天就老实了。"

虞度秋没作声，左手揉着右手泛红的手腕。

洪良章："少爷您要是觉得处罚轻了……"

"这天气，关十几天会馊吧。"虞度秋漫不经心道，"给他卧室装上摄像头，不要遗漏任何死角，让他也尝尝被监视的滋味。"

"好。"洪良章等了一小会儿，问，"还有其他惩罚吗少爷？"

虞度秋咬了咬嘴唇，似乎很不高兴："等我想到再说，先这样。"

洪良章忍着笑躬身："是，少爷。"

虞度秋紧接着补充："还有，别不给饭吃，我现阶段需要他卖力气。"

"明白。就只是装些摄像头，其余吃穿用度一切照常，对吗？"

"嗯。"虞度秋敷衍地挥了挥手，重新躺下去，"我补个觉，别让他再进来。"

洪良章应下了，随即推着早餐小推车准备离开。

虞度秋听见滑轮声，顺口道："今天早餐的粥煮得不错，让厨房明天再做一次。"

洪良章停下脚步，笑回："好的，少爷。其实这粥已经煮过十几回了，我正想着要不要替换成其他品类呢。既然您喜欢，那就留在菜单上吧。不过以前似乎没听您夸过，难道今天的粥和平时不一样？"

虞度秋背朝着他，没有回答，像是睡着了。

洪良章苦笑着摇了摇头，开门离去，轻掩上房门。

楼下的娄保国等人瞧见他出来，立刻上前问："少爷心情怎么样？"

得到明确的答复后，众人才长松一口气，各自散了。

娄保国决定等虞度秋睡醒了再自首，焦虑地拉着洪良章询问如何才能从轻发落。

洪良章回头问："小柏，一起去客厅坐坐？站这儿多晒啊。"

长身而立的青年仰头望着卧室的窗户，淡声道："你们去吧，我在这里等就好，有树荫，没关系。"

洪良章："这得等多久啊，少爷他可能会睡到下午。"

"这么长时间都等过来了，不差这几个小时。"他的语气仿佛在说一件微不足道的事,"他心软,看到我等他醒,会更快原谅我。"

娄保国以为自己幻听:"大哥,你说谁心软?"

洪良章叹气,拍拍娄保国的肩膀:"走吧,阿保,这不是咱俩该掺和的事,以后少打听。这次我能帮你减轻处罚,下次可不一定喽……"

娄保国被带着走远,忍不住回头张望——

绿荫下的年轻男人站姿挺拔,锋利的面部轮廓在叶缝漏下的斑驳光影中变得模糊柔和。

他似乎很习惯站在窗下,等着被人发现,并没有焦急局促的感觉,即使他并不清楚这场等待会持续多久。

但他知道,希望已不再像过去那样遥不可及了。

"我等着你发现我。"

轻轻的呢喃随风而逝,是自言自语,也是无数次的心底祈祷。

"快点想起关于我的一切吧……度秋。"

图书在版编目（CIP）数据

天生狂徒/冰块儿著． -- 武汉：长江出版社，
2024.10 -- ISBN 978-7-5492-9728-3

I . I247.5

中国国家版本馆 CIP 数据核字第 20242L8897 号

天生狂徒
TIANSHENG KUANGTU

冰块儿 著

出　　版	长江出版社
	（武汉市解放大道 1863 号）
选题策划	林　璧
市场发行	长江出版社发行部
网　　址	http://www.cjpress.cn
责任编辑	陈　辉
特约编辑	悦　悦
印　　刷	北京盛通印刷股份有限公司
版　　次	2024 年 10 月第 1 版
印　　次	2024 年 10 月第 1 次印刷
开　　本	700mm×1000mm　1/16
印　　张	19.5
字　　数	320 千字
书　　号	ISBN 978-7-5492-9728-3
定　　价	49.80 元

版权所有，侵权必究。如有质量问题，请与本社联系退换。
电话：027-82926557（总编室）027-82926806（市场营销部）